T0243877

Perfect Match

LYLA MARS

THE PERFECT MATCH

¿OBEDECER LA LEY...
O ESCUCHAR A TU CORAZÓN?

SERIE NO SOY TU ALMA GEMELA

TRADUCCIÓN DE
MARTA SÁNCHEZ HIDALGO

Primera edición: marzo de 2024
Título original: *The Perfect Match*

© HarperCollins France, 2023
© de esta traducción, Marta Sánchez Hidalgo, 2024
© de esta edición, Futurbox Project S. L., 2024
Todos los derechos reservados, incluido el derecho de reproducción total o parcial de la obra.

Diseño de cubierta: © Studio Piaude
Imagen de cubierta: © Herzstaub / © Shutterstock
Corrección: Isabel Mestre, Sara Barquinero

Publicado por Wonderbooks
C/ Roger de Flor n.º 49, escalera B, entresuelo, despacho 10
08013, Barcelona
www.wonderbooks.es

ISBN: 978-84-18509-76-6
THEMA: YFE
Depósito Legal: B 4648-2024
Preimpresión: Taller de los Libros
Impresión y encuadernación: Liberdúplex
Impreso en España — *Printed in Spain*

*A mi Maya Joestar, que cree en mis
propios sueños más que yo.*

*A todos aquellos a los que les han intentado imponer
un camino. No lo dudéis: el vuestro es mejor.*

PRÓLOGO

Amor [amuʁ], del latín amore. *Mensaje químico nervioso enviado de un individuo a otro que precede a la activación de doscientas cincuenta hormonas y neurotransmisores en el cerebro (en el proceso de atracción y de apego son principalmente las feniletilaminas). Este mensaje va seguido de secreciones crónicas de dopamina, de serotonina y de adrenalina. El índice de adrenalina elevado conlleva varios efectos: taquicardia —aceleración de la presión arterial y de la respiración— y una vasodilatación que provoca un enrojecimiento facial.*

Los efectos psicológicos de la pasión amorosa y del placer que procura son parecidos a los que se observan durante el consumo de drogas o alcohol, y pueden llegar a generar una dependencia, una adicción a la persona «querida» y conducir a estados de «carencia» cuando es inaccesible.

ALGORITHMA®

Recordad.

La soledad, la actividad excesiva y la inseguridad fueron las plagas de las sociedades pasadas.

Los hombres son de Marte. Las mujeres, de Venus. Y, entre ellos, un universo oscuro y silencioso: lo desconocido. ¿Cómo entendernos? ¿Cómo avanzar mano a mano y reconstruir un mundo mejor?

El amor es la base principal de la familia; la familia es el cimiento de todas las sociedades humanas. Sin familia estable, no hay evolución psicológica estable. Y los males que han sacudido a los siglos precedentes resultan de la inestabilidad humana, claro.

INFORME N.º 85337

Gestionado por Sofía Rivera

Apellido: Wager (Edison)

Nombre: Eliotte

Sexo: femenino

Padres: matrimonio 2665-C

Residencia(s): 6445th Lenion St., Lake City, Seattle, Nueva California – 73th Cherry Blossom Av., Portland, Nueva California – 789th Minetee St., Residence Roovery, Portland, Nueva California

Número de prueba(s)-pareja(s): 2 con Ashton MEEKA el 30/05/2165 y el 26/12/2168

Mi amor:

Ojalá supieras lo duro que me resulta escribir estas palabras, cómo me tiembla la mano y cómo me late el corazón.
Ojalá supieras cuánto me odio, cuánto me duele y cuánto te quiero.
Pero ojalá supieras, sobre todo, por qué tenía que hacerlo.
Te lo suplico, perdóname. Tenía que hacerlo. De hecho, no he tenido elección, ¿verdad?
Que no se te ocurra pensar que ha sido fácil, que no he pensado cada segundo, que no he sopesado los pros y los contras una y otra vez... Cada noche, cada día, cada año. Casi toda mi vida. No te imagines lo inimaginable. Te lo prohíbo.
Pero creo que, en algún lugar en lo más hondo de ti, sabes qué es lo justo y lo correcto; sabes la verdad. Déjalo todo de lado, olvídate de ti mismo para afrontarla. Mírala a la cara.
Quizá ya nada será como antes nunca más, quizá todo cambiará, todo se hundirá en las sombras o se aclarará. Quizá.
Lo que es seguro es que te quiero. Eso no cambia. Recuérdalo, por favor.

Perdóname.

Tu alma gemela

LOS RESULTADOS

Eliotte

«44,7 %.

44,7 %.

44,7 %…».

Me miro las piernas, que cuelgan, y aprieto los brazos alrededor de la barra metálica que cerca el tejado de la estación abandonada. La golpeteo frenéticamente con las uñas y suena un tintineo estridente.

—… entonces he dicho que sería mejor que nos fuéramos más bien al este de Florida este año —continúa Ashton—, pero mi padre ha respondido que era mejor que nos quedáramos en Nueva California para que pueda seguir su campaña electoral. Sinceramente, estoy hasta las narices de la playa.

—Sí, me imagino —contesto con la mirada perdida al frente—. La arena, el calor, todo eso…

—¡Exacto! Me gustaría hacer senderismo por la montaña. Sé que tenemos montañas a una hora de aquí, pero no hay tanto bosque como en el este. Y sé de lo que hablo.

—¿A qué viene este nuevo capricho de querer ser leñador, Ash?

—No, no es de ser leñador. Es de hombre que quiere volver a conectar con su naturaleza profunda entre álamos y amapolas… Creo que todo esto es por mi padre: cuando éramos niños, nos llevaba a Izaak y a mí todos los días al bosque.

Me dispongo a responderle, pero añade:

—Y no me digas que ese toque salvaje que tengo no es sexy.

Dibujo una sonrisa; los pensamientos están en plena ebullición.

—En fin, todo esto para decirte que el fin de semana me iré con Matthew al este de Florida después de los exámenes —continúa Ash—. Además, hace poco me habló de ti... Creo que deberías acompañarnos, Eliotte. Volveremos a ser un trío, ¡como en el instituto!

«Nuestro pequeño "trío"... En realidad, era un dúo al que me había acoplado».

Quería reírme, pero, en su lugar, suspiro y vuelvo la cabeza hacia él.

—Ash... ¿De verdad haremos como si fuera un día perfectamente normal?

—Claro, ¿por qué? ¿Pasa algo?

Me dedica una de sus mejores sonrisas; las que tienen el don de relajarme los tejidos del corazón y de sacarme dos toneladas de problemas de la cabeza.

Sin embargo, hoy no consigue ese efecto.

—¿Cómo lo haces para estar tan tranquilo? Nos darán los resultados finales, el porcentaje que definirá el resto de nuestras vidas, en apenas media hora. ¿Te imaginas que...? ¿Y si fuera nega...?

—No lo será —me corta, y me pasa un brazo por los hombros—. Sácatelo de la cabeza y deja de pensar en lo peor. Estamos juntos desde que tenemos dieciséis años, Eliotte. Siempre nos hemos querido con locura... ¿Por qué no seríamos compatibles? ¿Eh?

—Pues ¿quizá porque es lo que nos dijo el test de pareja de los dieciocho años?

—Estoy seguro de que en tres años hemos aumentado nuestra compatibilidad para superar la jodida barrera del cincuenta por ciento. Solo nos faltaban 5,3 putos puntos. Yo confío en ello. Claro que somos compatibles. Y seamos sensatos un segundo: si no fuera así, no nos querríamos tanto, Eliotte.

Esbozo una vaga sonrisa mientras contemplo el horizonte, bañado por el sol anaranjado del amanecer. Tengo el corazón encogido.

El momento en el que nos dijeron los resultados de nuestra primera prueba permanece intacto en mi memoria.

«Caímos de muy alto».

Mantener una relación naturalmente romántica con alguien está muy desaconsejado, es incluso tabú, hasta que Algorithma —la agencia científica que hay detrás de todo el sistema basado en los genes y el amor— designe a tu pareja oficial. A pesar de eso, todas las parejas pueden pedir a la Oficina Matrimonial pasar dos veces el test. Todo ello con el objetivo de poner a prueba su compatibilidad. Un resultado inferior al cincuenta por ciento equivale a una incompatibilidad de la pareja. Por encima de esa cifra, los ciudadanos pueden considerarse «almas gemelas» y casarse.

Cuando teníamos dieciocho años, Ash y yo alcanzamos un 44,7 %. Quererse profundamente no es un criterio de compatibilidad. Aquel día nos lo pasamos acurrucados en mi cama escuchando música. Mirábamos el techo y cambiábamos la lista de reproducción a cada nueva crisis de lágrimas.

Por suerte, los resultados pueden evolucionar con el tiempo. En unos años, el porcentaje puede variar incluso quince puntos según nuestro estado psicológico. Es posible imaginar que, en el último test de pareja, con veintiún años —justo antes de la edad designada para casarse—, nuestra compatibilidad sea superior al cincuenta por ciento. Si fuera así, nos presentaríamos delante del casamentero con la prueba positiva y dos anillos antes de que Algorithma nos proponga un lote de posibles almas gemelas.

La mayoría de las parejas que reciben un resultado negativo en su primera prueba no se arriesgan a seguir juntas. Prefieren dedicar los últimos años antes de casarse a conocer a gente nueva.

Pero eso era inconcebible para Ash y para mí.

Nos hemos agarrado a ese último rayo de esperanza y lo hemos mantenido y protegido en la palma de la mano. ¿Que tenemos tres años para cambiar nuestros resultados? Muy bien. Lo conseguiremos.

De aquí a media hora, es imperativo que Algorithma nos diga que somos compatibles. Ashton Meeka es el único chico con el que puedo casarme. *El único.*

Corre una brisa que me revuelve el pelo. Siento escalofríos al observar los raíles oxidados del tren bajo nosotros. Siento que el día empezó hace una semana. No he dormido en toda la noche. 44,7 %. 44,7 %. 44,7 %. Las cifras daban vueltas en bucle en mi cabeza. Me costaba recuperar el aliento.

—Nos zamparemos una hamburguesa cuando salgamos del laboratorio, Eliotte... —asegura Ash mientras entorna los ojos—. No te lo imaginas. Y, luego, iremos a mi casa, me pondré en calzoncillos y... No, pero ¿qué digo? Me pondré directamente en bolas, nos tiraremos en mi cama y nos tragaremos todas las pelis de mi videoteca.

Así, con esa mirada dulce, esos ojos risueños y esa sonrisa perenne, parece que no esté en este mundo; totalmente relajado. Pero el cuerpo lo traiciona. Empezando por la mano, que no suelta la mía desde que nos sentamos en el borde del tejado. Me agarra tan fuerte que parece que se va a romper las falanges.

—Te quiero, Ashton. ¿Lo sabes? Y un poco demasiado.

Sonríe con más fuerza.

—Sé que eres un poco psicópata, Eliotte. ¡Lo sé! Pero no te preocupes, estoy acostumbrado: no eres la única que está obsesionada conmigo. Hay muchas más. Muchas, muchas, muchas más...

Suelto una carcajada.

—¿Y eso dónde? ¿En tu imaginación?

Se ríe, y se inclina ligeramente hacia atrás sin soltarme de la mano.

—Te quiero a ti, Eliotte. A ti y a nadie más. Pase lo que pase. ¿Lo sabes?

«Pase lo que pase».

Me agarra la cara y se inclina hacia mis labios. Como siempre, me mira unos segundos primero, directo a los ojos... y luego me besa. Nunca me cansaré de la forma en la que sus labios se apoyan contra los míos en un silencio tranquilizador. La boca le sabe al chicle que está masticando y al estrés que brota de él.

Cuando se separa de mí, no aparto la mano de ese pelo rubio. Siempre lo lleva impecablemente peinado:

—¿Qué pasa? ¿El icónico Ashton Meeka se ha vuelto un romántico?

—Pues sí, hoy es el gran día: por fin nos dirán que somos compatibles y que podemos casarnos.

Me quedo sin aliento.

«Compatibles».

—No se enteran de que su aromatizador huele a ambientador de cuarto de baño... —me dice Ashton cuando estamos en la sala de espera—. Parece que estamos en el lavabo de un restaurante mexicano. Tengo ganas de vomitar.

—Huele mejor que lo que ponías antes... —le respondo—. Espera ¿qué era? ¿«Bosque lúgubre y salvaje»?

—¡No, no! ¡Para! Sabes que lo llevaba solo por agradar a mi madre. Se le rompería el corazón si supiera que he crecido. Era el perfume de mi crisis adolescente; pensaba que así tendría más testosterona.

Ash se queda sin aliento de la risa. Es de ese tipo de personas que se ríen por todo y por nada, pero ahora su hilaridad parece casi forzada. Es de esa gente que prefiere sonreír en lugar de volverse loco. Yo soy más bien de las personas que se dan cuenta de que están ahogándose antes de saltar al agua.

De pronto, una mujer con un traje azul se acerca a nosotros con una tableta táctil en una mano. Sacudo el brazo de Ashton para que vuelva a la tierra, pero la ha visto. Se para justo delante de nosotros y sonríe de forma mecánica. Su broche en forma de hebra de ADN que rodea un corazón humano tiene un brillo extraño bajo la bombilla blanca que hay encima de ella.

—¿Eliotte Wager y Ashton Meeka?

—Somos nosotros —responde él con una voz más insegura de lo normal.

—Síganme, por favor.

Sin pensarlo dos veces, saltamos de las sillas. Antes de seguir a la mujer, nos miramos de reojo. La mano de Ash roza con timidez la mía; no sabe si agarrarla: estamos en público, y en la Oficina Matrimonial, por si fuera poco.

—Estoy seguro de que irá bien —murmura—. Seremos compatibles.

«*Seremos* compatibles». Sin embargo, deberíamos haberlo sido desde el principio. Si no, no nos habríamos entendido tan bien, no nos habríamos agarrado y querido tanto desde la primera mirada. Soy incapaz de responderle, como si se me hubiera cerrado la garganta a cal y canto. Me limito a sonreírle con discreción y a seguirlo.

Cruzamos varios pasillos largos de paredes blancas —distintos de por los que pasamos cuando vinimos la última vez a recoger nuestros resultados—. En estos, aparece colgado varias veces el retrato de uno de los mayores científicos del siglo XXII: Joshua Meeka, el tatarabuelo de Ashton. Es una de las personas que descubrió el gen de la compatibilidad humana hace cerca de setenta años. Gracias a él, su familia ganó influencia y notoriedad, hasta el punto de controlar hoy en día Nueva California, uno de los diez estados-distrito de los Estados Unidos, tal como los conocemos ahora. Meeka es más que un apellido. Meeka es un escudo de armas, es una herencia. Letras doradas.

En los años 2050, cuando las epidemias mundiales se multiplicaron y la Primera Guerra Química estalló, empezaron las Décadas Oscuras; un periodo dominado por el miedo, la incertidumbre y la subida al poder de los partidos conservadores y los gobiernos autoritarios. Después, como la población mundial disminuyó significativamente, tuvieron que volver a pensar en el sistema de descentralización de algunos países, como los Estados Unidos, para adaptarse mejor a la densidad humana de los territorios. Desde entonces, no se divide en cincuenta estados, sino en diez estados-distrito más o menos independientes.

Los verdaderos héroes y salvadores absolutos de la humanidad durante las Décadas Oscuras fueron los científicos, quienes presentaron sus vacunas y sus descubrimientos como las verdaderas soluciones para alcanzar un futuro mejor.

Nuestros antepasados se precipitaron sobre esas salidas de emergencia.

Algunos países, como Corea del Sur o Noruega, decidieron establecer gobiernos científicos provisionales —que acabaron siendo permanentes ante la aprobación del pueblo—, mientras que, poco a poco, emergieron partidos políticos que se regían por la ciencia en cada región del mundo. En la actualidad, la mayoría de nuestros políticos llevan una camisa blanca. Tienen la confianza total del pueblo. Y con razón: la ciencia es la autoridad. ¿Quién contradiría las cifras? ¿Las experiencias? ¿Las leyes físicas? En el momento en el que vemos el uniforme tradicional de los eruditos en un plató de televisión, no hay debate. O, al menos, este gana por lo evidente, lo seguro y lo racional: por la ciencia.

Uno de los valores conservadores heredados del periodo oscuro, el verdadero cimiento de la sociedad, es la familia —compuesta por un hombre, una mujer y varios hijos—, pero va acompañado del trabajo o la moral religiosa.

Unos años más tarde, en el clima de confianza que consiguieron los dirigentes, nació el primer prototipo de Algorithma, primero en Asia y, luego, en América del Norte. Según este organismo, la combinación del gen de compatibilidad y de una tecnología psicológica puntera permitiría encontrar a la persona perfecta para cada individuo y, así, construir una familia —*una sociedad*— estable.

El proyecto se probó de inmediato y las generaciones descendientes de las Décadas Oscuras lo adoptaron, convencidas más que nunca de que la soledad es el veneno del ser humano. Es la que rompe el alma y el corazón y alimenta los problemas sociales.

Y aquí estoy yo. Aquí estamos todos. Porque he crecido en un mundo construido por personas drogadas con esperanza.

La mujer que se encarga de nosotros se detiene delante del despacho de una tal «Aglaé Desroses». Abre directamente la puerta y nos invita a entrar. Detrás de un largo mueble de roble, una científica con el pelo pelirrojo y aplastado nos observa.

—Ashton Meeka y Eliotte Wager, un placer. Siéntense.

La voz tiene algo que me angustia.

De pronto, la persona que nos ha acompañado hasta aquí se marcha. Oigo el clic de la puerta y el pumpúm de mi corazón. De golpe, esta sala tan grande me agobia.

«Todo irá bien. *Somos* compatibles».

Ashton se sienta de inmediato. Las mejillas se le han encendido, tiene la mandíbula apretada. Parece que está asfixiándose en su sudadera con la capucha amarilla. Me siento donde me indica la señora Desroses mientras intento controlar la respiración. Apoyo los dedos en el reposabrazos. Cómo me gustaría cogerle la mano a Ashton...

Sin decir una palabra, desliza delante de nosotros dos carpetas.

—¿Qué es? —pregunto con rapidez.

19

Aglaé Desroses se humedece los labios sin mover ni un milímetro la cara.

Luego, con una tranquilidad absoluta, responde:

—Hemos recibido el resultado de su test de pareja. Es de un 39,4 %.

Un ruido blanco estalla en el aire.

«Treinta y nueve coma cuatro por ciento».

Joder, pero ¿qué?

Miro a Ashton para atrapar su mirada, como si se tratara de una cuerda que me ayudara a subir a la superficie. Pero no se mueve. No dice nada, permanece inmóvil y mira a la científica esperando más.

—Son incompatibles. Como los dos han cumplido veintiún años, tienen seis meses para casarse. Les proponemos los sujetos más compatibles, según su perfil, que viven en el estado-distrito de Nueva California.

Silencio.

Con las uñas brillantes, golpetea dos sobres de cartón. No quiero ver esos informes de mierda. Sin embargo, me doy cuenta de que el mío es extrañamente fino comparado con el de Ashton.

—Es incomprensible que la noticia los sorprenda, sobre todo porque, según su informe, hace tres años se hicieron el test de pareja y el resultado ha disminuido significativamente... Pero ¡alégrense! ¡Alégrense de estar en el siglo XXII, en un país con tecnología punta que puede predecir los fracasos y las alegrías de la vida!

«¿Nuestra compatibilidad ha disminuido? ¿Cómo es posible?».

—Gracias a nuestros progresos tecnológicos y científicos, ahora somos capaces de garantizar el porvenir de las futuras generaciones. Gracias a la ciencia, evitamos que las familias se desarrollen en un hogar inestable en el que los niños —nuestros futuros ciudadanos— podrían verse gravemente afectados, tanto en el plano físico y financiero como psicológico. Me alegro de anunciarles que acaban de ganar un tiempo y una energía considerables. Todos los años que habrían podido pasar sufriendo un matrimonio infeliz, una vida de miseria emocional... han desaparecido gracias a esta nueva prueba. Y, por si fuera poco, la ciencia les ofrece en bandeja a su verdadera alma gemela.

Me quema la garganta, tengo las manos húmedas. Está tan segura de lo que ha dicho, tan orgullosa, tan feliz con la situación… Quiero arrancarle esa sonrisa condescendiente, zarandearla… Quiero saltar de la silla, subir a su mesa y gritarle: «¡Eso es imposible! ¡Vuelvan a calcularlo!».

¿Ashton quiere hacer lo mismo? No tengo ni idea. No reacciona. Sigue con la misma expresión en la cara, con la misma postura inerte.

La científica se dirige a mí, animada.

—Señorita Wager, su caso… es particular.

IZAAK MEEKA

Eliotte

—¿«Particular»?

La pelirroja se toma un momento para examinarme con más intensidad todavía. Me pone la piel de gallina.

—Hemos detectado a un individuo con el que tiene una tasa de compatibilidad que se alcanza muy raramente: 98,8 %. Por eso, debe casarse con este sujeto lo más rápido posible. En un mes aproximadamente.

—¿Perdón? ¿Cuál es el porcentaje?

—Me ha oído bien: 98,8 %. Es... fascinante. Seguiremos con atención su pareja en sus inicios, más que las otras. Queremos perfeccionar nuestros programas psicológicos, ¿lo entiende?

—No, yo...

—¿Quién es esa persona?

Me giro hacia Ashton: por fin ha hablado.

—¿Quién es esa persona con la que Eliotte tiene una compatibilidad del 98,8 %? —añade gruñendo.

—En realidad, señor Meeka, el tema es bastante delicado...

Agarra mi carpeta y la abre con un gesto seco. Me da un vuelco el corazón.

«Es imposible. No, no, no, no...».

Veo en la esquina de la ficha, agarrada con un clip, la foto de Izaak. Incluso imprimida en papel satinado, me fulmina con su mirada helada.

—La señorita Wager tiene una compatibilidad del 98,8 % con su hermano mayor, Izaak Meeka. Es muy interesante, porque él era de las pocas personas que aún no habían encontrado alma gemela en nuestra base de datos en estos últimos tres años. Seguramente es porque estaba esperando a Eliotte.

—Nadie estaba esperándome —respondo con un tono seco, sin poder aguantarme.

Un largo silencio invade la habitación. Me quedo pegada a la silla con los ojos fijos en la foto de Izaak.

¿Yo? ¿Compatible con ese tío? ¿Y casi al cien por cien?

«Es imposible.»

«Hay. Que. Volver. A. Calcularlo».

—¿Mi... mi hermano? —acaba diciendo Ashton—. ¿Es el único que han encontrado?

Casi me caigo al suelo.

«No, Ash. Solo estás tú».

—No nos hemos esforzado en analizar otros posibles casos cuando nuestras pruebas han asociado al señor Meeka y a la señorita Wager con una tasa tan alta de compatibilidad. En cuanto a usted, Ashton, tiene tres potenciales almas gemelas: Emily De Saint-Clair, con un 66,5 %; Chloé Johnson, con un 52,4 %, y Amy Roger, con un 52 %. Como es lógico, le aconsejamos que vea a Emily muchas veces, dado que solo tiene seis meses para presentarse en el ayuntamiento con su futura esposa... No pierda el tiempo.

Ash se aclara la garganta con la mirada fija en sus Nike.

Emily. Chloé. Amy.

«Pero si yo ya tengo grabado "Eliotte" en el corazón».

—Su primera cita impuesta tendrá lugar en tres días: les mandaremos las invitaciones por correo electrónico. Por supuesto, el Estado se responsabiliza de los desplazamientos. Si tienen la más mínima pregunta o agobio, diríjanse a nuestra psicóloga amorosa. Estuvo con ustedes durante su adolescencia con el objetivo de prepararlos para la vida en pareja y seguirá estando presente si es necesario. No se preocupen. Además, los dos tendrán que verla al final de cada semana para hacer balance con el objetivo de ayudarlos todo lo posible hasta sus respectivas bodas.

«Buenos días, señora Field, tengo un grave problema: no puedo casarme, y menos con su hermano».

Creo que me va a explotar la cabeza.

—Toda la información necesaria para ponerse en contacto con sus almas gemelas se encuentra en el informe... En cuanto al marco legal, que no podemos ignorar, les recuerdo que, a partir de esta noche, se los considerará «expareja» a ojos de la ley: no podrán estar juntos y solos en un espacio público o privado. En caso contrario, se los considerará rebeldes y recibirán una multa de veinte mil a trescientos cincuenta mil dólares o incluso se arriesgan a una pena de prisión por adulterio.

«Rebeldes».

—¿No es increíble? En esta tierra todos tenemos al menos un alma gemela. Hace un siglo, según nuestras estadísticas, las personas como ustedes y yo teníamos muy pocas posibilidades de llegar a conocerla. Por suerte, la humanidad se ha negado a aferrarse a esa sórdida idea del destino. Hoy en día, a todos nos cuesta concebir un mundo en el que deberíamos buscar a la persona con la que pasaremos el resto de nuestra vida. Un mundo en el que nos comprometeríamos con ella sin saber exactamente si es la persona correcta, si no estamos perdiendo el tiempo...

La señora Desroses se levanta y rodea lentamente su escritorio con los brazos detrás de la espalda.

—Las Décadas Oscuras han herido de un modo violento los corazones de nuestros mayores, ya lastimados por los problemas del siglo XXI, pero han tenido el valor de levantarse, de confiar de nuevo los unos en los otros para construir una sociedad mejor, ¡una América más bonita! El índice de criminalidad ha caído, al igual que los suicidios, los desgastes profesionales y demás... En la actualidad, tenemos seguridad tanto emocional como física.

Vuelve a dirigir la mirada azul hacia nosotros.

—Eliotte, Ashton, al dedicarse en cuerpo y alma a sus respectivas parejas, prometen proteger esta herencia garantizando la serenidad de su futuro en brazos de la persona que les corresponde.

Sus labios vuelven a dibujar una sonrisa sarcástica. Esta vez no tengo ganas de zarandearla y subir a su escritorio, solo quiero reventarme los ojos para no ver nada más. Nada más.

«¿Estoy despierta? ¿Qué es esta mierda de pesadilla?».

Ashton se levanta el primero, me espera antes de dirigirse a la salida. No dejo de mirarlo, busco la mínima reacción.

Pero sigue indiferente, mudo, pálido.

Solo valoramos una vez la posibilidad de ser incompatibles a ojos de la ciencia. Solo una.

Y en ese momento estábamos de acuerdo en una cosa: no nos separaríamos. Habría sido una locura.

De vuelta al aparcamiento, nos sentamos en el coche sin decir nada. Me gustaría romper el silencio. Decirle que estoy muy enfadada, que estoy muy desconcertada y que le quiero. Pero ¿qué pasa con Ash? No entiendo nada. Mira hacia delante con la boca cerrada.

—¿Crees que vamos…?

—No, por favor, Eliotte —me interrumpe—. Ahora necesito… pensar.

—¿Pensar? ¿Pensar en qué?

Sacude la cabeza y se queda en silencio, mirando detrás del cristal. Veo cómo su caja torácica se hincha y deshincha a gran velocidad bajo su sudadera con capucha.

—¿Te dejo en tu casa? —pregunta al final, como si nada.

—Ash… Tenemos… Tenemos que hablar de lo que acaba de pasar. No podemos hacer como si no hubiera pasado nada.

—Eliotte…

—¡No nos desestabilizarán! Quizá se trata de un error y vamos…

—¡Eliotte! —exclama—. Ahora… ahora no puedo. Tengo que pensar, que tranquilizarme, tengo que…

Se toca la cara y deja caer la cabeza contra el reposacabezas en un largo suspiro doloroso. Solo quiero hacer una cosa: agarrarlo, abrazarlo fuerte y decirle cuánto le quiero. Cuánto lucharemos para seguir juntos.

Pero permanezco sentada en mi asiento, atónita.

Ash arranca el coche y se gira hacia mí por fin.

—¿Te has puesto el cinturón?

—Yo… Sí.

—Entonces, ¿te dejo en tu casa?

Respondo con un suave movimiento de cabeza… y nos vamos. En silencio.

«Pero ¿qué mierda está pasando? Y mucho peor: ¿qué va a pasar?».

ELIOTTE WAGER

Izaak

Vuelvo a atarme los cordones precipitadamente. Tengo que largarme lo más rápido posible antes de que lleguen. Lo más rápido posible.

De pronto, me sobresalto. La puerta de entrada ha chirriado. «Mierda».

—¿Ashton? —pregunto—. Has vuelto antes de lo previsto.

Su silueta aparece en la entrada. Se para en seco al verme. Tiene los ojos hinchados.

—¿Estás bien? ¿Qué...?

Estalla un relámpago. En un abrir y cerrar de ojos, se me desencaja la mandíbula.

—Pero ¡¿qué te pasa?! —exclamo mientras me acerco una mano a la nariz, que ha empezado a sangrarme.

Ashton vuelve a acercarme el puño a la cara.

—Noventa y ocho... —afirma mientras intenta darme otro puñetazo—. Coma ocho...

Intento agarrarlo de los brazos, pero está hecho una furia, no para... Joder..., ¿qué le pasa?

—¡Un puto 98,8 %!

Cuando trata de volver a pegarme, le agarro con fuerza las muñecas y le hago una llave de brazo. Forcejea, pero consigo pegarlo a la pared.

—¿Estás loco? ¿Qué te pasa?

—Izaak... Joder...

—¿Qué?

Lo suelto y se gira hacia mí. No me da tiempo a mirarle a la cara porque se deja caer contra mi hombro.

—Nos han citado antes de lo previsto en la Oficina Matrimonial.

«¡Oh! ¡Mierda! Entonces, no es compatible con Eliotte...».

Al instante, surge otro pensamiento:

«¿"Un puto 98,8 %"... de compatibilidad?».

—Eres tú, Izaak... Eres compatible con Eliotte.

Me echo hacia atrás.

—¿Que soy qué?

—Tendréis que casaros en un mes, y yo...

—Eso es imposible, Ash.

—¡De verdad! ¡Sois compatibles casi al cien por cien! ¡Incluso os seguirán de cerca para perfeccionar sus análisis!

Me seco una gota de sangre que me cae por el labio. ¿Qué es esta mierda? ¿Cómo que soy compatible con su novia? ¿Y en un 98,8 %? ¿Me voy a casar en un mes?

De pronto, mi hermano rompe a llorar. Su dolor corta el aire.

—¿Qué voy a hacer, Izaak? Esto... ¡esto no estaba previsto, joder! Teníamos que ser compatibles y... y yo...

—Ash...

Me escruta con los ojos de color avellana. Sin pensarlo, le abro los brazos; se refugia al instante. Siento cómo le late el corazón con fuerza y cómo se agarra a mi chaqueta vaquera con las manos húmedas. Durante un segundo, me transporto a la época en la que me veía como su hermano mayor, el que lo protegía de todo.

—Tengo a todo el imperio sobre mí —murmura, y se agarra un poco más fuerte mi ropa—. ¿Cómo voy a hacerlo?

«Esta mierda de herencia».

—Tendré que casarme con otra, Izaak, construir una familia con alguien que no es ella, a la que quiero desde siempre. Así son las cosas. No tengo elección.

—Sí, en esta mierda de sociedad....

Lo alejo de mí para mirarlo a la cara con las manos a ambos lados de los hombros.

—Escúchame, Ashton. Si tanto quieres a Eliotte, tienes que luchar por ella. Al carajo sus ideas, la opinión de papá y su imperio político...

—Deja de decir gilipolleces —exclama, y se aparta de mí—. ¡Sabes perfectamente que es imposible! ¡Sé sensato! Tú y yo no tenemos la misma visión de la ciencia, pero no puedes...

—Ash, la quieres.

Se muerde el labio para aguantarse el llanto.

—Claro, pe-pero... ¿y papá, joder? ¿Y la reputación de los Meeka? Yo...

—¿La reputación?

Nunca me habría imaginado que la respuesta a una cuestión de amor contendría esa palabra. Es como escuchar:

«—¿Cómo te llamas?

—¿Yo? Vivo en Connecticut».

Al final, lo han construido para que piense así. Y no he podido protegerlo: todas las piezas ya estaban juntas y bien engrasadas cuando me di cuenta de ello.

—Sabes muy bien que hay una solución, Ash.

—Izaak. No puedo... Es... es demasiado...

Baja la cabeza y mira el suelo mientras se sorbe los mocos.

«¿Por qué no aprovecha la oportunidad de vivir con quien quiere?».

Sé que está loco por esa chica.... Y también que haría todo lo posible para que nuestro padre esté orgulloso de él. Cuando me contó que quería volver a hacerse el test de pareja con Eliotte, le comenté todas las posibilidades, entre ellas, que volviera a ser negativo. No quería creerlo, pensar en esa hipótesis. Y ahora lo entiendo: no era por huir de esa posible realidad, sino por huir de la cobardía que sentiría si fuera así.

Y lo peor es que creo que su reacción no me sorprende.

Me pregunto qué lo haría más feliz: ¿Eliotte o la sonrisa de nuestro padre?

—Y la historia del porcentaje... mierda —suelta de pronto—. Nunca lo habría imaginado, Izaak: ¡estamos por debajo del cincuenta por ciento! De hecho, ha bajado desde la última vez, joder... Somos *incompatibles*.

Se seca las lágrimas e inspira fuerte.

«Sois compatibles si os queréis».

Me gustaría que se tapara los oídos por una vez y que dejara de escuchar esas gilipolleces, la voz del exterior.

Al final, quizá también están las voces del interior, esas voces que nos perturban desde niños, esas voces que se convierten en la nuestra si no nos damos cuenta.

—¿Quieres que me quede aquí contigo? —le pregunto cuando se seca por enésima vez los ojos para intentar canalizar otro ataque de lágrimas.

—No, no pasa nada. Creo que prefiero estar solo.

—¿Crees o estás seguro?

Intenta esbozar una leve sonrisa.

—Estoy seguro.

Me gustaría insistir de nuevo, pero creo que soy al último al que quiere ver en esta situación tan descabellada. Además, diga lo que diga o haga lo que haga, sé que en unos segundos subirá al cuarto, saludará a la mujer de la limpieza, tratará de hacer ejercicios de respiración y acabará vaciando su bote de ansiolíticos.

Aprieto el puño.

Suspiro, agarro mi mochila, que había dejado en el suelo mientras me ataba los cordones, y le despeino el pelo de color miel antes de decirle:

—Una llamada y aquí estaré, Ashton. No lo olvides.

Asiente inclinando ligeramente el mentón.

—Encontraremos una solución —le aseguro antes de despedirme acercándome dos dedos a la frente.

Me esfumo de la casa antes de que uno de los trabajadores me vea aquí. Al salir, noto que me vibra el móvil: un mensaje. Sé quién es antes de leer la notificación.

Respondo con torpeza mientras doy zancadas hacia el coche.

Todo bien. Estoy de camino, voy.

Unos días después
Eliotte

—¿Te vas?

—Sí, el taxi ha llegado —respondo mientras me pongo los zapatos en la entrada.

—Te sentirás un poco incómoda al principio —me dice mamá desde el salón, que sube el tono de voz para hablar por encima de la película que está viendo—. Pero tienes que confiar en los porcentajes, Eliotte: ¡irá bien!

«Confiar en los números...». Hago una mueca y cojo los botines.

—¡Tu madre tiene razón! —asegura Karl—. Irá bien. ¡Te recuerdo que tenéis un 98,8 % de compatibilidad!

—Gracias por tranquilizarme —respondo—. Pero no puedo evitar pensar que esperar que todo vaya bien es la mejor forma de estropearlo todo antes de empezar nada. Si no hay expectativas, no hay decepción, ¿no?

«¿Qué dices, cómo que "no hay decepción"?».

Lo he dicho para dar conversación y para que sigan creyendo que todo va bien, que no me pasa nada... Pero, por supuesto, mi relación con Izaak se ha ido la mierda antes siquiera de haber empezado: estoy enamorada de su hermano y no puedo ver a ese tío ni en pintura. Así que no: nada irá bien.

—¿Sabéis a lo que me refiero? —añado al vacío.

Me remango las mangas del jersey mientras me enderezo y me miro en el espejo de la entrada. No me he arreglado. Me peino algunos mechones del flequillo, que, con los rayos del sol de noviembre, tiene reflejos de rubio claro. Al pasarme la mano por las mechas, me doy cuenta de que las raíces castañas han crecido antes de lo normal. Es mi color natural, pero me teñí el pelo hace un año; después de aclarármelo poco a poco durante varios meses, decidí dar el paso. A Ashton le encantó.

A mi madre no.

—¿Mamá? ¿Karl?

Salgo de la entrada para deslizarme en el salón. Ahí están, acurrucados mientras ven no sé qué película. La verdad es que a veces siento que podría cerrar la puerta y no volver en una semana y no se darían cuenta de que no estoy.

Suspiro. De todas formas, prefiero que mi madre esté enamorada hasta el punto de olvidarse de su propia hija a que sea infeliz y esté sola con ella.

Forma parte de las personas del banco de pruebas del sistema. Su alma gemela —mi padre biológico— se largó clandestinamente con otra mujer a alguna parte del país cuando yo tenía seis años. Como los niños no pueden crecer en una familia monoparental, ya que es una amenaza para su buen desarrollo mental, los padres solteros o viudos deben casarse lo más rápido posible. Mi madre se casó con Karl cuando él acababa de perder a su primera mujer. Yo tenía ocho años. Dejé de esperar a mi padre cuando cumplí doce.

Por eso, en el fondo de mí, sé desde niña que Algorithma no es fiable o, al menos, que puede equivocarse. Y, ahora que han cometido este error con Ashton y conmigo, estoy convencida de ello. Esos porcentajes, esos genes, esas pruebas… Todo es falso.

Pero esta semana no he podido dejar de preguntarme si no fue… por mí. En realidad, mis padres no se querían. Soy el fruto de un error de Algorithma. El fruto de un error informático. Un fracaso. ¿Mis genes lo alteran todo o algo así? Tal vez estoy delirando, no sé…, pero estos últimos días esa idea me persigue y se me repite.

Me aclaro la garganta para que se den cuenta de mi presencia. Se sobresaltan, abren los ojos de par en par.

—¡Oh! ¡Me has asustado! —exclama Karl—. Pensaba que te habías ido.

—Bueno…, no sé cuándo volveré, así que no me esperéis para cenar, ¿vale?

—De acuerdo —me dice mi madre con una sonrisa, aunque sin apartar los ojos de la televisión.

No me parezco mucho a ella. No tengo sus pecas ni su copa D de sujetador, ni tampoco sus ojos verdes. Los míos son azules. Como los de cierta persona.

Me despido de ellos —casi segura de que no se han enterado— y me largo. Hasta ahí, parece que mi papel de actriz ha funcionado bien. Para ellos, estoy a la perfección: tengo ganas de conocer a mi gran amor, Algorithma me encanta y no quiero quemar sus oficinas. Solo espero que en la cita no se me caiga la máscara.

«¿Habrá psicólogos donde hemos quedado?».

Podría habérselo preguntado a mi madre, pero estaba tan absorbida por la pantalla…

He intentado hablar de la fiabilidad de Algorithma con ella, pero siempre encuentra la forma de cambiar de conversación, porque esta está inevitablemente relacionada con la partida de mi padre. Además, desde que encontró el amor con Karl, no creo que dude de su fiabilidad. Por eso, le he ocultado mi relación con Ashton todos estos años y la razón de mis lágrimas estos últimos días.

«Ash...».

Bajo con rapidez las escaleras mugrientas del edificio y entro en el taxi que me espera desde hace diez minutos. Nunca me habría imaginado ir a una cita impuesta por el Estado con alguien que no fuera Ashton. O peor aún: con su hermano mayor.

«Es solo para que no me pongan una jodida multa. Un cuarto de hora y listo».

Suspiro mientras apoyo la cabeza contra el cristal. Quizá a Izaak le da igual la multa. Además de tener medios de sobra para pagarla, parece alejado de todo. Sí, parece que no le preocupa nada. El mundo puede desplomarse si el suyo sigue dando vueltas: qué más da.

No es más que un fantasma en el campus o en casa de los Meeka: está allí porque uno u otro lo nombra. Izaak solo está presente en las conversaciones, rara vez físicamente. A pesar de todo, siento que lo conozco de un modo íntimo. Lo conocí hace varios años a través de Ashton, que me contaba historietas de su adolescencia, tanto las mayores carcajadas como la forma en la que se han provocado las heridas internas más profundas, que, a día de hoy, aún siguen abiertas.

De esas conversaciones tan largas llegué a una conclusión: no quiero tener nada que ver con ese tío. Aunque Ashton lo quiera a pesar de sus muchos defectos, yo no: no compartimos sangre y no tengo ningún motivo para pasar página como él ha hecho tantas veces.

Al cabo de un cuarto de hora, o quizá de treinta minutos —he perdido la noción del tiempo—, nos paramos delante del edificio de la cita. Ya estoy aquí. Aquí está el café-librería en el que voy a tener mi primera cita con Izaak Meeka.

Ya es la hora.

LA CITA

No tengo que buscarlo cuando entro en la cafetería: veo de inmediato la alta y larga silueta. Está apartado en un rincón, con la mirada hundida en un libro. Lleva un jersey de cuello vuelto azul marino, un poco ceñido, que destaca el castaño intenso de los rizos que le rodean el rostro, concentrado en la lectura.

Inspiro. Aprieto los puños. Me dirijo hacia él. Un aroma muy agradable flota en la tienda, una mezcla de papel y de granos de café molido. El café-librería es el lugar preferido de almas antiguas como yo.

—Eh, hola, Izaak —saludo al sentarme enfrente de él.

No me responde y se pone a sorber su taza de té mientras pasa una página que estoy segura de que en realidad no está leyendo.

—He dicho: «Hola, Izaak».

Por fin, sus ojos de color jade suben hasta mí. Dibuja una pequeña sonrisa en la comisura de los labios. Veo los moratones que tiene en la sien y al lado de la mandíbula. «¿Se ha peleado con alguien?».

—Hola, Eliotte —responde al fin con un tono alegre—. ¿Qué tal? ¿El trayecto hasta aquí te ha ido bien?

No me deja responder y me tiende uno de los libros de la pila que hay en una esquina de nuestra mesa.

—Toma, he pensado que te gustaría.

Arqueo una ceja. No me esperaba este recibimiento. No es propio de él...

—¿En serio? ¿Tú...?

—La hoja de guarda —me corta con un susurro.

«¿Cómo?».

Intrigada, abro la primera novela de la pila por la página que me ha indicado. Hay una nota pegada.

Nos observan, pero no nos oyen demasiado. Sé que la cita es extraña, sobre todo por Ashton, pero tiene que parecer que te entusiasma. En diez minutos, saldremos a hablar en mi coche, es importante. Ahora, sonríe mientras me enseñas una página del libro.

Como esperaba, un equipo de científicos ha venido a observarnos. Tendré que actuar si no quiero tener problemas. El único imprevisto del plan es que no me esperaba que Izaak pensara como yo... Quizá finge por instinto hacia su hermano. No lo sé. De lo que estoy segura es de que el tipo me inquieta.

Esbozo una sonrisa y le enseño la hoja de guarda, como me ha pedido.

—Es... mmm... una obra interesante.

—Sí..., aunque no tanto como nuestra conversación, evidentemente —farfulla antes de dar un sorbo al té.

Cuando me dispongo a responder con el mismo tono ladino, un camarero me deja una taza antes de huir detrás de la barra.

—¿Lo has pedido tú? —le pregunto.

—Sí. Hace un cuarto de hora, pero les he pedido que lo trajeran cuando estuvieras aquí.

Observo sorprendida la flor dibujada sobre la crema del capuchino.

—Gracias.

—No, no lo entiendes...

Se inclina hacia mí de forma natural y añade en un susurro:

—No lo he hecho por amabilidad, o peor, por cortesía. Lo hice sencillamente porque el tío del fondo a la derecha estaba apuntando cosas cuando pedí.

Arqueo una ceja. Ahora reconozco al Izaak del que había oído hablar. El descarado. El fríamente honesto. El ligón. E insensible.

—Oye, dime... ¿Es natural que tengas ese toque antipático de mierda? En realidad, no sé por qué lo pregunto. Coincide con la idea que tenía de ti.

Tiene el reflejo de poner los ojos en blanco, pero sonríe enseguida.

—Ay, Eliotte... —exclama antes de reír—. Me has calado.

Se detiene antes de responder entre dientes:

—¿Y si nos dejáramos de gilipolleces y nos concentráramos en lo importante? Por ejemplo, en el hecho de que tengas esa sonrisa, demasiado crispada para parecer sincera. Podrías hacer un esfuerzo y adoptar un tono más... alegre o impresionado.

«¿Yo? ¿Impresionada por... él?».

No sé si es peor que me lo pida o que haya pensado que es una reacción realista.

—Muy bien... Me encanta el café, ¿cómo lo has adivinado? —respondo exageradamente alegre para que los científicos lo anoten en su informe.

—Madre mía —susurra antes de dar otro sorbo—. Te he dicho que parezcas alegre, no borracha.

—Lo hago lo mejor que puedo para intentar encontrar dónde se ha escondido ese 98,8 % que nos han asignado, Izaak.

«So antipático de mierda».

Se me escapa una sonrisa nerviosa. Agarro una galleta que está en un plato grande y la muerdo. Hago una mueca: canela. Izaak ha vuelto a dirigir su atención al libro, como si no estuviéramos hablando.

FÍSICA CUÁNTICA Y REPRESENTACIÓN – SCHRÖDINGER

—¿Estás leyendo a Schrödinger?

Sin apartar la mirada de la página, responde:

—¿Eso que noto en el tono de voz es sorpresa?

—No... Bueno, sí, quizá.

—Siento decepcionarte, Eliotte. No llevo gafas ni un jersey a cuadros y, sin embargo, me gusta la ciencia.

—Iba a decir que es un autor poco conocido... Al menos, no es el primero que se lee cuando a uno empieza a interesarle la física cuántica.

—¿A ti te gusta?

Nuestras miradas se encuentran. Levanto una ceja y cruzo los brazos.

—Siento decepcionarte, Izaak, pero no: tener cierto índice de estrógenos no es un obstáculo para tener curiosidad intelectual. Me encanta Schrödinger.

—¿Por qué crees que mi prejuicio se debe a que eres mujer? ¿Acaso tengo cara de misógino? Te lo pregunto porque sé que la física cuántica avanzada requiere muchos años de estudios y tú acabas de terminar la carrera.

Bajo la mirada e intento esconder como puedo mi vergüenza.

«Tengo que admitirlo: tiene razón».

—Ya me he tragado ese tipo de comentarios al ir a la biblioteca de la universidad científica para sacar libros —le respondo—. En fin... Te aconsejo que te saltes las cuarenta primeras páginas y que pases directamente a la segunda parte, que es la mejor. Me gustó mucho el pasaje que trata de la función de la onda y de su colapso, es fascinante.

Me examina unos segundos antes de asentir. No sé qué quiere transmitir. ¿Escepticismo? ¿Interés? ¿Sorpresa?

—Me lo apunto —acaba diciendo con esa voz condescendiente que hace que me entren ganas de lanzarle mi taza ardiendo a la cara.

Me la señala con el mentón.

—Cuando te la acabes, vamos a mi coche, ¿vale?

No me hago de rogar: en cuanto pronuncia la frase, la agarro y bebo el contenido. Me quema y tengo ganas de escupirlo todo, pero, ahora que he empezado, no puedo parar. Me haría perder credibilidad.

—Ya está, podemos irnos —anuncio con lasitud tras dejar la taza vacía.

No me siento la lengua.

Le dedico una gran sonrisa forzada, que me devuelve con la misma sinceridad. Paga la cuenta pasando su tarjeta por la zona azul oscura en una esquina de nuestra mesa transparente. Le doy las gracias y salimos de la cafetería a paso ligero mientras simulamos que hablamos. Reconozco su *jeep* aparcado a unos metros. A veces, Ashton y yo se lo cogíamos prestado para pasear.

—Venga, sube —dice Izaak mientras enciende de lejos el coche con una llave.

Es un modelo del siglo XXI cuyo motor se ha adaptado al combustible del mercado. Es decir, es un bien incalculable. Nos sentamos en la parte de delante mientras lanzamos un suspiro.

De cansancio, de vergüenza o de irritación, no lo sé bien. «Para mí, es sobre todo de irritación».

Izaak se gira en mi dirección y me escruta unos segundos. Tiene un aspecto muy singular en la cara, un poco oscuro y despierto a la vez. Desestabiliza mucho. Pero no lo suficiente para no poder soltar:

—¿Qué hago aquí?

—Lo diré rápido: no te quiero.

—Otro punto en común que puede explicar el 98,8 %, ¿no?

—No te quiero, no te he querido y no te querré... Sin embargo, *tengo* que casarme contigo. Estamos de acuerdo en que algo no cuadra, ¿no? Las almas gemelas, el gen de compatibilidad, los porcentajes... Quizá te sorprenda, pero creo que es una sarta de tonterías. Lo creas o no, Eliotte, no soy tu alma gemela.

«¿Qué?».

Lo miro atónita. Es la primera persona a la que conozco que tampoco cree en todo esto, y, además, con tanta firmeza. Al menos, se atreve a decirlo en voz alta.

—Tranquilo, desde que nos dieron los resultados a Ashton y a mí, también pienso que es una sarta de tonterías.

«Por eso, y también... desde que mi padre se fue».

Recula un poco.

—¿En serio?

—Sí, en serio, Izaak. No me ha impactado lo que has dicho.

Mira el techo del coche, aliviado.

—Entonces será más fácil de lo que pensaba... Creía que tendría que convencerte de que no era tu alma gemela.

—Bueno, entonces, ¿puedo salir de tu coche? —pregunto mientras me dirijo a la puerta.

—No, espera —dice, y me agarra del hombro—. Tenemos un problema: con nuestro alto porcentaje y mi apellido, si no hacemos lo que nos dice el Gobierno, corremos mucho peligro. Nos usarán como ejemplo.

Me alejo de él.

—¿Adónde quieres llegar?

—Nos casaremos, Eliotte, fingiremos que sus estúpidos descubrimientos sobre los genes y sus pruebas dicen la verdad para que nos dejen en paz, y luego... pensaremos en un plan para separarnos.

—¿Un plan?

—Confía en mí, tengo algunas ideas.

Frunzo el ceño. ¿Ideas para arreglar la situación? ¿Legales? ¿O de forma clandestina? La boda es un paso obligatorio e inevitable. Así son las cosas, no puede hacerse de otra forma.

Entonces, ¿qué mierdas tiene en la cabeza?

—¿No te apetece exponerme «tus ideas»?

—Cada cosa a su tiempo. Por ahora, conténtate con fingir que estás enamorándote de mí.

Hago una mueca.

«Piedad...».

De todas formas, me da igual lo que tenga en la cabeza: no confío en él.

—¿Cómo está Ashton? —le pregunto sin pensar—. Hace una semana que no me responde a los mensajes ni a las llamadas... Quería ir a verlo a vuestra casa directamente, pero la ley nos ha tachado de «expareja» y es imposible.

Izaak aprieta los labios y fija la mirada en un punto delante de él.

—Ash está... Está un poco afectado por todo esto.

—Me imagino... Estaba seguro de que las pruebas darían positivo. Pero no es motivo para evitar la conversación. En algún momento tendremos que hablar.

—Sinceramente, Eliotte, no sé si lo que evita es más bien a ti.

Se me contrae el cuerpo.

—Mira, Izaak, ya hablamos de la posibilidad de no ser nunca compatibles a ojos de la ley, y estábamos seguros de una cosa: no nos separaríamos aunque tuviéramos que vivir de forma ilegal.

—Quizá... Quizá todo esto al final le ha dado miedo. Quizá, ante las posibles consecuencias..., ha cambiado de opinión.

—No... No lo creo.

—Quizá prefiere pasar página. Pasar a otra cosa para tener una vida más sencilla y encajar en el molde.

«¿Una vida más sencilla? ¿Encajar en el molde?».

El estómago me da un vuelco.

—¿Qué estás diciendo? Eso es ridículo. Conozco a Ashton. Como si quisiera una «vida más sencilla», deja...

Izaak sacude la cabeza.

—¿Sabes qué...? Ayer tuvo su primera cita.

—¿Y bien? Yo he tenido la mía hoy y no ha cambiado nada.

—Parecía bastante entusiasmado cuando volvió.

«¿Qué?».

¿Ashton? ¿Entusiasmado ante la idea de casarse con una chica que no conoce? ¿A la que no quiere? Eso es una locura. Es imposible. «Im-po-si-ble».

—Todo esto son gilipolleces... Igual que el algoritmo de mierda. ¿Por qué me cuentas todo esto?

Tengo un nudo en la garganta.

—Me lo has preguntado, ¿no?

—Solo te he preguntado si estaba bien, y tú...

—No aceptas que Ashton esté bien sin ti, Eliotte. Mi hermano está intentando seguir adelante. Eres muy egoísta para entenderlo, y ya está.

—¿Estás de coña?

—No.

Aprieto los puños. Una ola de lava ardiendo me desintegra el estómago; sube a una velocidad fulgurante. Esa mente tan obtusa, esa voz monótona, ese aire condescendiente, como si se creyera que lo sabe todo, como si estuviera hablando con un niño...

—Conozco a Ashton, ¡eso es ridículo! ¡Como si quisiera pasar página! Además..., ¿cómo puedes hablar por él? ¿Eh? Como si conocieras a Ash... Deja ya de hacer tu numerito. Él te da exactamente igual, todo el mundo lo sabe...

—¡¿Qué?! ¿Sales de la nada y te atreves a criticar la relación que tengo con mi hermano? Pero ¿tú quién te crees que eres?

—Su novia. La que lo ha escuchado mientras a ti te importaba un comino estos últimos años —le grito.

—Entonces, como te has enrollado con él, ¿crees que lo conoces mejor que yo?

—Hace *tres años* que nos enrollamos.

—Eres la mayor broma del siglo.

—Y tú, Izaak, eres un c...

Pum, pum, pum.

Nos giramos de repente hacia la ventanilla del conductor. Un hombre con una camisa abotonada hasta arriba está esperando con una tableta en la mano. Consigo leerle los labios: «¡Abran!».

Me paso una mano por el pelo mientras suspiro. Había olvidado por completo esa mierda de protocolo adjunto al correo electrónico que me indicaba la hora y la fecha de la cita: no podíamos alejarnos de la zona del encuentro.

Izaak abre con lentitud y desgana la ventanilla:

—Deje de dar esos golpes, no nos escuchamos.

—No han seguido el protocolo: deben permanecer con su pareja un mínimo de dos horas en el lugar asignado; en este caso, el café-librería. Solo han permanecido en ella veintidós minutos.

—Pero seguimos juntos, a diez metros de la cafetería —responde Izaak—. ¿Cuál es el problema?

—Deben regresar a su mesa de inmediato para no ser sancionados, señor Meeka.

No se atreverán a multarme. Ni hablar. De todas formas, él y yo ya habíamos acabado. Suspiro y abro mi puerta.

—Muy bien, señor.

Al final, Izaak refunfuña y sale también del todoterreno.

—¿No puedo hablar con mi futura esposa sin que me espíen?

«Mi futura esposa».

—El protocolo es el protocolo. Lo siento, señor Meeka.

El hombre nos conduce hasta nuestra mesa antes de sentarse en la suya, unos metros más lejos. Lo examino, desconcertada, cuando aprieta su lápiz táctil, inclinado sobre su tableta. Está listo para escribir.

«Es a ti a quien evita, Eliotte».

Izaak está aquí, delante de mí, con la mirada tranquila, como si no acabara de machacarme el corazón a golpes en su coche. Tiene el puño apretado sobre la mesa, está intentando calmar su respiración. Parece que trata de contenerse. Es tan… brutal, frío, indiferente. No sé cuál era su objetivo al contarme todo eso.

«Sí, está bien sin ti».

Eso son gilipolleces. Sacudo la cabeza mientras me muerdo el interior de la mejilla. Me pica la nariz, me duele la garganta.

Sin pensarlo, agarro un libro al azar de la estantería que tengo al lado y lo abro mientras aprieto los labios.

—¿De qué hablábamos? —pregunta Izaak—. ¿De Schrödinger y la función de la onda?

Levanto poco a poco la mirada hacia él.

—¿Piensas que retomaremos la conversación como si no pasara nada?

—¿Puedo saber por qué no? Te recuerdo que aún nos observan.

—Esto es estúpido. ¿Crees que no han visto nuestra escenita en el coche? ¿O que no dudan de que esta cita no tiene sentido para ninguno de los dos porque eres el hermano de mi expareja?

—Te recuerdo que todo el mundo cree firmemente en Algorithma —dice más bajo—. Lo normal sería que dos personas que son un 98,8 % compatibles quieran conocerse al menos un poco. Aunque hayas probado tu compatibilidad con Ashton, en vista de los resultados... tiene lógica.

—Me da igual.

Aprieta el asa de la taza de té, que todavía no han recogido.

—Estoy controlándome para intentar olvidar hasta el final de esta cita que eres una idiota por creer que conoces a Ash mejor que yo. Así que intenta evitar mandarlo todo al carajo por...

—Tú y tu estúpida estrategia, idos a la mierda —le suelto—. Son las 15:02, en una hora y cuarenta minutos me largo.

Dirijo la mirada al libro. Intento leer, pero parece que todo está escrito en chino: solo veo letras amontonadas las unas encima de las otras que desfilan por las páginas. El nudo de la garganta me aprieta más.

«Quizá, ante las posibles consecuencias..., ha cambiado de opinión».

—Es lo que te decía. Eres demasiado egoísta para ver más allá de tu mundo y darte cuenta de los problemas que nos afectan. Solo piensas en ti.

No consigo responderle, casi no lo oigo. Solo estas palabras: «Parecía bastante entusiasmado».

Como si Ashton fuera a dejarme. Como si fuera a borrar estos últimos tres años en una semana. Como si quisiera casarse con una desconocida en vez de conmigo, la chica con la que ha prometido seguir cueste lo que cueste.

Izaak lanza un largo suspiro con el que muestra toda su arrogancia. Nos quedamos así, en un silencio total que solo rompe el ruido de nuestras páginas al pasar, los sorbos que da al té y el tintineo de la taza al apoyarla sobre los platitos..., hasta que las agujas de mi reloj marcan las 16:36. Me levanto de golpe y dejo el libro en su lugar, sin dedicarle ni la más mínima atención.

Me alejo de ese café-librería, me alejo de este día de mierda, me alejo de quien me ha hecho llorar; me largo.

Miro el último mensaje que le mandé a Ashton, a las 19:30, que sigue sin respuesta.

> Respóndeme, por favor. Tengo que hablar contigo.

Son las dos de la mañana. No paro de darle vueltas a la conversación que he tenido con Izaak. Sin embargo..., era totalmente absurda. Un montón de estúpidas mentiras. Seguro. Izaak me lo decía para desestabilizarme, porque es un cretino, ya está.

«Te lo has repetido demasiadas veces para lo absurdo que es...».

Me parece una locura que Ash quiera evitarme, que haya vuelto de su cita «entusiasmado»..., pero esos son los hechos. No dejo de mirar los doce mensajes que le he mandado desde hace una eternidad.

«Eso no es nada propio de él...».

Mi corazón me da un vuelco en el pecho. Sí... Quizá no es él, ¡quizá lo obligan a ello! Quizá su padre le ha pedido a Izaak que me diga todo eso para que lo olvide.

Aprieto la sábana entre mis dedos, temblando. Mierda, conozco a Ashton. ¡Lo conozco! No puede hacer como si no existiera de la noche a la mañana. Tiene que pasar algo.

Inspiro fuerte, con los ojos fijos en el techo.

Me levanto de golpe y salgo de la cama. Me pongo una sudadera y unos pantalones de deporte y me escapo a hurtadillas. Le robo a Karl las llaves del coche antes de cerrar con cuidado la puerta detrás de mí.

Tengo que ir a ver a Ashton.

LOS RIESGOS

Soy perfectamente consciente de que me juego muchísimo al ir a su casa cuando nos están vigilando a los tres, pero me da igual. A decir verdad, me dan igual las multas, la cárcel y las repercusiones. Me dan igual los riesgos. Ya no existen.

Conduzco mientras rezo para que nadie me vea ni me observe. Son las dos de la mañana, es más que improbable que haya científicos espiando todos y cada uno de mis movimientos, pero siento que todas las miradas se dirigen a mí.

Cuando llego al barrio de New Garden, aparco a varias manzanas de la casa de Ashton para seguir andando: así seré más discreta. Es una parte de la ciudad en la que cada casa está vigilada por un sistema de vanguardia. ¿Y si una cámara me graba mientras voy a casa de los Meeka? Me subo la capucha e intento taparme todo lo posible y salgo del coche decidida. Todo irá bien, lo he hecho un millón de veces. Rodeo la manzana pasando por el pequeño parque de perros.

Cuando veo el imponente edificio de los Meeka, oigo voces en la casa de al lado. Se me pone el corazón a cien.

«No pasa nada, no pasa nada. Ánimo, Eliotte».

Cuando las voces se alejan, vuelvo a ponerme en marcha.

Normalmente, cuando me cuelo en casa de los Meeka —o Ashton se escapa— solemos tomar un pasaje escondido para evitar el sistema de alarma y a los agentes que se colocan delante de la casa. Al parecer, lo hizo Izaak. «En realidad, es capullo solo cuando quiere».

Las cajas de control que tengo que desactivar están cerca del pasaje. Me muevo rápidamente y marco a toda prisa el código que me sé de memoria. Ojalá que no haya cambiado en una semana. Una luz verde parpadea.

«Bingo».

No habrá detectores de movimiento en treinta minutos. Allá vamos. Corro al balcón de la izquierda, que da al jardín, y enciendo la linterna de mi teléfono en busca de la escalera; rezo por que Ashton la haya dejado contra la pared.

«¡Gracias a Dios, sí!».

Esbozo una gran sonrisa justo enfrente del balcón e inspiro una gran bocanada de aire antes de subir hasta su habitación. En un segundo, estoy delante de su puerta acristalada. A unos centímetros de él. No lo dudo y golpeteo con cuidado el cristal.

«Nada».

Vuelvo a golpear con un poco más fuerza mientras cruzo los dedos y espero que no me hayan oído.

«Es tarde, seguramente estará durmiendo…».

Cuando me dispongo a volver a llamar, la puerta del balcón se abre con un chirrido horrible.

—¿Eliotte? ¿Qué haces aquí?

Ash se frota los ojos. Tiene el pelo revuelto y lleva la camiseta medio del revés a la altura de la barriga.

—Estaba harta de que no me contestaras, Ash, y yo…

—Rápido, entra, podrían verte —me interrumpe mientras me agarra del brazo.

Me hace pasar por encima de la barandilla y me mete dentro de su habitación antes de cerrar con rapidez la puerta detrás de mí.

—¡Estás completamente loca! ¿No te das cuenta del riesgo que estás corriendo? ¿Qué hacemos si te ven?

—Les diré que he venido a ver a Izaak.

—Hace meses que no vive aquí, Eliotte.

«¿Qué?».

Me guardo esa información para más tarde y respondo:

—Me da igual correr riesgos, Ash. ¿Qué… qué pasa? No me respondes ni a las llamadas, ni a los mensajes ni… ¿Tu padre te obliga a hacerlo?

Ash se deja caer sobre la cama y se agarra la cabeza entre las manos.

Lanza un largo suspiro, que desgarra los pulmones.

—¿Ash?

—No, Eliotte…

Levanta tímidamente la mirada hacia mí.

—No es mi padre. Soy yo.

Se me cierra la garganta. Me quedo sin aliento.

«Él».

—Eliotte… Creo que es… imposible. Llevamos muchos años y seguimos siendo incompatibles. He pensado que… ¿no deberíamos rendirnos ante la evidencia? No…, no lo sé… Ya no sé nada, Eliotte.

Su voz es distinta. Le tiembla, está consumida. No la reconozco.

—¡La única evidencia somos nosotros dos, Ash! ¿Prefieres una mierda de máquina, una mierda de gen, a lo que hemos vivido?

—Los porcentajes están claros…

—¡Para! Sabes que son gilipolleces, si no ¡mi padre no se habría ido con otra mujer!

—¡Para tú! Te empeñas en creer que tienes razón, que lo que sentimos es verdad…, pe-pero no es nada racional, nada científico, nada real.

—Tú mismo lo has dicho, Ash: ¡«lo que sentimos»!

Veo borroso. Intento acercarme a él, pero me detiene con un movimiento.

—No creas que es fácil para mí. Si supieras cuánto me duele… Pe-pero es lo mejor que podemos hacer.

—Si fuera lo mejor que podemos hacer, ¿por qué es tan doloroso? Te equivocas, Ashton. Te equivocas…

Me cae una lágrima por la mejilla, pero no me molesto en secármela y sigo hablando, con la voz temblorosa:

—Por favor, Ash, no dejes que te coman la cabeza… Sabes a la perfección que lo que digo es verdad.

—No, Eliotte. Escondíamos la cabeza, esa es la verdad.

Suspira.

—Y-y…, joder, ¡98,8 %! ¿De verdad quieres que me crea que nunca te has fijado en mi hermano?

—¿Qué? ¡Qué dices! ¡Nunca! ¡Él me daba y me sigue dando igual! —exclamo abrumada.

—Déjalo, es imposible…

Me mira mientras se muerde el labio, vencido. Se sorbe los mocos, se seca las lágrimas que no había visto en la penumbra.

Se lo cree, madre mía. Se cree ese algoritmo, esos porcentajes. Él también cree en Algorithma. «Por supuesto que se lo cree».

—Ashton, no puedes dejarme así... ¿Te acuerdas de lo que nos dijimos? ¿Te acuerdas?

Me acerco a la cama y la señalo con una mano temblorosa.

—Acuérdate. Estaba justo ahí, sentada en tu cama y tú estabas tumbado al lado. Me dijiste que no me dejarías, que siempre estarías ahí para mí y que...

«¿Cómo puede hacerme esto?».

No aguanto más y rompo a llorar, me quema el pecho. Las lágrimas me caen sin parar y se lo llevan todo. ¿Cómo puede hacernos esto? Intento que no me den espasmos, pero no lo consigo. Me siento muy impotente, no solo por mi cuerpo. ¿Después de todo lo que hemos pasado, de todo lo que hemos construido y de todo lo que nos hemos prometido?

De pronto, los brazos de Ashton me rodean y me acerca a él. Me sostiene con fuerza contra su cuerpo. Noto que le tiemblan las piernas y los brazos y que el pecho se le hincha a duras penas. Él también está llorando.

—En el fondo, tú también sabes que es lo mejor que podemos hacer... —me murmura con una voz débil en el cuello, que me moja con sus lágrimas—. ¿Para qué engancharnos a algo que está destinado a acabar algún día?

Escondo la cara en su hombro y le aprieto la espalda con las manos.

—No te crees ni una palabra de lo que dices...

—¿Para qué hacernos más daño? Si nuestro porcentaje es tan bajo..., es que somos incompatibles. Nuestra relación estaba destinada al fracaso desde el principio y...

—Pero ¡mi padre tuvo un porcentaje alto con mi madre y eso no le impidió abandonarnos! Sé que lo que te digo puede parecer una locura, pero... Tienes que creerme. El algoritmo no puede funcionar. No puede...

—Por favor, Eliotte... Te lo suplico, no lo hagas más complicado... Es lo mejor para los dos. Lo sabes muy bien.

Sus dedos me acarician con cuidado el rostro.

—Deja de decir eso —resoplo—. Cállate, cállate, cállate...

Desliza los dedos hasta mi cara. Me agarra el mentón para obligarme a mirarlo. Los rayos de la luna detrás de mí le iluminan un poco. Sus lágrimas parecen largas líneas de pintura acrílica de lentejuelas que le dibujan la cara. Una cara que creía que vería todas las mañanas de mi vida, todos los días de mi existencia.

—Te juro que te quiero, Eliotte, pero... no sería para siempre.

—Ash...

—No soy tu alma gemela. No me querrás para siempre.

—Claro que sí.

Sacude la cabeza y aprieta los labios. Me seca las lágrimas con la punta del pulgar mientras que las suyas se deslizan por sus pómulos prominentes.

—Un día, cuando tengamos cuarenta años..., tendremos nuestra familia, seremos felices... y nos daremos las gracias por no habernos hecho tanto daño al aferrarnos el uno al otro de forma inútil.

Acerca su frente a la mía con suavidad. Su pelo rubio me cosquillea la piel.

—No digas eso, te lo suplico...

Le agarro la nuca con las manos, dispuestas a no soltarle nunca. Quiero que se quede conmigo. Que me diga que está mintiéndome.

O que estamos en una pesadilla. Sí, eso es, en una jodida pesadilla.

—Por favor... —murmura—. Es lo mejor que podemos hacer. Por nuestro futuro.

Acerco los labios a los suyos... Y me besa. No como las otras veces. Me besa para despedirse.

Me rodea con los brazos un poco más fuerte.

«Adiós». Le dejo todo mi amor, toda mi pena, toda mi sal en los labios. «Adiós». En los suyos, siento todo el peso de Algorithma, el de la convicción de que el amor son solo dos cifras sobre cien. «Adiós».

«¿Por qué prefiere creer a la sociedad en lugar de a mí? ¿En lugar de lo que siente? ¿Por qué?».

De pronto, se separa de mí y recula.

—Será mejor que vuelvas a casa... Va a amanecer.

Por primera vez en mi vida, no tengo nada que decir. Entonces, asiento con la cabeza mientras miro el parqué blanco.

—¿Eliotte?

Al besarme así, me ha escrito «fin» en los labios con tinta permanente.

«Pase lo que pase, eres tú y nadie más».

No sé qué está pasando, pero solo soy capaz de dar media vuelta e irme de casa de los Meeka en el silencio más profundo. Salgo de la habitación completamente vacía. Le he devuelto el corazón, pero le he dejado el mío de propina.

«¿Qué esperabas, Eliotte?».

Me siento en el coche con la respiración entrecortada. Coloco los dedos sobre los labios y siento cómo la palabra «fin» quema todavía.

«No va a volver. Nadie volverá por ti».

¿Cómo es posible? ¿Cómo, joder? Creía que con él... yo... nunca más estaría sola.

Me explota una bola ardiente, que se agitaba como loca en el estómago, y, con ella, un millón de preguntas. Preguntas que estaban latentes en mí desde niña.

«¿Por qué se van todos? ¿Qué me falta para hacer que se queden?».

Dejo caer la frente sobre el volante. Me siento muy débil. Muy sola. Gimoteo como una idiota contra los brazos. «¿Qué me falta para hacer que se queden?».

Permanezco sentada en el asiento del coche, incapaz de arrancar. Los brazos, las manos... Tengo todo el cuerpo entumecido. Cada vez que intento salir de esta calle, me vienen imágenes de lo que ha pasado con Ashton.

Pasan las horas sin que sea demasiado consciente de ello.

Y aquí estoy, mirando cómo los primeros resplandores del amanecer se extienden detrás del parabrisas y lo tiñen todo de un naranja claro. Me queman los pulmones; están llenos de sal. No sé qué espero, tirada en este coche. Sé que mi despertador sonará dentro de poco y, veinte minutos después, el de Karl, que se preparará para ir al trabajo y verá que su coche no está ahí. Debería arrancar el coche e irme. Pero no lo consigo.

«Nadie te va a sacar de aquí, Eliotte».

Inspiro entre hipidos.

Mi único salvador está en mi reflejo, porque nadie me sacará de aquí, nadie vendrá a rescatarme.

Me seco la cara pegajosa y me aparto el pelo rubio de las mejillas calientes.

«Está amaneciendo, sal de aquí y lárgate, Eliotte».

Sobre las once, me siento en una mesa alejada del parque del campus para repasar mi clase de historia medieval —«o más bien para creerme que estoy repasando mi clase de historia de medieval»—; porque es lo que hago desde las seis de la mañana. Nos esforzamos en abrir los ojos, en colocar un pie delante del otro y en andar. Dejamos que el instinto de supervivencia haga su trabajo. Avanzamos, como lo hemos hecho millones de años antes. Porque, sí, estamos hechos para tropezar y para volver a levantarnos. Da igual si lo hacemos solos, lo haremos de todas formas. Está programado en nuestros genes. No hay otra forma de seguir adelante; es eso o la muerte. Yo quiero vivir, aunque sea apretando los dientes y con la mano pegada a la caja torácica para impedir que se me salga el corazón del pecho. Solo quiero vivir. Y me da igual si tengo que hacerlo sola.

Paso las páginas de mis apuntes en el ordenador y entrecierro los ojos para ver las letras. La cabeza me funciona al máximo desde que decidí arrancar el motor del coche de Karl e ir a la facultad.

«¿Podría decirse que Ashton me ha dejado? ¿O lo ha hecho Algorithma?».

Tengo, según lo que he leído desde los dieciséis años, el corazón partido. Desde el punto de vista neuroquímico, el dolor emocional que acompaña a una ruptura amorosa puede compararse con un dolor físico. Con un golpe. «Entre la esperanza de que el otro vuelva —¿o la negación de su pérdida?— y el deseo de pasar página, de seguir avanzando, con la cabeza recta para curar mi ego».

Se supone que debería estar en ese punto intermedio, según todas las obras que tratan ese tema controvertido, tabú y apasionado que es la ruptura amorosa. Me interesé por ello hace años, cuando acababa de empezar con Ashton. Quería prepararme para lo peor antes de que empezara. Con el tiempo, me acabó pareciendo estúpido, puesto que era inconcebible que nos pasara.

Pero también porque las obras sobre las separaciones fueron escritas por autores antiparejas, personas en contra de las parejas antes del matrimonio; por lo que son a la fuerza sesgadas. Estos autores afirman que mantener una relación amorosa antes de haber probado a tu pareja es inútil, y una perversión que acarrea un desorden innecesario... Por eso, escriben sobre las consecuencias desastrosas de las relaciones antes del matrimonio, para disuadirnos y que así no nos comprometamos por amor, para convencernos de que una pareja solo existe porque la ciencia ha dicho que podía existir.

Los proparejas, al contrario, afirman que la ciencia no puede ir en contra de nuestra naturaleza, que el ser humano está obligado a probar cosas antes de los veintiún años. Frenar eso conduciría a la frustración y, en última instancia, al despertar de esa naturaleza coartada.

Da igual.

Yo no siento nada de lo que han descrito en sus libros. Solo tengo un vacío enorme en el pecho que crea corrientes de aire y me hiela por dentro.

«No puedo evitar racionalizar lo que vivo para intentar poner orden en el caos de mi mente, pero creo que...».

—Tengo que hablar contigo.

Me sobresalto.

Izaak acaba de colocarse delante de mí.

LO PROMETO

Mantengo los ojos fijos en mi cuaderno.

—Eliotte.

—¿Qué?

Se sienta delante de mí sin responderme.

—¿Quién te ha dado permiso? —pregunto.

—Mi buena voluntad —dice sin quitarme los ojos de encima.

Me da igual porque los míos se dirigen hacia delante. No tengo la cabeza para esto.

«Venga, mierda, déjame tranquila, por favor».

De pronto, me arranca el cuaderno de la mano.

—¿Qué haces?

—De verdad, no me gusta estar aquí, pero escúchame: es importante.

—Venga, suéltalo. Así acabamos antes.

—¿Te han mandado el informe de la cita?

—Sí, una hora después. Me dijeron que podrían sancionarme si no me esforzaba en arreglarme la próxima vez… Dejé de leer a partir de ese punto.

—A mí me han exigido que te invite en la siguiente cita sin que la idea venga de ellos; seguramente que para que pienses que es algo espontáneo. He escogido el cine de aquí al lado.

—¿Por qué el cine?

—Porque podremos pasar dos horas sin estar obligados a hablarnos.

Me encojo de hombros. Al menos, estamos en la misma onda.

—Quedamos mañana después de clase en el *parking* del campus para ir, ¿vale?

Lo examino con intensidad antes de coger mi cuaderno, que ha dejado en el borde de la mesa. En silencio, arranco el borde de una de las páginas y garabateo en ella. Se la doy con un aire descarado e indiferente.

—Este es mi número de teléfono. Ahora ya puedes mandarme un mensaje para informarme de este tipo de cosas y no tendrás que molestarme más.

Mira el papel un segundo, indignado, antes de rechinar los dientes.

—Ya lo tenía. Si no te he mandado un mensaje es porque seguramente también tienen pinchados nuestros móviles.

—Legalmente no pueden hacerlo.

—Te recuerdo que estamos en los Estados Unidos. La ley que te enseñan en clase no se aplica en la Oficina Matrimonial más que en teoría.

—Vale, ya veo. Eres uno de los conspiranoicos, ¿no?

—Uno de los lúcidos, más bien. Si controlan tu vida amorosa, ¿por qué no el móvil?

Aparto la vista con un sabor agrio en la boca. Volver a verlo hace que me entren ganas de romper lo primero que tenga a mano. También de romper a llorar. Me recuerda a Ashton. No se parecen, en realidad: no es rubio, no tiene hoyuelos ni los ojos de color almendra. Los tiene verdes. De un verde intenso y reptiliano que me da escalofríos.

Sin embargo, cuando está conmigo, siento que estoy con Ashton.

«Tengo que olvidarlo. Tengo que olvidarlo. Tengo que olvidarlo».

—Entonces… —suelto sin pensar—. ¿Nos casaremos?

Me dirige una mirada fría. Lo queramos o no, nos queramos o no, no decir «lo prometo» delante del casamentero en menos de un mes nos llevaría a juicio.

—Sí. Será muy mediático y deberíamos fingir durante varios meses para que no sospechen.

—¿Por qué tienes tanta prisa? Podemos vivir cada uno por nuestro lado, intentar no coincidir y fingir que nos queremos cuando sea necesario.

No le veo sentido a intentar separarnos lo más rápido posible. Podemos fingir todo el tiempo necesario si así me dejan en paz. No cambiará nada en mi día a día.

—No quiero fingir. Nunca me conformaré con pasarme la vida con una chica a la que no quiero. Nunca.

«Una chica a la que no quiero».

Asiento con la cabeza mientras me aguanto una carcajada en la garganta. Tengo ganas de echarme a reír; de estallar de vergüenza. Es muy brusco y humillante.

Es muy honesto.

—Tienes razón. No me veo aguantando un mes a tu lado, Izaak —respondo de forma mordaz—. Ni un mes.

—Tendrás que hacerlo bien para que la prensa se olvide de nuestra boda y para que Algorithma nos vigile menos.

—Hacen un seguimiento casi continuo de las parejas, ¡loco! ¡Y a nosotros mucho más, por el porcentaje tan alto!

—Confía en mí.

—Además, ¿cuál es tu plan para que nos separemos sin problema?

—Confía en mí —repite.

No puedo aguantarme la risa.

—Por favor… Es imposible hacerlo, Izaak. Eres la persona menos fiable que conozco.

Su risa grave emerge en el aire como un trueno. Cuando se tranquiliza, Izaak me mira a los iris.

—No me conoces, Eliotte. Y mejor así, porque nunca me conocerás.

Con estas palabras, se levanta y desaparece entre los árboles del campus.

«No puedo casarme con este tío».

Siento que la orquesta desafina. Agudos. Graves. Agudos. Graves. Todos los acordes que tocan las cuerdas me provocan dolor de cabeza. El sonido de la percusión me da ganas de vomitar. Parece que la sala da vueltas. Muy rápido.

«Inspira, inspira, inspira…».

—Estás estupenda, cariño —me susurra mi madre al oído.

Y se sienta en la primera fila. He insistido para que sea ella y no Karl quien lleve delante del casamentero. Más allá del hecho de que es mi padrastro, no me gusta la metáfora: el padre, tutor legal, lleva a su hija a un nuevo hombre, que se vuelve responsable de ella. El matrimonio es una especie de transmisión de responsabilidad, de hombre a hombre. Aunque no tenga sentido ahora, con los derechos que hemos conseguido como mujeres desde hace unos siglos, la idea me incomoda.

«Ya está, aquí estamos los tres. Todas las miradas y las cámaras se dirigen hacia nosotros».

Aliso la parte superior del vestido y aparto una parte del velo detrás del hombro. Voy a casarme. Ahora, hoy. El cinco de febrero de 2169. Irá bien. Estoy obligada a ello. No hay otra solución.

«Estoy obligada a ello».

—Estamos hoy reunidos para celebrar la unión de una pareja de almas gemelas —empieza el casamentero en voz alta—. Izaak Meeka y Eliotte Wager han sido declarados compatibles en un 98,8 % por la ciencia. ¡Nos alegramos por ello!

Aplauden. Solo he asistido a dos bodas en toda mi vida: a la de mi madre con Karl y a la de la hija de la vecina. Cuando la miraba pronunciar sus votos, me imaginaba en su lugar al lado de Ashton. Imaginaba una sinfonía detrás de nosotros que no haría que me doliera la cabeza, una reunión que no me haría bajar la mirada y cámaras que no me harían estar ansiosa, sino orgullosa.

Echo un vistazo a Izaak. Está elegante con su traje negro, con la mirada impasible, como si no le molestara casarse con una chica a la «que no quiere». Me doy cuenta de lo alto que es. Mucho más que yo.

Vuelve la mirada hacia mí. Se le dibuja una sonrisa en la comisura de los labios y me mira con intensidad.

«Las cámaras te han visto, puedes dejar de sonreír».

Dirijo mi atención hacia el casamentero, algo avergonzado. Empieza el discurso oficial, que recita sílaba tras sílaba, y que recuerda cómo Algorithma ha curado los males de nuestra sociedad y nuestras conciencias. Y, aún mejor, cómo ha reconstruido América.

Y llega el intercambio de los votos.

—Izaak Meeka, ¿promete en nombre de Algorithma que amará, protegerá y apoyará a su alma gemela, en la salud y en la enfermedad y en la alegría y la cólera?

Izaak me mira y me coge las manos. Se queda en silencio unos segundos mientras me observa fijamente, con aire solemne.

«Patético».

—Eliotte Wager —empieza—, prometo en nombre de Algorithma que te amaré, te protegeré y te apoyaré en la salud y en la enfermedad, en la alegría y la cólera..., hasta que el mundo se derrumbe, hasta que el tiempo se pare, cueste lo que cueste.

Eso es muy inteligente, Izaak: engañarlos añadiendo tus propias frases simplonas a los votos oficiales.

«Lo hace bien, el cabrón».

Sin embargo, entre las grietas verde oscuro de sus iris, veo el gran desprecio que me tiene. No es solo la falta de consideración que creí entrever en sus ojos el día que quedamos en la cafetería, no: es *desdén*. Parece que me menosprecia porque Algorithma me ha escogido para él cuando había conseguido estar dos años sin que le encontrara ninguna pareja.

Le aprieto las manos con todas mis fuerzas. Sonríe más para aguantarse un gemido de dolor. Entonces, pestañeo y le miro fijamente a los ojos con una sonrisa suave.

—Izaak Meeka, ¿promete que nunca olvidará que Eliotte Wager, aquí presente, es su alma gemela?

—Lo prometo.

El casamentero se vuelve hacia mí. Inspiro fuerte mientras lo observo, y siento miles de cadenas en la boca y alrededor del cuello.

Me hace recitar mis votos.

«Mi única alma gemela».

Me esfuerzo para no mirar a la izquierda, para no fijar la mirada en Izaak.

Trago y siento cómo las palabras me queman en la garganta:

—... lo prometo.

«Ya está, lo he dicho. Lo he hecho».

—Eliotte, Izaak, al dar cuerpo y alma a vuestra pareja, prometéis preservar la herencia de nuestros ancestros al garantizar la serenidad de vuestro futuro en brazos de la persona que más os corresponde. No lo olvidéis nunca.

Tengo escalofríos. Son prácticamente las mismas palabras que pronunció la científica que nos recibió a Ashton y a mí un mes antes en su despacho. Las mismas palabras que me incitaron a reducir sus informes, la habitación y el mundo entero a cenizas; las que me incitaron a dejar de existir.

Las alianzas brillan bajo los rayos del sol de la tarde. Izaak coge la mía y me la pasa por el dedo. El anillo no es de mi talla, siento que el metal dorado me quema le piel. O quizá soy yo la que siente que todo es demasiado pequeño y asfixiante.

Cuando me toca, deslizo la segunda alianza en el anular de aquel que tengo que llamar «mi marido» mientras trato de calmar mi respiración.

«No mires a la izquierda, no mires a la izquierda...».

—En nombre de Algorithma, os declaro almas gemelas unidas por el vínculo del matrimonio.

Izaak me mira y se inclina lentamente hacia mí. Tenemos los labios muy cerca. Quedamos en que nos besaríamos hace unos días. Pero aún no me creo que vaya a ocurrir.

«Vas a besarlo, vas a besarlo, vas a besarlo».

Me tenso e inspiro fuerte por la nariz. Miro los labios que me dispongo a besar por primera vez.

No quedan más que unos segundos antes del contacto.

Me adelanto para no parecer paralizada...

«Y a la mierda».

Le agarro la cara y presiono mi boca contra la suya. Cuanto más rápido lo bese, más rápido me desharé de él. El gran romántico me coge por la cintura para pegarme todavía más a él. Oigo los clic de las cámaras de fotos, siento los *flashes* sobre mí.

Y luego sus ojos sobre mí.

Separo mis labios de los de Izaak. Tengo náuseas y sofocos. Me giro y miro al público. No conozco a la mayoría de los invitados que hay en la sala. Sonríen y aplauden, silban, nos gritan descos de felicidad, a cada cuál más sórdido.

Intento reunir todas mis fuerzas para no mirar a la izquierda; de hecho, estoy luchando para eso desde el principio de esta jodida ceremonia. Pero es imposible. Desvió los ojos discretamente hacia Ashton, sentado al lado de su padre.

Nuestras miradas se cruzan un instante.

Aplaude con la boca torcida en una sonrisa confusa. Tiene lágrimas en los ojos y le brillan. Le tiemblan los labios. Me duele el corazón.

«Por favor, no llores. Te lo suplico, Ash».

No por la tapadera de Izaak y mía, sino porque sé que es lo que necesito para explotar. Para derrumbarme. Y para pedir que vuelvan a hacer los jodidos cálculos.

Me es imposible mirar hacia otro lado, así que cierro los ojos para no verlo más. Siento que me cae agua desde lo alto de los pómulos. No me da ni tiempo a secarme las lágrimas antes de que Izaak me agarre de la mano y me saque del panteón matrimonial. Una muchedumbre nos recibe en el exterior y nos lanza pétalos de rosa de un vivo color rojo. Hay periodistas, admiradores y partidarios del Gobierno. Siento un picor extraño en los dedos; estoy a punto de soltar el ramo. Siento que el suelo es inestable. Y me quema el pecho. Me ahogo.

«Ashton, ¿por qué me haces esto? ¿Por qué lloras en la boda cuando me has rechazado?».

—No pongas mala cara —me susurra Izaak al oído.

«Mierda…, se me ha caído la máscara un segundo».

—¿No puedo hacer lo que quiera en mi boda? —le respondo con una sonrisa falsa por necesidad.

Nuestra recepción se celebra en el jardín de los Meeka. Ashton aparece un par de segundos y luego se esfuma. Nunca pensé que un día estaríamos en la misma habitación sin poder mirarnos ni tocarnos. Cuando lo veo, me entran ganas de abrazarlo y de pedirle que no se me acerque nunca más, de sonreírle, de discutir con él. De murmurarle que lo quiero, de gritarle que lo odio. Quiero odiarlo y quererlo a la vez.

Izaak y yo nos limitamos a fingir que reímos, recogemos los regalos de los invitados con vergüenza y mostramos que estamos un poco enamorados.

Cuando me alejo de la entrada para acercarme a las ventanas para tomar el aire, veo de lejos al gobernador; su mirada helada atraviesa a Izaak, a unos metros de mí. De lejos, el hombre le señala la corbata con el dedo mientras frunce el ceño. Su hijo se la desató hace media hora porque tenía calor…, pero el señor Thomas Meeka no lo ha visto. Izaak aprieta la mandíbula y, sin apartar la mirada, vuelve a atarse el nudo con movimientos rápidos y torpes. Una vez satisfecho, el gobernador le responde inclinando la barbilla con la misma mirada de hierro y se acerca a un grupo de señores.

—No puede ser... —farfulla Izaak.

Permanece inmóvil, con la mirada fija en su padre. Inspira y espira, en plena ebullición. Pasa un camarero y el moreno atrapa al vuelo un vaso de su bandeja. Lo vacía de un trago y lo coloca en la mesa que hay detrás de él.

Cuando me dispongo a seguir mi camino, veo que el gobernador da media vuelta... hacia nosotros.

—Puta mierda —deja escapar Izaak en un tono lo bastante fuerte para que lo oiga.

Y se acerca a mi lado.

—¿Qué te pasa, Eliotte? —me pregunta el señor Meeka con una gran sonrisa mientras abre los brazos—. No has comido nada en toda la noche.

Su grupo de señores se lo habrá comentado: no me ha dirigido la palabra desde la ceremonia, pero ahora que ya no hay cámaras...

Sé que nunca me ha querido porque represento el único error que Ashton ha cometido en su ejemplar carrera como hijo; la única mancha de tinta en su lista de logros.

—¿Estaba observándome, señor Meeka? —respondo al momento.

Por supuesto, yo tampoco lo aprecio.

—No podemos apartar la vista de vosotros..., formáis una pareja muy bonita —afirma al llegar a nuestra altura—. Pero llámame Thomas, ¿quieres...? ¡Nunca me habría imaginado que tuviera que llamarte nuera!

—¡Oh! No se preocupe, no tiene por qué llamarme así.

Izaak rompe en una pequeña risa nerviosa.

—No está mal —le suelta el gobernador a este último mientras se aleja de mí—. En unas semanas de relación, habéis conseguido ser icónicos, tanto que la prensa no ha mencionado ni una vez el pasado de tu hermano con Eliotte...

Un pasado que era mi presente hace tan solo tres semanas.

—Al menos, parece que te gusta la recepción, Izaak.

Su hijo no dice nada, permanece impasible. Cuando me dispongo a llenar el vacío que se instala, se me adelanta.

—No mucho, en realidad, pero miento bien. He aprendido del mejor.

—¿Ah sí, hijo? ¿De quién?

El gobernador aprieta tanto los puños que las falanges se le ponen blancas; las cejas canosas no tardan en oscurecerle los ojos verdes.

—¡Se hace tarde! Es más de medianoche, cualquier persona empezaría a cansarse. Además, hemos tenido semanas muy intensas, ¿eh, Izaak? —le digo mientras le aprieto el bíceps.

El gobernador me mira la mano unos segundos, luego dirige su mirada penetrante hacia nosotros con una extraña expresión en la cara.

—Os lo concedo. Pero disfrutad de estas últimas horas de fiesta. ¡Uno solo se casa una vez!

Con esas palabras, nos lanza una última mirada y se larga por fin.

—¿Estás bien? —pregunto de modo instintivo.

—Sí —responde mientras se deshace de mí, como si la mano le arañara el brazo.

Se acerca a la barandilla con pasos furiosos y precipitados.

La fiesta termina sobre las tres de la mañana. Mi madre me da un beso, Karl me abraza un minisegundo y me reúno con Izaak en la parte de atrás del coche con chófer privado. Cuando cierro la puerta, se quita rápido la corbata y la chaqueta del esmoquin y se abre los dos primeros botones de la camisa mientras lanza un largo suspiro.

«Cómo me gustaría poder quitarme el vestido con tanta facilidad».

Me ahogo en esta tela blanca que pica.

Izaak se rasca la cara antes de dirigirse a mí.

—¿Qué tal?

No sé si lo dice porque está el chófer o si lo pregunta de verdad.

—Estoy agotada, ¿y tú?

—Estoy KO. Creía que nunca se irían, odio las fiestas.

—Yo también, sobre todo cuando soy el centro de atención.

Las únicas celebraciones que me gustaban eran a las que Ashton, gran fiestero e invitado estrella de todas las juergas del campus, me obligaba a asistir, porque se excusaba todo el rato intentando hacerme reír. Siempre nos escabullíamos a escondidas y nos acabábamos una botella en su coche con nuestra lista de reproducción favorita de fondo. Él me escuchaba reflexionar en voz alta sobre el universo y el cosmos mientras me miraba apaciblemente.

Dejo caer la cabeza sobre el reposacabezas de mi asiento y permito que el zarandeo del coche me meza, que nos conduce hasta el piso de Izaak.

En principio, teníamos que ir a un retiro espiritual para «disfrutar mejor de nuestro amor»: es un tipo de hotel donde podemos hacer actividades fuera de lo común juntos durante toda una semana para «dar rienda suelta a nuestra pasión en una burbuja atemporal». Según la señora Carolina, la psicóloga que nos sigue, la primera fase de la relación amorosa, en la que estamos, se llama «la euforia», «la pasión» o «el entusiasmo». Esta fase estaría perfectamente enmarcada en este resort concebido exclusivamente para ello. Pero nos negamos con la excusa de que preferíamos la intimidad del piso de Izaak. Él cree que el complejo es un laboratorio de observación a tamaño natural y que lo más seguro es que pusieran cámaras en nuestra habitación para examinar nuestra vida íntima.

El chófer nos deja delante del piso en el que voy a vivir durante las próximas semanas. Las luces de medianoche se reflejan en los grandes ventanales e iluminan las enredaderas que cubren toda la fachada. Es magnífico. Sigo maravillada cuando Izaak abre la puerta de su piso; que es, de hecho, un *loft*. Es sencillo, espacioso y refinado. No tiene nada que ver con mi casa, en la otra punta de la ciudad.

—Esta es mi casa —dice mientras lanza la chaqueta sobre el sillón de cuero cámel—. Bueno..., nuestra casa.

Aún no me creo que tenga que convivir con él, sobrevivir a su presencia.

—Ven, te enseño tu cuarto —me dice ya al otro lado de la habitación.

—Voy.

Me conduce a la planta superior y abre una puerta al fondo de un largo pasillo cuyas paredes están decoradas con varios cuadros abstractos.

—Es aquí. Hay un cuarto de baño al lado, pero también puedes usar el del otro lado del pasillo. A la izquierda, allí.

Antes de que se vaya, lo retengo. Observa cómo le agarro la manga de la camisa antes de mirarme a la cara.

—Mis cosas no han llegado todavía..., ¿puedes dejarme un pijama? —pregunto un poco molesta.

—Debo de tener algo.

Se da la vuelta hacia una puerta más lejos. Lo sigo. Siento que los ojos se me cierran solos. Justo cuando está a punto de abrir su cuarto, se para en seco:

—No puedes entrar.

—¿Qué? ¿Te da miedo que vea los cadáveres que escondes? No tengo nada en contra de tu psicopatía, Izaak. Venga, abre.

—No, en serio. Puedes estar en todas las habitaciones del apartamento, pero no entres en mi cuarto.

—Vale...

Y desaparece detrás de la puerta para volver unos segundos más tarde con una camiseta XXL y unos pantalones cortos de baloncesto en la mano. Se despide y me quedo plantada en medio del pasillo viendo cómo cierra el cuarto al que no puedo entrar. Y con un millón de preguntas en la punta de la lengua.

Me despierto alrededor del mediodía con los ojos irritados. Pensaba que lloraría mucho esta noche, pero no, solo un poco. Me desplomé en la almohada, que empapé en poco tiempo.

«¡Me muero de hambre!».

¿Cómo puedo sentirme como en mi casa con Izaak por aquí? Y peor aún: ¿cómo voy a vivir con él?

Me acerco a las escaleras mientras me estiro... Y me paro en seco. Se oyen voces en el salón: Izaak está hablando con alguien al lado del sofá. Están de pie, girados hacia la entrada. Sigo de pie, cerca de la barandilla, oculta tras las grandes plantas verdes.

Pensaría que está hablando con un amigo..., pero susurran, y dudo mucho que, en su infinita bondad, sea para no despertarme.

Algo pasa.

7

NUESTRA TAPADERA

—Ya lo veremos más tarde… —asegura Izaak, convencido, tras un largo suspiro.

—No puedes decirme indefinidamente que ya lo verás más tarde. Ya hace tiempo que es «más tarde».

Entorno los ojos detrás de las grandes hojas verdes para tratar de distinguir la forma de una cara y de un cuerpo. El tipo parece joven, de nuestra edad. Tiene la piel de color caramelo y lleva un gorro rojo. Me suena de algo.

«¿Lo he visto antes? ¿Nos hemos cruzado en el campus? ¿En una fiesta?».

—Ya he hecho mi parte del trabajo —responde Izaak—. Pero te dije que ya hablaríamos más tarde. No es ni el momento ni el lugar.

Un olor a arándanos y a tortitas flota en el aire. Izaak ha tenido que dejar la sartén en el fuego. O no se esperaba la visita o está tan metido en la conversación que se le ha olvidado.

—Vale, vale, ¡me largo! Pero no pongas esa cara, Izaak.

Su voz grave tiene un toque cálido, es un poco rota.

—No pongo ninguna cara —responde con un tono tranquilo e, incluso, compungido—. Venga, lárgate.

—Nos vemos más tarde, tío.

Las dos figuras detrás del follaje se dirigen a la puerta de entrada, fuera de mi campo visual. Oigo el pequeño clac de la puerta cuando Izaak la cierra con cuidado. Farfulla algo de una forma que no entiendo ni una frase, ni una palabra, ni una sílaba.

«¿Quién era ese tipo? ¿Por qué Izaak quería que se fuera tan rápido? ¿De qué "parte del trabajo" estaba hablando?».

No suelo meter las narices donde no me llaman, pero aquí hay algo que me trastorna. Siempre me han dicho que el instinto es una ciencia inexacta, algo místico, una excusa para los indecisos. Aunque creo que es la única verdad cuando lo sientes moverse en el fondo de tu estómago, en el fondo de tus pensamientos.

—¿Qué haces aquí?

«Mierda».

Izaak se ha girado en mi dirección, aunque está a varios metros de la escalera, de pie, al otro lado de la barra americana. Lleva el pecho descubierto, y viste solo con un chándal gris claro. ¿Qué he hecho para no verlo cruzar la habitación?

«¿Qué le digo?».

—He dormido arriba, ¿lo sabes? —le respondo tras un breve silencio.

—Sí, pero ¿por qué estás tan quieta en lo alto de la escalera?

—Yo...

Se mira el pecho desnudo.

—Lo siento por esto... Se me había olvidado que estarías aquí, no estoy acostumbrado.

—Creo que querías fardar de tu tableta —comento, y pongo los ojos en blanco—. En serio, ¿quién se prepara el desayuno semidesnudo?

—Mi hermano —responde de golpe—. Y a veces más que semidesnudo...

Aprieto los labios mientras bajo rápido las escaleras. El corazón me da un vuelco.

«¿De verdad tenía que mencionar a Ash?».

En realidad, no me sorprende demasiado. Sé perfectamente que a este tío le importa una mierda lo que yo sienta.

Me coloco delante de la barra, dispuesta a responderle, pero se me adelanta:

—Lo he dicho sin pensar. No debería haberlo nombrado.

—Mmm... Da igual.

No dice nada. O no sabe qué decir. Lo miro un momento, vestida con su camiseta inmensa y con sus *shorts*, dos veces más grandes que yo. Me escudriña en silencio. Las tortitas huelen a quemado y, sin embargo, no puedo decírselo: en este momento sus iris me atrapan. Parece que todo se desintegra a nuestro alrededor. Milímetro a milímetro.

—Haz tu vida, Eliotte —suelta de golpe—. Ahora vives aquí, aunque sea de manera temporal.

Sacudo la cabeza. Le da la vuelta a una tortita en la sartén con bastante habilidad y hace una mueca al ver la parte carbonizada. Aún tiene el pelo húmedo de la ducha que acaba de darse. Algunas gotas le recorren la clavícula y el torso. No pensaba que Izaak tuviera mejor cuerpo que Ashton, que es capitán del equipo de *hockey* de la universidad. Tras sus camisetas y sus grandes chaquetas, Izaak impone, pero, sin nada por encima, aún más. Es intimidante, incluso.

«No sabía que fuera tan deportista».

—¿Tienes café? —le pregunto.

—Sí, pero no he comprado leche.

—Me gusta solo.

Arquea una ceja.

—No eres una humana de verdad...

—Izaak, tú bebes agua caliente con aroma de plantas.

—El té es la bebida para los seres intelectualmente superiores, Eliotte. El café solo es como un cigarro: los primeros sorbos son asquerosos, pero se bebe para dárselas de importante en sociedad.

—Lo creas o no, me gusta mucho el café, y desde que era niña.

—Entonces es lo que digo: no eres humana.

Señala con un dedo un armario detrás de él.

—Venga, disfrútalo.

Frunzo el ceño y rodeo la barra. Los armarios que me ha señalado están en alto, a unos tres metros del suelo. Cuando abro uno, veo el paquete de café molido en el último estante. Extiendo un brazo para intentar alcanzarlo, pero no lo consigo. Maldigo y trepo por la mesa auxiliar de mármol negro. Ahora que estoy encima de rodillas, espero no...

—Pero ¿qué haces? —gruñe Izaak, a mi espalda.

—Intento hacer una figura de *pole dance,* ¿no lo ves?

Levanto un brazo por encima de la cabeza para coger el jodido paquete de café.

—Es ridículo, te vas a caer.

Y se coloca detrás de mí y extiende el brazo mucho más arriba, sin apenas esfuerzo. Tenso la espalda. Me moja la parte de atrás de la camiseta con el pecho húmedo. Inspiro e intento no moverme. Es muy raro sentirlo tan cerca. Le noto todo el cuerpo, su tamaño y su peso.

Izaak coge el paquete con decisión y me lo tira en las rodillas antes de volver a concentrarse en las tortitas que están en la sartén. Salto de la barra.

«Podría haberlo cogido sola».

Mientras caliento agua, Izaak se sienta en la mesa, justo delante del gran ventanal, con un plato lleno en la mano. Cuando termino de prepararme la taza de café, él acaba su pila de tortitas. Sube a la planta de arriba y vuelve en un segundo vestido y con el pelo seco. Se coloca la chaqueta en la espalda y sale del *loft* sin decir una palabra, como si yo no existiera.

Mis cosas llegan por la tarde. Lo primero que he sacado han sido mis libros. Me he pasado el resto del tiempo familiarizándome con el *loft*, aunque sea algo temporal, y leyendo una novela. Mamá me ha llamado para saber cómo estaba. Me echa de menos. Eso parece. Creo que está secretamente contenta de vivir sola con Karl; siempre hemos estado los tres. Reavivará la fase de ilusión de la pareja, o algo parecido.

Sobre las siete de la tarde, decido prepararme algo de comer. Pero no me atrevo a abrir la nevera ni los armarios. A fin de cuentas, esta no es *realmente* mi casa.

Al bajar las escaleras, veo a Izaak sentado en el sofá con un trozo de *pizza* en una mano.

—¡Oh! Has vuelto —exclamo mientras me dirijo hacia él.

Hay dos cajas de *pizza* en el borde de la mesa baja; una de ellas empezada. Izaak debe de haber vuelto hace un rato.

—Sí... Ven a comer si quieres.

—Gracias —respondo, y me siento junto a él.

Abro la segunda caja. Es una cuatro quesos. Cojo rápidamente un trozo, muerta de hambre.

—Podemos rellenar HealHearts, ¿no? —propone de golpe mientras saca su móvil.

—Ah, sí, casi se me olvida...

Dejo mi trozo a regañadientes sobre la mesa y abro la aplicación en el móvil. Izaak suspira con fuerza y me imita.

Mientras se carga la página principal, aparece el famoso icono de un corazón humano que da vueltas sobre sí mismo.

Dedíquele tiempo a su corazón, Eliotte...

Desde el siglo XXI, la conciencia del bienestar, de la positividad o de la toxicidad de ciertas relaciones se afianzó, justo mientras el hombre entraba precisamente en una era de «estrés en masa», como la llamaron. Los problemas psíquicos, como la depresión o la ansiedad, eran cada vez más frecuentes, y a cualquier edad. El trabajo, el colegio, las relaciones humanas..., todo era problemático. Las guerras químicas y las epidemias al final del siglo no arreglaron nada: la gente se encerraba en sí misma mientras, poco a poco, la confianza de la población y su esperanza en un mundo mejor se esfumaban. «Mañana» era una idea vaga e incierta. No se consumía, la economía estaba en peligro, se tenía miedo de la inseguridad imperante, la gente se aislaba, la vida iba a cámara lenta... La salud mental de los ciudadanos se convirtió entonces en responsabilidad del Estado.

Según nuestros dirigentes, hay que resolver el problema antes de tratarlo. Y eso va acompañado del hecho de que una familia estable es el cimiento de cualquier sociedad. Es decir, si un padre está mal, toda la familia está mal, y, en conclusión, también la sociedad. Por eso, el seguimiento psicológico, que solo se garantizaba durante la infancia antes de todo esto, se prolongó hasta la adolescencia y, luego, a la edad adulta. Y todo ello gracias a la aplicación HealHearts.

El Gobierno la lanzó en primera instancia para las personas que necesitaban un seguimiento psicológico y, unos años más tarde, se adoptó como una aplicación esencial en nuestro día a día; se consideró beneficiosa para cualquier persona que tuviera un corazón y un cerebro. Hoy en día, es obligatorio hablar con regularidad con un psicólogo. Son los guías de la vida, actores fundamentales de nuestro mundo. Esta aplicación, junto con la estabilidad familiar que garantiza Algorithma, sería la clave de la felicidad, de una sociedad civil unida y próspera.

Todas las personas pueden completar un pequeño informe diario respondiendo a unas preguntas muy específicas. Según nuestras respuestas, un algoritmo nos propone hablar con un profesional especializado para intentar resolver posibles problemas. Cada pregunta empieza por «Sinceramente...»:

... ¿cómo se encuentra?

... ¿hoy le ha frustrado alguna situación?

... ¿tiene pensamientos intrusivos? ¿Cuáles?

... ¿ha dedicado tiempo a hablar con un ser querido hoy?

... ¿por qué da las gracias?

Para garantizar el seguimiento de las nuevas parejas, durante los tres primeros meses de vida en común, Algorithma nos pide a todos que usemos HealHearts. Pero casi todo el mundo ya lo hace de forma natural. Desde nuestra segunda cita, Izaak y yo acordamos que lo mejor para nuestra tapadera es que nuestras respuestas coincidan. Además, ahora la pestaña «PAREJA» ha aparecido en la página principal de la aplicación.

Sinceramente...

... ¿le ha comentado a su alma gemela algo que le guste de ella?

... ¿creen que hoy están en sintonía?

—Propongo que digamos que no hemos podido pasar el día juntos por mis obligaciones y que eso ha afectado a nuestro estado de ánimo, a las conversaciones con nuestros familiares... —dice Izaak mientras se acaba otro trozo de *pizza*—. Así creerán que nos echamos muchísimo de menos.

—Vale, me parece bien. Así mostramos nuestro apego mutuo.

Leemos la primera pregunta en voz alta y nos sumergimos, cada uno por nuestro lado, en la redacción de la respuesta. Al cabo de unos segundos, levanto los ojos del móvil para mirar a Izaak: está despotricando mientras escribe con su móvil.

—¿Qué pasa?

—No entiendo nada de esta aplicación... —refunfuña sin mirarme.

Arqueo una ceja.

—¿Qué? ¿Nunca has rellenado un informe?

—Sí, a los dieciséis y a los veintiún años, como es obligatorio... Ya sabes, para perfeccionar nuestra base de datos psicológicos y los test de personalidad que hacemos cada año. Pero, desde entonces, he perdido la costumbre.

Me mira.

—¿Tú respondías al informe incluso los años en los que no era obligatorio?

—Eh..., ¿como todo el mundo?

—Sin embargo, no estás tan convencida como ellos de la fiabilidad de su sistema de mierda. Así que ¿por qué lo hacías?

—Porque me ayuda. Cuando no tienes una oreja que te escucha o un hombro sobre el que llorar, tranquiliza saber que quizá hay alguien detrás de una pantalla.

Inclina la cabeza y me escruta con los ojos.

—Bueno, quiero decir, como todo el mundo —añado, y me aclaro la garganta—. A veces me gusta hacer una videollamada con un psicólogo y contarle mi día, cuando siento que voy a explotar, cuando no entiendo qué pasa a mi alrededor o cuando me estreso por los exámenes. Además, sin ni siquiera ir a una cita con un profesional, el algoritmo HealHearts me hace siempre las preguntas adecuadas para ayudarme a reflexionar sobre mis emociones o mis acciones. Así consigo entenderme mejor, gestionarme...

«La aplicación me ayudaría en estos momentos...». Pero ahora no puedo permitirme ser cien por cien sincera al responder a las preguntas.

—¿A entenderte? —repite muerto de risa, como indignado—. Esos tíos nos vigilan para saber qué tenemos en la cabeza.

—Solo si decides compartirlo con un psicólogo. Y ahí estás protegido por secreto profesional.

Mira al techo.

—Estoy seguro de que no solo un algoritmo estudia nuestras respuestas. Además, ¿cómo puedes estar segura de que con sus preguntas no te obligan a pensar de una forma particular?

—Pero, Izaak, ¡todo está hecho para ayudarte a analizarte y a entender tus emociones!

—Es para controlarnos mejor, Eliotte...

—Eres un poco paranoico, ¿no?

Agita su móvil.

—En serio: esto es peligroso.

—Yo diría útil. Plantéatelo como un desarrollo personal...

Se inclina sobre la mesa baja, coge un trozo de *pizza* y suelta:

—Son gilipolleces. Creo que alguien cercano puede hacer el trabajo de un psicólogo cuando se trata de escuchar.

—Para eso hay que tener a alguien cercano...

Lo he dicho para mí misma, pero creo que Izaak lo ha oído. Entorna los ojos mientras me mira. Giro la cabeza y me acabo el trozo.

Cuando acabamos el informe, Izaak se va del sofá sin decir una palabra. Cada uno se va a su espacio; no tenemos nada que decirnos, nada que preguntarnos, nada que hacer juntos.

—Te dejo esta mañana en el campus, me voy a la biblioteca a trabajar en un proyecto y nos vemos a las cuatro en el *parking* para ir directamente a la psicóloga, ¿vale?

«Nuestra primera cita con la psicóloga desde la boda...».

Tengo un nudo en el estómago.

—Vale —le respondo a Izaak mientras dejo mi taza de café—. Por cierto..., delante de los demás tendremos que hacer de pareja supermona y compenetrada, ¿no?

Hace una mueca.

—También podemos ser de esas parejas poco expresivas, ¿no? —añado—. Con nuestras personalidades, sería lo lógico.

—Me parece bien. Tenemos que encontrar un equilibrio para no levantar sospechas... De todas formas, ya veremos cómo nos sentimos delante de nuestros amigos.

Asiento. No sé cómo conseguiré parecer una chica enamorada de su marido de la noche a la mañana. Y no de cualquier marido, además. Que se trate de Izaak Meeka complica la historia.

«¿Y cómo es Izaak enamorado?».

Aunque me haya hecho una idea en la boda, todo será distinto en la facultad porque es un nuevo entorno: nuestros amigos, nuestros profes, nuestros enemigos..., todos juntos en el mismo lugar. Más allá de todo eso, nunca sé qué esperar de él, y eso es lo que me da más miedo. A veces, temo que la sorpresa estropee el engaño y acabe con nuestros planes.

—¿Qué apelativo cariñoso quieres? —le pregunto sin pensar—. ¿«Bebé», «cariño»? ¿Algo así?

—¿«Bebé»? Pero ¡qué dices!

—No lo sé, es lo primero que se me ha ocurrido.

—«Bebé» —farfulla de nuevo—. En la vida...

Me encojo de hombros mientras lo escruto.

—¿El señor prefiere un nombre cursi? Tengo una idea... ¿Qué me dices de «mi pichoncito de alhelí»? —pregunto, cansada y con ironía—. Espera, hay algo mejor. Es un combo de bebé, animal y cursilería: «mi gatito de chocolate».

—Nos quedamos con Izaak.

—¿«Corazón»?

—Izaak.

—¿«Mi amor»?

—Izaak. Señor Izaak Meeka.

—De acuerdo, como quieras...

Se levanta de la mesa y entorna los ojos.

—... mi cielo —añado para burlarme de él.

—Eliotte, de verdad, no intentes entrar en guerra conmigo... Puedo ser *muy* creativo.

—No hay nada peor que «mi cielo».

—Te sorprendería.

Con estas palabras, agarra su mochila y se dirige a la puerta. Cojo el plato y la taza que he usado para desayunar y los dejo en el fregadero.

—Date prisa, no tengo todo el tiempo del mundo —grita Izaak con la espalda apoyada en la puerta.

—¿Por qué tienes que ser tan desagradable?

—Actúo con naturalidad.

—Tu naturalidad da asco, tío.

Cruzo la puerta mientras lo asesino con la mirada. «Cretino». Nos subimos en un momento en su *jeep* y tomamos el camino hacia el campus. Conduce agarrando el volante con una mano, sin decir nada. Miro cómo le brilla la alianza alrededor del anular, sin realmente comprender lo que representa. A ojos del mundo, ese trozo de metal es un mensaje de un poder y de un peso sin igual. En apenas un cuarto de hora, veo las vallas del campus.

Izaak frena. Me quito los cascos y respiro por la boca. Es el momento.

«Y... ¡acción!».

—Gracias, Izaak.

Me acerco a él esperando su reacción. ¿Un beso? ¿Un simple beso en la mejilla?

—Espera, vamos a aparcar el coche y te acompaño hasta la clase. Si no, sería raro.

—No, da igual...

Vuelve a arrancar sin escucharme.

Una vez que estamos aparcados en el *parking*, salimos del coche con una sonrisa falsa en los labios. Andamos unos metros sin tocarnos, fingiendo que hablamos con entusiasmo, cariño y alegría. Es decir, con mentiras.

De pronto, Izaak me coge de la mano. Me tenso. En las citas, me pedía permiso. Estoy a punto de comentárselo cuando una voz suena a unos metros de nosotros:

—¡Eh! ¡Meeka!

Se me tensan los músculos. De pronto, entiendo por qué lo ha hecho de forma tan furtiva. Un grupo de tíos vestidos con sus chaquetas *varsity* se nos acercan a grandes pasos. Los colores chillones de sus chaquetas me provocan dolor de cabeza.

—¿Qué pasa, Izaak? —lo saluda uno de ellos al llegar a nuestra altura—. ¿Todo bien?

—Estoy muy bien —responde el interesado.

Izaak sigue caminando mientras tira de mí, que voy detrás.

—¿Sueles hacer eso? —le pregunto.

—¿El qué?

—Pasar de los códigos de la buena educación en sociedad. Estoy casi segura de que esos tíos se esperaban que hablaras con ellos, o al menos que les respondieras.

Se le escapa una risa burlona.

—¿La buena educación? Ese es el menor de mis problemas.

No me suelta la mano. Es muy raro tocarme tanto con un hombre en público. Ashton y yo no podíamos hacerlo; habría sido demasiado chocante que los demás supieran que salíamos antes del matrimonio sin ser compatibles. Así que nos contentábamos con abrazos un poco demasiado largos para ser simples amigos y con intensas miradas teñidas de complicidad.

—Son las ocho, no soy sociable tan pronto —añade Izaak—. Y no con cualquier persona.

—Ah, vale... Pues disculpe a esta humilde mortal que lo ha importunado de buena mañana, señor.

—Simplemente no me voy a esforzar por ellos. No me gusta fingir.

Suelto una carcajada.

—Estás de coña, ¿no? —suelto entre varias inspiraciones—. ¿No somos los mejores actores del siglo XXII?

Se le dibuja una sonrisa en la comisura de los labios.

«*Touché*».

—No es lo mismo en nuestro caso. Y justamente por eso, para seguir siendo auténtico, fiel a mis valores, a mis creencias y a lo que soy, *debo* mentir. Tengo que lanzarme de cabeza a todas esas tonterías insignificantes durante un tiempo. Es paradójico..., pero necesario: si no, me pierdo.

—Te entiendo... En realidad, a mí tampoco me gusta fingir. Pero, en este caso, es por nuestra propia supervivencia.

Doblegarse ante esta sociedad y sus leyes significa asesinarse, enterrarse y ver cómo uno se descompone bajo capas de silencio.

Izaak asiente sin añadir nada, y concluye la conversación como si nada, como si no esperara ninguna respuesta. ¡Oh! Se me había olvidado: es pronto, aún no es sociable.

Me fijo en las miradas que nos dirigen desde que llegamos al *parking*; intento no prestarles atención, pero es imposible: se me pegan en la piel. Los murmullos, las miradas, los cuchicheos... Es muy raro. Nunca me había pasado.

Izaak tiene ese efecto.

Conmigo o sin mí, sé que siempre ha suscitado curiosidad en otras personas. Cuando está cerca, la gente reacciona al momento. Se deja ver poco, pero está presente en todos lados: en las conversaciones, en los debates, en los labios de unos y otros. Mientras que su hermano pequeño tiene un carisma solar que atrae a todo lo que se mueve gracias a su luz, su energía y su buen humor; Izaak tiene un carisma lunar: atrae porque intriga, porque sospechan que oculta algo, lo rodean muchas preguntas porque no nos presta atención. Es como una ventisca de nieve.

—Te dejo aquí. Te espero en el *parking* a las cuatro.

Se inclina sobre mí y me susurra:

—Y no llegues tarde. Recuerda: mi tiempo es precioso, ¿de acuerdo?

«Pero ¿a qué está jugando?».

Lo empujo un poco para apartarlo.

—Tienes que ser siempre tan... ¡tan tú!

—¿Qué pasa?

—Eres demasiado directo para mi gusto. Cálmate.

—Tienes que saber que me importa una mierda tu gusto, Eliotte. Eso es todo.

«¿Perdona?».

Siento que me arde el pecho.

—¡No eres normal! —exclamo—. No soportamos fingir, vale, pero ¡no estamos obligados a insultarnos a la cara!

—Deja de hablar tan fuerte, la gente puede oírnos —gruñe mientras mira a su alrededor.

Dirijo la mirada por encima de sus hombros. Los estudiantes andan más lento cerca de nosotros, nos observan, pero me da igual.

—Que sepas que la gente me importa una mierda, Izaak —digo para repetir sus palabras—, ¿vale?

—Para ya, lo vas a estropear todo.

—Pero si eres tú el que...

—Cállate.

—¡Nunca!

—Cállate.

—Prefiero morir.

Mi frase se ahoga en sus labios.

Porque Izaak está besándome.

«Pero ¿qué es este disparate?».

Ahora está claro: todo el mundo nos mira. No puedo apartarlo.

«Joder...».

Más vale darles lo que quieren en este caso. O, al menos, lo que él quiere.

Cierro los ojos, decidida, y le cojo la cara para unir nuestros labios. Me envuelve un olor a bosque con toques de jazmín y limón. Izaak huele casi igual que la colonia de Ashton. Casi. Separa los labios para volver a pegarlos y noto cómo me invade su aliento mentolado y especiado por las hierbas de su té.

Estoy besándolo de verdad, por Dios. Aunque no quería.

Deslizo los dedos por su cabello y tiro de él de un golpe seco. Me rodea la cintura con los brazos mientras contiene un quejido. Me acerca un poco más a él y me empuja contra la pared que tenemos a unos centímetros. Un calor doloroso se me extiende por el cráneo. Me ha dado lo bastante fuerte para golpearme la cabeza.

«Sé que lo has hecho a propósito, capullo».

¿De quién se está burlando? Es él el asqueroso y, además, me obliga a dar un espectáculo erótico en medio del pasillo. Siento que me arde todo el cuerpo. Lo odio. «Lo odio».

Cuando intenta separarse de mí, le atrapo por última vez el labio inferior y le mordisqueo. Fuerte. Se aguanta otro quejido de dolor y separa la cara de forma brusca.

—¿La he cerrado demasiado para ti? —le pregunto con los dientes apretados y una sonrisa forzada.

Estira un brazo junto a mi rostro, con una mano pegada en la pared, y con la otra me agarra la mejilla. Me hace daño con los dedos, quiero apartarlos. Y pegarle. Me ha besado sin avisar.

—No vuelvas a hacer eso si quieres seguir vivo —añado sin dejar de sonreír.

—Tenía que hacerlo, estabas a punto de joder toda nuestra tapadera, pequeña imbécil.

Habla despacio, con la misma sonrisa sarcástica que yo.

—Por culpa de quién, ¿eh? Y, que yo sepa, las parejas pueden discutir.

—Sí, pero no cuando se finge ser una.

—Nadie me ha escuchado.

—Hay interés.

—¿Estás amenazándome?

—Simplemente digo que podríamos estar jodidos por tu culpa.

—Eres tú el que me cabrea.

—No es una puta excusa para reventarlo todo.

Inspiro fuerte sin dejar de mirarlo e intento pegar al máximo la espalda en la superficie de hormigón detrás de mí parar poner distancia entre nosotros. Él sigue inclinado sobre mí, con la mano apoyada al lado de mi pelo. Desde fuera, parece un gesto afectivo, como si quisiera delimitar el espacio de nuestro universo íntimo.

Pero los dos sabemos que no es en absoluto el caso.

—Tienes algo aquí —comento, y le señalo la boca con un dedo.

Se pasa el pulgar por el labio. Una ligera gota de sangre le cae sobre el labio inferior. Sonrío, pero esta vez de satisfacción.

—Y te lo repito: no más besos sorpresa.

—Si te callas cuando debes, te aseguro que no habrá más. Es por mi salud mental.

—Tu salud mental... —murmuro indignada—. Claro. Mi beso te ha devuelto a la vida, tío.

Tras esas palabras, se separa de mí con una risa burlona.

—Que pases un buen día, Eliotte —se despide en voz alta—. Nos vemos luego.

—Que pases un buen día, mi cielo.

Se le oscurece la mirada y levanta discretamente la mano entre los dos. Me hace un corte de mangas.

Nos lanzamos una última sonrisa falsa antes de que se dé la vuelta.

«Cretino de mierda».

Todo podría haber ido bien. Podríamos haber vivido cada uno por nuestro lado y haber fingido que nos queríamos delante de los demás. Pero no, teníamos que odiarnos. Tenía que obligarme a odiarlo.

Espero que todas las personas del pasillo nos hayan visto. Que esta farsa sirva para algo. No soportaría otro de sus besos de mierda.

«Pero aún queda lo peor».

Nuestra cita con la psicóloga, la que nos han asignado y que hará un seguimiento de nuestra pareja durante los próximos tres meses, como es habitual. En general, las parejas quieren alargar este acompañamiento, y espacian las citas a lo largo del año.

A pesar de que me gusta tener una oreja que me escuche, me cabrea que mi relación —ficticia, además— tenga que evolucionar bajo la mirada curiosa de un profesional. Algorithma los presenta más bien como una especie de guías, que están ahí para «prevenir las crisis y las catástrofes dentro de la relación».

«¿Cómo puedo hacer creer a una profesional que quiero a este capullo?».

EL INTERROGATORIO

—Llevo un montón de tiempo esperando como un idiota. Dijimos a las cuatro en el *parking*, ¿qué hacías?

—Le hice unas preguntas a la profesora al final de clase y me dejé llevar por la conversación.

—Pfff... Pelota.

Izaak suspira por enésima vez detrás del volante. Estoy empezando a impacientarme. Golpeo varias veces la parte baja del cristal entreabierto.

—¡Venga! ¡Ábreme la puerta!

—No. Quiero que esperes un poco más para que entiendas cómo se siente uno.

—Estás puto tarado. ¡Venga, abre!

—Todavía no.

—¡Izaak!

Entorna los ojos mientras farfulla y acciona el mecanismo de apertura. Me abalanzo al asiento de delante, cansada.

—¿Hay gente alrededor? ¿Beso en la mejilla? —le pregunto.

—Vale.

Me acerco a su mejilla, pero se gira justo en ese momento. Nuestras narices chocan y nuestros labios se rozan con torpeza.

—Qué sincronización —se burla antes de besarme la mejilla con languidez.

Me limito a suspirar y a bajar los ojos. Ya nos hemos besado —y hace tan solo unas horas—, pero hacerlo cuando no estaba previsto me molesta de una forma... Me hundo en el asiento con los brazos cruzados.

«¿Esto qué es?».

Siento algo en la espalda. Deslizo una mano sobre el respaldo y saco dos libros.

—¿Niels Durma?

—Sí, te lo he cogido —responde Izaak mientras busca algo en los asientos de atrás—. Es un mastodonte de la cuántica moderna. Te gustará.

Agarro las obras, tengo el cuerpo inmóvil. No me lo esperaba.

—¿Es para pedirme perdón por la escenita de esta mañana en el pasillo?

Se ríe. Se parte de risa y se regodea con toda su impertinencia. Tengo ganas de taparme los oídos.

—En general, no me gusta pedir perdón por cosas que no he hecho. Porque, de nosotros dos, la culpable eres tú.

—¿Vives en un mundo paralelo? Estás en la estratosfera, en serio.

—Te he cogido los libros para que se los enseñes con sutilidad a la psicóloga. Te traeré otros. Verán mis préstamos en la biblioteca y así tendremos más puntos. El marido amable que saca libros para su dulce esposa… Qué pedazo de hombre.

Se concentra en el *parking*.

—Bueno, no perdamos más tiempo, vámonos. Llegaremos tarde. Odio llegar tar…

Al dar marcha atrás, se para en seco.

—¡Mierda!

Ha estado a punto de chocar contra un coche parado detrás de nosotros en medio del camino.

—¿No nos ha visto o qué? —exclamo nerviosa—. ¡Qué pedazo de gilipollas!

—¡No es un pedazo de gilipollas, es un pedazo de retrasado! ¡Un retrasado de campeonato! Debe de ser uno de los tíos del instituto de al lado que nos roban los huecos libres.

Se ajusta el retrovisor para ver mejor al conductor.

—Pero ¿qué…?

Se pone tenso.

—¿Qué? —pregunto mientras me doy la vuelta en el asiento para ver a través del parabrisas.

Se me va a salir el corazón del pecho.

Ashton es el conductor y nos está mirando. Seguro que lleva un rato parado en medio del *parking*. Me mira fijamente una fracción de segundo. Sus ojos son, como siempre, de un marrón claro y profundo, pero esta vez parecen duros.

«Siento que hayas tenido que ver eso».

De pronto, se gira y desaparece tras acelerar hacia la otra punta del mundo. Lejos, muy lejos de mí.

Me quedo mirando el espejo un momento, un poco aturdida. Mucho. Totalmente.

Izaak arranca y nos largamos también en dirección al centro de seguimiento matrimonial, a una media hora de la universidad.

Me fijo en la escultura roja que representa un corazón humano colocada en la esquina de la mesa baja. Es siniestra. Carolina, nuestra psicóloga, nos escudriña, sonríe un poco y sostiene una tableta en la mano. Pretende ser una buena amiga, nuestra guía, pero nos recuerda nuestro papel: asegurarnos de que formamos una buena pareja que demuestra la eficacia de Algorithma en todo momento. Sus grandes ojos grises nos interrogan.

Estoy sentada al lado de Izaak, sobre el sofá de terciopelo azul noche, con una mano colocada sobre su antebrazo. Me esfuerzo en respirar con normalidad, en parecer tranquila.

—¿Cuál creéis que ha sido el mayor problema en este cambio de vida?

—Aunque seamos muy parecidos en muchos aspectos, cada uno tiene su manera de funcionar —responde Izaak—. ¿Tú qué piensas, Eli?

Me mira sonriendo. Parece que para él esto es muy natural.

—Es cierto que es complicado adaptarse a una nueva forma de vivir —añado mientras intento controlar la voz.

—Es completamente normal. Hay que tomarse un tiempo y hacer el esfuerzo de aceptar las concesiones, ¿no? ¿Tenéis un ejemplo de situación de conflicto?

Esbozo una sonrisa.

—Izaak es tan apasionado que quiere besarme en todo momento. Incluso temprano por la mañana, en un pasillo lleno de gente en la uni... y sin avisarme.

Él esboza una sonrisa que calificaría de nerviosa si no conociera los verdaderos sentimientos del uno hacia el otro.

—Eliotte no es muy afectiva en público —añade con una voz alegre.

—No, en absoluto —respondo con una sonrisa.

—Pero no me digas que no te ha gustado el beso de esta mañana, ¿eh?

Se gira hacia mí y con el pulgar me dibuja pequeños círculos en el dorso de la mano que tengo colocada en el borde del sofá. Me pongo tensa.

Me río yo también.

—Me ha encantado, no sabes cuánto.

Izaak se gira hacia la psicóloga.

—Me acabó sangrando el labio —dice mientras le guiña un ojo.

Me río aún más fuerte, sin poder controlarme.

«¿Por qué tengo que reírme cuando me siento incómoda? ¿Se dará cuenta?».

Izaak me acompaña en mi hilaridad nerviosa.

«Bueno, no está mal. Parece que tenemos complicidad, o eso creo».

Me dirijo a Carolina. Le ha desaparecido la sonrisa, garabatea en la tableta táctil con ayuda de un lápiz. Me da un vuelco el corazón.

«¿Debería haber respondido algo más suave? Quizá yo...».

—¿Os ponéis de acuerdo en otros temas? —retoma la psicóloga, que levanta los ojos de la pantalla negra—. ¿En el plano sexual, por ejemplo?

«¿En el qué?».

Trago saliva, las mejillas me arden. Izaak no dice nada, está igual de sorprendido que yo.

«Mierda, hay que responder algo..., y rápido».

—Para ser del todo sinceros —respondo sin pensar—, no esperamos al matrimonio para empezar.

—Sí, exacto —interviene Izaak—. De hecho, siempre nos hemos sentido muy atraídos el uno por el otro. Sobre todo Eliotte, desde el primer momento en el que me vio.

«¿Perdona?».

—Es cierto que tú tardaste más tiempo... —respondo—. Yo caí rendida desde el principio, mi cielo.

Nos reímos los tres. Izaak me escruta mientras retiene algo en los labios. ¿Un apodo? ¿Un insulto? ¿Una revancha?

Carolina sigue:

—Entonces, si lo he entendido bien, diríais que al principio era casi una urgencia... ¿Y ahora?

Izaak se inclina sobre la mesa baja y mira directamente a los ojos de nuestra psicóloga. Se queda en silencio antes de decir, marcando cada sílaba:

—Igual. Una urgencia.

La palabra tiene distintos matices pronunciada por él. Inspiro fuerte y miro hacia otro lado.

«No te rías, Eliotte. No te rías».

—Nunca me he sentido tan conectado con nadie —añade—. Es aún más fuerte cuando se trata del plano físico.

Siento que se me humedecen las manos y se me enrojecen las mejillas.

«¿Hablar de nuestra vida sexual inexistente? ¿En serio?».

Por suerte, la persona que tenemos delante interpreta este bochorno como pudor —sobre todo después de que Izaak haya confesado que no me gusta ser cariñosa en público, de modo que pega con el personaje—. Todo va bien.

La voz de loca de Carolina me devuelve a la conversación.

—¡Fantástico! Entonces, en cuanto a los anticonceptivos, ¡deberíamos prever cuando queréis tener un hijo!

LA CRUZ

—¿Un... un niño? —repito.

Me enderezo, al acecho. ¿Está loca o qué?

—Imagino que es muy pronto para hablar de ello, pero ¿te ves como madre, Eliotte? —pregunta—. ¿Y tú, Izaak?

—En realidad, sí, lo hemos hablado un poco... —responde el supuesto futuro padre de mis hijos—. Pero preferimos centrarnos en nosotros dos por ahora. Es como si estuviéramos en una burbuja, ¿sabe, señora?

Lo dice mientras dibuja una esfera con las manos. Y empieza otro de sus desvaríos de actor en trance...

—En la burbuja, es como si no existiera nada más a nuestro alrededor.

—Sí, ya lo veo. Exacto. Estáis en plena etapa de entusiasmo, es decir, la luna de miel. Una de las fases más absorbentes... Pero ¡hay que dejar que hablen los corazones! ¿Habéis empezado a hablar de vuestras historias personales?

A Izaak se le ensombrece la cara.

—¿A qué se refiere con «nuestras historias personales»? —pregunto.

—Por ejemplo, Eliotte, tu padre se fue cuando tenías cuatro.... No, seis años, ¿verdad? Eso es parte de tu historia, e Izaak debe saberlo para entenderte mejor y prever los conflictos.

Clavo las uñas en el reposabrazos del sofá. *Mi padre.* ¿Por qué tienen que seguir hablando de él como si fuera una parte importante de mi universo cuando se fue hace años? En su mundo, Eliotte no existe, así que ¿por qué debería existir en el mío?

Se me revuelve el estómago. Tengo ganas de vomitar.

—Mmm... Sí, sí, me mencionó brevemente que no veía a su padre —miente Izaak.

—Eliotte, es importante que te abras a tu alma gemela: puedes confiar en ella. Hay que tratar este tipo de temas tabú, y no solo brevemente. Voy a daros unas ideas para que desarrolléis vosotros cuando queráis. ¿Qué representa tu...?

—No hay nada que contar —la interrumpo—. Mi padre existió durante unos segundos y ahora es un antiguo recuerdo. Es solo un mal sueño.

—¿De verdad crees lo que dices? Cualquier persona estaría herida o traumatizada por ver a su padre irse. Eliotte..., entiendo que te paralice hablar de ello, pero debes saber que las heridas de la infancia puede curarlas el ser más querido. Por eso, la comunica...

—¡Que no estoy herida! —exclamo con fuego en la garganta—. Deje de tratarme como una víctima... Se fue y ya está. Lo dejé atrás hace mucho tiempo.

Tendría que controlarme, lo sé, pero no lo consigo. Cuando mi madre lo menciona a través de algunas insinuaciones, consigo entumecer el cosquilleo que siento en la punta de los dedos y alrededor del corazón; pero, cuando son desconocidos quienes creen que van un paso por delante con su compasión entusiasta, lista para ser entregada... Todo está ahí, multiplicado por mil.

—Lo entiendo, Eliotte...

Se queda en silencio un momento y mira sus notas.

—En aquella época, ¿qué sentiste cuando te diste cuenta de que no volvería?

Aprieto los puños y me esfuerzo por mantener la calma.

¿De verdad quiere saberlo? Vergüenza. Culpabilidad. Me sentí sucia, como un fantasma con polvo, como una bala con hollín. Nada en mí, nada de lo que yo era pudo retenerlo. Nada. Algorithma no funcionó con mis padres: soy el fruto de un error informático.

De una equivocación.

De un fallo lamentable.

—No estás obligada a responder a la pregunta —murmura Izaak.

Apoya una mano sobre la mía.

Siento su contacto como un mordisco frío sobre cada uno de los dedos.

Sin embargo, me arden las entrañas. Quiero explotar. Mientras me aguanto para no dar golpes frenéticos con el pie, bajo la cabeza y dejo que mi mirada se pierda... en la escultura en forma de corazón humano.

«Algorithma».

De pronto, todo se apaga.

—En... en aquella época... estaba enfadada —empiezo mientras intento controlar la voz—. Bueno... Ya no recuerdo bien, fue hace mucho tiempo. Pero, hoy en día, Karl es como un padre para mí. Ha hecho que me olvide de que tuve otro antes.

«Trola. Trola. Trola».

—Sí, eso me lo contaste... —interviene Izaak, que me sigue la mentira—. Que entre tú y Karl hay un vínculo fuerte y especial.

—Muchas gracias por compartirlo, Eliotte. ¿No te sientes más ligera? ¿Más cercana a tu alma gemela?

Miro a Izaak y finjo una sonrisa.

—Sí, es evidente... Aunque me gustaría habérselo contado yo misma. Y no... así.

—Lo entiendo, Eliotte. Pero considéralo un empujón, ¿de acuerdo?

Se dirige a mi supuesta alma gemela.

—¿Y tú? ¿Qué puedes contarle a tu alma gemela sobre tu vida personal?

Izaak finge que se sumerge en sus recuerdos con aire sereno.

—Pues... Eliotte sabe que viví una infancia dorada detrás de los muros del chalé. Mi hermano y yo éramos muy activos, un poco traviesos, hacíamos muchas tonterías... Éramos unos niños felices. Siempre nos hemos sentido escuchados, protegidos y apoyados. He tenido mucha suerte, sinceramente.

Arqueo las cejas. Ashton me explicó un día que Izaak era un adolescente complicado y que sus padres no estuvieron presentes. En aquel momento, su padre estaba en plena campaña para ser gobernador y a su madre acababan de ascenderla a presentadora de uno de los telediarios más importantes del país.

—Precisamente por eso —sigue Carolina—, ¿sientes culpabilidad por cómo ha sido la infancia de tu mujer?

—¿Por qué? —suelto.

—Solo quiero...

—Eliotte acaba de decirle que al final vivió bien la partida de su padre —la interrumpe Izaak con voz cortante—. Karl es como su padre. ¿Por qué sigue pensando lo contrario?

—Porque, como psicóloga, sé los estragos que puede causar vivir en un hogar inestable. Está claro que Eliotte no tuvo la misma infancia que tú por culpa de su progenitor irresponsable y egoísta. Los que no creen en la ciencia están limitados.

—Totalmente de acuerdo —responde Izaak, más calmado—. Algorithma garantiza a nuestros futuros hijos cierta estabilidad gracias a nuestro alto porcentaje de compatibilidad. Deberíamos estar locos para no verlo.

«¿Por qué Algorithma no me garantizó una buena infancia? ¿Por qué no pudieron prever que daría un portazo a pesar de que era "compatible" con mi madre?».

Me gustaría poder gritarle a esa mujer, escupirle a la cara que todo lo que dice son chorradas, que puede irse a la mierda... En su lugar, me contento con mirar a Izaak con una sonrisa, como si nada.

—Crearemos una familia muy bonita, ¿eh? —aseguro—. Estable, unida y segura.

—Sí, Eli.

«Eli».

Aún tengo escalofríos, náuseas y picores.

—¿Y si hablamos de vuestros proyectos a corto plazo? —retoma Carolina.

—Qué capulla la psicóloga —suelta Izaak al subirse al coche—. He estado a puntísimo de romperle la nariz.

—Y yo las rodillas.

Me seco la cara con las manos aún con un nudo en la garganta.

—Espero no haberlo jodido... Me he dejado llevar.

—Has conseguido arreglarlo. Además, ¿qué se esperaba? Te habla de tu padre, como si nada, con ese tono de androide, con esa mirada vacía... Es una escobilla de mierda, nunca había visto nada igual.

Me reiría del insulto si no sintiera un frío vacío en el pecho. Me encojo de hombros y me miro las manos.

—Es cierto —murmuro.

«¿Por qué ha querido hablar de eso? ¿Y de una forma tan cruel?».

—No sabía que tu padre se había ido —suelta Izaak.

Me crispo.

—¡No empieces tú también!

—No, te lo pregunto de verdad... ¿Quieres encontrarlo? ¿Has intentado buscarlo o ponerte en contacto con él?

Suspiro. No debería responder, no tengo ganas, no sé por qué debería hacerlo. Sin embargo, la lengua se mueve sola, las cuerdas vocales vibran y no tengo ni la más mínima idea de por qué respondo:

—Cuando era adolescente, a los quince o dieciséis años, quería tener respuestas... Pero en poco tiempo entendí que simplemente se había volatilizado. Es lógico, ahora es un rebelde.

Izaak frunce el ceño y sacude la cabeza.

—¿Qué?

Se calla un momento.

—¿Has oído hablar de Alma? —pregunta al final.

«¿Más allá de las fronteras?».

Uno de los pocos sitios en los que se puede vivir como se quiera, fuera de los sistemas políticos internacionales. Hasta hoy, es solo una leyenda urbana. Además, aunque existiera, ¿dónde está ese «más allá de las fronteras»? ¿Cómo se llega ahí? Desde las guerras químicas, los espacios habitables en el planeta se han reducido de modo significativo, se abandonaron amplias zonas debido a los residuos radiactivos. El cierre de las fronteras de cada una de las grandes naciones restantes era necesario para garantizar una vida sostenible y autosuficiente. De vez en cuando, se organizan viajes culturales entre las naciones; si no, se necesita una autorización gubernamental para ir de un territorio a otro que rara vez se otorga, aparte de por razones profesionales imperativas. Más allá de las fronteras no hay *nada*. Bueno, no sabemos qué hay en realidad, aparte del cosmos abandonado, los vestigios de una antigua humanidad y una naturaleza hostil y salvaje.

No obstante, antes de ir a la aventura a buscar ese remanso de paz, habría que tener clara su existencia.

De todas formas, ¿quién entre estos discapacitados afectivos que ha creado Algorithma querría dejar su vida?

«Ashton no, claramente».

Le hablé de ello una vez. Fue como una iluminación: era la única forma de poder querernos libremente, sin ningún riesgo ni estrés. Pero no puede dejar a su familia, sus responsabilidades, los focos.

—¿Por qué me hablas de esto? —pregunto.

—Porque quizá tu padre está allí.

—Eh…, claro. Bueno, si existe.

—Alma no es un mito. Existe de verdad, Eliotte.

Lo miro aturdida.

«Entonces, ¿han conseguido crear un nuevo sistema autónomo? ¿En el que somos libres de verdad?».

«Y, sobre todo, ¿cómo lo sabe?».

—De-de todas formas, no tengo ninguna forma de comprobar si está allí —respondo con una sacudida de cabeza.

—Yo sí. Soy un Meeka. Tengo mucha influencia… Podría preguntarle a un chico que está allí si tu padre ha contratado a un traficante o si puede buscarlo al…

—Déjalo —lo interrumpo—. No quiero volver a oír hablar de él. Que esté allí o no… no cambia en nada mi vida.

¿Qué se cree? ¿Qué voy a correr en busca de mi padre para que me presente a su estupenda «familia estable, unida y segura» que no pudo construir con mi madre y conmigo? «Mira, ¡esta es la hija que dejé atrás! ¡Qué graciosa!».

Me muerdo el labio interior y aprieto los puños.

—En fin, como quieras, Eliotte. Solo lo comentaba.

Un silencio se adueña de la atmósfera. Izaak inspira hondo. Sentí que estaba tenso en la consulta de la psicóloga, pero ahora explota. El coche casi que apesta a napalm.

—¿Estás bien? —le pregunto.

—Estoy indignado… —suelta con los dientes apretados—. En serio, pasarme una hora sentado en esa habitación me ha cabreado todavía más.

—Te lo esperabas, ¿no?

—Sí, pero… ¡Me tienen harto! No necesito que el Estado me diga a quién debo querer, cuándo debo tener un hijo, cómo consolidar mi pareja... —exclama antes de que se le escape una risita oscura—. Es una locura saber que realmente se creen que tienen ese derecho sobre mí..., me-me...

Contrae la mandíbula y respira por la nariz. Nunca lo había visto así, tan... preso de sus emociones. En general es muy plano. No deja entrever nada. Sin embargo, sé que están ahí, las emociones le galopan bajo la piel, le circulan por las venas.

—¿Sabes...? —empiezo, mientras me echo atrás en el asiento—, un día pensé: ¿por qué nadie se despierta, joder? ¿Por qué todos aceptan con tranquilidad a su alma gemela sin preguntarse nada? Es cierto que nuestra sociedad es mejor que la del siglo XXI: las cifras, el clima social... Es demostrable.

Izaak asiente con atención.

—Pero ¿sabes qué? El ser humano es un cobarde. Para la mayoría, Algorithma debe ser la excusa perfecta. Por ejemplo, para tener amigos hay que arriesgarse, superar nuestros miedos y prejuicios, tener la paciencia de tejer un vínculo poco a poco... Aquí, te entregan al amor de tu vida en bandeja. ¿Para qué preguntarse y dudar?

Suspiro.

—No sé cómo lo hacían antes... La gente no sabe enamorarse hoy en día. Se basan en Algorithma.

—Sí, pero, precisamente por eso, ¡Eliotte! La gente no sabe amar: aunque la persona que te designen sea tu alma gemela..., ¡nada es real! ¡Todo está etiquetado, controlado, todo es artificial! Planifican citas de mierda, tenemos sesiones de charlas interminables con un psicólogo que nos sostiene la mano para que tomemos las decisiones que les convienen... ¡El amor no es eso! El amor está en las dificultades, en los pequeños momentos, en las sacudidas. El amor significa quedarse sin aliento, echarse a llorar, morirse de risa, sudar... El amor es algo que pasa cuando luchamos, no es un puto porcentaje.

No puedo apartar la mirada de su cara encendida, de sus rasgos deformados por la exasperación, por la indignación...

¿Por el amor?

Sí, Izaak habla como alguien que ha querido con locura... O que quiere con locura.

¿Se ha enamorado? No me sorprendería, pero no me hago a la idea de que a Izaak le hayan brillado los ojos algún día, le haya latido el corazón o tenido ideas encendidas. No le pega, a este tío frío y distante que pisotea el corazón de todo el mundo.

Abro la boca para responder, pero empieza a sonar una canción de rap en el coche.

—¿Es tu móvil? —le pregunto.

Izaak busca en sus bolsillos, aturdido.

—En serio, ¿tu tono de llamada es rap?

—¿Crees que no he oído tu tono de llamada? ¿Eh?

—No compares a Vivaldi con el tío que dice *fuck* cada tres palabras.

—Una mierda, Vivaldi. Lo has escogido para hacerte la guay y engañar a todo el mundo.

—¡Oye! —exclamo, y le golpeo un hombro.

—¿Qué decía? —pregunta mientras busca en sus bolsillos interiores.

Me aguanto el insulto —para no darle la razón— y lo fulmino con la mirada cuando encuentra por fin su móvil en el fondo de su chaqueta. Se queda inmóvil un momento, con el aparato en la mano.

—Quieres que salga, ¿no? —mascullo mientras me desabrocho el cinturón.

—No..., es solo que... es Ashton.

El corazón me da un vuelco.

—¿A qué esperas para responder? ¡Puede que sea urgente!

—Respira, no pasa nada. Voy a eso.

Parece indignado, pero coge la llamada.

—¿Diga?

TOMA DE CONTACTO

Izaak asiente y acompaña el diálogo de «mmm» y de «sí» hastiados y guturales. En unos segundos, amplía su vocabulario.

—Vale, de acuerdo. Hasta luego, Ash.

Y cuelga. Deja su móvil en las profundidades de su chaqueta y enciende el motor, como si no hubiera pasado nada.

—¿Qué te ha dicho? —pregunto sin poder evitarlo.

—Nada importante. Era una charla entre hermanos.

—¿Una charla? —repito con un suspiro mientras me coloco el cinturón de seguridad—. ¿Volvéis a hablaros?

—¿Quién ha dicho que hayamos dejado de hablarnos?

—Imagino que la situación sería tensa al principio, cuando nos dijeron los porcentajes..., ¿no?

—Digamos que Ashton... Intentó contármelo al principio. Y digo «intentó».

—¿Qué? ¿Fue él quien te hizo los moratones en la cara?

—Sí. Ya conoces sus nervios... —murmura—. Pero, bueno, luego se calmó: le dije que lo tuyo y lo mío era una locura, que jamás me pasaría la vida contigo.

Trago saliva. Yo pienso lo mismo, y fuimos muy claros en eso desde el principio, pero escuchar esas palabras tan directas, pronunciadas sin el más mínimo reparo y con esa mirada... Es como si me clavaran un puñado de alfileres en el estómago.

—Entonces, ¿os lleváis bien?

—Sí. Digamos que estamos como antes.

Eso significa mucho. Seguro que se quieren, pero hay un montón de secretos y de heridas de infancia que provocan discusiones entre ellos.

Ashton y yo nos hemos pasado horas hablando del tema. Me confesaba entre líneas su sentimiento hacia Izaak —y hacia el resto de su familia— y, a veces, con una sonrisa indiferente y amarga, me contaba algunos recuerdos, partes de su supuesta infancia «dorada». Aprendí mucho de Izaak gracias a Ashton. Demasiado, incluso. Bastante para desconfiar.

Pero, cuando veo a Izaak delante de mí, y no es un fantasma ni el tema de una conversación, me pregunto cómo habrá vivido su infancia, su hermano pequeño y él en un hogar tan extraño como el del gobernador.

«Ashton...».

—¿Con... con qué chica crees que se acabará casando? —suelto sin pensarlo.

—Por lo que tengo entendido, solo ve a Emily... A mi padre le gusta mucho.

—¿Cómo? Si ha podido escoger...

—¿Escoger? ¿De verdad crees que puede escoger, Eliotte? Nos hacen creer que escogemos: «Entre Jenny, Ana o Karen, tres mujeres que *nosotros* hemos escogido para ti, ¿a cuál eliges como esposa?». Pfff... Y nosotros, como niños, caemos en la trampa pensando que podemos elegir nuestro futuro.

«Emily».

«¿Es ella, entonces? ¿La ha escogido en lugar de a mí?».

Izaak me mira sin decir nada.

—Mira, yo... Hay algo dentro de mí que me grita que me agarre a un clavo ardiendo, que cree que aún no se ha acabado —suelto sin controlarme—, pero sé que es egoísta, y tú mismo lo dijiste en nuestra primera cita. Él quiere pasar página y ser feliz. Y ese algo en mí quiere impedirlo. Aunque... querer de verdad significa dejar al otro marchar. A pesar de que se haya llevado mi corazón.

Me cubro la boca con una mano. No sé qué me ha pasado para confesar todo eso, y además a él. No puedo dar marcha atrás.

—Claro que es egoísta —responde Izaak con voz grave—. Pero ¿acaso no es eso el amor? Bueno, el tipo de amor que consolida nuestra sociedad.

—¿Cómo?

—Mira: te enamoras del otro porque te aporta muchísimas cosas sin las cuales no podrías vivir: atención, valor, seguridad, risas, a veces un sentimiento de dominación... Así que amamos porque conseguimos algo de la otra persona. El ser amado es literalmente un chupito de dopamina para el cerebro. Morimos por tener esa felicidad instantánea en nuestras vidas, en todo momento. Morimos por eso porque es algo primitivo: respirar, comer, amar.

Arqueo las cejas, con la mente en ebullición.

—¿Te has dado cuenta de cómo te late el corazón, de cómo sudas, de cómo no ves bien cuando estás enamorada? Un poco como una presa en plena huida. Amar se parece al instinto de supervivencia. Los humanos se enamoran por su propia supervivencia. El amor está profundamente vinculado a uno mismo. Es egoísta por naturaleza.

—Visto así... Pero ¿qué tiene que ver eso con nuestra sociedad?

—Porque, para que las personas quieran permanecer juntas como sociedad, todos los individuos deben salir ganando. Y nuestro Gobierno lo ha entendido muy bien: para asegurar que la nueva comunidad política se mantenga, ha decidido concentrar sus esfuerzos en el control de las relaciones amorosas y de la familia. Bueno, esa es mi teoría. ¿Hay algo mejor que el egoísmo de las personas para mantenerlas en comunidad? ¿Que su deseo ardiente más primitivo, la supervivencia?

—¿Estás seguro de que necesitamos a otra persona para sobrevivir? —pregunto.

Aprieto los labios. No puedo soportar la idea de que mi existencia dependa de alguien, porque no podemos controlar a ese alguien. Puede alejarse, irse, volver, huir para siempre...

—Quiero decir —continúo—, podemos existir solos. Podemos encontrar lo que otro puede aportarnos en nosotros mismos. Podemos estar... solos. Y muy bien.

—Sí, totalmente, pero a lo que me refiero es a que no es instintivo. Conseguir vivir solo, quererse a uno mismo, es amor propio, ¿no? Pero desbloquearlo no es natural para todo el mundo.

«El amor propio...».

—Pero no puedes reducir el amor a un sentimiento primitivo o de supervivencia, Izaak. Como has dicho antes, el amor son emociones que te trascienden, que te empujan a actuar a lo loco, que te hacen ver un millón de colores —respondo con el corazón encogido—. De hecho, no creo que el amor sea solo un sentimiento: es algo que sobrepasa la propia condición de tu existencia...

Izaak asiente mientras asimila poco a poco cada una de mis palabras.

Pensaba que nunca me enamoraría. Pensaba que había cerrado con doble cerradura mi corazón y que mi padre, ese cobarde, se había llevado la llave antes de salir por la puerta. Pero un día pasó. Y he amado.

Al principio, en cada momento, me daba terror pensar en caerme desde lo alto y romperme en pedazos. Pero, precisamente por eso, esas emociones me vencían, me hacían actuar sin pensar, me hacían ver un millón de colores. Y el terror se aletargó.

Izaak levanta los ojos un momento mientras piensa. Cuando me mira, sus ojos me clavan bruscamente en el asiento del *jeep*.

—De hecho —suelta de pronto—, de lo que tú estás hablando no es del amor en el estado más bruto. Sino del amor *puro*. Un sacrificio, una fascinación que te empuja a arriesgar tu propia vida por el otro. Ese sentimiento consigue, más allá de ti mismo, negar tu instinto de supervivencia, tus reflejos más primarios... El amor puro es raro, dado que es inaudito superar tu propia naturaleza humana. Me parece imposible... Pero creo que existe.

Pega los dedos al volante y repite en un suspiro:

—Existe.

Se aclara la garganta.

—En fin, querer que el otro esté cerca y ser egoísta... es el amor natural en todo su esplendor, es el que existe en casi todas las parejas —afirma con una voz clara y segura—. Aceptar dejar que el otro se marche aunque eso nos arrebate el corazón es... es puro.

Lo examino boquiabierta.

«El amor natural. El amor propio. El amor puro».

No sé si todo lo que dice tiene sentido. De lo que estoy segura, sin embargo, es de que le sale de dentro: habla del sentimiento amoroso con tal certeza que podría convencer hasta a un científico. No intenta engatusarme, como haría un político como su padre. No. Me habla con una seguridad ardiente, como si hubiera examinado el tema un millón de veces antes, como si hubiera diseccionado todas sus partes, como si lo hubiera observado al microscopio con obsesión, hasta encontrar una respuesta clara a todas sus preguntas. Habla de ellos como si fuera una verdad cruda y universal. Una ciencia.

«Para Ashton ¿escoger a Emily... sería un acto dictado por el amor natural o por su instinto? ¿Por su propia supervivencia, por vivir en paz?».

«En cualquier caso, dudo que lo haya guiado el amor puro del que habla Izaak: ¿cómo le ha podido trascender una persona que conoce solo de tres citas?».

Después de unos segundos de silencio intenso, Izaak me pregunta:

—Bueno, ¿dónde te dejo?

—Creo que iré a la cafetería que está cerca de la facultad para estudiar. ¿Tú qué vas a hacer?

—Iré a la biblioteca a estudiar también.

—¿Pasas allí mucho tiempo?

—Sí...

—¿Por qué nunca te he visto cuando he ido?

—¿Qué insinúas?

—Nada. ¿Adónde vas?

—Te he dicho que a la biblioteca... Y, aunque no fuera allí, ¿a ti qué te importa, Eliotte?

—Yo...

Tiene razón. ¿A mí qué me importa? ¿Quién soy yo para preguntárselo? Aprieto con los dedos el cinturón, que me cruza el pecho.

—Era por dar conversación. Tranquilo, misterioso príncipe de las tinieblas... —respondo mientras miro a otro lado.

—Ya te he dicho que no estamos obligados a hablarnos.

—Tampoco estamos obligados a estar de morros, que yo sepa.

Silencio.

Apoyo el mentón en la palma de una mano mientras observo el paisaje que desfila por la ventana. Si me hubiera hecho una pregunta personal, seguramente también lo habría mandado a paseo. Pero no de forma tan fría. Izaak es muy brusco. Brutal.

No abro la boca durante el resto del trayecto. Me habría gustado demostrarle que su actitud me da igual, pero soy incapaz.

—Adiós —se despide con rapidez antes de que cierre la puerta tras dejarme delante de la cafetería.

Cuando voy a levantar la mano para despedirme, ya ha desaparecido por la calle.

Me paso el resto del día estudiando. Me muero de ganas de leer los libros que Izaak me ha sacado de la biblioteca, pero saber que lo ha hecho para impresionar a nuestra psicóloga amorosa me incomoda. Lanzarme sobre ellos ayudaría al numerito que se ha inventado.

Suspiro cuando empujo la puerta del *loft*. El atardecer lo sume en una atmósfera etérea. Las paredes, decoradas con cuadros, están bañadas de un naranja profundo. Subo al cuarto veloz. Estoy agotada.

Con los cascos puestos, entro en el cuarto de baño de mi habitación mientras muevo la cabeza al ritmo de la música.

De pronto, oigo un sonido grave detrás de mí. Me giro, sobresaltada.

«¡Oh! Pero ¡joder...!».

Izaak está gritando. Desnudo en la ducha. Se tapa las partes íntimas con una mano mientras se retuerce. Me quito los cascos, muerta de pánico, y exclamo:

—Pero ¡¿qué haces aquí?!

—¡Cierra los ojos!

—¡Joder, sí! —digo, obediente.

Casi no he tenido tiempo de verlo. Solo he percibido una masa de músculos retorcida sobre sí misma y unos rizos castaños empapados. Pero ¡a quién se le ocurre, un baño sin cerrojo!

—Espera... ¿No tienes un baño solo para ti? —le pregunto mientras me siento cada vez más incómoda—. ¿Qué haces en el mío? ¿Los litros de té que te tragas se te han subido a la cabeza?

—¡Hay un problema con el agua caliente en los otros cuartos de baño! El tuyo es el único que se alimenta independ...

—¡Pues podrías haber puesto algo en la puerta o avisarme! —lo interrumpo.

—¡No sabía que volverías tan pronto! Además, ¡podrías haberte fijado en todo el vaho del cuarto cuando has entrado!

Sacudo la cabeza, muy incómoda. No me esperaba verlo ahí, desnudo y en mi ducha. Señor. Me arde la cara.

—¡Sal de aquí! —exclamo con la mirada fija en los azulejos.

—¡No me pasearé por la casa desnudo con todos los ventanales que hay! ¡Dame algo!

—Mmm, algo… —murmuro mientras doy vueltas sobre mí misma con prisa.

—¡No puedo creer que solo tengas una toalla limpia! —exclama, y me señala la que está enganchada en el radiador de la pared.

—No, ¡olvida esa! ¡Me seco la cara con ella!

—¡La pondremos a lavar! ¡Venga, dámela!

—¿Sabes cuánto tiempo invierto en mi rutina de limpieza facial?

—Creo que no sabes cuántas personas soñarían con ponerse en la cara lo más mínimo que haya tenido contacto con mi…

—Sí, tienes razón: ¡no soy consciente de ello!

—Bueno, ¡la toalla!

—¡Sí!

Me abalanzo sobre el toallero con los ojos semicerrados y…, ¡mierda!, me caigo de culo y me derrumbo sobre el suelo. Patino sobre un charco de agua. ¿Qué digo? ¡Una piscina! Este tío no sabe ni ducharse. Tengo la ropa empapada…

Tumbada en el suelo, exclamo:

—Izaak, ¿qué es toda esta agua? ¿Cuántos años tienes? ¿Cinco años y med…?

«¡Oh! ¡Joder!».

La parte inferior de su cuerpo vista desde abajo es…

—¡Eres una puta obsesa, joder! —ruge mientras gesticula para intentar esconder mejor sus partes.

Tengo ganas de darme una bofetada. Con las mejillas enrojecidas, cierro los ojos de nuevo mientras trato de levantarme.

—Lo siento mucho, es que la caída me ha hech…

—¡La caída te ha hecho perder las últimas neuronas que te quedaban! —me interrumpe, indignado—. En serio, ¡eres una pervertida! Pondré cerrojos en todas las puertas del piso...

—¡Lo siento, lo siento, lo siento! —lo interrumpo—. Te juro que no lo he hecho a propósito...

No paro de disculparme mientras doy palos de ciego al buscar un apoyo. Me sujeto en la pared lateral de la ducha.

«¡Mierda!».

Me tambaleo y doy un paso en falso, y arrastro en mi caída todo lo que tengo a mano. Es decir: a Izaak y el mango de la ducha.

Mi compañero de piso, que aún estaba chorreando, está tumbado sobre mí y gime de dolor. Me duelen a rabiar el coxis y el muslo, pero me quedo paralizada y reprimo un grito.

Izaak. Está. Desnudo. Sobre. Mí.

—¡Eres una catástrofe ambulante, Eliotte!

El flequillo empapado me tapa la vista. Me quedo tumbada sobre los azulejos de mármol negro. El mango de la ducha es lo único que separa nuestros cuerpos. Dios mío. Separo las manos de él y las levanto para asegurarme de que no toco nada sin querer.

«¡Cálmate!».

Me aclaro la garganta mientras trato de convencerme de que todo es perfectamente normal.

—Te-te propongo que te levantes para coger la toalla —digo con tono calmado—. Si no me muevo de aquí, me quedaré sin brazo.

Aunque no he abierto los ojos, noto la barriga de Izaak pegada a mí, empapada; las contracciones irregulares de sus abdominales cuando respira; sus codos, sobre los que está apoyado, a uno y otro lado de mi cabeza. Lo percibo todo. Me quedo inmóvil. Y de pronto, sin saber por qué, me arrepiento de haber apartado voluntariamente las manos. Daría cualquier cosa por notar la sensación de su piel caliente y jabonosa.

«¿Qué estoy diciendo? Desvarío. La caída me ha hecho perder las neuronas, tiene razón».

De pronto, el calor de su cuerpo se evapora. Se ha levantado. Pero mantengo los párpados bien cerrados. Siento una gota de agua fría caer sobre la punta de mi nariz y deslizarse hasta el labio. ¿Sigue a unos centímetros de mí? Su aliento caliente me roza antes de que gruña mientras se levanta por completo.

—No abras los ojos aún, obsesa.

—¡Arg! ¡Te he dicho que no lo he hecho adrede! Me he caído, las circunstancias han…

—Sí, las circunstancias te han llevado a echar un vistazo —gruñe.

Me tapo la cara con las manos, avergonzada.

—Te estás pasando un poco, ¿no, Apolo de cartón? —le respondo—. ¿Para qué querría mirarte? Te lo tienes muy creído, ¿no crees?

—¿Quieres que te enumere las razones por las que quieres echar un vistazo a mi entrepierna? La primera se calcula en centímetros y la segunda…

—¡Por Dios, Izaak, cállate!

—Me has obligado a hacerlo.

—Sal de mi cuarto de baño.

—Por supuesto que saldré…

Escucho un «pervertida» antes de que cierre de golpe la puerta. Abro los ojos por fin y me quedo en el suelo, llena de salpicaduras de champú con aroma a lila, y de vergüenza. La cabeza me da vueltas. Me levanto con cuidado y salgo de la ducha. No puedo creerme que estuviera justo ahí, desnudo.

Y no llego a creer que haya mantenido los ojos abiertos.

Doy un respingo porque me ha llegado un mensaje al móvil.

«¿Qué hora es, por Dios?».

Cojo el móvil con los ojos medio abiertos. Las 2:36 de la mañana. He recibido dos mensajes de un número que no conozco con una hora de diferencia:

¿Podemos vernos?

Por favor, ⭐. Sé que me odias, pero necesito hablar contigo.

Cuando tenía dieciséis años, Ashton me llamaba «Étoile», estrella, el casi anagrama francés de mi nombre, antes de soltarme una de sus pesadas frases de ligoteo.

Me suena una alarma en el pecho.

«¿Por qué me escribe a estas horas? ¿Tiene problemas?».

Me paso una mano por la cara e inspiro fuerte. Si tuviera problemas de verdad, no se pondría en contacto con su ex.

«¿Qué quiere de mí?».

Mi corazón quiere verlo, pero mi cerebro me grita que me quede pegada a las sábanas.

No solo porque me metería en problemas serios si me pillaran..., sino porque hace tres semanas que me dijo que no quería saber nada de mí. ¿Por qué ha cambiado de opinión a unos meses de su boda?

Decir que he empezado a olvidarlo sería mentir. A pesar de todo, mi corazón se las ha arreglado para anestesiar el dolor que me ha causado su ausencia todos estos días.

¿Qué quieres? ¿Pasa algo grave?

Antes de que me dé tiempo a regañarme a mí misma por haber mandado ese mensaje impulsivo, me llega la respuesta:

Estoy bien, no te preocupes. ¿Nos vemos en la estación? Tengo que hablar contigo, por favor.

De pronto, aparecen dos globos de notificaciones nuevas:

Por favor.

Por favor.

Suspiro mientras apoyo la cabeza en el cojín.

«No es buena idea. De hecho, es una muy mala idea».

Pero no me imagino apagando el móvil y cerrando los ojos, fingiendo que todo va bien. Ashton quiere hablar conmigo.

Y yo también.

«Podrían vernos».

Sin embargo, ya me he levantado de la cama y voy a buscar mi chaqueta de cuero. Me la coloco por encima del pijama deprisa y corriendo y cojo las llaves del segundo coche de Izaak, que ha dejado en el mostrador de la cocina. En un segundo, salgo del piso en silencio y me pongo al volante del coche de camino a la estación abandonada.

Le mando otro mensaje a Ash:

> **Voy para allá.**

Tras veinte minutos de trayecto, aparco a unos metros de donde quedábamos normalmente —uno de los edificios, cerca de los raíles— y busco con la mirada la silueta de Ashton.

Me estremezco. Hace mucho frío. Tendría que haber cogido una bufanda. Intento entrar en calor dando pequeños pasos con las manos metidas en los bolsillos de la chaqueta. Al cabo de un rato sin ver signos de vida, saco el móvil.

> **¿Dónde estás?**

> **En el tejado. No te muevas, voy.**

Cruzo los brazos y me froto la punta de los dedos. Ahora que se me ha bajado un poco la adrenalina, tengo muchas preguntas.

¿Qué quiere? ¿Por qué no me lo ha dicho por escrito? ¿Y si es una especie de trampa de Algorithma para probar mi fidelidad? ¿Y si hay científicos que me vigilan desde los arbustos? ¿Y si...?

—¿Tienes frío?

Doy un respingo.

—¡Joder, me has asustado!

Ashton está aquí. Está justo delante de mí. Me dirige una sonrisa burlona. No se le ve bien la cara bajo la capucha de su sudadera verde caqui.

—Me gusta asustar a la gente, ¿sabes?

Voy a responder, pero se me adelanta:

—¿Quieres mi chaqueta?

—No, estoy bien.

—No mientas, sé que estás muerta de frío...

Da uno, dos, tres pasos hacia mí. Se quita la chaqueta, me la pone por encima de los hombros y cierra el botón de arriba.

—Oye..., me gusta el pijama con búhos. Este no lo conocía.

Estoy a punto de sonreírle, de un modo natural, pero me contengo. Tengo tantas ganas de abrazarlo... como de dar media vuelta para volver al piso. Estoy enfadada con él. Muchísimo. Todo lo que he sentido en nuestra ruptura se reaviva; todo arde, todo me duele aún más fuerte.

Y, al mismo tiempo, yo... yo...

Sacudo la cabeza.

—En serio, Ashton, ¿qué quieres? ¿Por qué me escribes a las dos de la mañana?

NUNCA MÁS

Levanta un poco la comisura de los labios. Su sonrisa me es tan familiar...

Una corriente eléctrica me recorre todo el cuerpo.

«No, no, no...».

Nunca más.

Mi corazón da saltos en el pecho; ¿es amor o enfado? Ni lo sé ni quiero saberlo.

Además, ¿qué significa esa sonrisa que tiene en la cara? ¿Por qué usa ese tono meloso?

—¿Qué es todo esto, joder? —grito mientras me quito su chaqueta de los hombros.

Le lanzo su jodida *varsity* con toda la rabia que he contenido durante estas últimas semanas. Sí, quiero devolvérselo todo: mis sentimientos, mis recuerdos, los gritos que me rompieron la garganta cuando se fue... Cuando lo veo justo ahí, con esa cara, esos ojos, yo... yo...

La sonrisa de Ashton desaparece. Baja la mirada, serio.

—Te entiendo, Eliotte, no tiene ningún sentido, pero...

—¡No! —exclamo con una bola de fuego en la garganta—. No, Ashton. ¡No, no, no! ¡No puedes plantarte delante de mí y hacer como si todo fuera normal! ¡Te lo prohíbo!

—¡Lo sé! Lo sé, joder..., pe-pero... ¡la cagué! Entre en pánico y, además, estaba mi padre y ese porcentaje, y yo... ¡flipé! ¡Fue una gilipollez como una casa!

Aprieta los labios y levanta las cejas. Tiene los ojos húmedos. El viento sopla a nuestro alrededor, estoy helada.

—Eliotte... Es... Somos tú y yo. Siempre ha sido así. Conoces todos mis secretos. Tengo como cien fotos de ti durmiendo en mi teléfono. Todavía huelo tu perfume. Tengo ropa tuya en mi armario. Teníamos toda una vida ante nosotros. Y lo que dije no puede borrar eso. Tú y yo... No hay otra combinación posible.

Tiene la voz tranquila. Resuena en el silencio de la noche.

—Te quiero, Eliotte, y no dejaré de quererte. Lo que siento por ti no ha cambiado, da igual lo que haya intentado hacerme creer..., hacerte creer.

Suspira.

—Cuando te vi al lado de Izaak en el altar y en los pasillos, en la calle, en su coche..., estaba... me sentía...

Sin mirarme a los ojos, sacude la cabeza y aprieta la mandíbula. Parece como si contuviera muchas cosas dentro de sí; a punto de emerger por el borde de sus ojos.

—Ahora sé que nunca podré vivir así.

Me coge las manos con dulzura, pero me deshago de ellas por instinto, como si acabara de pasar los dedos por encima de una llama.

—No puedo dejar de pensar en ti. Tenía tu nombre pegado a la boca, al corazón, a la piel..., por todos lados. No puedo olvidar eso. Es imposible.

Sin embargo, eso no le impidió dejarme, abandonarme, sola en la oscuridad. Todo lo que temía cuando empecé con él a los dieciséis años, todos mis miedos se han hecho realidad. Yo tenía razón. Estaba escrito en grande, en rojo, en negrita: «Todos se irán».

Siento que se me encoge el corazón. Me pican los ojos.

—Entonces, ¿qué? ¿Vienes aquí y sueltas esas palabras vacías esperando que vuelva a caer en tus brazos? ¿Ese es tu plan, Ashton?

—¿Qué? ¿Palabras vacías? Pero ¡si me conoces! Sabes muy bien que...

—No, *creía* que te conocía —lo interrumpo—. El Ashton que yo pensaba que eras nunca habría acabado con lo nuestro con tanta facilidad. Pero, en cuanto viste los resultados..., me dejaste. Me has evitado durante días para decirme al final que fue una tontería creer en eso durante todos estos años. ¿Has borrado todo lo que construimos, todo lo que vivimos por... por un porcentaje de mierda?

La palabra «porcentaje» me quiebra la voz, llena de lágrimas. Están llegando, siento cómo suben..., mierda, no quiero.

—Sí, pero no cualquier porcentaje, y lo sabes muy bien —responde elevando el tono—. Durante toda nuestra vida, desde preescolar, en la tele, en los libros y en los periódicos nos han repetido que la prueba de compatibilidad era lo único fiable, lo único de lo que debíamos creer para ser felices. Y quien más me lo ha repetido ha sido mi padre.

Oh, el gran gobernador conservador, bisnieto del famoso científico Joshua Meeka...

Suspira mientras golpea una piedra con el pie.

—No puedes negarlo. Desde niños, nos han enseñado que nuestra alma gemela es la que nos designa la ciencia.

—Pensaba que hacía tiempo que habías superado esas creencias, Ash... ¡Llevábamos cinco años juntos! Cinco años desafiando los porcentajes, ¡y éramos conscientes de lo que eso implicaba!

—Por favor, créeme. Tenía miedo, Eliotte. Como tú tienes miedo ahora.

Aprieto los labios.

«Sí, estoy acojonada, pero no por las mismas razones».

Tengo miedo de que vuelva a abandonarme cuando creía que siempre estaría ahí para mí. En un abrir y cerrar de ojos, en una fracción de segundo, todo cambió y me dejó: todas mis creencias se desmoronaron. Como cuando me di cuenta de que mi padre no vendría a buscarme.

¿Por qué voy a creerlo esta vez?

Ashton da un paso hacia mí. Los reflejos rubios de su pelo despeinado brillan bajo la luz de la luna.

—Estas últimas semanas han sido... insoportables. Tanto para mí como para ti, estoy seguro. Sin duda no he sido el único que ha perdido el apetito, el sueño o la sonrisa. A ti también te habrá pasado, y... lo siento muchísimo. No sabes cuánto me odio por haberte dicho todo eso.

Se muerde el labio y desvía la mirada.

—Creía que estaba haciendo lo correcto, pero..., sin ti, nada lo es.

Se le rompe la voz en la última frase.

Se gira hacia mí. Le brillan los ojos, de color almendra.

«Somos tú y yo».

—Por favor, Eliotte…, te necesito.

«Tenía miedo».

Me explota la cabeza. Nunca habría pensado que lo tendría aquí, frente a mí, diciéndome que aún me quiere. Aunque lo deseara en lo más profundo de mi corazón cada noche, no puedo consentirlo. No puedo contestarle que yo también le quiero, que podemos hacer como si esa jodida despedida en su cuarto hubiera sido una pesadilla. Soy incapaz. Tengo los puños cerrados, los labios, sellados.

Me siento paralizada por completo y, a la vez, quiero moverme para abrazarlo, besarlo, hablarle, gritarle mi enfado, lo mal que he estado estos días, lo pequeña e insignificante que me he sentido, cómo…

Doy un respingo.

—¿Qué ha sido eso?

—¿El qué? —pregunta mientras se seca los ojos.

—He oído un ruido.

Frunce el ceño y se acerca a mí mientras estira los brazos en un impulso protector.

—¿Dónde?

—Allí —respondo mientras señalo con el mentón la parte de atrás de la estación.

—¿Será un ciervo o un perro?

De pronto, una luz se extiende sobre el asfalto, a unos metros de nosotros. Una linterna.

—Ashton…

—¡Esto es una propiedad privada! —grita una voz masculina desde lejos—. ¡Hemos llamado a la policía, okupas de mierda! ¡Quedaos donde estáis! ¡Esta vez os cogeremos!

«La poli».

Se me tensa el cuerpo. Se me contrae el pecho.

—¡Joder, Eliotte, tenemos que irnos!

Ashton me coge de la mano y se pone a correr mientras me arrastra detrás de él. Sigo sus pasos totalmente petrificada. La poli. La poli. La poli.

Si nos encuentran, pasaremos la noche en comisaría. Y, como expareja, tenemos prohibido pasar tiempo juntos. Da igual la razón por la que nos hayamos encontrado esta noche. A ojos de la sociedad, somos rebeldes.

Ashton salta por encima de un arbusto y tira de mí, tras él. Me tropiezo con las ramas y caigo de pleno en el suelo. Una rodilla me duele muchísimo.

—¡Joder, Eliotte! —exclama Ashton, que se gira.

Me deslizo con desesperación sobre el barro mientras intento levantarme.

—¡Venga, Eliotte, rápido! —murmura, y me coge las manos.

—¡Deja de decir mi nombre, joder! ¡Te van a oír!

Me ayuda a ponerme de pie haciendo fuerza con los brazos y retomamos la carrera desenfrenada. Solo tuvimos que huir dos o tres veces de adolescentes, pero en esta nos arriesgamos a algo más que a una simple reprimenda. Nos jugamos una multa que no puedo pagar, titulares en los periódicos y el enfado del gobernador Meeka.

—Vamos por el camino que lleva al bosque, ¿vale? —murmura Ashton al coger una curva.

—¡Te sigo!

Esprintamos varios metros mientras miramos, asustados, por encima de nuestros hombros. Todavía oigo la voz de los tipos a lo lejos. ¿Está en mi cabeza o están ahí, a unos metros?

—¿Cuánto rato vamos a correr a este ritmo? —le pregunto sin aliento.

—Hasta que los dejemos atrás, me parece, ¿no?

Entorno los ojos y acelero la carrera. Siento que me aprieta un poco más fuerte la mano con la suya. Está caliente, un poco húmeda, pero suave a pesar de las tiritas alrededor de las falanges. Hacía tiempo que no nos cogíamos de la mano.

La última vez fue aquella noche en su cuarto.

«Te juro que te quiero, pero no sería para siempre».

Me mordisqueo el interior de la mejilla. Esas imágenes se me repiten en bucle en la cabeza, primero a cámara lenta, luego a toda velocidad y en todos los colores.

«No es el momento de ceder».

Sacudo la cabeza sin detenerme. Una vez dentro del bosque, decidimos escondernos detrás de un arbusto. Nos acurrucamos uno al lado del otro, con las piernas dobladas contra el pecho y los dedos entrelazados. Jadeamos sin aliento. Sería capaz de oír cómo el corazón le late a toda velocidad.

—¿Estás bien? —me pregunta Ashton.

Está oscuro en medio del follaje, pero, aun así, logro distinguir su preocupación, escondida entre algunas chispas verdes en sus ojos, así como su lunar al lado del ojo y su cicatriz en la mandíbula.

Lo veo, pero no lo reconozco.

—¿Te has hecho daño en la caída? —añade mientras me agarra el gemelo.

—Seguramente tendré un moratón mañana, pero nada más.

Silencio.

No dejo de mirarlo.

—¿Y tú? ¿Estás bien?

—Sí, pero tendría que haber comprobado mejor el sitio, suele estar vacío a esta hora. Lo siento muchísimo. No esperaba que tuviéramos que huir de dos tíos..., pero quería hablar contigo lo antes posible.

Me aparto de él y apoyo el mentón en las rodillas. Me explotará la cabeza.

—¿Eliotte?

En lo más profundo de mí, oigo gritos. Se abre un precipicio que hace emerger todo lo que había intentado olvidar estos últimos días. Me ahoga por dentro. No consigo pensar.

—Oye..., ¿estás bien? Respóndeme... Por favor, mi amor.

Se me abren los ojos como platos.

—No vuelvas a llamarme así —le respondo mientras me giro hacia él—. Nunca más. ¿Qué te pasa?

Está mucho más impresionado que antes.

—Creo que no debería haber venido —le digo—. No, lo tengo claro. Ha sido un gran error.

—Tienes todos los motivos del mundo de rechazarme, pero, por favor..., confía en mí.

—No-no puedo —murmuro antes de apretar los labios.

—Entiéndeme, por favor. Me quedé helado, no sabía qué hacer, y yo... Perdóname, por favor.

De pronto, oigo el ruido de unas ramitas crujir detrás de nosotros.

«Mierda».

—Y tú...

Le planto una mano sobre la boca y le señalo el camino de arena, a unos veinte metros. Articulo con los labios: «Están ahí». Ashton abre los ojos y asiente con la cabeza.

—¿Crees que están merodeando por los alrededores, Fred? —pregunta uno de los perseguidores—. Estoy seguro de que he oído algo.

—Venga, vámonos, es tarde... Esos imbéciles volverán mañana a saquear el edificio, pero los cogeremos con las manos en la masa.

—Vale, si tú lo dices...

Suspiro.

Casi.

Noto que los labios de Ashton se mueven bajo mi mano. La quito rápido, incómoda. Se dispone a hablarme, pero algo en su chaqueta vibra.

Luego, el tono de llamada de su teléfono resuena por todo el bosque.

(TE) LO JURO

Eliotte

Me da un vuelco el corazón.

La canción *We are the champions* de Queen suena por todo el bosque.

—¡Joder! —suelta Ashton, que se palpa en los bolsillos en busca del móvil.

—¡Está en tu chaqueta! —exclamo mientras la cojo de las manos.

La despliego y busco en sus inmensos bolsillos con movimientos apresurados. Cojo por fin el aparato y lo apago tras apretar varias veces la pantalla táctil. Pero es demasiado tarde. Los dos tipos que nos buscan habrán tenido tiempo de localizarnos. Tenemos que largarnos de aquí..., ¡cuanto antes!

Estoy a punto de levantarme, pero Ashton me agarra el brazo.

—Pero ¿a qué juegas? —murmuro, y contengo un grito de reprobación.

—Tengo una idea. Quédate aquí, y yo dejaré que el tono de llamada de mi móvil suene durante unos segundos mientras me alejo. De esta forma, intentarán cogerme a mí y tú podrás escapar tranquila. Así no correrás ningún riesgo.

—¿Y tú? ¿Y si te cogen?

—Un poco de respeto por mis diez horas de entrenamiento a la semana, ¡por favor! Estos tíos no me pillarían ni en sueños.

—Sí, pero...

—Como mucho, tendré una preventiva. Y no tienen ninguna prueba contra mí... Venga, deja de darle vueltas y quédate aquí sentada, Eliotte. Tenemos que separarnos lo antes posible.

Respiro.

—Vale…, ten cuidado.

—Y tú. Mándame un mensaje cuando llegues a casa de… Cuando llegues. Para quedarme tranquilo. Por favor.

—Muy bien.

Y se larga.

Observo cómo mueve las piernas sobre el sendero de arena que va hacia los dos hombres. Su silueta desaparece de manera progresiva en el horizonte y, al cabo de varios segundos, oigo su tono de llamada. Luego, nada más.

Movida por un resorte, salto y me sumerjo en un camino entre árboles, en la dirección opuesta de Ashton y los hombres.

«Ojalá que no se le haya complicado la situación…».

Se me encoge el corazón.

Espero que no tenga problemas, que esos hombres no le hagan nada —ni ellos ni la policía—. Si dependiera de mí, no lo habría dejado atrás…, pero las consecuencias serían mucho más graves si nos encontraran *juntos*.

Pero eso no es lo único que me comprime el corazón, los pulmones, la garganta y todo el cuerpo.

¿Lo que ha dicho es verdad? ¿No me ha olvidado? ¿Quiere luchar por nosotros? ¿A pesar de las consecuencias y todas las dificultades que implicaría la vida de rebeldes, fuera del sistema?

Sacudo la cabeza y trago saliva. Una voz en el fondo de mí querría que, al correr sola por el bosque alejándome de él, lo dejara atrás para siempre. Sin embargo, mi cerebro no ha entendido que siempre estará ahí, en un rincón de mi corazón, incrustado en una de sus fisuras.

Sonrío cuando veo por fin el coche. Subo y arranco con movimientos rápidos para alejarme de este lío lo antes posible. Tengo que tomar algunos desvíos para alejarme al máximo del perímetro de la estación abandonada y asegurarme de no encontrarme con nadie. Suspiro. Menuda mierda.

Cuando llego al piso, me saco el móvil del bolsillo para mandarle un mensaje a Ashton, como me ha pedido, pero se me paralizan los dedos. Miro la pantalla negra con un nudo en el estómago.

«Venga, es para que se quede tranquilo. Nada más».

Cierro los ojos unos segundos para inspirar y tecleo con rapidez:

He llegado. Todo bien. ¿Y tú?

Unos segundos después, aparece una burbuja de notificación.

Uf. Me he escondido en lo alto de un árbol. Estoy esperando a que se larguen.

Cuando voy a guardar el móvil, vibra de nuevo.

Eliotte, por favor, piensa en todo lo que te he dicho. Lo siento. Por todo. Te quiero.

Toco el teclado con los dedos..., pero se me quedan inmóviles. No hay nada que responder. O quizá sí, pero se me han enredado los cables del cerebro, y no puedo pensar con claridad. Y estoy agotada. Es tarde, me duele la cabeza y tengo un nudo de alambre de espino que me quema el fondo del estómago. Y el corazón.

Me aseguro de aparcar el coche donde lo dejó Izaak y, antes de salir, cojo la chaqueta de Ashton que me llevé en la carrera. Huele a la colonia de lavanda que su madre le regaló a los veinte años. Él la odia, pero la usa de todos modos para complacerla.

Sacudo la cabeza y vuelvo al piso. Cuando estoy arriba, me paro en seco delante de la habitación de Izaak. Se me enciende el cerebro. ¿Debería entrar para comprobar que duerme? Podría entreabrir la puerta y echar un vistazo al cuarto, serían unos segundos. Pero me lo ha prohibido de manera categórica.

Exhalo un largo suspiro y me alejo de su habitación para entrar en la mía. Me lanzo de cabeza sobre la cama y me cubro con la chaqueta de Ash. No puedo evitar oler la tela.

«¿Y si todavía me quiere?».

«¿Y si todavía me quiere?».

«¿Y si todavía me quiere?».

«¿Y si todavía me quiere?».

No sé si conseguiré cerrar los ojos con todas esas imágenes en la cabeza, con las voces, los pensamientos, los ruidos. Pero lo intentaré.

Pero antes... Doblo la chaqueta y la escondo en el armario, cerca de la cama. Espero que Izaak no la encuentre. Podría darse cuenta de que he visto a su hermano... Y no sé cómo reaccionaría. Seguramente se enfadaría conmigo por haber puesto en peligro a Ashton. O, al ver la ropa, podría creer que estoy tan desesperada como para guardar las cosas de mi ex. Pero nunca sentirá pena por mí. Con lo condescendiente que es..., no se perdería otra flecha con la que poder apuntarme. Creo que tiene la aljaba bien llena.

Meto la chaqueta entre dos rebecas mías.

Izaak

—¿En serio, Ash? ¿Una cita a las tres de la mañana en el bosque?

—Yo...

—Pero ¿qué película te has montado?

Lo fulmino con la mirada antes de concentrarme en el camino lleno de baches delante de mí.

«¡Es gilipollas!».

Aprieto con más fuerza el volante. Intento calmar mi respiración, pero es en vano. No estoy acostumbrado a que mi ritmo cardíaco se altere de este modo. Yo no soy el nervioso de la familia. Y, por suerte, tampoco soy el más imbécil de los hermanos...

Ashton me ha llamado a las cuatro de la mañana para decirme que había polis cerca de su coche en medio de una estación abandonada, que estaba «metido en un buen lío»... Y, en resumen, que tenía que ir a salvarlo. Yo.

—¿Ni siquiera comprobaste el lugar antes de quedar? Pero, Ashton, joder, estás loco. ¿Sabéis qué riesgo corréis al actuar de una forma tan estúpida?

—¡Claro que sí! Pero teníamos que vernos... Tenía que decirle la verdad.

Me tenso.

—¿Qué le has contado?

—Que… Que me equivoqué al darle la espalda, que tendría que haberme quedado, que no quiero perderla…

Baja la frente, hunde los hombros. Parece una flor marchita.

—Ya lo hablamos ayer, después de tu llamada: si es lo que en verdad quieres…

Es una de las pocas ocasiones en las que él y yo hemos hablado en serio de amor. Y de Eliotte.

Un resoplido seguido de un sollozo atraviesan el aire.

—De todas formas, no sirve para nada. La he perdido. Soy gilipollas, joder…

—Oye, Ash…

Freno y aparco al lado de una acera desierta. Esconde la cara, avergonzado.

—Se ha jodido…

—¿Qué te dije el otro día? ¿Eh? —murmuro—. Podemos encontrar soluciones. Habrá que hacer sacrificios, pero nunca es demasiado para los que valen la pena.

—Izaak, no me entiendes… Me ha rechazado.

—¡Pues claro que te ha rechazado! ¡Yo en su lugar te habría pegado!

Suspiro y pongo una mano en su hombro.

—Ashton, está herida, perdida… Entiéndela. Además, tiene ese pasado con su padre, le cuesta confiar…

—Ah, ¿ahora eres el que mejor la conoce?

Levanta la cara, llena de lágrimas, y se seca los ojos.

—Claro —añade antes de que pueda responder—. Claro que la conoces. Estaba claro…

—Eh, solo hemos quedado una vez con la psicóloga. Sé leer entre líneas, sé calar a la gente, ya lo sabes. Nada más.

Se le bloquea la respiración en la garganta antes de seguir:

—Ahora estáis juntos y…

—Madre mía, tío. Déjalo ya. No estamos juntos. Ni siquiera es en realidad mi mujer. Eso debes tenerlo claro.

Además del hecho de que no quiero tener nada que ver con Eliotte desde un punto de vista sentimental, hay límites que no podemos cruzar. De ninguna manera.

—Sois compatibles casi al cien por cien, vivís en el mismo piso, salís juntos, pasáis el día juntos…

—Pero…

—Y, un buen día, verás todo lo que me gusta de ella —añade—. Todo lo que solo los ciegos aún no ven. Y te darás cuenta de que es increíble, Izaak. De que no solo es guapa, inteligente, graciosa, a veces cabezota… También está loca, es dulce, frágil y, a la vez, tan fuerte y curiosa…

Le tiemblan tanto los labios como los ojos, cuyos iris se ondulan bajo las lágrimas.

—Es Eliotte —añade, y levanta las cejas—. Claro que te vas a enamorar de ella. Y será recíproco, porque tú eres Izaak. Acabará por olvidarme, porque solo soy Ashton.

No me da tiempo a abrir la boca para responderle, ya que al momento se apoya en mí envuelto en un mar de lágrimas.

«¡Oh! Ash…».

Le abrazo de un modo instintivo, como si lo tuviera programado en los genes.

«Que son un 98,8 % compatibles con los de la chica a la que quiere con locura».

Inspiro fuerte. Odio verlo flaquear, verlo dudar de sí mismo. Él no. Mi hermano pequeño no.

Le aprieto la espalda con los brazos y susurro con suavidad:

—Ash… Eliotte aún te quiere. Solo me habla de ti. Te veo reflejado en su mirada todo el rato. Intenta olvidarte para protegerse porque no quiere sentirse abandonada, pero… volverá. Porque eres Ashton. Porque, joder, eres increíble.

Le agarro la cara con las manos para apartarlo de mi hombro y lo miro a los ojos para transmitirle toda mi convicción, la rabia y la voluntad que me hierven. Estoy seguro al trescientos por cien de lo que digo:

—Todo se arreglará, Ash. Déjale tiempo. Y yo intentaré hablar con ella.

Me quedo en silencio.

—Pero, antes de eso, lo que quiero es que me jures que confías en ti. No puedes asustarte ni darle la espalda ni un segundo. O no se recuperará.

—Sí, te lo juro…, e-evidentemente.

—¿Eres consciente de los riesgos que corres si decides estar con ella? ¿De los sacrificios que tendrás que hacer? ¿De las cosas a las que tendrás que renunciar? No será nada fácil, Ashton... Pero te prometo que todo se arreglará. Tienes que creértelo. No renuncies ante el primer obstáculo. Tienes que aferrarte a ello, no te eches atrás bajo ninguna circunstancia, ¿está claro?

Asiente.

—Nunca... No la haré sufrir nunca más —susurra, como si fuera una promesa que se hiciera a sí mismo.

—Por fin te has despertado —le digo a Eliotte mientras coloco mi taza de té sobre la mesa baja que tengo delante—. Creía que estabas en coma..., pero solo estás hecha un guiñapo.

—Buenos días, estoy superbién, gracias —responde con su sarcasmo habitual—. ¿Y tú?

Mi compañera de piso baja las escaleras a toda velocidad, y sus rizos, de un rubio oscuro, flotan detrás de ella. Lleva un jersey largo que le llega por los muslos y unas negras medias semiopacas. Se va a preparar su desayuno detrás de la barra de la cocina con la mirada perdida.

Aún sentado en el sofá, me giro casi por completo para tenerla de frente. Me dispongo a responderle con el tacto que me es característico, pero refunfuña y no lo hago. Saca de los cajones varias hojas sueltas de distintos tamaños.

Me tenso.

—¿Qué hace esto aquí, Izaak?

—Si está ahí es porque es importante —respondo sin apartar la vista de sus manos.

Coge al azar una de las hojas del montón que ha sacado en un arrebato.

«Espero que no sean mis notas...».

Eliotte entorna los ojos y me pregunta:

—¿Quién sigue escribiendo las recetas de cocina a mano? ¿De verdad? Tienes un teléfono para algo, Izaak.

«Uf».

—¿Mi teléfono? ¿Te refieres al aparato preferido del gobernador para vigilarnos?

—No empieces otra vez con eso. Como si fueran a inspeccionar las notas de tu móvil, Izaak. Estás loco.

—No me fío. Prefiero el papel.

Eliotte se parte de risa.

Es de esas pocas personas que tienen una risa melodiosa, pero que, por razones fisiológicas desconocidas, puede ser totalmente sorprendente según el grado de hilaridad. La risa de Eliotte sube a los agudos, y luego recupera su respiración entrecortada. ¿Se ríe? ¿Se muere? A veces, me confunde. ¿Añado algo más a la broma? ¿Llamo a los bomberos?

Mi *mujer* levanta las cejas para examinarme.

La verdad es que siempre tengo un cuaderno o un bloc de notas a mano. Para todo. No suelo usar el móvil. ¿Y quién niega que transmitir un mensaje a la antigua usanza no tenga encanto? Las palabras parecen algo más cuando están desnudas sobre el papel.

Además, no sé, me gusta la sensación de escribir a mano. El papel no es liso, plano o frío como con una pantalla. Es granuloso, a veces tiene pliegues, no es del todo blanco, y podemos cortarnos si vamos con prisa. Con el papel uno se toma su tiempo.

Eliotte no piensa igual. Pone una expresión escéptica antes de dirigir la mirada a las notas que tiene en la mano.

«Venga, suelta las hojas».

—¿Qué? —digo para distraerla—. ¿Te preguntas si soy un visionario? Confiesa que tiene más encanto que una simple nota digital.

—Sí, eso es cierto...

Sé que le gustan los libros; quizá incluso más que la propia lectura. Lo sé porque ha traído varios aquí y los guarda en la biblioteca de su cuarto.

—... pero no diría que seas un visionario —sigue—. Solo un paranoico. Quizá eres un caso clínico.

«La voy a matar».

—Puedes no estar de acuerdo con el funcionamiento de nuestra sociedad sin por ello considerarla maligna —concluye—. Que el sistema sea una mierda no significa que nuestro Gobierno sea tan perverso para vigilarnos las veinticuatro horas del día.

Ese es el abismo entre nosotros. Esta sociedad es maligna. Nos controlan con educación fingiendo que es porque se preocupan por nuestro bienestar y nuestra salud mental.

—Si su funcionamiento es problemático es porque sus ideas y valores también lo son —respondo.

—Mmm, yo no pienso así. Hay cosas que deberían salvarse, a pesar del hollín y el polvo que las recubren.

«¿Y a pesar de la sangre que las recubre también?».

Me gustaría responderle, pero me tiene absorto con lo que hace con mi pila de papeles.

Cuando cierra el cajón después de haber dejado mis notas, respiro. Me hundo en el sofá y se me relajan los dedos alrededor de la taza caliente.

Se me ha olvidado esconder los ficheros importantes antes de que se instalara... Tengo que solucionarlo ya mismo.

Hay hojas en las que garabateo banalidades, algo que acostumbro a hacer para acordarme de algo, pero hay otras que nadie debería ver nunca.

Sacudo la cabeza mientras me llevo la taza a la boca. No puedo negar que en ocasiones, con ella, el cerebro me echa chispas, mis neuronas centellean. Una simple conversación puede convertirse en un debate en el que nos desafiamos el uno al otro. Esta chica tiene agallas, nadie puede negárselo.

Miro por el rabillo del ojo cómo remueve la taza de café con una mano mientras esconde un bostezo con la otra.

«¿No me va a contar su escapada nocturna con Ashton?».

—Para responder a tu primera pregunta —digo después de beber un sorbo de mi nuevo Earl Grey—, estoy bien. Sin embargo..., parece que tú no has dormido bien. Estás hecha polvo.

—Exacto. Me ha costado dormirme...

—¿Y eso?

—¿Quieres saber también si me he lavado los dientes antes de acostarme, Izaak?

No sé si es su mal carácter, la falta de sueño o su conversación con Ashton lo que la lleva a ponerse a la defensiva.

—Creo que deberías dejar la cafeína. O pasarte al té. Ya sabes, relaja, calma los nervios. Debo tener dos o tres sobres de infusiones en el cajón de la izquierda. Son para ti.

Levanta la mirada mientras remueve su —puaj— expreso.

—Es solo que… ¿desde cuándo te preocupas por todo esto, Izaak? ¿Nuestra psicóloga está escondida detrás de tu asqueroso sofá amarillo?

«¿O tal vez soy yo quien la provoca para que actúe así?».

Se acerca al sofá con una taza humeante en una mano que deja un aroma muy suave en el aire. Huele bien. De hecho, muy bien. Pero el café está asqueroso. Además, es una bebida que engaña. Eso me hace odiarlo el doble.

—En fin —dice con un suspiro mientras se pasa una mano por el pelo—. Voy a irme… Tengo que ir a estudiar a la biblioteca con unos amigos.

Inspiro.

«Es ahora o nunca».

—Antes de que te vayas, me gustaría contarte una cosa.

—Adelante.

—Es sobre tu padre.

MI ROMEO

«¡Oh, Romeo, Romeo! ¿Por qué eres Romeo?
Renuncia a tu padre, abjura tu nombre».
«Solo tu nombre es mi enemigo».

Eliotte

«¿Mi padre?».

—¿Cómo? ¿Quieres hablar de Karl?

—No... Me refiero a tu padre biológico.

Una corriente eléctrica me atraviesa todo el cuerpo. De unos doscientos mil o trescientos mil voltios. ¿Qué quiere contarme sobre mi padre? Me siento en el sofá, lejos de Izaak, sin pensarlo demasiado. Parece tranquilo, pero algo se agita en sus ojos.

—Te dije que tenía algunos contactos en Alma —me recuerda—. Y... creo que tu padre no fue ahí. De hecho, parece que nunca ha salido de los Estados Unidos. Así que, si me informo, quizá puedo saber dónde...

—Espera, ¿por qué me cuentas todo esto? —lo interrumpo.

—No sé, creía que te interesaría. Por saber dónde está tu padre.

De pronto, se me contraen todos los músculos del cuerpo.

«¿Para saber qué?».

—¿Y a mí qué más me da saber dónde está, Izaak? ¿Crees que iría a buscarlo? ¿Por qué, exactamente?

—Por tener respuestas, yo qué sé... En fin, al menos quería que supieras que no está en Alma.

Bajo los ojos y aprieto los puños. Me gustaría que este tema no me revolviera el estómago como lo hace. Me gustaría sentirla como una simple conversación sobre el tiempo.

Sin embargo, lo que me ha dejado pasmada y me aprieta la garganta... es *él*. Izaak ha buscado información sobre *mí*. Así. De la noche a la mañana.

«¿Qué piensa?».

Me giro hacia él y lo miro con intensidad.

—¿Por qué has hurgado en mi vida, Izaak? ¿Qué buscas? ¿Qué quieres?

Arquea una ceja, indignado:

—¿Qué? ¡No quiero nada! Creía que hacía bien.

—Pero ¿desde cuándo quieres ayudarme, eh? ¡No nos aguantamos! ¡Yo soy la «egoísta» con la que te han obligado a vivir!

—No tiene nada que ver...

—Entonces, ¿qué? ¿Es una prueba retorcida de Algorithma? ¿Ellos te han pedido que me cuentes eso?

—Para un momento con esa paranoia: Algorithma no sabe ni si Alma existe de verdad y, para ellos, ¡tu padre es un rebelde desterrado del sistema!

—Precisamente por eso... Déjalo tal como está, ¡por favor!

—Eliotte, no quería...

—¡Sabes muy bien lo que haces, déjalo!

Se queda paralizado.

—¡Te he dicho que quería ayudarte! ¡Eso es todo!

—Quizá, pero ¡te has equivocado en lo que quiero! —exclamo mientras dejo la taza sobre la mesa baja—. Y, si todo esto tuviera una explicación lógica, ¡solo tendrías que habérmelo consultado, Izaak!

—Prepárate una infusión y calma tus nervios, por Dios...

—¡No te metas en mi vida!

—¿Camomila o verbena?

«¡Arg! ¡Es un...!».

Inspiro muy fuerte mientras cierro los ojos. Tranquila. Tranquila. Tranquila. Cuando los abro, veo que Izaak me mira, impasible, mientras sorbe su taza de té. En sus ojos flota una mezcla de confusión y condescendencia.

Suspiro.

La verdad es que no sé en realidad qué me enfada, además del hecho de que todo esté relacionado con mi padre. ¿No entender el comportamiento de Izaak? ¿Sentirme analizada? ¿El hecho de que sienta pena hasta el punto de «ayudarme»?

«Tampoco eso tiene sentido...».

Sin embargo, actúa como si fuera perfectamente normal que quiera ayudarme. Pero no puede ser así. Más allá de su personalidad desconcertante, de su simpatía polar y de su indiferencia total hacia lo que pueda pasar en la Tierra, no nos queremos. Creo que está claro. Blanco. Y en botella. Entonces, ¿por qué debería parecerme normal que se interese por mi vida? ¿Que quiera ayudarme a arreglarla?

Me pregunto qué se esperaba cuando me ha contado lo que sabía sobre mi padre.

«Parece que nunca ha salido de los Estados Unidos».

Sacudo la cabeza.

—¿Estás trazando un plan para asesinarme? ¿Es eso? —me pregunta.

No consigo reaccionar a su comentario. Me habría gustado responderle «sí», reírme o, al menos, sonreír. Pero nada.

Después de varios segundos, le espeto:

—Me voy.

Agarro mi mochila, le suelto un «adiós» un poco demasiado tímido para mi gusto y cierro la puerta detrás de mí.

Si mi padre no está en Alma, ¿dónde está? ¿Dónde ha podido ir en esta mierda de país? ¿Y por qué me lo pregunto, joder?

Espero al autobús cerca de media hora, sola, y llego al fin a la biblioteca universitaria. Busco mi sitio habitual —al fondo a la izquierda, cerca de la ventana— para tener vistas a los jardines exteriores, cubiertos de escarcha. Tengo que acabar un ensayo y empezar otro.

Pero, aunque ponga toda la energía del mundo y concentre todas mis fuerzas, no se me ocurre nada. Me paso las manos por la cara mientras suspiro.

Una chica se sienta a dos asientos de mí. Coloca una pila de libros en la esquina de la mesa, abre su ordenador y empieza a escribir en su procesador de textos con energía. No puedo dejar de mirar sus libros.

Las cinco rosas. Clásico. *El hombre que ríe*. Por qué no. *Romeo y Julieta*.

Parpadeo. ¿He leído bien?

Romeo y Jean.

Sacudo la cabeza.

«Evidentemente, no podía ser ese libro».

No puede ser *Romeo y Julieta.*

Un recuerdo me golpea. El tipo de recuerdo que no se cuela con cuidado en las aberturas que se entreabren, que no aparece de puntillas, que no llama antes de entrar. No, es de esos que llegan de repente y golpea a otro, en un efecto dominó.

«—Eliotte, ¿estás segura de que no quieres hacer otra cosa?

—Quiero leer esta novela, Ash... Pero no tienes por qué leer conmigo. No te preocupes.

—No, me quedaré aquí a tu lado mirando las grietas del techo».

Debíamos tener diecisiete años. Era mi segundo día de regla: los analgésicos casi no hacían efecto. Lo único que podía hacer era tumbarme. Los calambres no me habían dejado dormir, así que me pasé la noche hablando por mensajes con Ashton. Al amanecer, vino a mi cuarto cargado con una bolsa llena de chocolatinas, de patatas y de caramelos.

Estaba tumbada sobre él y leíamos *Romeo y Julieta.* Es uno de los muchos clásicos escritos mucho antes de las Décadas Oscuras y censurados por nuestro Gobierno, puesto que se considera peligroso para nuestros ciudadanos.

Comprendí que era una novela prohibida cuando la encontré de niña, escondida en el desván de mi antigua casa, en Seattle, en medio de una caja llena de libros. Todos eran de mi padre. Me hizo prometer que no se lo contaría a nadie. Fue la primera vez que supe que Algorithma nos ocultaba la verdad. Todo lo que aprendíamos, todo lo que veíamos y todo lo que escuchábamos no era casualidad. Era su voluntad.

Cuando mi madre se mudó a casa de Karl, llevé la caja conmigo y la escondí. Leí su contenido bastante rápido: eran unas veinte novelas que hablan de amor —y que no se limitaban a historias entre un hombre y una mujer como quieren hacernos creer—, de fallos de sistemas políticos, de rebelión... Lecturas que me atraparon, que me electrocutaron el corazón para activarlo de nuevo antes de devolvérmelo al pecho latiendo más que nunca. Le conté el secreto a Ashton después de un año de relación. Esperaba que los leyera también para que su visión de Algorithma cambiara y se pareciera a la mía, pero no lo hizo.

Odia leer.

«Ashton sujeta con fuerza el libro entre las manos mientras mastica un caramelo:

—¡Oh, no, Romeo! ¿Qué haces en mi balcón?

—Eso no está escrito, Ashton.

—Oh, Julieta, mi Julieta, tan guapa como la luna, el cielo y todo el cosmos... ¡He venido a echarte un polvo! ¡Déjame entrar, te lo suplico!

Me parto de risa.

—¡Deja de insultar a Shakespeare!

—¿A qué crees que se refiere cuando dice: "Con las ligeras alas de Cupido he franqueado estos muros; pues las barreras de piedra no son capaces de detener al amor"? Eso es una clara invitación a desnudarse. Romeo no escaló un puto muro de ladrillo de noche, en el jardín del clan enemigo, para jugar a *Simón dice* allí arriba.

Nos miramos unos segundos antes de partirnos de risa, lo que me cuesta un nuevo calambre. Pero es más fuerte que yo. Es él.

El amanecer le dibuja en la cara unas ondas anaranjadas. Tiene una mirada muy dulce, muy tranquila.

—¿Estás segura de que no quieres comer nada? —suelta de pronto, y coge la bolsa, que había dejado en medio de la colcha—. ¡Creo que deberías recobrar fuerzas! A ver, tenemos: Haribo, Snickers, Maltesers... Y Mars. Qué ricos están los Mars. Ah, y...

—En serio, no tengo hambre. Te lo juro. Pero muchas gracias, Ash.

Inclina las comisuras de los labios hacia abajo.

—Odio verte así, mi amor. Me siento muy impotente.

Me aprieta un poco más fuerte contra el torso y me besa la coronilla. Nos quedamos así unos minutos, en silencio. Los calambres me están destrozando la parte baja del vientre, tengo un dolor de espalda insoportable, pero me siento bien. El mundo ha dejado de girar alrededor de nosotros.

Estamos en nuestra isla imaginaria, lejos de todo, tumbados en mi cama individual, que es demasiado pequeña para los dos..., cuando, de pronto, Ashton se levanta y agarra el libro.

—¡A ver! ¿Por dónde iba? ¡Ah, sí!

Se aclara la garganta de un modo teatral.

—¡Oh, Romeo! Mis padres... Si te ven, te matarán. Por nada del mundo querría que te vieran aquí. Así que...

Su teléfono suena y lo detiene a mitad de la frase.

—Es mi alarma: hace dos horas que te has tomado la pastilla —dice mientras lo apaga—. Puedes tomarte otra.

—No, me encuentro un poco mejor —respondo con una sonrisa—. Gracias a ti.

—¿Estás segura?

Asiento con la cabeza.

—Bueno, entonces, si te encuentras mejor, no estamos obligados a leer esta porquería.

—Si estás muy harto, podemos hacer otra cosa.

—¡Oh! ¡Gracias a Dios!

Tira mi ejemplar a la otra punta del cuarto.

—¡Oye! ¡Ya está muy estropeado! —exclamo antes de soltar una carcajada.

—Lo siento... ¡No me mates! ¡Soy demasiado joven para morir!

Se parte de risa antes de seguir, con un tono más serio:

—¿Por qué te gusta tanto esta historia, Eliotte? Solo se conocen de un día y están dispuestos a morir el uno por el otro... No es realista, en serio.

—Sí, pero... Espera. Imagina que tienen un flechazo casi sin conocerse, pero que son más de un cincuenta por ciento compatibles. Entonces, ¿te parecería más realista que estuvieran dispuestos a morir el uno por el otro?

—¡En ese caso, sí! Han tenido un flechazo, la magia ha funcionado bien y tienen la certeza de que irá bien. Pueden entregarse en cuerpo y alma a su relación».

En aquella época, no me sorprendió su respuesta. Pero recuerdo que quise preguntarle qué pensaba de Romeo, aunque no lo hice. Ese personaje que va en contra de su familia por la chica que quiere, que desafía a la sociedad, al mundo entero. Tampoco tuve la oportunidad de preguntarle si estaría dispuesto a actuar como ese héroe en la hipótesis de que no fuéramos compatibles según Algorithma. Pero creo que ya tengo su respuesta…

Entonces, ¿por qué me hizo creer otra cosa ayer?

El brillo de sus ojos no engañaba. Sus lágrimas, tampoco. No puedo negarlo: sus palabras parecían sinceras. Por un momento, volví a encontrar al chico del que me enamoré. No al cobarde que me dejó asegurando que todo se había jodido.

«Pero ¿por cuánto tiempo lo has encontrado? ¿Por cuánto tiempo?».

Recibo un correo electrónico de Algorithma.

NÓMADA

Lo leo en diagonal, molesta: «Cita con tu alma gemela en el cine Richard Hills para una sesión en la intimidad del séptimo arte».

Suspiro. Volvemos a empezar...

«Bueno, venga. Volvamos a concentrarnos. Otros treinta minutos y listo».

Los dedos bailan solos sobre el teclado sin pensar en nada más.

> La postura de Ashton Kannam en cuanto a los avances liberales de la época es muy interesante. La creación de unidades sublaterales en el poder estableció...

«¿Ashton?».

Suspiro y corrijo de inmediato.

> Ashley Kannam.

Vuelvo a colocar los dedos encima del teclado.

Pero nada. Se quedan quietos.

¿Cómo puedo permanecer sentada redactando una mierda de ensayo de historia después de lo que me dijo ayer? ¿Cómo puedo seguir haciéndome la indiferente?

Un relámpago. Me levanto, guardo mis cosas y cojo fuerzas mientras me acerco a la salida de la biblioteca.

Llevaba días esperando un discurso como el de ayer. No puedo mentirme a mí misma de esta forma. Tengo que encontrarlo. No tengo nada que perder, excepto todo, si me quedo aquí sin hacer nada.

Es mediodía. Sé que Ashton acaba su entrenamiento de *hockey* a las once. Suele volver a casa directamente para ver una película o una serie; es su ritual. Estará en su cuarto ahora mismo comentando cada réplica y partiéndose de risa. Iré a buscarlo. Hablaré con él. Lo arreglaré.

Antes de eso, me aseguro de ello y le escribo al número desde el que me mandó los últimos mensajes.

> ¿Estás en tu casa?

Como estoy impaciente por hablar con él, salgo a toda velocidad de la biblioteca y empujo a un tío, que no duda en hacerme un corte de mangas. Pero consigo coger el autobús justo a tiempo.

Me arriesgo mucho al ir a su casa a plena luz del día. Lo mejor sería preparar el terreno y avisar a Izaak. Si me cogieran, podría decir que habíamos quedado ahí.

«¿Aunque tenga su propio piso?».

No…, esa excusa es ridícula.

Además, por Dios, ¿de verdad quiero que Izaak sepa que deseo volver con Ashton?

No me he atrevido a decirle la verdad esta mañana, cuando me preguntó por qué había dormido mal. No sé si sospechará algo… Conociéndolo, creo que, para protegerlo, impediría que Ashton hiciera algo arriesgado. Como cuando me prohibió volver a hablar con él el día de nuestra primera cita en el café-librería. Dios mío, aquel día fue repugnante. Y eso que estaba preparada para ello… Pero ese idiota consiguió superarse. Despertó una animadversión sorda que sentía por él, y de la que ni siquiera me había dado cuenta aún. Me gustaría ignorar ese sentimiento, pues es algo que se me da bien; pero con él, aunque lo intento, no puedo. Y eso tiene el don de intensificarlo.

Cuando llego al barrio residencial de los Meeka, me quedo parada en un camino perpendicular a su chalé sin quitarle el ojo a la parte de atrás del jardín. Me duele la barriga, me sudan las manos. No sé qué le diré exactamente a Ashton, ni qué *quiero* decirle, pero nunca he estado tan segura de que necesitaba verlo.

No ha respondido a mi mensaje. Seguro que se ha quedado dormido. Sus entrenamientos son agotadores. Siempre me ha dicho que odia el *hockey*, pero se esforzó muchísimo por ser el mejor cuando su padre le aconsejó que se apuntara al equipo del instituto, a pesar de que ni siquiera sabía qué era un stick. Y lo consiguió: el capitán Ashton Meeka. Delantero centro. Número 4. Me encanta eso de él: su competitividad. Cuando se marca un objetivo, lo da todo para alcanzarlo. No le importan los obstáculos ni el número de moratones y de problemas, siempre da lo máximo de sí mismo.

«¿Y si lo llamo?». Puede que lo despierte, pero no puedo esperar mucho más tiempo. Es urgente.

Suena en el vacío. Miro al chalé mientras mantengo el teléfono pegado a la mejilla.

De pronto, una silueta aparece delante de la casa. Me enderezo y entorno los ojos para tratar de distinguir mejor sus rasgos.

«¡Es él!».

Sale por la puerta de la entrada, saluda a un guardaespaldas, sonríe… y agarra a una chica por la cintura.

Boquiabierta, aparto el teléfono de la oreja y pulso en «Colgar». Se me graban en los labios cinco letras ardientes.

«Emily».

Sus rizos rubios revolotean en el aire mientras se ríe con él. Él la agarra de una mano y algo se me retuerce en el pecho. Por alguna razón, me reconozco en ella. La nariz, los ojos un poco rasgados… Sí, es como yo. Pero mejor. Todo es perfecto en ella: honrado, simple, sin florituras. Y, cuando veo su pelo dorado ondear en la parte baja de su espalda, cerca de la mano de Ashton, entiendo por qué quise teñirme el mío del mismo color. Sabía de un modo inconsciente que tenía debilidad por las rubias.

«No era porque fuera *Eliotte*. Solo era su tipo de chica».

Avanzan por el camino lleno de flores del chalé, uno al lado del otro. Algorithma nunca impone llevar a las citas a nuestra casa. Así que ha sido Ashton quien ha querido llevarla a su chalé. A su cuarto. Los pulmones se me comprimen de golpe. Quiero llorar, siento un nudo en la garganta…, pero no sale nada.

Como si, en realidad…, me lo esperara.

«Sí, es eso. Me lo esperaba».

Aprieto los puños y les lanzo una última mirada; sus risas de mierda me destrozan los tímpanos.

Y me largo.

Espero el autobús en una parada más lejos de su casa para asegurarme de que no me cruzaré con Ashton y su «alma gemela». La imagen de su sonrisa platina aún me quema en las retinas. Y la de su brillo de labios cereza, que brillaba al sol, y la del rubio del pelo, que le llegaba hasta el trasero.

«Te lo esperabas. Te lo esperabas. Te lo esperabas».

Me subo en el primer autobús que llega. Ni siquiera sé adónde va; solo sé que quiero irme. Apoyo la cabeza en el cristal, contra el que me golpeo con cada bache. Los paisajes desfilan delante de mí, la nieve se convierte en una lluvia ligera. El sol de la tarde se arremolina en el cielo entre las gotitas congeladas.

No puedo evitar tocarme el pelo, cuyas puntas están estropeadas por la decoloración. Cierro los ojos porque empiezan a picarme. Aprieto los puños con tanta fuerza que las uñas podrían perforarme la piel.

«Te lo esperabas».

Me cae una lágrima por la mejilla. No tengo fuerzas para secármela. Me siento tan idiota… Se supone que sabía qué podía esperar. Así que ¿cómo he llegado hasta aquí?

Me vibra el teléfono en el bolsillo.

Es Ashton.

Mierda, no había visto tu mensaje, lo siento. Estaba KO después del entrenamiento. ¿Es urgente? ¿Estás bien?

«¿Estabas KO antes o después de acostarte con tu cita?».

Tengo ganas de tirar mi móvil al otro lado del vehículo. Se está riendo de mí. Bloqueo la pantalla con un nudo en la garganta.

No creo que me hubiera enfadado con Ashton si lo hubiera visto con Emily antes de ayer por la noche. Antes de su declaración. Antes de que me dijera mirándome a los ojos que me quería. ¿Qué fue todo eso? ¿Una mentira? ¿Un juego? ¿Otra estupidez sin sentido?

Hundo la cara entre las manos y saco todo el aire de los pulmones.

Me bajo en la última parada del autobús y cojo otro hasta el final del recorrido…, y hago lo mismo hasta que ya no siento el tiempo pasar.

Alrededor de las diez de la noche, decido apearme, como una nómada totalmente desorientada. Por los letreros, parece que estoy en Blossom City, a varios pueblos de Portland. Deambulo por las calles con las manos metidas en los bolsillos de mi chaqueta ancha. Cuando era niña, Karl solía traernos aquí a mi madre y a mí. Luego, volvíamos a casa felices. Con el estómago lleno pensamos menos en los problemas. En lo que no tenemos. En lo que queremos.

Pero ahora no tengo ganas de comer. Quiero beber. Quiero ahogar los problemas para acallarlos y, quizá, matarlos.

Me adentro en una calle animada. Hay bares, restaurantes, faroles de colores, risas.

Un rótulo a lo lejos me llama la atención; las luces de dentro son azules, malvas y añiles. El Tulipán.

Sin pensarlo, entro decidida. Me siento en la barra y para empezar pido un cóctel.

«Rápido, quiero pensar en otra cosa».

La música ambiente es lo bastante divertida y está lo suficientemente fuerte para acallar las voces de mi cabeza.

Suspiro mientras observo mi reflejo en el mármol de la barra. Desde que nos dieron los resultados de nuestro segundo test de pareja, me da la sensación de que estoy atrapada en una espiral infernal. Intento levantarme después de cada caída, pero siento que es para caer desde más alto la siguiente vez.

No quiero que me tiendan una mano, pero la verdad es que esta noche no soy una solitaria. Estoy sola.

«Dios mío, quiero salir de este círculo. Me niego a deprimirme. Me niego a aceptar mi estado».

Me seco la cara, me falta el aliento.

—Aquí tiene su Blue Filipinas.

Miro la bebida turquesa. El hielo de la superficie produce un ligero vapor. Sin dejarme apenas tiempo para oler el arándano, abalanzo la boca sobre la pajita.

Unos segundos después, mi teléfono se enciende. Ashton me manda signos de interrogación, falsos mensajes de preocupación, emoticonos exagerados...

«Vete al diablo».

Dejo el móvil y sorbo el fondo de mi vaso.

—¿Eliotte?

Me giro bruscamente hacia la voz grave que acaba de llamarme y que me resulta familiar.

SOLO UN *WHISKY*

—¿Puedo sentarme o esperas a alguien?

—Está libre, siéntate.

Matthew Rivera se sienta en el taburete contiguo e impone su figura en el espacio. Pide al camarero. Aprovecho para pedir otra copa.

Me da un vuelco el corazón cuando veo a Matthew sentado ahí, a mi lado. Hace una eternidad que no lo veía.

El camarero no nos hace esperar mucho antes de servirnos la bebida .

Al momento, Matthew deja escapar una risa ronca.

—Guau, sabe cuánto lo necesito... ¡Gracias!

Se gira hacia mí.

—¿Y tú? ¿Un *whisky*, de verdad? ¿Estás bien?

—¿Mi elección de bebida ha dejado entrever tan claramente mi estado emocional?

—Entonces, ¿tengo razón? —pregunta con media sonrisa.

—No, en realidad, es que me encanta el *whisky* —respondo sin pensar, y bebo un trago—. He venido con una amiga, pero acaba de irse. ¿Y tú? ¿Qué haces aquí? Estamos lejos de Portland.

—Necesito relajarme un poco..., y es uno de los mejores bares que conozco, imagínate.

Da un sorbo a su bebida antes de añadir:

—Me alegro de verte aquí, Wager. No nos vemos desde... Guau. Al menos, desde que empezamos la universidad.

—Sí, hace mucho tiempo...

Me da un golpe en el hombro.

—Venga, admítelo.

—¿Admitir qué?

—Que me has echado de menos.

Sonrío.

—Sí, Matt, te he echado de menos.

Se parte de risa.

«¿Es mentira?».

Miro la superficie del vaso. No lo sé.

Siempre he evitado tejer vínculos con cualquier persona. Y, cuando Ashton me metió en su círculo de amigos para pasar el máximo tiempo posible conmigo sin que pareciera sospechoso, dada nuestra relación extramatrimonial, le seguía la corriente, sin atarme. Pero siempre me gustó la compañía de Matthew, más que la del resto de los amigos de Ashton. Cuando Ashton y yo no estábamos los dos solos, siempre éramos tres, con Matthew. Y, si estaba él, dejaba de darle vueltas a todo. Seguramente porque estaba Ash, más fuerte que nunca, a mi lado. No lo sé.

Pero todo ha cambiado. Y ahora, sin Ashton, la ecuación está desequilibrada. ¿Qué valen Matthew y Eliotte sin él?

«¿Acaso no es Matthew más que el fantasma de una antigua vida en la que creía que acabaría con Ashton? ¿El fantasma de mis sueños desengañados de adolescente?».

—¿Qué te ha pasado? Te dejo tranquila un otoño y te encuentro casada. Qué fuerte —comenta Matthew con una sonrisa.

—La verdad es que ni yo misma me lo esperaba.

—¿A qué te refieres?

—Creo... creo que nadie está preparado para sentir este tipo de conexión —balbuceo a medias, mintiendo.

—Es cierto que casi un cien por cien de compatibilidad...

Me aguanto una mueca. Si él supiera.

—Eliotte... —dice con suavidad—. A diferencia de los demás, yo sabía muy bien que Ashton y tú erais... más que amigos.

Se lo confesamos entre líneas, porque mantener una relación extramatrimonial está muy mal visto. Ashton Meeka nunca habría podido admitirlo delante de nadie —aparte de ante su hermano y, luego, de su padre, los indispensables de su vida—.

—Así que me imagino que al principio las cosas no han sido fáciles... —continúa.

Aprieto la mandíbula e intento respirar más despacio. Mil recuerdos se me clavan en el corazón.

—Quizá... ¿aún son complicadas?

Miro a Matt. Me mira con pena.

—N-no, no —respondo sin pensarlo—. En fin, sí, fue una situación *particular* al principio. Pero hoy en día todo va de maravilla... Es normal, es evidente, diría. Nuestra compatibilidad es una evidencia.

«Nadie puede enterarse de que nuestra relación es un fraude».

La cara de Matt se relaja, pero lo noto aún callado, como si estuviera mal. Tiene que creerme. Le doy un trago a mi bebida.

—¿Y tú qué? —pregunto con una sonrisa—. Me has dicho que has venido para desconectar. ¿Has tenido una semana complicada?

—Una *vida* complicada.

—¿Quieres hablar de ello? —le propongo por instinto mientras dejo mi bebida.

—No te preocupes... Es solo que estoy saturado, y dentro de poco tengo una cita con mi primera alma gemela. Se llama Hanna. No sé qué esperar.

—No esperes nada, es como ponerte zancadillas.

Dicho esto, bebo la mitad de la copa. Un escalofrío me atraviesa la columna vertebral. Creo que he hecho bien al venir. Siento un nuevo golpe de energía en el estómago, en las venas.

—Parece que hablas con conocimiento de causa, Eliotte...

—Digamos que, si no esperas nada, no te decepcionará.

—Es cierto... —conviene con un movimiento de hombros—. ¿Tú te esperabas algo de Izaak, al principio?

—Mmm...

—¡No te sientas obligada a responder! No tendría que habértelo preguntado, perdón. Es que..., como siempre has sido la «lúcida» del grupo, a la que acudíamos si necesitábamos ayuda o para pedirle consejo..., me ha parecido natural preguntártelo.

Yo era la persona a la que todo el mundo dejaba entrar, pero jamás abría nunca mi puerta.

—No pasa nada, Matt. Es cierto que siempre he estado ahí para vosotros, ¿por qué iba a cambiar eso?

Esboza una ligera sonrisa. Se acerca más a mí. Le brillan los ojos.

—Sabes que estoy aquí también, ¿verdad? Aunque nuestro día a día haya cambiado, nuestra amistad no. Puedes contar conmigo como lo hacías antes.

—Lo sé, sí.

«Es mentira. Mientes, Eliotte. Nunca te has apoyado en él ni en ninguna otra persona que no fuera Ashton».

Se pasa una mano por el pelo e inclina la cabeza. Bajo la luz del bar, la mandíbula y parte del cuello se le colorean de azul y fucsia...

«Concéntrate».

Me aclaro la garganta.

—En verdad... Está claro que, con casi un cien por cien de compatibilidad, es complicado no tener expectativas. Nos imaginamos que sentiremos un flechazo, una conexión inmediata o, al menos, que te guste al momento la compañía del otro.

—¿Y no fue así?

«No, en absoluto».

—¡Sí! Así fue. Fue instantáneo.

—Entonces, ¡no ha habido ningún problema!

—No, para nada. Gracias, Algorithma —respondo con una risa nerviosa.

Me giro al camarero para pedirle otro *whisky*. Y un chupito de vodka. No, dos.

—Bueno, ¿y si me cuentas por qué estás en realidad aquí? —suelta de pronto Matt.

Me giro de un salto hacia él y suelto una carcajada.

—¡Ya te he dicho por qué!

—No lo sé... Estás bebiendo mucho. Más de lo normal. Y, sobre todo, te veo totalmente perdida, no es propio de ti —dice intentando hablar por encima de la música, cuyo sonido acaba de subir de manera considerable—. Algo no va bien, y lo sé, Wager. Puedes contármelo, ¿sabes?

Noto una ola de calor en el pecho.

—Gracias, Matt. Pero te juro que todo va bien. Lo único es que estoy un poco cansada... Es tarde.

Se me acerca. El olor de su perfume y el de la menta de su vaso se confunden en el aire.

Me atrevo a mirarlo. Me escruta con los ojos, y está a punto de hacer que me consuma.

—Tienes algo más que cansancio en la cara, Wager.

Inspiro fuerte y miro hacia otro lado. Sus ojos azules son un desafío. El camarero vuelve —gracias a Dios— y me sirve el *whisky* y dos chupitos. Matthew tamborilea los dedos sobre la barra siguiendo el ritmo de la música. No me había fijado en sus nuevos tatuajes. Unas serpientes le rodean el fuerte antebrazo hasta las falanges y se mezclan con una rama de cerezo en flor. Quedan estupendos sobre su piel morena.

De pronto, un tío que pasa por mi lado me suelta:

—Qué bonito tu vestido... Avísame si quieres que te lo quite.

—Cierra el pico, capullo —suelta Matthew antes que yo diga nada.

El interesado se da la vuelta.

—Relájate, tío, no sabía que estaba contigo.

—No estoy con él, pero cierra el pico —le respondo mientras giro la cara hacia ese cerdo.

El tío pone cara de burla y se pierde entre la muchedumbre sin ganas de pelea. Matthew, con la mandíbula apretada, no le quita el ojo hasta que desaparece.

—Déjalo, Matt...

Echo un vistazo a las medias negras que me ciñen los muslos. Intento bajarme el vestido lo máximo para esconder algunos centímetros más de piel. De pronto, me siento desnuda por completo.

—¿Quieres mi chaqueta? —me propone mientras se quita su chupa—. Aunque tú no tienes que cambiar nada. Lo que acaba de pasar no es tu culpa, que quede claro.

«Tiene razón...».

Pero no puedo evitar decir, con una sonrisa ridícula:

—Sí... Déjamela, porfa.

Siento calor en las mejillas de la vergüenza. Cuando Matt me coloca la chaqueta en los muslos, agarro el vaso y me lo acabo de un trago.

—En fin, ¿qué decíamos antes de que ese capullo nos cortara? —pregunta mientras acerca los labios a su chupito de tequila—. Ah, sí, estabas mintiéndome sobre por qué estás aquí.

Se lo bebe de un trago. Suspiro.

—Matt… Siento que me está subiendo el alcohol, así que esta noche diré gilipolleces. Deberíamos evitar las preguntas profundas, ¿vale?

—Me gustan muchas cosas de ti, pero esta manía de querer racionalizarlo todo…

Arqueo una ceja y lo miro.

—¿No te estará ya afectando el alcohol? —le pregunto.

—Quizá, ¿es grave?

—Si sigues hablando, sí.

Una mirada. Nos partimos de risa durante unos diez segundos.

«Qué bien sienta…».

Me siento como si flotara. Hacía mucho tiempo que no me sentía tan ligera, tan relajada. Como si acabara de darme cuenta de que hasta ahora me estaba ahogando.

«Y, mierda, qué guapo es…».

«Pero ¿qué digo?».

Me paso una mano por la cara y respiro fuerte.

De pronto, siento la suya en la espalda y me acerca los labios a la oreja.

—¿Estás bien, Eliotte? Estás rara.

Me sobresalto. Siento escalofríos en la espalda.

—Sí, sí… Estoy bien.

«No estoy bien. Nada bien».

Me levanto de la silla y me alejo de esa mano que me gustaría volver a sentir sobre mí, joder. Tengo que recuperarme.

—Voy al baño, vuelvo en cinco minutos.

—No problema.

Mis hormonas están bailando un tango en mi cabeza. Chorradas. Y el alcohol… Me hundo en la muchedumbre, que baila con desenfreno. Cuando voy a empujar la puerta batiente de los baños, me paro en seco.

«Mierda, el bolso».

Como Matt está contentillo, no lo va a vigilar.

Vuelvo hacia atrás y aparto a las chicas en mi camino. Veo a Matthew de lejos.

«No está nada mal bajo las luces de colores».

Pasa una mano por mi vaso.

«¿Está metiendo algo dentro?».

Se me para el corazón. La cabeza me da vueltas.

Me ha metido algo en el vaso. Claramente.

«¿Qué hago? ¿Ahora? ¿Ahora mismo? Rápido. ¡Piensa!».

De pronto, los ojos azules de Matthew se cruzan con los míos.

—Eliotte...

Se me acelera la respiración. Estoy hiperventilando.

Avanzo a grandes pasos hacia mi sitio, cojo mi bolso y sigo mi camino hacia la salida.

—¿Adónde vas, Eliotte? ¿Estás bien?

Me agarra del brazo para frenarme en mi huida.

—¡Suéltame! —grito mientras trato de deshacerme de su agarre.

—Pero ¿qué te pasa? ¿Estás bien? ¿Es por el tío de antes?

—Pero ¿te ríes de mí? ¡He visto que me has metido algo en el vaso! ¡Déjame!

Tengo la voz rota, débil. Me gustaría poder gritar y rugir. Darle miedo, pero soy incapaz de ello.

—¡¿Qué?! ¡Estás loca! ¡No tenía nada en la mano! El alcohol te hace flipar, Eliotte... No te he metido nada en el vaso. ¡Te lo juro!

—Matthew, suéltame o me pondré a gritar. Suéltame ahora mismo.

—Estábamos pasándolo bien, no entiendo qué pasa ahora...

—¿Que qué pasa? Que me va a soltar el brazo y yo me voy a ir del bar. Ahora mismo.

Se le cae la mano sobre la pierna. Me giro y huyo.

—Eliotte, por favor... No seas paranoica.

Matthew me alcanza en varias zancadas.

—¡Vete! —suelto mientras miro por encima del hombro.

—¡No quiero que te vayas pensando que te he metido algo en el vaso!

«¡Sé lo que he visto!».

—¡Eliotte!

No pienso. Me pongo a correr. Doy una carrera hacia la salida y por la calle, pero aún lo oigo detrás de mí. Me persigue.

«¡Joder! ¡Lárgate!».

¿Y si me ha metido algo en el vaso cuando me hacía la tonta riéndome de sus bromas de mierda?

Se me contraen los pulmones, me pican los ojos.

Las calles están vacías, las farolas casi no funcionan, está tan oscuro... ¿Dónde mierdas estoy?

«¿Era a la izquierda o a la derecha?».

¡No lo sé!

«¿Qué hago? ¿Qué hago?».

Correr. Matthew sigue ahí, gritando mi nombre. Retomo la carrera e intento no resbalarme sobre el hormigón mojado. Llueve a cántaros. De pronto, veo un cruce. Podría esquivarlo si llego ahí lo bastante rápido...

«¡Venga, Eliotte!».

Me meto caña en las piernas y giro a la derecha. Hay una lavandería a varios metros. Me meto dentro esperando despistar a Matthew. Me echo al suelo y me escondo debajo de las ventanas. Si no me ha visto en el cruce, creerá que sigo corriendo.

Veo una sombra que serpentea sobre los azulejos blancos... Me quedo inmóvil mientras me muerdo el labio inferior para controlar la respiración. ¿Me oirá? Observo las gotas que me caen del pelo y resbalan al suelo.

Espero un minuto largo, quizá tres, o diez, antes de levantarme discretamente para mirar por la ventana.

Nada.

La calle está vacía.

Me deslizo por la pared para sentarme. Me tiemblan las manos.

«¿Qué quería de mí?».

No me lo esperaba en absoluto... Viniendo de Matthew Rivera, ¡joder! ¡Él no!

Lo peor es que habría podido cometer la gran gilipollez —gravemente penada por la ley— de pasar la noche con él si me hubiera dejado llevar. Me odio por haber sentido eso.

Me quema la garganta y las lágrimas me caen por la cara sin parar. Intento secármelas, pero me da vueltas el estómago. Vomito sobre el suelo.

«Todo esto para olvidar a alguien que te ha olvidado en un plis plas... ¿En serio, Eliotte? Eres ridícula».

Toso unos segundos antes de levantarme. Me abalanzo sobre mi bolso para coger la botella de agua y me la bebo casi entera para ocultar el sabor asqueroso de la boca. Me echo espray de menta en la lengua y me sorbo los mocos para borrar las lágrimas. Me seco la cara empapada y me aparto algunos mechones que tengo pegados. Siento náuseas, la habitación me da vueltas.

Dirijo la cabeza hacia el techo y cierro los ojos para intentar calmar mi respiración descontrolada; me concentro en el ruido de las lavadoras, que dan vueltas. En la lluvia contra el cristal. En el tictac del reloj.

«¿Qué hago ahora?».

Miro el móvil. Es la una y media de la mañana. El próximo autobús saldrá en un siglo. No puedo esperar tanto tiempo en este sitio con tal mala fama y con Matthew por los alrededores…

Me siento una presa encerrada en una jaula.

«Eliotte, no eres una presa. Ni hablar. Despiértate. Todo irá bien».

Sí, todo irá bien. ¿Y si llamo a mi madre… o a Karl para que venga a buscarme?

Llamo a sus móviles tres veces. Contestador. Contestador. Contestador. Aprieto los puños.

«Da igual, me las arreglaré sin ellos…».

Miro los horarios de los autobuses temblando todavía: el próximo sale a las tres de la mañana y la parada está a veinticinco minutos andando. Me habría gustado tener a una mejor amiga. A la que poder llamar. Pero no tengo a nadie. Ni mejor, ni amiga, ni nada de nada.

De un modo mecánico, mis dedos vuelan sobre la lista de contactos. Solo hay nombres «de ocho a seis»; esas personas a las que solo conocemos de un día de clase o por un trabajo de grupo. «Amigos» por convenio.

Mi mirada repara en un nombre nuevo en mis contactos.

Izaak MEEKA

Pulso sobre el botón «llamar» sin pensarlo.

LA ELECCIÓN

Después de cinco tonos de llamada sin respuesta, cuelgo. Ha sido una auténtica tontería. Como si fuera a venir. Nuestra relación se ha enfriado desde esta mañana y no tiene ningún motivo para venir. No me enfadaría con él.

Me dispongo a guardar el móvil cuando se pone a vibrar. Izaak está llamándome. «¿Qué?».

Me da miedo contestar en este estado. Pero podría preocuparse si no descuelgo.

«¿Izaak? ¿Preocuparse? ¿Estoy tan borracha como para pensar eso? Debería...».

Mi teléfono deja de vibrar. La llamada ha acabado.

En un abrir y cerrar de ojos, vuelve a sonarme el teléfono. ¿Debería...? Miro la pantalla, que tengo agarrada entre las manos, con los labios apretados.

«Y a la mierda».

—¿Diga?

—¿Eliotte? ¿Estás bien?

Tiene la voz mucho menos hastiada que normalmente. Le vibra, y es mucho más grave de lo normal. Un poco ronca.

—Sí, estoy bien.

—Si fuera así, habrías respondido enseguida.

—Había guardado el móvil en el bolso, he tardado en encontrarlo...

Controlo la voz, gracias a Dios. Vuelvo a respirar con normalidad.

—¿En encontrarlo? —farfulla—. En fin, ¿por qué llamas?

Suspiro.

Aunque, conociéndolo, sea la idea más ridícula que podría tener, le digo:

—Tengo un problemilla... ¿Podrías venir a buscarme a Blossom?

Silencio.

«Me siento ridícula».

—¿Qué haces en Blossom?

—Después de estudiar, he salido con una amiga y ella se ha ido antes que yo. Me he quedado...

—¿Qué entiendes por «problemilla»?

—No tengo dinero para pagar un taxi hasta Portland... Y la mayoría de mis amigos no me cogen el teléfono... Estarán de fiesta.

Miro mi vestido arrugado y mis medias negras, que se han desgarrado por el muslo derecho. Espero su respuesta mientras intento deshacer el nudo de la garganta con varias inspiraciones.

—Llego en treinta minutos —anuncia después de un silencio—. Estoy por la zona. Mándame la dirección del bar.

—Gracias, Izaak.

—Yo...

Un bostezo le arranca las palabras. Arqueo una ceja.

—¿Estabas durmiendo, Izaak?

—No.

Voy a responderle, pero cuelga. Me siento mal. Seguramente lo he despertado. Tendría que haberlo pensado antes.

Intento ocultar mi culpabilidad y le mando la dirección de la lavandería. Suspiro de alivio. Llegará. Volveré al piso.

«No puedo creer que haya aceptado».

Al cabo de un rato, me suena de nuevo el teléfono.

—¿Sí?

—Estoy de camino, estoy llegando.

—Vale... Gracias.

Silencio.

—Mmm... ¿Hasta ahora entonces? —digo, a punto de colgar.

—Espera. No me cuelgues.

—Pero tú...

—¡Menudo gilipollas! ¿Y el *stop*, joder? ¡El *stop*, pedazo de mierda!

143

Me separo el móvil de la oreja mientras le grita a un desgraciado y pita como un loco.

—Izaak, deberías colgar —digo, corriendo el riesgo de acercarme el teléfono a la oreja—. Estás conduciendo, es peligroso.

—Lo peligroso es que estés en una ciudad perdida de Nueva California a las dos de la mañana.

—Aquí hay mucho ambiente, no te preocupes. Iba a volver en autobús, pero el siguiente pasa en dos horas. No tienes nada de qué preocuparte.

—No.

—¡Es muy peligroso!

—Menos que quedarte sola en ese lugar.

—Cuelgo.

—Eliotte, si cuelgas...

Cuelgo sin esperar. Me niego a que tenga un accidente por mi culpa. Cuando voy a cerrar los ojos, siento que me vibra el móvil otra vez.

«Izaak...».

Cuelgo. Me llama de nuevo. Cuelgo. Vuelve a llamarme. Después de unos segundos, descuelgo:

—¿Sabes cuántos puntos del carné de conducir pueden quitarte? Aparte de perder tu vida, claro.

—No tenemos por qué hablar. Deja el teléfono encendido y ya está.

—Y si pasa algo ¿qué harás? ¿Aparte de escucharme rogando y llamando a mi madre mientras lloro?

Me parece oírlo ahogar una carcajada.

—Vale, muy bien. Acepto que cuelgues.

—¿*Aceptas?*

—Te autorizo, si lo prefieres.

—Serás ca...

—¿...riñoso? ¿Carismático? ¿Cabal? ¿Ca...?

—No, estaba pensando más en calculador, caradura..., cazurro. Mmm, capullo, vaya.

—Creo que hay un error sobre la persona o el léxico empleado.

Sin quererlo, en los labios se me dibuja una sonrisa.

—De acuerdo, Izaak.

—Deberías colgar, puesto que te he autorizado a ello.

—Has dado el brazo a torcer.

—Ahora eres tú la que insiste en seguir hablando.

—Para, ahora parecemos una pareja cursi que se pelea por ver quién cuelga primero, Izaak.

—Qué asco… No me digas más.

Y en ese instante corta la llamada. Inspiro profundamente con una sonrisa. Todavía sentada bajo la ventana de la lavandería, acerco las rodillas al pecho. Agarro con fuerza el móvil en la mano. Hace un rato que he dejado de oír risas raras que suenan en la calle, y tampoco oigo a personas pasar tan borrachas como yo. La lluvia que cae contra el cristal me calma un poco. Cierro los ojos y espero.

Al poco tiempo, me sobresalto. Me ha vibrado el móvil.

> Estoy aquí.

Tengo ganas de sonreír de alivio, pero me da miedo que todo esto sea una broma. ¿Izaak se molestaría en venir tan tarde para ayudar a alguien? ¿Y a mí, además?

No lo pienso y salgo de esta mierda de lavandería. Me paro en seco en la acera. Ahí está su *jeep,* parado en la calle, bajo la lluvia. Se escucha el motor, no es ningún sueño ni el alcohol, que me hace alucinar.

Corro hacia el coche y me tiro en el asiento de delante. El olor del arbolito que cuelga, el cuero de los asientos, el reposacabezas…

Nunca me habría imaginado que me sentiría tan segura en este coche. Se me escapa una risa nerviosa. Ya está, se acabó. Viene otra, y tengo que taparme la boca con las manos para pararla. «Se acabó».

Izaak me mira sin decirme nada durante unos segundos.

—Eliotte, ¿sabes que tenemos ropa sucia en el *loft?*

No puedo evitarlo. Otra risa.

—Cuánto ambiente hay en este barrio… —añade mientras mira las calles desiertas.

Aprieto los labios y me atrevo a mirarlo. Tiene los ojos entrecerrados del sueño, el pelo despeinado y va vestido con el

145

pantalón de deporte y la sudadera gris que lleva para estar por casa en el apartamento.

—No estabas por aquí, sino en tu casa, ¿verdad? He esperado menos de media hora... ¿Cómo lo has hecho para llegar tan rápido?

—Los semáforos y la limitación de velocidad están sobrevalorados.

Sonrío con timidez.

—Gracias por haber venido... Y siento la molestia.

—No te disculpes... Porque estás mintiéndome. Está claro que no te sentías segura en esta calle tan vacía. Y estoy casi seguro de que has venido sola a Blossom.

—¿Y eso qué más da? Estoy bien. Solo he tenido un problemilla.

Aprieta la mandíbula.

—Hueles a alcohol y a colonia de hombre, Eliotte...

—Estoy bien —repito.

—¿Qué te ha pasado? ¿Estás bien?

—Sí, no ha pasado nada... Deja de montarte películas.

Me miro las manos, que tengo entrelazadas desde hace un rato.

—He ido a tomarme un par de copas para relajarme. Las clases me estresan.

Siento que se me corta la voz. El corazón se me encoge, como cuando vi a Matthew inclinado sobre mi bebida, cuando me sentí una presa.

«¡Estás loca! ¡No tenía nada en la mano!».

—Unas copas, na... nada más. Todo va...

Todo el agobio que sentía en el pecho; todo el miedo que me daba vueltas en el estómago; todo explota.

—... bien.

Levanto las piernas en el asiento y escondo la cara entre las rodillas.

«Qué noche más extraña».

Estoy aterrorizada y aliviada de estar aquí. Joder, he pasado muchísimo miedo. Me he sentido tan idiota y débil, y...

—Eliotte, todo está bien. Ahora estás conmigo. Te prometo que no te pasará nada... Se acabó.

Me coloca una mano sobre la espalda y la aprieta un poco. Su voz es tranquilizadora. Nunca lo había oído hablar con tanta dulzura.

—Oye...

Siento que me coloca las manos sobre la cara... Me dejo ir, agotada. Me aparta las manos de la mejilla cuando nos miramos. Sus ojos verdes me escrutan unos segundos; tienen un aspecto menos de reptil que normalmente. No sé si es el reflejo de las farolas o la atmósfera lluviosa, pero parecen mucho más dulces. Son casi tiernos.

—Puedes contármelo... Pero, si prefieres no hacerlo, volvemos y hacemos como si no hubiera pasado nada, ¿vale?

Izaak aprieta los labios e inspira fuerte.

—Pero, hagas lo que hagas, que sepas que estoy aquí y que no me iré a ningún lado.

Una bofetada. Acaba de darme una gran bofetada. Una bofetada de dulzura. Joder, sienta tan bien como mal.

Me echo a llorar. No sé por qué, pero... me dejo caer en él. Estoy agotada. Quiero estar en una burbuja. Sus brazos me parecen una buena burbuja. Sí. Me da un vuelco el estómago con más fuerza, vuelven a temblarme los dedos.

Izaak me devuelve el abrazo y me dice, con una voz un poco más grave que antes:

—Todo va bien. Se ha acabado...

—Nunca tendría que haber ido a ese bar, Izaak.

No dice nada, me deja hablar.

—Había un tío, y he estado bebiendo con él. Lo conozco, bueno, eso creía... Era muy amable, encantador y... fui al baño.

Aprieta los dedos contra mi chaqueta.

—Y, al volver..., me pareció ver que metía algo en mi vaso. Cogí mis cosas para largarme, pero me siguió. Tuve que esconderme en la lavandería como una imbécil.

—No eres imbécil. Y, conociéndote, si te hubiera alcanzado, seguro que le habrías partido la cara. No te habría pasado nada. No has hecho nada malo, Eliotte. *Nada.*

Me quedo entre sus brazos, y empapo su camiseta con mis lágrimas. Las gotas de lluvia chocan con menos fuerza contra el cristal, lo golpetean poco a poco. Pop. Pop. Pop.

—Eliotte.

—¿Sí?

—¿El tipo sigue en el bar? ¿Puedes esperarme aquí?

Me separo de él.

—No lo sé. Solo quiero volver a casa.

—Quiero verlo. Vuelvo en diez minutos, como mucho.

—No, seguramente se habrá ido y...

Bajo la mirada. ¿Y si Izaak se planta allí y... y Matthew no me metió nada en el vaso? Quizá deliraba de verdad.

«He bebido tanto...».

Estoy casi segura de haber visto su mano por encima del vaso, pero no vi que metiera nada.

Izaak suspira. Y arranca el motor.

Me acerco a la esquina del asiento. La cabeza me da vueltas.

«Ha estado guay el abrazo. Muy muy guay».

—Se supone que eres un gilipollas, pero... me gusta cuando eres amable.

Se calla un momento antes de decir:

—La Eliotte no alcoholizada nunca habría dicho esto.

—Porque miente y esconde muchas cosas.

—Lo sé. No somos tan distintos.

—¿Por qué tienes esa cara? ¿Es por la resaca o por el placer que sientes al mirarme?

Miro a Izaak mientras baja las escaleras para dirigirse a la cocina.

—No queda café. ¿Cómo voy a seguir viviendo?

Levanta el índice, como para decirme que espere, y se va detrás de la barra. Busca en uno de los armarios y saca una caja de madera con un lazo violeta.

—El martes compré un té nuevo. Un Tamaryokucha mezclado con el clásico Earl Grey. Con notas de madera, puro y ligeramente dulce... Increíble.

—Prefiero dormir de pie a darte el placer de que me veas bebiendo tu té.

—¿Pensabas que te dejaría tocarlo? Te ofrezco las bolsas de té de menta, pero esta maravilla... jamás. No eres digna de ello.

—Pfff... Seguro que sabe a granadina, pero te ha costado demasiado caro para tirarlo a la basura.

Se pasa una mano por la cara, indignado.

—¿Sabes qué? Quiero que lo pruebes. Solo para que veas que no tienes razón. Además, parece que cura las resacas.

Esbozo una media sonrisa.

«Pensaba dármelo a probar desde el principio... ¿En serio? ¿Por qué?».

«¿Por qué no eres egoísta y me ignoras con tu don, Izaak?».

—Vale —respondo entonces—. Vamos a probarlo.

Me mira con seguridad y saca un montón de utensilios de un cajón. Minuciosamente y con una precisión científica, vierte las hierbas secas, las mide, las mezcla, las remueve...

—Izaak, es té, no es canab...

—Silencio. Estoy concentrado.

Me quedo de pie, apoyada en la barra unos minutos, mientras observo cómo prepara su poción. Para mí. Es como si desde ayer hubiera un error en su sistema. Error 404. No me esperaba nada de esto, viniendo de él. Me preparo para un comentario sarcástico suyo, un «¡te he pillado!» o una sonrisa burlona que me dé a entender que todo esto es un numerito.

Pero no hay nada en el horizonte. Solo él, que remueve el té, absorto por las hierbas, y... mi resaca.

«Izaak...».

Sus indomables ondas de color castaño le rozan tímidamente la nuca. Lleva una camiseta blanca menos ancha de lo habitual; lo bastante ceñida para ver cómo se le dibujan los músculos bajo la tela con cada movimiento. Aparto la mirada cuando levanta la vista. Me da una taza humeante. La cojo y me inclino hacia ella con desconfianza para oler el contenido. Huele bien.

«¿Cuánto vale su elixir divino?».

Bebo un trago, dudando.

—Bienvenida al otro lado, Eliotte. ¿Qué te ha hecho alejarte de la fuerza oscura?

—Sinceramente..., sabe a granadina.

—¿Te estás riendo de mí? Para... Estoy a punto de santiguarme. E incluso de exorcizarte. ¿Qué tienes, Eliotte? ¿Qué presencia mística te posee?

—¡En serio! No es una locura, Izaak. Si me das agua caliente y un buen sirope de granadina, te hago lo mismo. Y mejor.

Le guiño un ojo de forma altiva y sonrío. Sacude la cabeza con desprecio.

—Es lo que pensaba: no eres digna de este brebaje. En fin, acábate la taza, te sentará bien. Para la resaca.

—Vale.

Me siento sobre un taburete mientras Izaak se prepara su desayuno. Miro cómo corta la fruta mientras me fuerzo a dar sorbos a la taza de granadina caliente.

—Oye... —empieza mientras corta la fruta—. No estás obligada a responder. En absoluto. Pero me preguntaba...

—¿Sí?

—¿Por qué quisiste emborracharte ayer en un bar?

MI COCHE

El estómago me da un vuelco. Tengo la extraña sensación de que no se merece una simple mentira. Sin embargo, la verdad no está preparada para salir de mi boca.

—No tendría que habértelo preguntado —se disculpa.

—Es que aún es pronto y...

—Eliotte. No tienes que justificarte —me interrumpe, y me mira—. Y mucho menos a mí. No nos debemos absolutamente nada.

—Es cierto.

—Fui a buscarte ayer por principio. No para que ahora me debas algo.

Antes de que pueda darle las gracias, se me adelanta:

—No somos nada el uno para el otro.

Cierro la boca. Es un sabio recuerdo. No le debo nada. No me debe nada. Somos dos desconocidos obligados a vivir bajo el mismo techo; dos desconocido obligados a fingir que se quieren.

Suspiro.

Cuando termina de prepararse su bol de fruta, yo me acabo la taza de té y me meto en el cuarto. Me visto en un segundo y lo espero bajo las escaleras para irnos juntos a clase. Izaak llega un cuarto de hora después, con un jersey gris y una chaqueta ancha retro de cuero marrón. Le gusta parecer descuidado, pero noto que presta mucha atención a su estilo. Sin embargo, no puedo evitar pensar que prefería esa camiseta blanca un poco ceñida.

Cuando me siento en la parte delantera de su *jeep*, noto un golpe de calor en el pecho. El habitáculo del coche me recuerda mucho a ayer por la noche, con la lluvia. Fue el único sitio en el que pude volver a respirar con normalidad.

—Tengo una duda, Izaak... ¿Qué dije cuando estaba borracha? —le pregunto cuando se sienta a mi lado—. No recuerdo demasiado lo que pasó cuando me metí en el coche.

—No mucho. Lloraste y te dormiste.

Siento que me sube el calor a las mejillas.

«¿Qué hice, Señor?».

—Hablamos un poco entre esos dos estados, pero no te preocupes. No dijiste ni hiciste nada vergonzoso —añade.

—Aparte de llorar.

Se ríe.

—¿Qué?

—Se te pone la nariz roja cuando lloras..., pareces un cachorro de *husky* abandonado en una protectora de animales.

—Es muy malo, este chiste. En general eres más ocurrente.

—Era una descripción. Pero, ¡oye!, mira qué apodo más bueno para ti: cachorrito de *husky*. La próxima vez que se te ocurra la maravillosa idea de llamarme «cielo», te responderé así. Y eso sí que va a dar vergüenza.

—Izaak, eres el demonio —suelto con la voz cansada—. ¿Un apodo para callarme? Menuda infamia. ¿Qué haré con mi vida? Estoy jodida.

—No te crees lo que dices.

Después de un trayecto animado por un debate sin fin, como es costumbre con él, conseguimos encontrar una plaza en el aparcamiento.

«Y vuelve a empezar un día de clase interminable».

—¿Nos vemos aquí a las dos para ir directamente a la cita? —pregunta Izaak mientras apaga el motor.

—Me parece...

«No puede ser».

Se me tensa el cuerpo. En el fondo del aparcamiento, lo veo correr hacia nosotros a toda velocidad.

—¿Qué es más interesante que nuestra puntualidad? —me pregunta Izaak mientras se da la vuelta.

—Nada, me voy. Hasta luego.

Le lanzo un beso antes de abrir la puerta..., pero *él* ya está delante de la de Izaak.

Matthew.

Se apoya en el cristal.

—Puedes largarte, gracias —dice el mayor de los Meeka, que mira el brazo de Matthew, apoyado en el *jeep*.

—Tengo que hablar con Eliotte.

Suspira y le deja el campo libre para continuar.

—No tenemos nada que decirnos —suelto con una voz firme.

—Wager, tenemos...

—¿Qué pasa? ¿Hay algún problema? —lo interrumpe Izaak, que me mira—. ¿Quién es?

—Nadie.

—Eliotte, ¿podemos hablar a solas? —insiste Matthew.

Izaak se gira con brusquedad hacia él y le quita violentamente el codo de encima del coche.

—Creo que mi mujer no quiere hablar contigo. Y menos a solas. Ahora, lárgate de aquí.

—Por favor —insiste Matt, que ignora a mi acompañante—. Tenemos que hablar sobre ayer.

En el momento en que voy a responder, me fijo en la mirada hermética de Izaak. Frunce el ceño.

De pronto, abre la puerta, hace que Matthew retroceda y baja del *jeep* de un salto.

—¿Tú quién eres exactamente? —suelta con la voz controlada, pero dura.

—Izaak, déjalo. Vámonos —digo mientras me acerco a él.

—Te lo repito: ¿quién eres? —insiste Izaak.

—Un amigo de Ash y de Eliotte.

—¿Encima te ríes de mí?

—Mira, ha habido un malentendido que tengo que aclarar con Eliotte, y punto. No quiero tener problemas.

«¿Un malentendido?».

—Espera un momento, ¿es el tío del bar? —me pregunta mientras se gira hacia mí.

No me atrevo a decir nada.

Se le hincha una vena en el cuello y lanza un puño. Y luego otro. Está pegando a Matthew.

—Pero ¿qué haces? ¡Izaak!

Empuja a Matt contra el coche y se prepara para partirle la cara. No lo pienso y me meto entre los dos, enfrente de Izaak. Él se para en seco, sin aliento. Le cojo las manos para asegurarme de que no se le vuelve a ir la cabeza y lo miro, confundida.

—Vale, lo solucionaré sola... ¿Puedes dejarnos hablar un momento?

—No me moveré de aquí.

«¿Qué?».

—Por favor, Izaak. Quiero saber qué quiere decirme.

—Pero ¿qué quieres que te diga exactamente? ¿«Siento haber intentado drogarte»?

—¡Nunca la drogaría! —le corta Matthew.

—¡Ya basta! —respondo—. ¡Y tú también, Izaak! ¡No hace falta que grites a los cuatro vientos...!

—Lo siento...

Me mira por encima del hombro y fulmina a Matthew con la mirada.

—... Pero no me voy a mover de aquí.

Me suelto del brazo con brusquedad y me separo de ellos.

—Vale, como quieras.

Entonces, me alejo hacia un árbol que hay en un trozo de césped cerca del aparcamiento.

Me giro y le espeto a Matthew:

—No tengo todo el tiempo del mundo, así que, si quieres decirme algo, ¡dímelo ahora! ¡Tienes cinco minutos!

—Estoy aquí...

Su chaqueta *varsity* amarilla se separa del coche y me alcanza en un segundo. Compruebo que Izaak no nos sigue, pero permanece en medio del aparcamiento, con los pies clavados en el suelo. Aprieta los puños sin quitarnos los ojos de encima. Me giro hacia Matthew.

«Venga, puedes hacerlo».

—Te escucho. Tienes cuatro minutos.

—Eliotte, te prometo por lo que más quiero en este mundo que no intenté drogarte.

—Eso es lo que diría una persona a la que he sorprendido intentando drogarme.

—Pero ¿por qué habría querido hacerlo? Nos conocemos desde hace años, hace años que salimos juntos y nunca te he hecho daño. Al contrario, Ashton y yo siempre te hemos cuidado.

154

Aprieto los labios. Es cierto. Cuando Ashton no podía conducir, siempre me llevaba Matthew. Siempre me ha vigilado cuando estaba sola. Pasara lo que pasara ayer, no puedo negar que nunca antes se ha pasado conmigo ni nunca ha intentado nada.

Que yo recuerde, Matthew Rivera siempre me ha respetado. «Pero vi cómo tenía la mano cerca de mi vaso... Yo...».

—No-no lo sé, Matthew.

—Por favor, Eliotte... No sé qué estaba haciendo en ese momento para que creyeras que estaba echándote algo en el cóctel, pero te juro que no lo hice.

Lo miro con los puños apretados. Los ojos azules me exploran mientras esperan mi respuesta. No sé exactamente qué veo, pero el corazón no me palpita. No me duele la barriga como el día anterior. Me siento serena.

«Lo conoces. Matthew no es así».

—Me voy a clase —digo, y me doy la vuelta.

—Espera..., ¿me crees?

—¿Por qué te importa tanto que te crea?

—Porque me resulta insoportable saber que me consideras una basura.

Miro el césped que tenemos bajo los pies.

—No lo eres.

Y, con esas palabras, me doy la vuelta. Matthew no me sigue, y mejor. Vuelvo con Izaak, que no se ha movido ni un pelo.

—¿Va todo bien? ¿Qué te ha dicho? ¿Es el tío del bar? —me pregunta mientras se acerca.

—Sí, todo va bien. Gracias, Izaak.

Le sonrío antes de ir a recoger mi mochila, que sigue en el asiento delantero.

Nos encaminamos hacia nuestro campus.

—Estaba corriendo como un degenerado con su chaqueta de mierda... —suelta Izaak de pronto—. Y ha apoyado el codo sobre *mi* coche. Lamentable.

Cruzamos los pasillos del jardín del campus.

—¿Y le has visto esos ojos azules tan grandes? —añade—. Parece un tarsero.

—¿Un qué?

—Busca en Google el animal bajo tu propio riesgo.

Suelto una carcajada antes de sacar el móvil del bolsillo. Doy algunos clics sobre la barra de búsqueda y me río con más fuerza.

«Cómo se ha atrevido…».

—Un tarsero… No lo conocía. Pero es un bonito nombre como apodo amoroso, ¿eh, mi tarserito querido?

—Ni te atrevas, cachorro de *husky*.

Me ajusto las correas de mi mochila a la espalda.

—Eliotte, si ese es el tío del que me hablabas, no tiene *ninguna* excusa —sigue Izaak—. Quizá te parece guapo, con sus tatuajes y su asquerosa *varsity* amarilla, pero no te dejes encandilar por ese capullo. Tienes que prometerme que lo sacarás de tu vida.

Me giro hacia él.

—¿Por qué?

—Porque es un gran capullo, creo que te lo he dicho bastante claro.

—Quiero decir, creía que no nos debíamos nada, Izaak. ¿Y ahora tengo que prometerte cosas? ¿Por qué te has involucrado tanto en la conversación?

Me dirige una mirada fría.

—Deja de montarte películas y actúa como mejor te parezca, Eliotte. Me da igual.

«¿Yo? ¿Montarme películas? Pero ¿qué se cree?».

Miro al cielo y seguimos nuestros caminos. Solo quiero que sea un poco más coherente, porque nunca sé cómo actuar con él. En realidad, ¡no quiero actuar!

«No quiero».

—Gracias por haber intervenido, pero… no merece la pena esforzarse tanto. No soy nadie para ti. Eres mi marido ficticio.

—Sí, pero eso no significa que no tenga derecho a sentir cosas. Puedo indignarme, puedo querer partirles la cara a los capullos, puedo ayudar a los que lo necesitan… ¿No?

El corazón se me detiene.

—¿A los que lo necesitan? ¿Soy tu buena acción del día?

Bajo la mirada a mis zapatos, sobre el hormigón, con la mandíbula apretada. No soporto la idea de darle pena. Y creo que se la doy desde el principio.

—Primero investigas a mi padre, luego me defiendes como si fueras una especie de héroe al rescate de una señorita en apuros... En realidad te doy pena, Izaak.

Levanto la nariz para mirarlo.

—¿Pena? No tengo tiempo para compadecerme de los demás. No soy una ONG.

«Gente».

Su comentario me deja pasmada.

No me había dado cuenta de que habíamos llegado delante de mi anfiteatro. Izaak se aclara la garganta ante mi cara molesta para indicarme que hay estudiantes a nuestro alrededor.

—No te olvides de que soy tu alma gemela y de que no deseas mi muerte —me susurra.

Me coge las manos con una sonrisa. Nunca me acostumbraré a esa cara de ángel. Sin embargo, le sonrío inclinando la cabeza.

—¡Nos vemos luego, Izaak!

—¿Crees que podrás sobrevivir a las próximas tres horas sin mí?

Dibuja una sonrisa burlona en los labios. El Izaak que conocí hace tres semanas ha vuelto.

—Ya te echo de menos —le respondo con un tono sarcástico—. Muero lentamente.

Con un tono monótono, me llevo una mano al corazón, como si me clavara un puñal en el pecho. Se ríe.

—No te olvides de nuestra cita luego. Nos vemos a las dos en el aparcamiento, ¿vale?

Asiento y se inclina hacia mí. Se queda un momento a unos centímetros de mi cuerpo, como preguntándome lo que habría que hacer.

«¿Besarlo? ¿En la mejilla? ¿En los labios? ¿En la frente?».

Tengo un momento de pánico antes de abrir los brazos sin pensarlo. Nos abrazamos durante unos segundos. Su chaqueta está impregnada de un perfume de cereza y limón. Y de menta con pimienta.

Por fin, mi «alma gemela» se aparta y me da un beso en la coronilla mientras me desea un buen día.

Se me encoge el corazón en el pecho. No es natural pasar de todo a nada en unos segundos. En nuestro caso, es más bien de

nada a todo. De ser desconocidos, de ser gente, a almas gemelas. A veces, me gustaría estar en algún punto intermedio.

Más allá de esta situación descabellada, Izaak tiene esa manera de querer (o fingir) mostrarse atento antes de mandarme a
la mierda, de hacer una obra de caridad conmigo, para después
ni siquiera mirarme al hablar.

«¿Por qué todo es tan complicado con él? ¿Cómo le funciona el cerebro?».

Frunzo el ceño y me dirijo a mi anfiteatro.

Una vez sentada, coloco mi ordenador sobre la mesa de
madera.

—Como saben —anuncia nuestro profesor de Ciencias Psicológicas Modernas—, desde hace veinte años, el sueño lúcido
puede controlarse y estar influido por una tercera persona, un
individuo exterior con experiencia psíquica. Kendra Löch teori-
za el movimiento por inercia mental compartida, es decir: cómo
soñar entre dos personas. Sus proyectos de 2076 son los pilares
de esta ciencia llamada «moderna».

«Los sueños lúcidos compartidos entre dos personas...».

Mientras escucho a medias el análisis del señor Kawthar,
intento acabar una tarea en el ordenador y oigo cómo la puerta
de atrás del anfiteatro chirría con fuerza. Miro la silueta que se
dibuja y arrugo los ojos al creer reconocer una chaqueta *varsity*
amarilla y el pelo castaño peinado apresuradamente.

«Matthew».

Sube las escaleras de cuatro en cuatro, busca con los ojos
un asiento y... me mira. Finjo que la pantalla del ordenador
me tiene absorbida, pero eso no basta. Se acerca a donde estoy,
quita mi mochila, que está en a mi lado en una silla vacía, y se
sienta como si nada.

—¿No me preguntas si está ocupado? —murmuro mientras
apunto alguna palabra de la clase con el teclado.

—Hay pocas opciones de que haya alguien que llegue más
tarde que yo, Wager.

—Había al menos treinta sitios libres.

—Sí, pero solo uno cerca de ti.

Me dedica una sonrisa de ángel.

«Matt...».

No le presto más atención e intento retomar el hilo de mi escritura.

«¿Por dónde vamos? No lo sé...».

—No puedo creerlo... —suspira.

—¿El qué?

—Me has mentido. Me has dicho que me creías. Y ahora actúas como si fuera un viejo pervertido y loco que...

—Espera, espera... Pero ¿qué te crees? —pregunto mientras me giro bruscamente hacia él—. Ya pensaba eso de ti mucho antes de anoche.

Me mira, molesto.

—Buenísimo. Me parto. Me río. Guau, me desgañito.

—Intenta no ahogarte. Y, para que lo sepas: no, no te he mentido. Te creo, Matthew. Estoy actuando... con normalidad.

Levanta las cejas y baja la comisura de los labios. Creo que mis palabras le hacen daño.

—¿Con normalidad? ¿Conmigo? —responde cuando recupera la seguridad—. En el bar era distinto.

—En el bar estaba borracha.

—Y muy graciosa. Y simpática. Y mucho más...

—Matt, estoy intentando atender.

—Estás tan atenta desde que empezó que hay literalmente dos palabras escritas en tu pantalla —responde mientras se inclina para leer mis apuntes.

Me sobresalto. Su perfume parece más dulce que en el bar, más suave.

—¿Ves? Esta clase requiere muchísima concentración y capacidad mental para tomar apuntes —digo, a pesar de que me molesta que esté tan cerca—. Así que déjame trabajar.

Suspira y se mueve.

—Está bien, porque eres tú.

Vuelvo a concentrarme en la voz gutural del profesor de Ciencias Psicológicas Modernas.

En unos segundos, Matthew me da un golpe en un hombro.

—¿Tienes una hoja, Wager? No he traído mi ordenador.

—¿Vienes a la uni con las manos vacías?

—Mi ordenador me ha dejado tirado en la clase anterior.

Miro su mochila.

«¿Está de broma?».

—Tu mochila está vacía.

—Como mi corazón cuando me hablas con ese tono, Eliotte —dice, y frunce el ceño.

Hace un corazón con las manos que rompe separando los dedos.

—Lo siento, pero solo tengo el mío —le respondo, y me aguanto una sonrisa—. Te mandaré la clase, así que déjame concentrarme.

—¿Habéis acabado?

Matthew y yo nos giramos a la vez para mirar a la chica que nos ha interrumpido.

—Ni siquiera hemos empezado, en realidad —responde Matt de inmediato.

—Maggy, mándanos tus apuntes de la clase y te prometo que no volverás a oírnos hablar —le digo con una sonrisa.

—¡Qué morro tienes! —me responde riéndose.

Matthew se inclina hacia atrás con la silla y apoya un codo sobre la carpeta para acercarse a Maggy.

—¿Te lo apuntas? Matthew, punto, Rivera, arroba, universidad...

—Alucino.

—Oh, Maggy, sabes que, si alucináramos de verdad, yo no llevaría ropa.

Está a punto de responder, pero cambia de opinión. Tiene las mejillas coloradas.

—Vale, os los mandaré después de mis prácticas de esta tarde..., pero dejad que me concentre.

Matthew le da las gracias con un cumplido que se saca de la manga —o del calzoncillo— mientras yo vuelvo a mi pantalla.

«Esas malditas prácticas de fin de semestre... Otro problema más».

Me paso una mano por el pelo y suspiro. Llevo un mes buscando prácticas. Todo se trastocó por un evento un poco inesperado. Mi boda con Izaak Meeka.

—¿Por qué tienes esa cara, Wager?

—Estoy pensando en las prácticas de final de semestre... —murmuro desesperada—. Aún no he encontrado nada.

160

—¿En serio? ¿Dónde te gustaría hacerlas?

—Había pensado en la Oficina de la Salud y del Bienestar o en el gabinete del consejo legal-psicológico.

—¿Sabes que mi madre trabaja en la Oficina? Puedo preguntarle si tendrían un hueco para ti.

Me brillan los ojos.

—Me harías un grandísimo favor, Matt.

—¿Ves cómo está bien soportarme durante la clase?

Finjo estar indignada mientras sonrío.

—En serio, no te sientas forzado a hacerlo. Ya te he dicho que te creía por lo del bar.

—Lo haré por la Eliotte simpática que me encontré en el bar. Es mucho menos desagradable. Y sonríe más.

—Ayer no era realmente yo. Ahora tienes a la verdadera Eliotte ante ti.

—En el bar, no tenías tantas barreras. Deberías bajar la guardia de vez en cuando.

—¿Por qué?

—Para hacer amigos. Solo tienes a tu marido y a tus padres en tu vida.

Bajo los ojos. Si supiera la verdad...

—Bueno, me voy... —dice mientras recoge su mochila—. No sirve de nada seguir aquí si la pelirroja nos mandará los apuntes.

Vuelvo a sonreírle. Su cinismo me recuerda al de Izaak. Se llevarían bien. Bueno..., si no hubieran empezado con tan mal pie, o, más bien, con el puño. Pero tal vez se pueda arreglar.

«¿De verdad estás pensando en tener amigos cuando no tienes a nadie de tu lado?».

Entorno los ojos. No necesito a mi marido, a mis padres y menos a mis amigos. Me va muy bien así.

«Eso no es lo que pensabas cuando entraste en el bar ayer».

Estaba... agotada. Y digiriendo la traición de Ashton. Eso es todo.

Me va muy bien así.

—¿Eliotte? ¿Me oyes?

—Eh, sí —digo, y me concentro de nuevo en Matthew.

—Entonces, ¿te vienes conmigo? ¿Te dejo en algún sitio si has acabado las clases?

—No, no te preocupes. Me quedo.

Asiente y aprieta los labios.

—Vale. Hasta la próxima, Wager.

Se despide agitando la mano antes de salir del anfiteatro. Espero unos minutos para asegurarme de que nos separen unos metros de distancia y recojo mis cosas. Tiene razón: no sirve de nada quedarme aquí si me aburro tanto. Pero no debe enterarse de que he decidido irme sola.

El día sigue y no tengo noticias de Izaak.

De todas formas, lo veré en diez minutos en el aparcamiento. Nuestra cita en el cine está prevista a las dos. Por una vez, llego pronto. Espero delante del *jeep* con las manos metidas en los bolsillos de la chaqueta. Hace mucho frío.

«No debería hablarle con sinceridad de lo que pienso sobre cómo actúa». Creía que tendríamos una conversación a corazón abierto, pero me equivoqué. Al tío le da igual. Vive en su mundo, a su aire, según sus reglas.

No se le ocurriría ni por un segundo preguntarse qué pasa en el mío. Su comportamiento de ayer fue un espejismo. Actuó así por lástima. Yo era su obra de caridad del día. Tengo un nudo en la garganta.

Miro el reloj. Llega un cuarto de hora tarde. No es propio de él. Espero diez minutos más, y ya no me siento la punta de los dedos de los pies.

«Es raro...».

Abro con brusquedad mi mochila para coger el móvil. Lo llamo mientras doy golpecitos con un pie frenéticamente. Descuelga tras el cuarto tono de llamada.

—¿Izaak? ¿Va todo bien?

—Eh..., sí. ¿Por qué?

«Es broma, ¿no?».

—¡Porque habíamos quedado a las dos! ¡Llegas tarde!

—¡Joder! ¡Se me había olvidado!

—¿En serio? Llevo media hora esperándote.

—Guau. Para una vez que llegas a la hora, Eliotte. Me siento orgulloso.

—¿Sabes qué? Iré en autobús. Vete sin mí.

—¿Qué? ¡No, eso no! Quedaría muy mal si llegamos por separado. Estoy al lado del aparcamiento. Ya llego, Eliotte.

Cuando por fin aparece, me castañetean los dientes del frío que tengo.

—Gracias por haberme esperado —dice mientras abre las puertas del coche.

Me abalanzo sobre el asiento delantero y busco cómo encender la calefacción golpeando el salpicadero..., pero no es táctil. Mierda, se me había olvidado que era un modelo antiguo.

—¿Cómo se te ha podido olvidar, Izaak? —le grito mientras hurgo los botones—. ¡Tú insististe para que llegara a tiempo sin falta!

—No te tenía en mente, eso es todo.

«No me tenía en mente».

Como si alguna vez lo hubiera hecho. Dejo la calefacción y miro por la ventana con los puños apretados. ¿De verdad le costaría tanto formular las frases con un mínimo de tacto? En realidad, no. No debería esperar tacto de él. ¿Qué más me da el...?

Una bola de lana aterriza sobre mí.

—Toma, ponte mi bufanda. Te congelarás si no lo haces.

—¿Por culpa de quién, eh...? —murmuro mientras me la coloco en el cuello.

La tela huele a Izaak. A toques de madera, un poco acidulado. Mientras me froto las manos, Izaak pulsa un botón y el aire caliente invade el habitáculo.

Quizá el calor me vuelve menos susceptible...

«Y a él menos capullo, quién sabe».

—¿Estarás de morros durante toda la cita? —suelta después de unos segundos.

—¿Por qué? Si digo que no, no me pedirás perdón.

Se ríe.

—Yo ahorraría un poco de energía, al menos. Hoy en día es valiosa. Pero, oye, ¿pedirte perdón por qué, exactamente?

—Por haberme hecho esperar ahí. Por haberte olvidado de mí.

—Ah, eso...

Mira al techo.

—No me tomas en serio, ¿no? —mascullo. Miro a otro lado—. Pedazo de tarsero de mierda doble.

Suelta una carcajada.

—Plagiadora. ¿Y doble por qué? Si puede saberse.

—Hay muchas cosas dobles en el cuerpo humano.

—Oh, no... Eso me recuerda a la historieta falsa que nos contaban en infantil, ¿te acuerdas?

Abro los ojos al recordar la canción.

—¡Sí! ¡A ti también te la contaron? ¿Cómo era? «Chicos, ¿cuántos brazos tenéis? ¡Dos! ¿Cuántas narinas? ¡Dos! ¿Y cuántas manos? ¡Sí, dos!».

—«Pero ¿cuántos corazones tenéis?» —sigue Izaak—. «¡Uno! Porque el segundo está unido a vuestra alma gemela, que está por aquí cerca...». Los humanos están condenados a pasarse la vida buscando a su otra mitad...* ¿No te das cuenta de lo que nos hacían creer cuando gateábamos?

No seríamos más que mitades que dan vueltas en su existencia, que sufren la insoportable sensación de vacío. Estaríamos, pues, destinados a unirnos a otro para ser uno. Como si yo no fuera suficiente por mí sola. Como si alguien pudiera llegar un buen día y decirme: «Gracias a mí, ahora estás completa». Qué trama más pésima. Estoy completa. Algorithma quiere hacernos creer que estamos huecos, vacíos, y que debemos buscar nuestra otra mitad o, de lo contrario, permaneceremos vacíos para siempre. Pero no, yo quiero a otro completo. A otro humano.

Sin embargo, siento que todos a mi alrededor tienen una mitad de plástico, un agujero enorme, a veces lleno de artificios. Como creen que tienen que encontrar a su segunda mitad, se les ha olvidado que ya tenían una. Hasta el punto de abandonarla. Y de no permitirle existir.

—Y no hablemos de los cuentos de hadas —añado mientras me río para borrar esos pensamientos, que me dan náuseas—. Era ridículo. Incluso a los cuatro años sabía que eran sandeces.

* Referencia al mito de Aristófanes contado por Platón en *El banquete*. El humano, en su origen, es un ser con dos cabezas y dotado de cuatro brazos y piernas, que comparte con otro ser, y así forman uno solo. Para castigar a los humanos por su orgullo, Zeus los cortó en dos y los obligó a buscar a su otra mitad perdida durante toda su existencia.

Sonríe y entorna los ojos.

—¿Qué? —le pregunto.

—¿Sinceramente? Me gustaban mucho los cuentos de hadas.

—¿Qué? ¿Esas bobadas?

—Eso no... *La Bella y la Bestia,* cuya heroína ama más allá de la apariencia; *La Sirenita,* que enmudece por amor... Son... Mmm...

—¿Bobadas? ¿Te derrite el corazón?

Se aclara la garganta.

—No, no, pero... narrativamente es inteligente. Hay..., eh... Hay buenas peripecias. Y la moraleja es noble.

—¿La moraleja es noble? Es una expresión curiosa para decir que es una bobada.

Vuelve a concentrarse en la carretera. Su aspecto de tipo duro, su chaqueta de cuero... Me da la risa.

—No puedo creérmelo. A Izaak Meeka le gustan los cuentos de hadas.

—No, pero, desde un punto de vista puramente literario, no puede negarse que...

—Déjalo, cielito mío. Te has quitado la máscara.

—Cie..., ¿qué? No vuelvas a llamarme así.

—¡Oh! Perdón. ¿Preferirías mi príncipe azul? ¿O mejor: mi valiente caballero con su noble corcel?

—Se acabó. Se termina la conversación. Cambio de tema.

—Asuma sus gustos y su corazón de alhelí, doncel.

Me lanza una mirada fulminante, dispuesto a responder, pero estamos llegando al cine unos minutos tarde.

En la sala, la pantalla está encendida y los hologramas que representan a los actores ya se mueven sobre una música de fondo. No sé ni qué película vamos a ver... Echo un vistazo a la entrada que ha reservado Algorithma.

ASIENTO 29; fila K

Busco con la mirada la fila K antes de que Izaak me la señale con un dedo. Me abalanzo sobre el sitio mientras intento no saltarme un escalón en la oscuridad y no tirar el cubo de palomitas.

165

De pronto, siento que Izaak me coge de la mano. La suya está caliente, áspera en algunos lugares. Me sorprende, no me lo imaginaba haciendo trabajos manuales... Se acerca a mí. Me dan más escalofríos cuando siento que me pone la otra mano sobre la espalda.

—¿Sigues enfadada?

—Claro..., tarsero mío —añado con una voz clara.

—Acabaré enfadándome, ¿sabes? Creo que prefería cielo mío. No, espera. Retiro lo dicho, te lo tomarás en serio. No me llames nunca más así, Eliotte. *Nunca.*

Se ríe con dulzura antes de pararse en seco.

—Espera, ¿estás enfadada de verdad? No te has reído conmigo.

Me giro para mirarlo.

—Porque no era gracioso.

Se queda perplejo. Me aguanto, pero una carcajada irresistible me cosquillea la garganta. Acabo soltándola a mi pesar. Un tipo que estaba sentado cerca me dice en voz baja:

—¡Cállate!

—¿Qué? ¿No podemos ser felices?

—Viejo estúpido —añade Izaak, detrás de mí.

Continuamos andando hasta nuestra fila.

—Disculpen. Perdón, señora. Per...

Me quedo de piedra.

Ashton está justo ahí, sentado a dos asientos de los nuestros, con Emily.

—Venga, Eli... Avanza, por favor —me susurra Izaak con una sonrisa.

Me quedo ahí plantada. Como si hubiera dejado de funcionarme el corazón. Los escruto con la mandíbula apretada.

—Ah, hola, hermano —saluda Izaak—. ¿Qué tal? ¡Buena peli!

Me aprieta un poco más la cintura con la mano.

«Mierda, tengo que recomponerme».

Sacudo la cabeza y me siento precipitadamente en mi asiento. Izaak se acerca y le tiendo las palomitas sin mirarlo, y clavo los ojos en la pantalla. Tengo las manos húmedas. Me pica el jersey.

Se acerca a mí para susurrarme:

—Científicos al fondo de la sala, fila B.

«Claro, ellos también están aquí».

—Las palomitas son de caramelo, ¿las has probado? —me pregunta con una sonrisa, metido en su personaje de esposo modélico—. Son las que te gustan, ¿verdad?

«Ashton está justo ahí. Pegado a su nueva novia. A su alma gemela».

—¿Has visto el tráiler de la película, Eli? La banda sonora tiene buena pinta, ¿no?

—Mmm... Yo... Sí, es verdad.

Respiro hondo.

De pronto, se acerca un poco más aún y murmura:

—La cita de Ashton está programada por Algorithma... Esos capullos lo han calculado todo. Hoy estamos a prueba, Eliotte. No podemos fallar.

Tiene razón. Nos espiarán durante toda la película. ¿Estaremos distantes con nuestra alma gemela? ¿Espiaremos a la otra pareja?

Tengo que mostrar indiferencia y parecer muy cercana a Izaak para que vean que Ash y yo hemos pasado página.

—Para ser sincero, esta situación no es fácil para nadie —sigue—. ¿Sabes...? He visto muchísima tristeza en los ojos de mi hermano cuando te ha visto a mi lado. Y eso me afecta. No quiero hacerle daño, pero... si esos tipos del fondo de la sala se dan cuenta, deducirán que sé que Ashton aún siente algo por ti.

Exhalo mientras me paso una mano por la cara.

«Menuda mierda».

MARIPOSAS

Yo tampoco quiero hacerle daño a Ashton. Es algo inconcebible para mí. Aunque me pregunto si aún tengo la capacidad de herirlo en realidad. El otro día estaba bien en su casa con Emily. Se respiraba felicidad..., amor.

No debería, lo sé, pero no puedo evitarlo. No controlo nada. Finjo que voy a agarrar el cubo de palomitas de las manos de Izaak y les echo un vistazo. Cruzo la mirada con Ashton y él la desvía con rapidez. Estaba mirándonos... Emily apoya una mano sobre su pecho, él le rodea los hombros con un brazo.

Me muerdo el interior de la mejilla y dejo el envase de cartón sobre el sitio vacío que tengo al lado.

—Creo que... que...

—¿Qué te pasa? —susurra Izaak.

Clavo las uñas en el reposabrazos. Tengo el corazón tan encogido que siento que el pecho me explotará en cualquier momento.

—¿Eli?

—Creo que de verdad quiere a esa chica.

—¿Por qué dices eso?

Bajo el mentón, con los ojos perdidos en la moqueta agujereada del suelo.

—¿Porque se tocan? Eliotte, nosotros también nos tocamos en público y, claramente, no hay nada entre nosotros, así que...

—¿Sabes por qué fui al bar ayer? —suelto, y me giro hacia él.

Sacude la cabeza con seriedad.

—Anteayer, Ashton me pidió que nos viéramos en mitad de la noche para disculparse y decirme que me necesitaba..., que... me quería. Parecía que estábamos en una puta película.

Dejo quietos los dedos, que tengo entrelazados.

—Dudé mucho, pero... tenía que ir. Fui a buscarlo al día siguiente después de su entrenamiento para decirle que sentía lo mismo por él.

—Y... ¿qué te dijo?

—Al final no nos vimos. Pero conseguí la respuesta a mis preguntas cuando salió de vuestra casa sonriendo y agarrando a Emily de la cintura.

Se me cierra la garganta.

«¡Joder, no es el momento de lloriquear!».

Inspiro fuerte e intento calmar a mi corazón, que va a mil por hora. Abro la lata de refresco que tengo al lado y bebo de un trago más de la mitad.

«Despierta, Eliotte: hay científicos a unos metros dispuestos a hacerte la vida más difícil si la cagas».

—¿Estás segura de que lo que piensas es cierto?

—Sí, Izaak. Te aseguro que Ashton no lleva a nadie a su cuarto para enseñarle su colección de sellos.

Izaak cierra los ojos un segundo.

—Vamos a limitarnos a cogernos de la mano absortos por esta película tan fascinante. Me da igual el resto —digo mientras activo la función 8DX de mi asiento.

Este empieza a moverse al ritmo de la banda sonora y del movimiento de los hologramas. Creo que es una película de fantasía... Unos niños en uniforme juegan a la pelota en un *ballet* mágico. Las luces cambian de color, una ligera brisa cruza la sala. Lo que me encanta del cine es la inmersión. Nuestros asientos se mueven, los olores que flotan en la sala cambian, puede ponerse a llover, puede soplar viento... Estamos sumergidos totalmente en el largometraje; así olvidamos con mucha más facilidad lo que pasa a nuestro alrededor, fuera de aquí..., en nuestras vidas.

De pronto, siento que la mano de Izaak se desliza poco a poco cerca de la mía, sobre el reposabrazos.

—Lo siento, Eliotte —murmura.

Me encojo de hombros.

—¿Sabes qué? Prefiero saber la verdad y no arriesgarlo todo por polvo de hadas.

Esboza una media sonrisa.

—Imagino que debe dolerte... —añade con calma—. Pero acabará por pasar, tenlo por seguro.

—No me duele. Es solo que estoy... decepcionada.

Me lanza una mirada discreta, con la mandíbula apretada. Él tampoco se lo cree.

—Deberías ver la película, es divertida —añado fingiendo que estoy entretenida—. Es del siglo pasado. Son niños en un colegio de magia.

—¿Debería apetecerme?

—Vale que no es un cuento de hadas, pero se le parece.

Al decir esto, me tira algunas palomitas a la cara.

—¡Oye!

—He apuntado bien. No se han caído al suelo, así que puedes comértelas.

Agarro la bufanda que me había prestado y se la lanzo a la cara, de modo que lo despeino.

—¿Quieres guerra, Eliotte? —pregunta, y me empuja.

—No, quiero matarte —suelto mientras vuelvo a concentrarme en la pantalla—. Pero mira la película.

—Cobarde...

Pasan unos minutos. Un olor a especias flota en la sala: los personajes están en clase de magia preparando pociones. Me río. Me recuerdan a Izaak cuando se prepara el té por la mañana. Me giro para hacerle la broma.

Está mirando fijamente a Ashton.

—Oye, ¿qué haces? ¡Nos matarán! —le susurro mientras le tiro de la manga del jersey para que me mire.

—Quería comprobar si lo que decías era verdad.

«¿Comprobar si quiere de verdad a esa chica?».

Se me eriza el pelo. No quiero saber si cree que tengo razón.

—Bueno, ahora agárrame de la mano y mira solo la película. O a mi cara de diosa griega.

—No creo...

—Claro que sí, soy una diosa griega. Siempre me dicen que me parezco a Afro...

—No, no —me interrumpe—. Decía que no creo que deba limitarme a darte la mano.

Lo miro, perpleja. No consigo expresar con palabras lo que me pasa por la cabeza. No se me ocurre nada. Odio esta sensación. Izaak alarga el brazo hasta el reposabrazos de la izquierda de mi asiento y se pega a mí, con la cabeza apoyada cerca de mi pecho. Desactiva la función «movimiento» del asiento y se endereza.

—Se tocan más que nosotros. Es sospechoso. Me da miedo que lo noten.

Me giro para tener a Izaak más de frente.

—¿Quieres que apoye la cabeza en tu hombro? ¿O que te dé de comer palomitas? Quizá lo científicos lo ven tan cursi que apartan la mirada. Eso nos ayudará.

Reprime una risa y clava su mirada en la mía. Las luces azuladas de la sala, que deben imitar un cielo de verano, ondean sobre nosotros. Me recoge un mechón de pelo detrás de la oreja. Deja la mano apoyada en mi mejilla, me cosquillea la piel. No sé si realmente me parezco a Afrodita —de hecho, para nada—, pero me mira como si así fuera.

Me gustaría saber actuar de esa manera, pero, en su lugar, me quedo mirando al chico que me ha olvidado, al que espío como una loca.

Aunque le doy exactamente igual.

Vuelvo a mirar a Izaak.

—Entonces…, ¿no nos damos la mano? —murmuro.

—Hacemos lo que quieras, Eliotte.

Acerca su rostro, milímetro a milímetro, y acaba con todo el espacio, con todo el vacío entre nosotros.

—Yo…

Suena una melodía nueva, acompañada de una brisa para imitar el viento, en la escena de la película. Estira los dedos con firmeza alrededor de una parte de mi cuello y de mi mandíbula. Nuestros pechos se rozan.

Se me corta el aliento. Nunca lo había visto tan cerca de mí. Las pocas veces que nos hemos besado, era tan rápido que ni siquiera tenía tiempo de mirarlo.

No puedo negarlo: Izaak es uno de esos hombres que tienen una belleza magnética, brutal, hasta inquietante. Casi molesta, porque a su lado uno se siente totalmente insigni…

—¿Eliotte?

—¿Sí?

—¿Nos besamos?

—Claro. Quiero decir, sí, por qué no —respondo con un carraspeo—. Pero puede que crean que...

Pega su frente a la mía para callarme. Su pelo me hace cosquillas en la piel. Nunca habría imaginado que me gustaría tenerlo tan cerca. Lo miro unos segundos, inmóvil, antes de decidirme. Deslizo una mano por su fuerte bíceps, que se contrae cuando siente mi contacto, y luego se relaja por completo. Lo toco con la punta de los dedos.

Se me para el corazón cuando nuestros labios se rozan poco a poco. Me arden las mejillas.

Izaak se aleja unos milímetros.

Antes de pegar su boca contra la mía, siento que su lengua se abre paso. Me sorprende, pero no lo pienso y entreabro los labios. Entonces, lentamente, nuestras lenguas se enredan. La suya sabe a menta mezclada con el caramelo de las palomitas.

Le rodeo el cuello con la mano que tengo libre antes de dejar que se pierda en su pelo. Siento un cosquilleo en el estómago a medida que su boca encaja con la mía, y explora arriba, abajo... Me acerco a él para sentir más su lengua y ahogo un gemido en el borde de los labios.

Desliza una mano bajo mi jersey, se posa en mi camiseta, en la curva de los riñones. A mí también me gustaría tener el valor de colocar la mano bajo su ropa, sobre su pecho o hasta en su vientre. Pero me contento con su cuello, sus rizos oscuros y su fuerte brazo. Me gustaría acercarme más, pegarme a él, pero está el jodido reposabrazos...

«¿Siente la misma energía latir en el pecho?».

Seguro que no.

Me atraviesa un escalofrío. Le agarro por última vez los labios, le acaricio la punta de la lengua... Y me separo. Izaak se echa para atrás también, y despega las manos de mí.

Barro la sala con la mirada. Estamos en un cine. En público. Y lo he besado. ¿Se me ha ido la pinza?

«¿Ashton me ha visto?».

—Eso debería bastarles —murmuro antes de darle un sorbo al refresco.

—Sí, claramente... —conviene Izaak mientras agarra el cubo de palomitas.

Vuelvo a poner en marcha mi asiento e intento sumergirme en la película. Como es una escena de tormenta, caen algunas gotas de lluvia. La música es animada. La luz es perfecta. Pero no consigo concentrarme. He besado a Izaak y, no puedo negarlo, ha estado bien. Muy bien.

«Y quizá me ha visto Ashton».

Al menos, eso espero, egoístamente. Verme en brazos de su hermano le habrá provocado una punzada en el corazón. O habrá sido como una bofetada. Seguro que no porque sea yo, sino porque *su hermano* ha besado a su *ex*.

Darme cuenta de que secretamente quiero que esté celoso me sume en un malestar indescriptible, un poco amargo. Pero en parte también dulce.

Lo más importante es que los observadores hayan apuntado nuestro beso en su jodido informe. Sí, no tengo que perder de vista lo esencial.

Izaak mira la película como si nada. Respira con tranquilidad mientras mastica las palomitas. Relajado. Absorto. Con el mismo aspecto que antes de nuestro beso, como si no hubiera pasado nada.

Dejo que mi mirada se desvíe hacia Ashton, que nos observa. Trago. De nuevo, finjo que le cojo palomitas a Izaak. Y, de paso, le susurro:

—Ashton está mirándonos. Nos meterá en problemas si los científicos lo ven.

Izaak aprieta la mandíbula y mira al suelo un momento, perdido en sus pensamientos. De pronto, levanta la mirada, como si se le hubiera ocurrido algo.

UN SUPLICIO

Al final, saca el móvil y baja el brillo de la pantalla. Abre la aplicación de mensajes y escribe con rapidez.

> ¿Te gusta le peli? Creo que ya la he visto. Concéntrate, no te pierdas nada... o no entenderás el giro del final 😊

«Inteligente...».
Luego, manda:

> Lo siento.

Y añade con rapidez:

> Sé que no te destripo REALMENTE la película si te digo que hay un giro al final..., pero, aun así, lo siento, Ash.

Aunque esté casi segura de que nuestros teléfonos no están *hackeados* por Algorithma, no puede negarse que Izaak tiene el don de transmitir sus ideas para que ningún ojo exterior sospeche nada.
Ashton responde de inmediato:

> Me la hayas destripado o no, de verdad tenías que decirme que había un giro al final? No podías evitarlo, no? Lo has jodido todo un poco, no?

Finjo que vuelvo a cogerle palomitas a Izaak para ver su pantalla y agarro el cubo para que pueda escribir mejor. Sé que no debería, pero desvío la mirada hacia las burbujas de notificaciones que aparecen a toda velocidad en la conversación.

Te he mirado y no parecías muy absorto por las imágenes, Ash... Solo quería que disfrutaras de la peli. Lo siento.

Unos segundos después...

No estás realmente enfadado, ¿no?

No soy rencoroso, pero esta peli es especial. Tiene muy buena pinta y me has jodido la intriga. Y encima mi hermano...

Estoy un poco enfadado. De hecho, creo que voy a salir de la sala.

¿No crees que te estás pasando? ¿Salir de la sala por un *spoiler* FALSO?

Parece un gran *spoiler*. Me ha jodido la peli.

No, Ash, te lo juro... Disfruta de la peli y no jodas tu cita con Emily. Parece que le gusta pasar este rato contigo.

Izaak se vuelve hacia mí. Me mira unos segundos antes de volver a su móvil. Me aparto para no parecer una cotilla, pero sigo leyendo por encima de su hombro.

De todas formas, habéis pasado tanto tiempo juntos últimamente que perderos una sesión de cine no cambiará gran cosa. Si quieres, puedo buscarte la peli por Internet... Podrás verla en Netflix y disfrutar con Emily.

El mensaje de Izaak se marca como «leído», así que se guarda el móvil. Justo entonces, vuelvo a mirar a los hologramas delante de nosotros.

Izaak no intenta volver a acercarse a mí durante el resto de la sesión, se limita a darme la mano unos segundos. Me cuenta algunas bromas al oído, a veces criticando a los personajes —no se corta con el de las gafas redondas—, o me ofrece un poco de su refresco.

Cuando la peli acaba, permanecemos sentados en nuestros asientos, como si dudáramos en irnos. Un movimiento brusco a unos centímetros de mí me llama la atención: Ashton da un salto de su asiento y desaparece a toda velocidad. Emily lo alcanza corriendo detrás de él, sorprendida.

—Imbécil... —murmura Izaak entre dientes.

—Sigue siendo igual de impulsivo.

—Pero, espera, durante toda la película nos hemos contenido, hemos intentado que los científicos solo vieran pasión..., hasta nos hemos morreado. Y ahora lo jode todo.

Me pregunto por un momento si es verdad que la simple reacción de Ashton nos ha puesto en peligro. Y luego, durante unos minutos, pienso: ¿ha sido un esfuerzo tan grande besarme? ¿Ha sido un suplicio tan horrible?

Me gustaría decirlo en voz alta, preguntárselo sin más. Pero me limito a encogerme de hombros.

«Es él quien ha querido besarme. Es él quien ha metido la lengua cuando hasta ahora nos contentábamos con darnos simples picos...».

Me levanto, me pongo la chaqueta en silencio y agarro la lata vacía. Tengo el reflejo de coger su bufanda para ponérmela, pero se la dejo en las rodillas.

—Bueno, ¿nos vamos? —pregunto mientras miro a Izaak, que sigue sentado.

—¿Adónde quieres ir? —responde, y se levanta.

Entrecierro los ojos.

«¿Quiere que pasemos el resto de la tarde juntos?».

—Mmm..., no lo sé.

—Yo iré a ver a unos amigos cuando te deje.

«Claro, lo preguntaba como chófer».

—Lo decidiré en el coche —respondo.

«¿Cómo he podido pensar otra cosa? Es Izaak».

Empiezo a cruzar el pasillo para salir de la sala. Me falta el aliento. Solo quiero hacer una cosa: aislarme. No oír ni ver el mundo que gira a mi alrededor. Cuatro paredes, cien páginas y mi manta. Eso es lo que quiero.

—¡Oye!

La bufanda de lana de Izaak me rodea de pronto el cuello.

—¿Adónde pretendes ir sin esto? Cogerás una gripe.

—No, gracias —respondo mientras me la quito.

Me agarra de las manos para pararme.

—Hazme un favor y quédatela, ¿quieres? En serio: soy un enfermero terrible. Si te pones mala, la única persona que te cuidará será la Parca.

Podría reírme. Normalmente lo habría hecho, pero no me sale nada.

Me da un beso en la mejilla mientras sigue rodeándome con los brazos. Me tenso.

«Todo esto es por esos malditos científicos».

—Vale, muy bien… —acepto mientras me la anudo.

Se separa y me pasa un brazo por los hombros. Lo siento extrañamente pesado ahora mismo. Sé que los trabajadores de Algorithma nos observan, siento sus miradas pegadas a mí, pero no consigo disimular. Estoy harta. Haber visto a Ashton me ha perturbado muchísimo. Sus miradas, sus gestos hacia Emily, su reacción cuando la película ha acabado…

Y ahora sé con certeza que para Izaak es difícil fingir. Evidentemente, lo sospechaba, pero el hecho de que me lo haya dicho hace que me sienta mal. Siento que las gotas de sangre de mi ego me caen por la pierna hasta formar un charco. Un charco enorme. Una piscina.

Me acerco a la oreja de Izaak y le susurro:

—¿Puedes apartarte? Me ahogo.

Da un paso al lado y retira el brazo.

—Oh, lo siento…

Me sonríe e intenta cogerme de la mano, pero yo ya he empezado a andar.

Cuando llegamos al coche, suspiro profundamente mientras me siento. Él me alcanza.

—A ver, Eliotte, ¿dónde te dejo?

—Creo que iré a ver a mi madre. Déjame en la parada de la universidad e iré en autobús.

—Es broma, ¿no? Te dejo allí.

—Si me dejas y no entras, creerá que te pasa algo con ella y Karl. Sería sospechoso. Es mejor que no te vea.

—Muy bien.

Arranca y salimos del aparcamiento.

—¿Sabes qué...? Creo que debería comprarme un coche —digo sin pensar—. No puedes ser mi chófer de manera indefinida.

—No me molesta...

—Ah..., pensaba que sí —murmuro.

Entrecierra los ojos y me dirige una breve mirada.

—Creo que me buscaré un trabajo para después de las clases —añado.

—También puedes usar mi segundo coche, que sigue en el chalé. El motor se estropeó el año pasado, pero seguro que, si se le dedican varias horas, se puede arreglar.

—Es muy amable, pero... De todas formas, necesitaré un coche. Incluso cuando nos separemos. Así que es mejor ponerme desde ya para ahorrar... Por cierto, ¿cómo avanza tu plan para que nos separemos «sin problema»?

—Confía en mí.

—Vaya..., eso fue lo que me dijiste la primera vez y, qué raro, pero aún no confío en ti.

—Lo corroboro: raro. Después de todo este tiempo, ¿no dirías que soy capaz?

—Sí.

—Pero crees que no soy digno de confianza, ¿no?

Me encojo de hombros, como si nada. Suspira de manera evidente y vuelve a concentrarse en la carretera.

—No confío en el tarsero —le corrijo sin pensarlo, como si tuviera que relajar el ambiente.

Se ríe.

—Matthew es el tarsero, no yo.

«Matthew…».
Bajo los ojos y aprieto los dedos.

Izaak me ha dejado a unas manzanas de mi casa para evitar ver a mi madre y a Karl. Le he hecho creer que vivo unas calles más arriba de mi verdadera dirección. Me quedan unos quince minutos andando. No me gusta que vea el barrio en el que vivo. No se parece a nada de lo que él conoce. Debería darme igual, sobre todo porque es él, pero no puedo. Tuvieron que pasar dos años para que Ashton conociera mi casa. Y otro más para que dejara de darme vergüenza.

Karl trabaja esta tarde. Eso significa que estaré sola con mi madre. Les tengo tanto miedo a nuestros encuentros a solas que a veces los deseo.

Cuando llego, me acoge con los brazos abiertos en la entrada.

«Guau».

Transmite felicidad. Y tengo la impresión de que es porque ya no formo parte del cuadro. Es cierto, ya no hay ninguna mancha, ninguna anomalía. Por fin, Karl y ella tienen una familia normal. Me habría gustado ser capaz de sacarle una sonrisa así.

Cuando nos separamos, miro el espejo largo de la pared de entrada. Me enfado.

«¿Desde cuándo esa niña es mi reflejo?».

Me acerco al espejo con las manos en el pelo.

No soporto esta imagen.

—Mamá —suelto sin dejar de mirarme en el espejo—, creo que… voy a ir al supermercado. Ahora vengo.

—¿Al supermercado? Pero ¿qué necesitas, cariño?

—Una cabeza nueva. Bueno, mi antigua cabeza.

Me dirijo a la puerta y ella se queda boquiabierta. Me apresuro a la tienda más cercana y vuelvo corriendo.

Cuando llego de nuevo a la casa, mi madre está preparando una tarta de chocolate. La saludo para que se dé cuenta de que he llegado y me encierro en el baño. Abro la caja de tinte marrón, el color de mi pelo, y saco del cajón el bol de plástico que solía usar. Me lavo el pelo en un momento antes de preparar la mezcla. Me pongo los guantes y agarro el tubo de tinte rojo para que mi moreno no se vuelva verde con el tinte actual. Cuando estoy a punto de extender un poco sobre los rizos, me quedo inmóvil. Mi reflejo me mira, serio.

Echo un vistazo al cajón que tengo cerca y agarro, sin siquiera pensarlo, las tijeras que hay dentro para cortarme el pelo. Me llega por debajo del pecho, y ahora lo quiero por encima de los hombros.

Mi yo adolescente llevaba ese corte recto, de un moreno profundo. Era una joven perdida que Ashton encontró, pero que tenía personalidad. Tenía su carácter y una fuerza de voluntad de acero.

«La echo de menos».

Cuando termino de cortarme el pelo, cojo la mezcla oscura y me cubro la cabeza mechón a mechón. Extiendo poco a poco con el pincel mi identidad más allá de mis raíces. No sé por qué, pero me pican los ojos. Quizá porque estoy cubriendo todo lo que me vincula a mi pasado con Ashton. Porque, a su lado, he cambiado durante los últimos años. Mentalmente. Físicamente. Interiormente. Ahora, cuando me vean, nadie sospechará ni un instante que se ha cruzado conmigo.

«Nunca pensé que las cosas irían así, Ash».

«¿Qué nos ha ocurrido?».

Siento una opresión el pecho. Me sorbo los mocos y aprieto los labios para contener las lágrimas que están al acecho.

Cuando acabo, coloco el pincel sucio sobre el lavabo blanco con el pelo cubierto de tinte, salvo las raíces. Al salir del baño, vuelvo a ver mi pelo moreno con reflejos de chocolate sobre los hombros. Me seco los ojos, que me queman, e inspiro fuerte.

—¡Oh! Eliotte...

Mi madre, que está agachada sobre el horno, casi tira el pastel que está sacando.

—Se me había olvidado como... —murmura mientras deja el plato sobre la cocina.

Su mirada no se debe a que se haya acostumbrado al rubio, sino porque le recuerdo a alguien.

Al único hombre moreno que ha formado parte de nuestras vidas.

—Se me había olvidado lo guapa que estás de morena —añade cuando se recupera—. Estás muy muy guapa.

Sonrío, aunque me encuentro mal. Es como si él estuviera aquí, con nosotras. O peor: como si yo encarnara a su fantasma.

—Gracias, mamá.

«Papá...».

La mirada de mi madre se anima y me invita a sentarme a comer el pastel. Me acerco a ella con entusiasmo y nos ponemos a hablar. Me pregunta sobre mi nueva vida con Izaak. Ya me lo imaginé hace un mes: la mentira me sale de forma natural.

Antes de irme, nos invita a cenar la semana que viene para que pueda entablar una relación con —y esta palabra me da náuseas— mi «marido». Es una idea que le ha sugerido Heal-Hearts.

Llego justo cuando se hace de noche. Me he pasado más tiempo del previsto en casa. Cuando abro la puerta, me paro en seco. Izaak está sentado en el sofá con dos personas.

—Eh... Buenas noches a todos.

—¡Hola, Eliotte! —saluda un chico sonriendo; no necesita darse la vuelta para mirarme, pues está sentado en la esquina el sofá—. Tiene gracia, cambias en persona respecto a las fotos.

«¿Qué?».

Agita una mano con energía para saludarme. Tiene la piel oscura, de un moreno caramelo, y lleva el pelo recogido en trenzas, con las que se ha hecho un moño. Su sonrisa es maliciosa, un poco infantil, y tiene las paletas separadas. Me suena de algo.

A su lado, una chica me escruta. Se parecen. El mismo tono de piel, los mismos ojos almendrados y la misma sonrisa cautivadora. Es *muy* guapa.

—¿Qué tal? —me pregunta Izaak, que se da la vuelta para mirarme.

Retrocede un poco al verme con mi nuevo corte de pelo. Me observa, y yo me pongo colorada.

—Bien..., ¿y vosotros? —respondo como si no pasara nada.

—Izaak ha tenido su dosis de té diaria, así que la Tierra vuelve a girar sobre sí misma —responde la chica, y le dirige una mirada cómplice.

Se ríe con ella. Se ríe muy fuerte. Más de lo normal.

—Bueno, vale. Voy a dejaros —digo mientras me acerco a las escaleras—. ¡Buenas noches!

—¡No! No irás a largarte, ¿no? —suelta el chico con las trenzas, que refunfuña—. Puede que parezcamos raros, pero aún no hemos matado a nadie. Bueno, al menos yo. Izaak no lo sé.

—Francis, ¿eres incapaz de parar? —pregunta la chica mientras se aguanta la risa.

—¡Oh! ¡Cállate, Charlie!

«Esa voz un poco ronca...».

¡Sí, ahora lo recuerdo! Francis es el chico con el Izaak hablaba a escondidas la primera mañana tras haberme mudado aquí.

—En fin, deberías unirte a nosotros, Eliotte —añade con una sonrisa.

Izaak le lanza una mirada reprobatoria desde la esquina. No quiere que esté con ellos.

Pues ese es justo el mejor motivo para quedarme.

LOS TRES

Francis ríe y se frota las manos.

—¿Qué te pasa? —le pregunta Izaak.

—¡Aquí está Eliotte! ¡He conocido a Eliotte! Va a ser genial.

Izaak lo mira, escéptico. Al fin dice:

—¡Bueno! ¿Qué decíamos?

—Nada interesante.

Francis se vuelve hacia mí con el mentón apoyado en el hueco de una mano.

—¿Qué tal? ¿Cómo estás?

—Eh... ¿No he respondido ya a eso?

—No es una pregunta, es simplemente un elemento lingüístico socioestructural necesario para activar una interacción. Ahora estoy interactuando contigo.

—Ah, vale...

Estoy desconcertada, no sé qué responder. Y me molesta. Su actitud atípica me divierte, no quiero que piense que soy una antipática o, peor aún, que me molesta. Así que esbozo una gran sonrisa.

—¿Cómo es estar casada con este capullo? —inquiere, y señala a Izaak.

—¿Perdona? —suelta el interesado.

—Lo reformulo: ¿cómo es estar casada con este capullo tan guapo?

Este entorna los ojos.

«¿Hago que estoy locamente enamorada o me recato delante de sus amigos?».

—Mmm... Izaak es...

—No te preocupes, Eliotte. Lo saben —me corta.

Me echo hacia atrás.

—¿Qué... saben?

Francis se ríe.

—¡Actúa y todo! ¡Es cierto, no la caga!

—Tampoco creen en Algorithma —aclara mi «marido» hablando por encima de las risas de Francis.

—Entonces, ¿se lo has contado todo? ¿Sin más?

—Sí. Puedo confiar en ellos. Charlie y Francis son como nosotros, Eliotte.

«¿En serio?». Desconcertada, ignoro esta información y sigo:

—¿Y ellos son los únicos que lo saben sin que me lo hayas dicho?

—Sí, son los únicos. Y Ashton.

Miro a sus amigos. Estas dos personas sentadas a dos metros de mí son lo suficientemente importantes para Izaak para confiarles un secreto que, si se difundiera, podría costarnos nuestra libertad.

¿Quiénes son?

Me gustaría sentir tan solo curiosidad e intriga, pero no puedo evitar sentir también un poco de enfado, que me pellizca las venas. Tendría que haberme contado que algunos de sus amigos estaban al tanto; tengo derecho a saberlo. Al fin y al cabo, tenemos las mismas de perder. No es el único que está actuando.

Parece que Charlie se ha dado cuenta de mi cabreo porque me ofrece una bandeja de *sushi* con una sonrisa tonta.

—¿Tienes hambre? ¡Sírvete!

—Siéntete como en casa, Eliotte... —añade Francis mientras se echa en el sofá con las piernas extendidas—. ¡Oh! ¡Qué imbécil soy! ¡Ahora es tu casa!

—No exactamente —farfullo mientras cojo un rollo de *sushi*—. Gracias, Charlie.

Odio el pescado crudo. Odio todavía más la risa de Izaak cuando a Charlie casi se le cae la bandeja sobre ellos al dejarla en la mesa baja. Izaak se sirve otra copa de alcohol japonés y lo bebe de un trago.

—¿Cómo os conocisteis y cuándo? —pregunto mientras cojo una ensalada de col olvidada en la mesa.

—Ah, fue hace tiempo —responde Francis, que sonríe a su amigo—. Tendríamos unos seis o siete años y me peleé con Ashton. Bueno, Ashton se peleó conmigo; era un temerario y un tocapelotas. Así que Izaak vino a romperme la cara.

—¡Y ahí fue cuando yo entré en escena para calmar las cosas! —exclama la chica, que coge a Izaak del brazo.

—Es una pena que me reventara la nariz —prosigue Francis—, tengo que confesar que, antes del incidente, formaba parte de su club de fans secreto, pero es un detalle sin importancia. En fin, nos castigaron a los tres (sí, el maleante de Ashton consiguió escaparse), y desde entonces...

—Y desde entonces me acosan, Eliotte —concluye Izaak, que me mira—. No puedo más.

Articula discretamente un «ayúdame».

—Pfff... ¿En serio? —exclama Charlie, y le da un golpe con el codo.

Arqueo una ceja.

—¿Cómo? No conocía a un Izaak tan... entregado a sus relaciones —comento mientras miro a Francis, porque soy incapaz de sostener la mirada de los otros dos.

El vinagre del aliño de la col se me sube a la nariz.

—Si tú supieras, amiga... Oye, ¿soy el único que cree que el *sushi* no está muy allá hoy? —nos pregunta Francis, que hace una mueca.

—Para *ahora mismo* de comer, tienes el estómago demasiado frágil. Lo sufrimos el día de la fiesta de Alex.

—¡Oh, no! ¡No empieces! ¡Me prometisteis que nunca más se hablaría de eso!

Y empiezan a recordar un evento al que no fui, y al que tampoco podría haber ido. Se ríen a carcajadas al recordar lo que Francis hizo el jueves anterior. Intento entender qué cuentan para participar en la conversación con algún comentario, pero hablan de personas a las que no conozco: Alex, Rita, Michels..., y recuerdan detalles de la noche sin ponerlos en contexto para que pueda seguir el hilo. Suelto algunos «¿en serio?» y «oh» que se pierden ridículamente en el jaleo jovial.

—Izaak, ¡estabas de muy mal humor ese día! —exclama Francis.

—¡Quizá por lo pesado que eras!

—Y luego esa chica a la que querías llevarte a la cama, Francis —comenta Charlie, que se ríe de forma burlona—. La agobiaste con tus técnicas para ligar.

—No entendía un humor tan fino como el mío.

—No, por ahí no, Francis, tus «técnicas» para ligar son una amenaza para la humanidad —interviene Izaak—. Si todo el mundo ligara como tú, nadie se reproduciría.

—Bienvenida, extinción de masas.

Siento que estoy delante de una pantalla. Sí, eso es: estoy en el cine viendo una escena que el guionista de una película escribiría con el único objetivo de enseñar cómo de unidos están sus personajes y cómo respiran el poder del arcoíris de la amistad. No intento ni unirme.

De pronto, me levanto del sillón con toda la tranquilidad del mundo, voy a buscar un refresco de arándanos y un tenedor en el cajón porque solo tienen los jodidos palillos chinos y...

—¿Eliotte?

Me giro bruscamente. Izaak. Me mira desde el sofá. Al parecer, mi corta ausencia no le ha dejado indife...

—¿Puedes traerme una servilleta de papel, por favor?

Estiro los labios de forma mecánica. Ahora soy un payaso. Soy el puto payaso de Izaak Meeka.

—Sí, claro.

—Gracias, Eliotte.

Qué idiota soy.

—Sí, y tráele un refresco también —añade Francis—. ¡El tío está bebiéndose todo nuestro sake! En serio, Izaak, ve con calma. Eliotte no te apartará el pelo de la frente cuando vomites luego...

—Estoy relajándome, eso es todo...

Vuelvo a mi sitio después de haberle dado su lata de mierda y su servilleta de papel. Sentada con las piernas contra el pecho, como tranquilamente mi ensalada de col e intento abstraerme de las risas y los grititos de alegría.

No está mal, la ensalada. Me gusta su sabor acidulado y dulce a la vez. ¡Oh! Y el diseño del envase está bien conseguido. Es diferente de las cajas de cartón monocromáticas.

—¿Eliotte?

—¿Sí? —digo, y miro a Francis.

—¿Has ido a las fiestas del campus últimamente?

El pecho me quema. Aprecio su esfuerzo por integrarme en la conversación.

—No, en realidad, no soy una gran fiestera.

—Izaak tampoco, pero siempre acaba viniendo.

—¿Cómo conseguís convencer a este cabezota? —pregunto con una sonrisa, más por Francis que por los otros.

—Tengo grandes poderes de persuasión. Y el carisma ayuda mucho —responde mientras se inclina hacia mí y me mira a los ojos—. Quizá podría convencerte a ti también para venir a una fiesta, quién sabe.

Sonrío. Me enderezo en el sillón.

—Me gustaría verlo.

—¿Eso es un reto? Cuidado, me gusta jugar.

—No tanto como a mí, Francis.

Y, mientras lo digo, inclino ligeramente la cabeza para mirarlo a los ojos. No pienso en lo que hago, este chico me divierte.

—En fin, ¿qué decíamos? —pregunta Izaak, hastiado.

Sostiene durante una fracción de segundo la mirada de Francis antes de volver a dirigirse a Charlie.

—¿Creéis que Rita aún está de los nervios? —pregunta antes de darle un sorbo a su vaso de alcohol.

—Ya la conoces, Izaak…

Y retoman la conversación. Me sirvo un vaso de sake, luego otro y luego otro más. Me quedo apartada y vuelvo a estar delante de la pantalla de cine durante lo que me parecen dos horas.

«La segunda vez hoy».

No consigo sacarme de la cabeza la cara de Izaak mientras estábamos sentados el uno al lado del otro en la sombra de la sala de cine. Estaba tan distinto… Y me pidió que lo besara.

Sus manos. Sus labios. El calor. La electricidad.

Trago.

Al menos, en ese mundo yo existía. Lo que dura una película, al menos.

Ahora ya no. Pero es lógico: en el cine, era «Izaak, mi alma gemela» y ahora es él mismo. Rodeado de sus amigos. Solo soy una sombra en su campo de visión. Después de todo, éramos dos desconocidos hace unas semanas. Es un hecho.

¿Aún lo somos?

Da igual, nunca conoceré a Izaak porque nunca me dejará entrar en su mundo.

«Como si quisieras entrar...».

En realidad, me gustaría hacerlo al menos unos segundos, para ver qué está tramando. Sí, solo pido diez segundos.

«Admítelo, Eliotte. Él existe de verdad en tu mundo. Es más que parte del decorado. Admítelo».

Izaak y Charlie se levantan al fin para fregar los platos. Izaak se ríe de todo y tiene la voz mucho más ronca que de costumbre. Me encuentro sola delante de Francis. Extiende un brazo sobre el respaldo del sofá, e irradia una gran confianza en sí mismo. Al ir a entablar conversación, me fijo en que, justo detrás de él, Izaak y su amiga se pelean. Él le lanza un chorro del jabón de lavavajillas líquido y ella le responde salpicándolo con agua. Entre risas, la agarra y le pone espuma jabonosa en los rizos. Francis se gira para ver qué estoy mirando desde hace unos largos segundos.

—¡Eh, no, chicos! ¡Esperadme!

Salta por encima del sofá y aterriza en el suelo antes de correr hacia ellos. Él también agarra el bote del jabón de lavavajillas y tira un chorro a su hermana. La cocina se convierte en un terreno resbaladizo y cubierto de espuma. Los miro divertirse mientras me palpita el corazón. Algorithma dirá lo que quiera, pero la plaga de la soledad no se resuelve con un simple anillo en el dedo. No solo existe el amor. También están los hilos rojos, que se mezclan de un modo inexplicable con los de los demás. Son nudos sencillos que se convierten en amigos. Y, luego, en personas indispensables para la existencia.

Desde que soy niña, estoy convencida de que no soy capaz de tener amigos. Pero es mentira. Y tengo que admitirlo. Me prohibía tenerlos. Porque no quiero puñales en la espalda, falsas esperanzas, ninguna atadura que se pueda cortar en cualquier momento. No quiero nada de eso.

«Pero ¿qué creía conseguir al contarme a mí misma que quería estar sola en mi mundo?».

Tan solo no conseguía abrir la puerta lo suficiente para dejar a alguien entrar.

«Pero hay alguien que no tuvo problemas para entrar».

Uno que llamaba con amabilidad todos los días, que llegó a tocar las ventanas. Hasta que le abrí, y sembró el caos en el interior antes de salir por la ventana a escondidas.

Inspiro fuerte mientras miro la botella de sake vacía, los palillos repartidos por la mesa y las servilletas de papel hechas una bola.

«¿Por qué estoy pensando en todo esto?».

Cierro los ojos un segundo. El alcohol me hace pensar demasiado.

Cuando levanto la cabeza, veo a Francis y a Charlie en el umbral de la entrada. Se despiden de Izaak y me dirigen un «hasta la próxima». Francis me guiña un ojo mientras mueve la mano. Izaak se ríe por última vez y cierra la puerta. Tranquilamente, sube las escaleras sin decir nada.

Me siento en el sofá y estiro las piernas sobre la mesa baja. Lanzo un largo suspiro mientras echo la cabeza hacia atrás. Noto una opresión en el pecho, siento que el jersey me asfixia. Quizá sea por el alcohol. No tendría que haber bebido tanto. El líquido empieza a agitarse en mis venas, lo percibo.

«Cuando pienso en todas las páginas que podría haber devorado en lugar de haberme quedado aquí...».

Me sobresalto. Izaak acaba de reaparecer en el salón con una nueva camiseta y el pelo casi seco. Para mi sorpresa, se sienta a mi lado.

ELÉCTRICO

Extiende un brazo sobre el respaldo del sofá y suspira. No me atrevo a levantarme.

—Por cierto, ¿te ha ido bien en casa de tu madre?

—Sí, más o menos —respondo de un modo instintivo.

—Bien…

Tiene la voz un poco rota: el rastro de las copas que se ha tomado o de las carcajadas que ha compartido con Charlie y Francis. Debería levantarme, pero tengo el culo pegado al jodido sofá.

—¿Cómo está? ¿No te echa mucho de menos?

Me giro bruscamente.

—¿Por qué finges que te importa?

Me sale de golpe.

—Yo…

—Me ignoras durante toda la noche, y, de hecho, no querías ni que estuviera, y ahora vas de superamigo que se preocupa… ¿por mi madre? ¿Crees que esto es un circo? ¿Soy un payaso, Izaak?

Baja la mirada. Nunca lo había visto reaccionar así. Izaak siempre tiene el mentón alto, la cabeza recta y la mirada penetrante. Eso solo puede significar una cosa y, al darme cuenta, siento que le doy otra patada en su ego: «Tengo razón».

—Ya basta de esta hipocresía por un ratito —añado con rabia.

Inspira y me mira de nuevo.

—No eres un payaso y yo no soy un hipócrita. Todo lo contrario.

—Déjame que me ría.

—En serio. No he sido en ningún momento un hipócrita. Solo intento ser coherente.

190

—Pero ¡si es precisamente lo que no eres, tío!

—¿«Tío»? ¿En serio? Y, por favor, deja de hablar tan fuerte, la cabeza me da vueltas —pide mientras se agarra la cabeza.

—Ponte en mi lugar. No entiendo nada de lo que haces. Estoy harta.

—Actúo sin pensar. Deja de creer que mereces que te explique cada interacción que tengo contigo.

Se me corta el aliento. Lo miro congelada.

«Pe... pero ¿qué hago aquí?».

No sé ni por qué estoy hablando de esto con él. Me levanto para irme del sofá. La sangre me late en la cabeza. Estoy a punto de vomitar la cena...

De pronto, me agarra una muñeca al vuelo y me para en seco. Estoy de pie delante de él, que sigue sentado.

—Eliotte, espera... Déjame acabar, por favor.

—No.

—Me... Me gustaría que te quedases.

Desliza la mano por mi muñeca hasta que se le cae sobre las piernas.

—Te lo repito: no soy un payaso.

Me mira sin decir nada. Esos ojos verdes, teñidos de cobalto por la luz de la noche, me consumen. Siento que me toca con suavidad la parte de atrás de las rodillas con los dedos. Me quedo sin aliento en los pulmones. Permanezco plantada delante de él, incapaz de moverme; no conozco otra dirección. De hecho, con él, estoy totalmente perdida.

—Para mí, lo eres todo salvo un payaso, Eliotte.

Sus manos rozan la parte de atrás de mis muslos. Un escalofrío asciende por mi espalda, recorre toda mi piel, roza todos los hilos eléctricos de mi cuerpo.

—Entonces, ¿por qué...?

—No lo sé. No sé nada.

—Pero...

—No quiero pensar.

Su mirada me recorre lentamente de la cabeza a los pies..., pero no hace que me sienta incómoda. Como si volviéramos a estar en el cine, soy de nuevo la estatua del museo antiguo y él vuelve a ser el turista. ¿Seré de mármol, de bronce, de plata?

Sin dejar de mirarme a los ojos, empuja suavemente mis muslos hacia él para que flexione las rodillas.

No sé cómo, de repente me encuentro a horcajadas sobre él. Estoy ahí, a dos centímetros de su cuerpo. Y él está ahí, a dos centímetros del mío, incandescente. No sé qué está pasando. Sus pupilas tienen un brillo distinto. Siento cómo desliza los dedos por mi jersey, por mi espalda… Me vibra la piel con cada uno de sus gestos.

No puedo dejar de mirarle los labios. No he dejado de pensar en ellos desde el cine.

—¿Tú quieres pensar? —murmura con la voz alcoholizada más profunda.

—Estoy harta de pensar.

—¡Oh! Yo también…

Sus dedos, que se pasean por mi espalda, me agarran con brusquedad la cintura. Exhalo de golpe, me arden los pulmones. No me atrevo a cruzar su mirada de jade, así que prefiero concentrarme en su torso, en su vientre…, en todo esto, que ha creado una energía incandescente en mí. Una energía que quiero mantener con desesperación en su lugar desde que la sentí nacer hace unos días.

Y en la que quiero ahogarme ahora.

«Izaak, Izaak, Izaak…».

Ese cuerpo que quise haber apretado contra el mío en el cine está justo aquí. No hay reposabrazos que impidan los movimientos. Tampoco hay espectadores. Ni música de fondo. Ni nada. Solo estamos él y yo.

Entonces, me atrevo al fin a colocar la mano sobre sus abdominales, que se contraen por un momento con mi contacto. Le noto los músculos esculpidos bajo la camiseta mientras subo poco a poco los dedos hasta los pectorales y luego a los hombros musculosos. Suspira débilmente y vuelve a apretar los dedos alrededor de mi cintura. Se me escapa un jadeo por la sorpresa. Nunca habría pensado que me gustarían tanto sus movimientos tan bruscos e inesperados.

Nuestras miradas se encuentran; Izaak parece fascinado, pero también cansado de contenerse. Sus manos me rodean la espalda para que me pegue a él y, luego, me tocan la mandíbula.

Se me para el corazón. Me escanea centímetro a centímetro. Y el corazón podría explotarme, como si con cada pestañeo ya me estuviera tocando.

«¿A qué esperas, Izaak? ¿Qué estás haciendo? ¿Qué...?».

Presiona sus labios contra los míos en un suspiro. ¡Oh, joder! Nuestras lenguas se encuentran; acomodo la boca para pegarla más a la suya y pongo las manos en sus mejillas. Me cosquillean los dedos, mi corazón se desboca. Ya no puedo pensar, solo siento una energía que borra cada palabra que intento formar en mi cabeza. Remueve, lucha en el pecho para salir y explota entre nosotros.

«Su piel, su piel, su piel».

Me pego todo lo posible a él.

Nos besamos como dos desesperados, precipitada, imprecisa e intensamente.

—Eliotte... —murmura Izaak mientras aleja sus labios y los apoya en mi cuello—. No sabes cuánto he pensado en ti desde que empezó la noche...

Siento un enésimo escalofrío. Esa voz. Dios mío, esa voz... Querría tener el valor de pedirle que repita mi nombre, que me lo susurre al oído.

—Cuando te vi entrar en el piso, me quedé boquiabierto, y te sentaste frente a mí... Y ahí empezó la tortura —musita—. Te miraba en silencio cuando girabas la cabeza. Tu cara, tus manos... Dios mío, y ese pelo.

Al decir esto, me pasa una mano con fuerza por la cabeza y sella de nuevo nuestros labios.

—Casi escupo el trago de sake al verte así, en la puerta —susurra—. Creo que me ha sangrado la nariz, de hecho.

Quiero reírme, pero estoy demasiado concentrada en nuestro abrazo para hacer cualquier ademán de movimiento innecesario.

—Siempre has sido guapa y nunca me has necesitado para saberlo, pero ahora que eres morena... Guau. Eres una puta diosa, Eliotte.

Entorna los ojos.

—Izaak...

Nuestros labios se encuentran de nuevo. No habría aguantado un segundo más su mirada penetrante.

No sé si está pensando lo que dice o si, como yo, todos los pensamientos racionales se han ahogado en los vasos de alcohol que nos hemos bebido durante toda la noche.

«Una diosa griega».

Le rodeo la nuca con la mano, hundo los dedos en su suave pelo y me pego un poco más a él. Con un gemido, Izaak me agarra las caderas y me coloca boca arriba. Tumbada bajo su gran silueta, lo miro un segundo, hipnotizada, mientras vuelve a lanzarse sobre mi cuello. Contengo un gemido y cierro los ojos. Su perfume me hace soñar. Mierda, este tío huele a primavera y a verano, las dos otras jodidas estaciones y todo lo que conllevan. «Quiero más». Desliza la mano bajo mi jersey y me acaricia las costillas, se acerca peligrosamente al pecho. «Más, más, más».

Que le den.

Agarro el borde inferior de su camiseta y empiezo a quitársela. Se endereza, sonríe y, sin dejar de mirarme, se la saca. Un segundo. Dos segundos. Tres segundos aguantando la respiración. Y vuelve a colocarse encima de mí.

Ahora, puedo ver cómo se le mueven los fuertes hombros mientras traza un camino en mi cuello con los labios, cómo se le contraen los brazos con sus movimientos.

—¿Tú también me mirabas? ¿Tú tampoco podías pensar en otra cosa que en esto? ¿Tú también has tenido que ignorarme para concentrarte?

La vibración de su voz choca contra mi piel. Siento cómo se infiltra, cómo se desliza en mis poros y hace vibrar el resto de mi sistema nervioso. Ninguna voz me ha hecho sentir así. El fuego que tengo en el pecho podría quemar el sofá, el salón y todo Portland.

Voy a hablarle cuando desliza la punta de la lengua desde mi nuca hasta mi oreja.

—¿Te has quedado sin palabras, Eliotte? Me pregunto qué ha podido provocarlo por primera vez...

Me río y le doy un golpe en el hombro.

—Nunca me quedo sin palabras —le respondo con una sonrisa divertida—. Yo también te miraba. Lo miraba todo. Tus labios, tu pelo, tu...

Se me escapa un suspiro ahogado. Acaba de soplar con suavidad sobre el camino que ha trazado con la lengua. Siento que se me ponen los pelos de punta bajo la cascada de escalofríos que acaba de provocar.

«Guau».

—Bueno, vale —murmuro con la voz ahogada—, quizá ahora no sé qué decir.

Suelta una sonrisa ronca antes de despegar sus labios de mi cuello.

—Dame un motivo para parar —murmura.

—Solo se me ocurren motivos para que continúes.

—Eres un caso perdido... ¿Qué haré contigo, Eliotte?

—Ya te lo he dicho: tengo bastantes ideas.

Levanta la mirada hacia mí mientras se ríe más fuerte, luego baja poco a poco hacia mi ombligo. Me levanta un poco la camiseta sin dejar de mirarme y me pasa lentamente los labios sobre el vientre desnudo. Se me contrae todo el cuerpo. Un escalofrío, dos, tres, cinco... Los dedos de los pies se me encogen.

«Izaak...».

De pronto, suena una canción de rap de forma estrepitosa y me sobresalto.

Izaak lo ignora, y sigue besándome las costillas, la cintura... Vuelvo a cerrar los ojos, envuelta en nuestra burbuja. Le agarro un poco más el pelo con los dedos.

El tono de llamada vuelve a sonar por segunda vez.

—Izaak, tu teléfono.

Se endereza de golpe. Se inclina de forma demasiado brusca: se cae del sofá y se desploma en el suelo. Totalmente desorientado, coge el móvil, que está en la mesa baja, con la punta de los dedos y se sienta en el suelo.

—¿Di-diga?... Sí, ¿tu mochila? Estará aquí, no te preocupes. Voy a..., eh, a buscarla. No, qué dices, no estoy en la cama. Sí... Bueno, te la llevo cuando nos veamos mañana en el cuartel general. Adiós.

Cuelga. Coloca el teléfono sobre la mesa baja. Se pone de pie y se va del salón.

«¿Qué acaba de pasar?».

Me toco los labios hinchados con las puntas de los dedos. Estoy despeinada. Nos hemos besado. Sin cámaras, sin científicos, sin estudiantes. Solo estábamos él y yo. Y nos hemos besado.

No ha sido tierno, dulce, ni recatado. Ha sido ardiente, como una necesidad que debíamos satisfacer.

«Si no hubiéramos bebido tanto, ¿nos habríamos besado? ¿Por qué lo he hecho? ¿Por qué...?».

Me desplomo sobre el sofá con un suspiro. Estoy cansada y empieza a dolerme la cabeza. Cierro los párpados para intentar calmarme.

Menuda nochecita...

—¡Rápido, Eliotte! ¡A clase!

¿Eh? ¿Qué?

Abro los ojos y me aparto unos mechones de pelo de la cara. ¿Qué hago en el sofá del salón?

«¿He dormido aquí?».

Izaak me dice con voz cansada:

—Parece que tú también te has quedado dormida, morenita.

«¿Morenita?».

Hundo el cuerpo en el sofá.

Me he despertado de golpe. Siento que se me acelera la respiración.

«Ayer, podríamos haber...».

—Mmm... ¿Qué hora es exactamente, Izaak? —pregunto mientras intento concentrarme en lo más importante.

—Son las diez y pico.

Doy un salto del sofá.

—¿Cómo? ¡Me he perdido dos clases ya!

Con un trozo de *brioche* en la boca, mi compañero prepara una bebida caliente detrás de la barra.

—Abajo en *sinco minutoz* —dice con la boca llena—. No te *ezperaré*, te lo prometo.

Voy corriendo a la planta de arriba, me visto en un segundo. Cuando paso por el marco de la puerta, le rozo el torso con un hombro. Sacudo la cabeza y nos vamos.

Izaak me ofrece un termo cuando me siento en el *jeep*. Pensaba que era para él, pero veo que pone otro en el posavasos.

Abro el mío y me aguanto una sonrisa cuando me llegan las volutas calientes a las narinas. Mmm…, café.

—Que lo sepas: no me voy a saltar tantos semáforos en rojo ni *stops* como cuando fui a buscarte a Blossom —advierte Izaak al arrancar.

—Entonces, ¡déjame conducir a mí!

—Prefiero que me atropelle un autobús. Es *mi* coche.

—¿Qué tiene de especial tu supercarro del siglo VIII?

—Mira, no sé si empujarte fuera de mi «carro» y dejar que busques a tu viejo amigo, el autobús.

—Vale, entendido, es tu cachorro.

Me cruzo de brazos, malhumorada, y nos vamos a la universidad.

Miro por el rabillo del ojo a Izaak: las manos, cuyas venas sobresalen, firmes sobre el volante; la nuca, los rizos que se la cosquillean. ¿Lo… lo que pasó ayer fue real o lo he imaginado? ¿Nos lanzamos el uno sobre el otro?

Tuvo que ser real. Si no, no me latiría tanto el corazón solo de pensarlo.

«Mierda, estábamos muy borrachos».

Y encendidos. En todos los sentidos. Se nos fue la pinza.

«Tenías que cantarle las cuarenta y acabaste queriendo quitarle los calzoncillos».

Me ignoró durante toda la noche y se acordó de mí solo cuando sus amigos se fueron. No tendría que reprocharle que me ignorara, no nos debemos nada, como él dice, pero el alcohol intensificó nuestros sentimientos.

«¿Solo fue el alcohol, Eliotte?».

Suspiro y miro por el espejo. Continuamos en silencio durante el trayecto. Hasta que no puedo más y me aclaro la garganta.

—Mi madre nos ha invitado a cenar la semana que viene.

—Oh. Vale. ¿Quieres ir o buscamos una excusa?

—No lo sé… Creo que en algún momento tendremos que ir. Quiere conocerte.

«Izaak. En mi piso. Verá dónde he crecido».

Siento un nudo en el estómago.

De pronto, le suena el móvil.

No puedo evitar preguntarme qué habría pasado si hubiera tenido el móvil en silencio ayer. Un pequeño detalle que habría tenido importantes consecuencias. Izaak maldice y rechaza la llamada.

—¿Tus contactos no saben que no eres sociable por las mañanas? —le pregunto con una risa burlona.

—Sí, pero él... Es el modisto de mi familia, Bruyot. Me acosa desde la semana pasada para medirme.

—¿Por qué?

—Por la fiesta benéfica anual que mi padre organiza en unos días. Tengo que ir, obviamente, estará toda la prensa, sus amigos, sus socios...

Sonrío y cruzo los brazos detrás de la nuca.

—Estupendo. Por fin tendré el piso para mí sola...

—Ni de coña. Tú vienes conmigo.

—Ni en sueños.

—En los míos no, en los de mi padre. ¿Qué pensarán sus partidarios si la mujer de su hijo no acude? —pregunta, y adopta una entonación aguda y altiva para imitar a un periodista o a un científico—. ¿Eso sería la imagen de una familia unida, Eliotte? ¿Eso es lo que queremos para América si votamos a los Meeka en las próximas elecciones?

Dejo caer la cabeza hacia atrás y suelto un gruñido.

—Odio ese tipo de eventos...

—Y yo, pero no tenemos elección. Nunca la tenemos.

22

BURBUJAS Y LENTEJUELAS

Ashton

Mamá me aprieta el nudo de la corbata. *Flash*. Sonrío y giro la cara un poco más a la izquierda. *Flash*. *Flash*. Se ríe mientras me mira a los ojos. *Flash*.

—¡Fantástico! Ya lo tengo todo. No les retengo más, tienen muchas cosas que hacer esta noche. Se lo agradezco, señora Meeka.

El fotógrafo se despide inclinando el mentón.

—Señor Meeka.

Y se va.

Mamá se separa de mí.

—Se te ve muy perdido esta noche, Ash...

Arqueo una ceja. ¿Tanto se me nota?

—No te preocupes, mamá —respondo con una sonrisa para tranquilizarla—. Es que...

—Tienes que aprender a fingir una sonrisa falsa, querido. ¡Es esencial! No puedes mostrar que la situación te supera, que estás cansado o aburrido. La fachada, mi amor. La fachada —repite mientras me acaricia una mejilla.

—Sí, sí. Tienes razón. Lo haré mejor la próxima vez, no te preocupes.

—¡Lo sé, campeón! Eres todo un ejemplo. Pero, bueno, no te preocupes mucho esta noche. Intenta divertirte, tú también tienes derecho a ello.

«Un ejemplo».

Lo dice para compensar la mano de hierro de papá; se siente obligada a ello para encajar a la perfección con su papel de madre dulce y cariñosa.

Me planta un beso frío en la mejilla y se marcha de la habitación donde estábamos ensayando mi preparación para la fiesta de esta noche, para la prensa. El modisto de papá me ha vestido, las maquilladoras me han retocado el tono de piel y me han apretado la corbata. No lo ha hecho mamá.

Me acerco al espejo de pie y me miro. Me paso los dedos por la mandíbula y cambio de perfil.

«Una sonrisa falsa».

Levanto la comisura de los labios. No, no es lo bastante convincente. Cambio de ángulo y arrugo los ojos. Estiro los labios. A lo mejor de lejos cuela…

—¿Qué haces, Ashton?

—¿Papá?

Pensaba que se había ido, pero sigue en la habitación, vestido con su traje gris. Tiene mucha presencia. Solo su silueta ya enfría el ambiente.

—En lugar de hacer el idiota delante del espejo, deberías revisar tu discurso.

—Yo, no… Bueno, ya lo he hecho.

—Acércate.

Me mira con atención y escanea mi ropa en busca del más mínimo detalle. Alisa la parte baja de mi camisa y me pregunta:

—¿Te has preparado como te pedí las preguntas de los periodistas sobre el proyecto de ley de los antipareja?

—Sí.

—Porque, si vuelves a contarnos las gilipolleces que te inventaste cuando te preguntaron sobre los sueños lúcidos y la compatibilidad del inconsciente psíquico…

—Intentaron que me contradijera por el sofismo, tuve que…

—¡Para! —me interrumpe—. Las excusas son para la mediocridad. Nunca más. Fallaste, punto final.

Bajo la cabeza. Tiene razón. Lo que dije en la entrevista fue una equivocación. Estuvo mal. Estuve mal.

—Quiero respuestas claras y rotundas, pero matizadas, la próxima vez. Que sea natural.

—La próxima vez lo haré mejor.

—¡Siempre dices lo mismo! Pero quiero *ver* la excelencia. No te esfuerzas lo suficiente, Ashton.

«Lo sé, tiene razón».

—Hijo mío, no eres un cualquiera —añade con una voz más calmada—. Eres el heredero de los Meeka. No puedes contentarte con hacerlo mejor. Nunca.

—Sí, lo sé.

—Pues actúa como tal. Concentración. Precisión. Perfección.

Asiento con la cabeza mientras aprieto los labios. Pasa un ángel. Mi padre me suelta la camisa.

—Oye, ¿a qué hora vendrá la hija de De Saint-Clair?

—¿Emily? N-no vendrá esta noche.

Frunce el ceño.

—¿Por qué?

«Porque no la he invitado».

—Ha tenido un contratiempo.

—Menuda zorra. El evento más importante de toda la costa Oeste, mi fiesta benéfica, ¿y ha tenido un contratiempo?

—Son cosas que pasan, papá.

—Nada es casualidad, no seas crédulo.

Recorre mi habitación con la mirada.

—¿Y cómo va entre vosotros?

—Intento ir a su ritmo.

—¿Cómo? Ashton, tienes que atraparla en tus redes.

Una sonrisa satánica le rompe en dos su imagen dura.

—La hija del presidente del Partido Conservador Científico casada con mi hijo... ¿Te imaginas? ¡Podría ser decisivo para las elecciones! Si conseguimos la coalición...

Y se pierde en una de sus retahílas interminables. Le brillan los ojos. Como siempre que habla de su gran sueño: ser presidente de los Estados Unidos. ¿Qué digo? Su futuro. Para él, es ser presidente o nada desde que tiene veinte años.

—... bueno, la invitaremos la semana que viene a casa. Dile que quieres que nos conozca para oficializarlo o cualquier tontería de esas. Ese es tu terreno.

—¿Tiene que ser la semana que viene?

—Sí, sí.

—Pero tengo...

—¡No! O mejor: invítala a tu próximo partido de *hockey*. A la quedada dominical de la familia... Así el mensaje será más sutil.

—Yo...

Me fulmina con la mirada.

—De acuerdo... Se lo diré.

—Bueno, date prisa en acabar tus...

Señala el espejo con un gesto vago.

—... cosas. Y ven lo más rápido posible.

—Estaré allí en quince minutos.

Me da un golpecito en la espalda y me ofrece una sonrisa, como si todo fuera estupendamente bien. Como para que entienda que hace un segundo hablaba el político y no mi padre.

—Bien, hijo.

Sale de la habitación sin más dilación. Inspiro lentamente. Espiro. Muevo la espalda.

«Tengo que ser claro, matizado y preciso. No puedo cagarla de nuevo».

Todo va bien. Todo está bajo control. Aprieto los puños e intento sacar todo el aire del pecho. Me abalanzo al baño, pegado a mi habitación, y me refresco la cara con agua en el lavabo. Joder, estoy hiperventilando.

«Toda la prensa estará ahí, todo el mundo me grabará hablando, no puedo fallar esta vez. Tengo que estar perfecto».

Cierro el grifo temblando y me cuesta volver a controlar la respiración.

«Nunca lo conseguiré. Nunca lo conseguiré. Nunca lo conseguiré».

Me apoyo contra la pared con el pelo entre los dedos. Noto cómo me late la sangre en las sienes. La corbata me ahoga.

«Las rosas son r-rojas... La Tierra sigue gi-irando...».

Repito el poema en bucle, como me aconsejó el doctor Rasheed, mi médico, para intentar distraerme y calmarme.

En vano.

De rodillas, me acerco al armario que hay bajo el lavabo para buscar el bote de ansiolíticos. Me levanto titubeando para llenarme un vaso de agua y me trago al segundo una pastilla. Mi mirada se tropieza con mi reflejo.

«L-las violetas son azules... Así que no te quedes aquí tumbado».

Expulso un largo chorro de aire. Me mantengo recto y me paso una mano por el pelo para alisarlo. «Sonrisa falsa, Ashton. Perfecto».

Salgo de la habitación hacia la recepción fingiendo un paso seguro y tranquilo. La luz naranja me ciega. El fuerte olor a rosa, champán y colonia me marea. Tengo náuseas, pero me apoyo en una columna para recuperar el aliento. No son nada más que lentejuelas, burbujas y artificios.

«Recupérate».

Entro en la habitación principal, en medio de los demás. Les doy la mano a hombres con traje a los que casi no reconozco y me río de chistes estúpidos mientras recorro la muchedumbre para saludar a los invitados de mi padre. Este, al otro lado de donde estoy, me hace una señal con una mano para que me acerque a él y a su grupo de amigos..., y a una cámara. Sonrío y cruzo la sala de recepción. Pero, de pronto, me quedo petrificado.

«Espera, ¿es...?».

No. Creo que he visto a Izaak de lejos, pero solo es un hombre moreno como cualquier otro. Suspiro y apoyo una mano sobre mi corazón, que late a toda velocidad.

«¿Estará aquí?».

Si ha venido, seguro que lo acompaña... Eliotte.

Este tipo de recepciones me cuestan mucho mentalmente, y ella lo sabe. Cuando éramos más jóvenes, insistía en venir y apoyarme, pero me negaba porque no podía mostrar al público que tenía una relación antes del matrimonio. Mi padre nunca lo habría tolerado. Pero, en todas estas fiestas, me arrepentía de haberme negado. Con Eliotte al lado, el mundo solo me pesaba unos gramos a la espalda.

Cuando me acerco a mi padre, una horda de periodistas me cierra el paso. Trago y sonrío tanto como puedo.

«Es el momento. Puedes hacerlo».

—¡Señor Meeka! ¡Señor Meeka!

Miro con orgullo a los objetivos.

—¿Sí, señores y señoras?

—¿Qué tiene que decirles a las personas que piensan que el informe diario de HealHearts debería ser obligatorio?

—Alrededor del setenta y cinco por ciento de los estadounidenses adultos utilizan HealHearts más de tres veces a la semana, ¡es una cifra más que correcta! Como el seguimiento de HealHearts nos ha permitido actuar con eficacia en la prevención de los problemas de nuestra sociedad, estoy convencido de que dejar que cada persona tenga la libertad de compartir sus emociones con un profesional es fundamental. En mi opinión, deberíamos seguir normalizando el diálogo, rechazando cualquier tipo de proceso de validación emocional para que las personas no tengan que hacerse preguntas. Que nunca tengamos que obligar a la población pase lo que pase. La libertad es el valor que más apreciamos en los Estados Unidos, ¿no?

—¿Hay que prohibir las parejas que se forman antes del matrimonio?

—Creo que el debate está infectado de consideraciones ideológicas y que deberíamos volver a lo esencial de nuestro sistema: la felicidad de los ciudadanos estadounidenses.

—Los rumores dicen que, si su padre es elegido presidente en la próxima campaña, a usted le gustaría presentar su candidatura para ser el Gobernador de Nueva California. ¿Eso es verdad?

—Sería un honor seguir los pasos de mi padre.

—¿Y qué piensa...?

—Lo siento, señores, me gustaría seguir respondiendo a sus preguntas, pero tengo más cosas que hacer en esta fiesta, que es muy importante para nosotros.

Les sonrío antes de salir de la multitud. Me choco contra algo. Contra alguien.

—¿Izaak?

—Ash...

—¿Has venido al final?

—Claro... No me perdería este evento por nada del mundo —responde con un tono de voz más alto—. Significa mucho para mí, ¿sabes?

Me dedica su sonrisa de ángel. Mierda, me había olvidado de los periodistas.

—¡Izaak Meeka! —grita uno de ellos—. ¿Izaak Meeka?

—Ese es mi nombre, sí, felicidades, y espero que no sea la única información que oiré de usted esta noche —responde hastiado.

—¿Algún comentario sobre el índice de compatibilidad con su mujer, Eliotte?

—Elevado.

«Su mujer».

Y pensar que una vez creí que sería mía, que estaría en su lugar respondiendo preguntas sobre Eliotte. Me había imaginado al pie de la letra todas las respuestas, todas las anécdotas sobre nosotros que contaría para mostrar cómo de perfectos éramos el uno para el otro.

—Precisamente por eso, ¿le sorprendió que fuera tan elevado? —pregunta un periodista.

«Me destrozó».

—Con casi un cien por cien de compatibilidad, ¿son perfectamente opuestos o copias certificadas? —añade otro.

«En realidad, nos completamos. Un poco como el yin y el yang. Nos equilibramos y nos calmamos el uno al otro».

—¿Tuvo un flechazo por la señora Eliotte?

«Sí. Estoy enamorado de ella desde los doce años, pero no me prestaba atención en el instituto. En realidad, no se fijaba en nadie…, hasta los dieciséis, cuando se fijó en mí».

—¿Y qué piensa de la última declaración de su padre?

—Mi padre… —repite Izaak.

—El gobernador ha recordado de forma muy justa los problemas sociales en las inmediaciones de los guetos de algunas metrópolis —le chivo para que no se quede mudo.

Hay que evitar desvelar que no sabe cuál ha sido la última intervención de nuestro padre.

—Ah… Sí, bueno, ¿que qué pienso de su declaración? En mi opinión, ya es hora de que las élites desconectadas de las masas se centren en el problema y pongan las cosas en perspectiva.

«¿Está loco?».

Lo miro, atónito.

—¿Puede desarrollarlo?

—Señor, hemos venido por los niños del hospital Mills Burn y los orfanatos Luigini. No por política. ¿Tienen alguna pregunta al respecto? Lo que imaginaba. Lo lamento, ténganlo por seguro. Por ello, discúlpenme.

Me agarra del brazo y me arrastra tras él. Me fijo en nuestro padre, estupefacto al otro lado de la sala. Creía que se había acostumbrado a los golpes de Izaak ante los periodistas. Es conocido por ese temperamento fogoso, se ha convertido prácticamente en su imagen de marca; bueno, podría haberlo sido si no rechazara todas las invitaciones a los platós de televisión.

«¿Tendrá papá esa cara por lo que he dicho? He hablado de los hechos, no he sido emotivo. Como ha dicho Izaak, he hablado como el hijo de un rico desconectado de la realidad. Joder, ¿qué...?».

—Oye, ¿me escuchas?

Sacudo la cabeza.

—Perdón, ¿qué?

—¿Estás bien, Ashton?

—Yo... yo...

—Has brillado delante de las cámaras. Has estado carismático, correcto, elocuente... Como siempre, Ash.

Me sonríe con timidez. Le agradezco esas palabras. Siempre sabe dónde dar para contener los bandazos que siento. Querría decírselo, pero ahora se me comprime el pecho al verlo. Una opresión que ha crecido desde que besó a Eliotte en el cine hace una semana. Estaba a casi dos centímetros de ellos, él lo sabía. ¿Y no se le ocurrió nada mejor que darse un morreo con la chica a la que quiero? Aunque Izaak puede ser la persona más empática que conozco, a veces me pisotea las emociones y luego no se arrepiente de nada.

—Tengo que irme...

—¡Espera, Ashton! ¿Qué pasa?

—Quiero estar solo. Déjame.

—Pero...

Me libro de él y me alejo a grandes zancadas. Ando tan solo unos metros y me quedo inmovilizado, con el corazón encogido.

Eliotte está aquí. Más impresionante que nunca.

«Tengo que hablar con ella».

Esta tela me pica. La odio. Me han obligado a ponerme un vestido largo verde con escote Sabrina y largas mangas con lentejuelas bordadas por todos lados. El estilista de los Meeka tiene buen gusto, pero nunca ha oído hablar de la comodidad, pongo la mano en el fuego. ¿Cómo se supone que voy a respirar con el pecho comprimido de esta forma? Y este tul sobre la clavícula... Suspiro mientras cojo una copa de champán de una bandeja que pasa. Barro la sala con la mirada. Cuánta elegancia... No sé qué hago aquí. Es muy fuerte pensar que Karl necesita trabajar todo un año para conseguir lo que esta gente gana en un mes. Si vendiera el vestido que llevo puesto, podría arreglarles los problemas de agua y calefacción de su piso.

Rodeo la copa de champán con los dedos.

Ashton.

Me mira fijamente, con los labios medio abiertos. Ahí está, alto, en medio de la sala, entre las parejas que bailan, la orquesta y los camareros que revolotean de mesa en mesa. Su traje gris es increíble, tiene el pelo cuidadosamente peinado. Brilla.

Sin embargo, tiene algo... distinto en la mirada.

—Eliotte, aquí estás...

Me vuelvo hacia la voz grave que suena detrás de mí.

—¿Los periodistas no os han dado mucha guerra? —le pregunto a Izaak.

—Los he mandado a paseo, como siempre.

Vuelvo a mirar al lugar donde estaba Ash, pero ya no está ahí. Lo veo unos metros más lejos, riéndose a carcajadas con su padre.

—¿Crees que los periodistas podrían acercarse a hacerme preguntas? —le pregunto a mi falso marido.

—No creo..., pero nunca estamos a salvo de uno o dos chiflados. Si pasara, sonríe y parafrasea todo lo que digan mientras asientes con la cabeza. Parece que a la tele le gusta que las mujeres parezcan tontas.

Me aguanto la risa.

—¿Qué pasa? Es cierto. ¿Cómo crees que mi madre ha acabado siendo una gran presentadora? No digo que sea tonta. Todo lo contrario, sabe perfectamente qué esperan de ella.

—Sí, pero no todo el mundo puede acabar en la pantalla tan solo asintiendo con la cabeza. También es carismática, guapa, encantadora...

—Sí, es cierto. Claramente, algo innato en ti.

Me guiña un ojo y me hace reír al instante.

Pero tengo un impulso y lo pienso dos veces. Un segundo. ¿Izaak Meeka acaba de hacerme un cumplido?

Doy una vuelta sobre mí misma en busca de grupos que nos espíen, que Izaak habría visto antes que yo.

—¿Hay científicos con nosotros? ¿Crees que nos oyen?

Izaak ya no está a mi lado, sino a un metro, hablando con una camarera, como si no estuviéramos en mitad de una conversación hace un segundo. Suspiro. Pisotea un poco más los códigos sociales en cada interacción.

Cuando vuelve con dos copas de champán, levanto la mía y le digo:

—Ya tengo una, no te preocupes.

—No, las dos son para mí. No sé cómo aguantaré esta noche sin tirarme por la ventana.

—¿Tan horribles son las fiestas benéficas?

—No, pero sí los invitados y los que fingen ser caritativos... Pero ¿qué haríamos sin su generosidad anual?

Me río. Me da un golpecito en el hombro.

—Para, Eliotte. Estos tipos son nuestros héroes. Se acuerdan una vez al año de que hay pobres y discapacitados en este país. Tienen un corazón tan grande... Mierda, ya me he emocionado de nuevo.

Me río más fuerte mientras su sonrisa irónica se agranda. Voy a contestarle, pero Izaak se coloca justo detrás de mí. Pega su torso a mi espalda. Aprieto los dedos alrededor de la copa de champán y me esfuerzo por mantenerme recta sobre los talones. No puedo parecer alterada, aunque lo esté.

Se inclina sobre mi hombro y siento su aliento cerca de la oreja.

—¿Ves la pareja al lado de las rosas, cerca de la columna de la izquierda?

Asiento.

—Vienen cada año al principio de la noche para aprovecharse todo lo posible del bufet antes de desaparecer una hora o dos. Se aseguran de volver cuando empiezan a servir la cena en las mesas. Y cuando acaba la cena…

—¿Vuelven a irse?

—Bingo.

—¿Cómo te has dado cuenta?

—Cuando tienes catorce años y no quieres hablar ni con los jóvenes de la fiesta ni con los amigos de tu padre, tienes que distraerte con algo.

—Pero ¿por qué no querías hablar con los de tu edad?

—Además de porque me parecía que eran unos idiotas profundos, sus conversaciones no me parecían interesantes. No puedes compartir tus ideas, tus pensamientos, ni vivir momentos de verdad con gente que es tan distinta a ti.

Asiento. Sabía que era solitario y distante, pero no que lo era desde hacía tanto tiempo. Pensaba que era un gran antipático, pero desde muy joven decidió estar solo y elegir con quién podía abrirse, es decir, con nadie.

De pronto, me doy cuenta de que la música de la orquesta pierde intensidad. Unas luces malvas se extienden sobre el mármol del suelo. Miro al techo y a las lámparas de araña resplandecientes y, luego, a mi alrededor, sorprendida. Nos rodean las luces.

—Mierda, nos la van a hacer otra vez… —murmura Izaak.

Mira un punto fijo delante de él, molesto, como siempre.

—¿Qué pasa?

—Si fuera tú, le daría un trago al champán. Lo que viene ahora será un coñazo.

La sala se sumerge en una atmósfera etérea, algo celestial se apodera de ella. La pista de baile se abre para que salga el gobernador con su mujer. Se abrazan. Y empiezan a bailar.

—¿Qué pasa? ¿Eso es lo que te molesta? —le pregunto.

—Ver a mis padres babosear de amor delante de las cámaras y que todas las parejas empiecen a bailar para imitarlos, sí, me molesta.

—¿Has dicho todas las parejas? ¿Nosotros también tendremos que hacerlo?

—Te he dicho que te bebas el champán.

Trago saliva. ¿Bailar con Izaak? ¿Y en público?

«Delante de Ashton. Del gobernador. De las cámaras. De todo el mundo».

De pronto, Izaak se termina la copa de un trago y la coloca sobre una mesa que tenemos cerca. Me agarra de una mano mientras me lleva al centro de la sala. Apoyo con torpeza mi copa sobre una bandeja que pasa antes de que Izaak nos sumerja entre la muchedumbre que baila.

—Cuanto antes empecemos, antes se acabará.

Se aclara la garganta y me agarra de la cintura con una mano y agarra la mía con la otra. Ese contacto familiar me da escalofríos. Aguanto la respiración.

«Concéntrate, Eliotte. Está totalmente relajado, como si no hubiera pasado nada estos últimos días. ¿Por qué no deberías estarlo tú también?».

Le rodeo la nuca con la mano que tengo libre y levanto la cabeza para que nuestras miradas se crucen. Izaak es mucho más alto que yo. Es desconcertante. Le brillan los ojos de una forma especial bajo la luz malva. Tienen un aire apagado, son raros, pero a la vez muy bonitos.

Izaak inspira, lo que me saca de mis pensamientos, y me arrastra a un baile lento al ritmo de la orquesta. Balanceamos nuestros cuerpos con suavidad, el uno contra el otro. Siempre he odiado este tipo de baile. Es demasiado íntimo para bailarlo en medio de otra gente, y mucho más delante de toda la élite de la Costa Oeste. Bajo las lámparas, me fijo en que le brilla el anillo alrededor del anular. Desde el primer día, me sorprende verlo.

Izaak parece indiferente, incluso aburrido. Los recuerdos del día anterior me perturban la mente. Tengo los dedos entumecidos. Me marea que estemos tan cerca. Su perfume. El calor. Los escalofríos. El cuero del sofá sobre mi piel desnuda.

—No entiendo por qué no te encanta este momento de la fiesta benéfica —le digo para distraerme—. Es decir, las luces, los efectos especiales, la música... Parece un cuento de hadas, ¿no? Creía que era lo tuyo.

—Te odio, Eliotte.

—Estás bailando con una princesa. Estás cumpliendo tu sueño de infancia gracias a mí.

—Quieres que me tire por la ventana antes de que acabe la noche, ¿no?

—Cuánta ingratitud, joven doncel.

Le lanzo una mueca y miro la sala, que parece salida de un cuento de hadas, tengo que admitirlo. Todas las parejas se miran a los ojos con dulzura o se balancean en los brazos del otro. Parecen muy felices, enamorados, vivos. Todos los días me cruzo por la calle con parejas con la misma química. Todos los putos días. En esos momentos, no puedo evitar pensar que Algorithma les ha funcionado.

Mientras pienso en eso, Ashton pasa por nuestro lado haciendo girar a su madre, que se ríe a carcajadas con una sonrisa brillante en los labios.

En cuanto cruzamos las miradas, le desaparece la sonrisa.

Sus ojos están tan… vacíos. O, al contrario, totalmente llenos. De una tristeza silenciosa. De pronto, me olvido de las manos de Izaak en mi cintura, de los tacones, que me duelen muchísimo, y del tul irritante del vestido en el que me ahogo. Solo siento cómo me quema la sal en el corazón.

Pero tengo la obligación de llevar una máscara. De hacer como si me fuera indiferente el dolor que muestran los ojos del chico al que llamaba «mi amor» hace un mes.

Me concentro en Izaak, con la mirada hastiada.

Al cabo de un momento, se inclina hacia mí y murmura:

—Voy a ir a tomar el aire…

—¿Voy contigo o crees que podrás resistir el estar separado de mí unos minutos?

Sonríe.

—Diviértete, *princesa*.

Y se aparta de mí. Floto una fracción de segundo en la pista antes de volver a la tierra.

Yo también quiero eclipsarme. Subo con discreción a la planta de arriba, que me conozco de memoria, y me dirijo a uno de los baños. Emergen recuerdos entre los listones del parqué y las grietas de la pared. Sin embargo, no he venido mucho a casa de los Meeka porque Ashton tenía miedo de que nos sorprendieran.

Me detengo al pasar por el cuarto de Ashton. Era mi refugio. O lo eran sus brazos. Ya no sé nada. Fue hace mucho tiempo.

Me acerco y me fijo en que la puerta está entreabierta. No sé qué me pasa, pero hago el ademán de dar un paso, luego otro, y la empujo. Entro tímidamente en la habitación, tras comprobar que no haya nadie en el pasillo. Sé que podrían verme en cualquier momento, y que inventarían un millón de teorías sobre la entrada de la ex de Ashton en su habitación. Y con razón.

La última vez que vine, lloré delante de esta cama.

La luna, detrás de las ventanas del balcón, ilumina débilmente el parqué, sobre el que están tirados una corbata y unos calcetines hechos una bola. Todo está tal como lo dejé. Me pregunto si a Emily le ha parecido que el colchón era cómodo. Si se rio cuando vio el póster *vintage* de James Bond colgado detrás de la puerta. Si le ha gustado el olor de la habitación, esa mezcla de detergente y madera. Si ella...

—¿En busca de un sujetador perdido?

Me sobresalto.

—¿Ashton? —exclamo—. Lo siento, no debería haber...

—No pasa nada —me asegura, y entra también.

Avanzo por reflejo, y cierra la puerta detrás de él antes de apoyar la espalda sobre ella. Me mira con los labios apretados. Esa mirada tan familiar me encoge el corazón.

—Estás muy guapa esta noche —dice al final—. Quiero decir, no es que no lo estés otras noches, pero... yo... Me has entendido.

—Sí..., gracias. Tú también estás elegante.

Asiente antes de mirar fijamente el parqué. Permanecemos de pie, uno al lado del otro, sin decirnos nada.

Se aclara la garganta.

—He venido a buscar...

—¿Tu bote de ansiolíticos?

—Sí. Y un respiro.

Se me encoge el corazón. Aunque me haya traicionado, aunque me sangre el corazón, no puedo evitar decir, como si fuera algo instintivo:

—Seguro que a tu padre le ha parecido que has estado genial en medio de todos sus amigos. Te miraba con una sonrisa. Y tenía razón.

—¿Eso crees? Gracias, Eliotte.

Se muerde el interior de la mejilla y mira al suelo. Aunque este traje le haga parecer más fuerte y cinco años más mayor, ahora, así, parece un niño pequeño. Esconde los brazos detrás de la espalda. Baja la cabeza. Está avergonzado, perdido, con miedo.

—Para ser sincero, la mirada de mi padre no es la que... más me agobia esta noche.

Aprieto los puños.

«No puede hacerme creer que yo le pongo en ese estado. Él ha provocado esto. Él. No yo».

—Te he mandado un montón de mensajes después de lo que me dijiste el otro día, pero no has respondido. Creía que...

Sacudo al cabeza y lo miro a los ojos, de color avellana. Tengo miedo de hundirme en ellos. Me da terror recaer.

—¿Por qué desapareciste después? —pregunta con brusquedad.

Actúa como si todo fuera bien, como si no fuera un hipócrita mentiroso. No hay culpabilidad en su voz. Ninguna. Debería gritarle a la cara que es solo un chico al que he querido, que es un gilipollas que juega a dos bandas y que no tiene ningún principio; pero no me sale nada. No me atrevo a humillarlo así.

—Porque... —empiezo antes de aclararme la garganta—. Porque ha sido un error retomar el contacto.

—¿Qué querías decirme?

—Quería...

Cierro los ojos y aprieto la mandíbula.

—Ahora no tiene importancia. Debería irme.

Avanzo, pero no se mueve.

—Eliotte... ¿Has pensado en lo que te dije el otro día?

Trago.

—No. Porque es demasiado tarde.

—¿Qué? Pero tú...

Se le rompe la voz. Parece que acabo de clavarle una flecha en pleno corazón. Por más que me repita lo que quiero, me da pena. Me duele, se me extiende una mancha de sangre por el pecho.

—Eliotte, puedo arreglarlo, te lo juro. Yo...

Le brillan los ojos. Sigo avanzando, y se aparta. Abro la puerta con alivio, pero me agarra de una muñeca. Miro de inmediato por el marco para comprobar que no hay nadie en el pasillo.

Me giro hacia él.

—Ashton, yo…

No me salen las palabras. Ash me mira con intensidad. Siento su mano en la mía. Su mirada me trae un millón de recuerdos; su habitación me recuerda a que aquí viví mis mejores sueños, arrebatados por un porcentaje. Me pican los ojos. Es… es demasiado. El cuerpo me dice que cierre la puerta y vuelva a mi casa, pero una fuerza me clava en el parqué.

«El mismo parqué que Emily ha rozado un millón de veces».

Un golpe de calor me revuelve el estómago.

«Ella».

Sin siquiera pedírselo a mi cuerpo, mis manos agarran la cara de Ashton y pego mis labios a los suyos. Lo beso.

Siento que estoy en uno de los sueños que suelo tener. Su calor contra mí, mi vientre, que chisporrotea, sus manos en mis caderas. Sin embargo, la boca me sabe amarga. Es un sabor a enfado. A dolor.

Entonces, Ashton me agarra la cara. Siento cómo enreda su lengua con la mía.

«¿Qué estoy haciendo?».

De pronto, el parqué cruje y volvemos a la realidad.

«Mierda».

Me giro para mirar en el pasillo. No hay nadie.

«Mierda, mierda, mierda».

Me cubro la boca, aún húmeda, con las manos. Estoy completamente loca. ¿Qué mosca me ha picado? ¿Por qué lo he hecho? Me separo con brusquedad de él.

—Me voy…

—Eliotte, ¡espera!

No lo escucho. Huyo al otro lado de la planta mientras rezo por no encontrarme con nadie.

Dios mío… He besado a Ashton. ¡Se me ha ido la olla! ¿Qué me pasa? Soy una estúpida. Muy ridícula. Muy patética. Suspiro mientras me adentro en los pasillos. No sé ni adónde voy.

En el fondo, espero haberle dejado un sabor en la lengua que se mezcle con el amargor que he sentido. Espero que Emily lo disfrute cada vez que lo bese antes de darse cuenta de que no es el sabor de Ashton. Sino el mío. Más ácido. Amargo. Agrio.

Oigo un ruido al fondo del pasillo. Me paro. Después de un silencio, veo a Izaak salir de una habitación, como si nada. Creo que es el despacho de su padre, si no me falla la memoria.

—¿Qué haces ahí, morenita? —me pregunta al verme, sorprendido—. ¿Buscas consuelo después de que te hayan traumatizado las personas caritativas de abajo? No te preocupes, todo irá bien.

—Quería tomar el aire lejos del jaleo.

Arqueo una ceja y lo miro intrigada.

—¿Y tú? ¿Estabas con tu padre?

—No, no...

«Entonces, ¿qué hacía ahí?».

—Deberíamos volver a la recepción —me dice cuando llega a mi altura.

—¿Cuánto tiempo tenemos que quedarnos?

—Ah, Eliotte... Si eres la que quiere irse pronto de la pareja, ¿cómo lo haremos? Deberías canalizar mis impulsos de soledad.

—Yo diría más bien asociales, pero bueno...

Estoy a punto de añadir algo cuando una figura al fondo atrapa mi mirada.

Alguien acaba de salir del despacho del gobernador.

«¿Qué?».

—¿Qué hace Charlie aquí?

Se gira para seguir mi mirada y suspira.

—¡Te dije que salieras por la puerta de detrás! —le recuerda.

Charlie lleva un vestido largo y rojo que le destaca aún más su color de piel moreno. Se ha hecho trenzas en algunos mechones del pelo voluminoso, y le caen sobre la espalda brillante. Los ojos almendra destacan con purpurina y una raya azul rey.

«Está impresionante».

Enseguida entiendo qué puede haber hecho todo este tiempo en el despacho solo con ella.

—¡Quiero ir al bufé! —protesta ella, y pone mala cara.

—Ni hablar, no pueden verte. Lárgate, ¡venga!

Lo mira con enfado bajo la mirada autoritaria de Izaak. Se despide de mí con una sonrisa antes de desaparecer por el fondo del pasillo, seguramente hacia la salida de los trabajadores del chalé.

«Estaba con Charlie».

Una ola de calor alimenta mi red sanguínea. Me pica la punta de los dedos.

—Los periodistas nos han visto, la élite de cartón de la Costa Oeste también… —enumera Izaak—. Hemos hecho nuestro trabajo. Venga, vámonos.

Se dirige a las escaleras.

—Por cierto…, ¿has visto a Ashton? —pregunta.

Me pongo tensa.

—Estaba con tu madre cuando he subido.

Asiente y nos dirigimos a la sala de la fiesta. Algunos arabescos a un lado y a otro para saludar a quienes nos cruzamos y nos vamos de esta noche catastrófica.

No consigo creer que en veinticuatro horas haya besado a dos Meeka.

TRUENO(S)

Izaak

Le dije a Eliotte que volvía al chalé porque se me había olvidado una cosa ayer. Por culpa del supuesto champán.

Compruebo antes de entrar que los coches de los guardaespaldas no estén ahí. Veo el de Ashton, mal aparcado en el aparcamiento principal del chalé. Entro en el *hall* y subo. Sonrío por el camino a Marta y a Josh, dos de los empleados domésticos, que no ocultan su sorpresa al verme.

Al recorrer los pasillos, me encuentro muy pronto con mi hermano. Lleva un jersey con los colores de nuestra universidad y cascos sobre las orejas. Seguramente viene de correr. No perdona ni la mañana después de una fiesta. Es muy fuerte lo que el estrés —a lo que él llama, ingenuamente, «disciplina»— nos lleva a hacer.

Gira la cabeza y me ve. Tras quitarse los auriculares, pregunta:

—¿Qué haces aquí?

—¡Ven aquí! —exclamo, y lo agarro de la capucha del jersey.

Protesta, pero consigo llevarlo hasta mi antigua habitación, a varios metros de allí. Cierro la puerta detrás de nosotros y lo empujo dentro.

—¿Qué haces? ¿A qué juegas? —maldice, y entiende al momento, por la expresión de mi cara, que no he venido para jugar al fútbol.

—¿A qué juegas tú? Te vi ayer en tu habitación con Eliotte.

—¿Y qué?

—La llamas a las tres de la mañana para decirle que la quieres. A la mañana siguiente, traes a tu alma gemela a casa y,

217

unos días después, vuelves a besar a Eliotte. ¿Qué numerito de mierda es este?

—Pero ¿qué me estás contando?

—¿La dejas para estar con tu alma gemela por los porcentajes? ¡Muy bien, te apoyo! ¿Quieres a Eliotte a pesar de los riesgos? Vale, ¡te apoyo! Pero ahora te estás pasando. Respétala. Respétalas. ¡Seguro que Emily no está al corriente de tu pequeña escapada nocturna en esa estación de mierda abandonada!

—Se te va la olla, Izaak —dice, y se levanta—. No tengo...

—¿Puedes dejar de pensar solo en ti por un segundo? —grito, y me pongo frente a él—. ¡Dejar de jugar con ella!

—¿En serio? ¿Yo soy el que solo piensa en mí? ¿De quién te estás riendo, Izaak? ¡Tú eres el que lo manda todo a la mierda al besar a la chica a la que quiero a tres centímetros de mí en el cine! ¡Tú eres el gilipollas!

—Para. Como si te importara que la haya besado. Tu ego de mierda habla por ti.

—Izaak, me han roto el corazón. Y ha sido mi hermano. No tienes ningún respeto. Después de todo lo que te he contado sobre mis miedos, tú...

—¡Cállate! ¿Cómo crees que estaba Eliotte? —le corto—. Vino a la puerta de casa a la mañana siguiente de vuestra quedada nocturna para decirte que te quería. ¿Y cómo te encuentra? ¡En brazos de Emily, a la que seguramente te habías tirado!

A Ashton se le tensa la cara. Le tiemblan los labios.

—¿Qué? ¿Vino a casa aquel día?

—¡Pues claro que vino, imbécil!

—No, no, Izaak... —dice mientras se agarra el pelo—. Es un malentendido. Sí que estaba con Emily, pero porque papá quería hablar con ella. Quiere que su padre se una a su partido. No hicimos nada. Yo quiero a Eliotte.

«¿Qué?».

Me late el corazón. Inspiro y miro el parqué. Siento algo en el estómago que acaba retumbando como un trueno.

—Pero ¿desde cuándo te preocupas por Eliotte exactamente? —suelta, lo que me trae de vuelta a la conversación.

—La defiendo como defendería a cualquier persona en su situación. No se merece sufrir. No se merece que jueguen con ella. Punto y final.

—¿Te crees que no lo sé? ¡Esta situación nos supera a todos!

—No seas idiota, Ashton. Tú eres el que lo ha querido.

—¿Yo el que lo ha querido? ¿Te ríes de mí?

—¿Quién ha sido, entonces? ¿Algorithma? ¿Eso ha sido, Ashton?

—Cállate... Nunca lo entenderías.

—¿Quieres que te diga la verdad, Ash? Algorithma, esa ciencia, esa tontería... Se concibió para los que tienen miedo. Para los que necesitan excusas, para que les digan qué hacer y cómo. ¡Esa es la puta verdad! Eres un cobarde.

Frunce el ceño y se acerca a mí.

—Intento que lo entiendas, pero no podrías, ¿verdad? —responde—. Para ti, todo es muy fácil, no sabes nada del resto de la gente.

—Estoy aquí porque sé lo que vive Eliotte. Y tú también lo sabes. Entonces, ¿por qué no la avisaste de tus chanchullos políticos en lugar de hacerle creer que querías a Emily? Creo que eres lo bastante inteligente para evitar este malentendido... Es porque no quieres reconocerte a ti mismo que ves a Emily como a tu alma gemela, que papá y todas sus gilipolleces te influyen. En vez de eso, prefieres vivir en tus ilusiones, y jugar de un modo inconsciente a dos bandas.

—Ah, ¿ahora me psicoanalizas? ¿Desde cuándo sabes lo que pienso, Izaak? Es cierto, joder... ¿Acaso tienes alguna idea de lo que vivo cada día? ¡No! Porque te largaste y me dejaste con todas las mierdas a cargo.

—Estás mezclándolo todo. No cambies de tema.

—¡Ah! He encontrado tu punto sensible. Venga, Izaak, enséñanos qué historia contarás para justificarte.

—¿Justificarme de qué?

—Sabes muy bien a lo que me refiero: ¡hace años que ignoraste tus responsabilidades! Me ignoraste a mí, Izaak.

Me atraviesa con la mirada. Se ha alterado en cuestión de segundos. Se me agrieta el corazón poco a poco.

—Te prohíbo que pienses que te he ignorado, Ashton...

—¿Y qué querías que pensara, entonces? Mientras hacías de rebelde que lo manda todo al carajo, yo me tragué tus decisiones de pleno. Y hoy cargo con todo, joder, con todo.

—Te prohíbo que me hagas cargar con tus errores y tus miedos de mierda. Yo no te dije que siguieras sus pasos ni soy a quien le asusta su mirada. Yo no. Eres tú. Tú eres el responsable.

—Realmente no entiendes nada.

—Sí, lo entiendo todo: te aíslas con los paripés de esta vida a medida y milimetrada, obedeces a papá sin rechistar... Eres responsable de lo que te pasa, Ashton.

—¡Porque te fuiste, Izaak! Me dejaste aquí solo. Podríamos haber compartido ese peso, pero no, ¡tuviste que marcharte e ignorar a tu propia familia!

«¿Mi familia? ¿Esto es una familia, Ashton?».

«Aparte de a ti, ¿a quién más tengo?».

—¡Eres un cobarde! —suelta, volviendo a la carga.

«Tiene razón, Izaak. Eres un cobarde. Porque no has sabido ponerle límites a tu padre».

Frunzo el ceño y aprieto los puños. Un sabor amargo me invade la boca.

—¡¿Yo soy el cobarde, Ashton?! —le respondo—. ¿Yo soy el que escucha a ciegas lo que todo el mundo le dice? ¿Yo soy el que no tiene agallas de decir lo que piensa en voz alta? ¿El que no se atreve a pensar por sí mismo? ¿Soy yo, Ashton, el que deja que mi novia se líe todos los días con mi hermano mayor porque no tengo los santos cojones de enfrentarme a esta mierda de sociedad?

—¡Te mataré, cabrón!

—¡Venga!

En cuanto termino la frase, me hace un placaje contra el armario. Le asesto un golpe en las costillas y maldice mientras arruga la nariz de dolor. Me bajo para evitar un puñetazo y...

—¿Cuándo acabará este circo? —nos regaña una voz desde atrás.

Me sobresalto. Papá. Se me hiela la sangre al instante.

Con los ojos fijos detrás de mí y la mirada seria, Ashton suelta el cuello de mi chaqueta.

—¡Vosotros! —grita el gobernador.

Me despego del armario para enfrentarme a él y me mantengo al lado de mi hermano pequeño, un poco más adelantado, con un brazo entre él y nuestro padre. Estar en este cuarto delante de su cara deformada por el cabreo me trae malos recuerdos.

—¿Qué edad tenéis, pedazo de idiotas?

Entra y cierra la puerta detrás de él.

Bajo la mirada e inspiro tan fuerte como discretamente.

«Irá bien. No te cagues».

Esos ojos verdes de los que he heredado la forma y el color me fulminan.

—¿He oído bien, Izaak? ¿Qué gilipolleces estabas diciéndole a tu hermano? ¿No estás harto de causar problemas?

—No son gilipolleces.

—Podrías buscar todas las justificaciones del mundo, pero nadie, y te repito, nadie, conseguirá refutar los resultados científicos. El cielo es azul. Uno más uno es igual a dos. Los objetos no flotan, se caen por la gravedad... Habría que ser jodidamente estúpido para decir lo contrario. Es irrefutable.

«Nunca dudo de nada, solo de las convicciones».

—La ciencia ilumina —respondo con frialdad—. Algorithma *impone* un estilo de vida. Son dos cosas distintas.

—¿Un estilo de vida? ¡Tenemos respuesta a los problemas que han sacudido a las sociedades desde el principio de los tiempos! ¿Por qué es malo querer que la población sea feliz?

Me muero de risa.

—Quieren que seamos felices según *su* concepción. Imponen una forma concreta de ser felices. Admítelo.

Nos perdemos muchas cosas si no vivimos nuestras propias experiencias ni cometemos nuestros propios errores. Todo forma parte de una serie mala.

—Los hombres vienen de Marte y las mujeres, de Venus. Somos extraterrestres los unos para los otros. Queremos ser felices, pero existe el orgullo, el ego, los problemas de comunicación... No podemos permitirnos que todo se desplome, hemos visto las consecuencias, y solo estamos ayudando a la población. Quizá a ti te perturba, pero es normal. ¿A un niño le gusta hacer sus deberes? ¿Aprender las letras del alfabeto? No. Pero cuando sabe leer… Es exactamente lo mismo. Deberías darme las gracias cada vez que abres un libro, idiota.

Suspiro. Es un debate sin fin. Me paro cuando es demasiado tarde.

Ashton nos mira con las manos detrás de la espalda. Me habría gustado que no apretara tanto los labios, sino que estuvieran abiertos, con un millón de palabras a punto de salir para apoyarme.

—En fin, lo que le decía a Ashton solo nos atañe a nosotros —suelto con un tono mordaz para concluir.

—No mientras estés bajo mi techo, ¡hijo mío! —exclama el gobernador, que se acerca a mí—. No puedo creer que hayas humillado a toda nuestra familia al mudarte solo… ¿Un «hogar unido», pero incompleto? ¡Menuda broma!

Aprieto la mandíbula y miro un punto fijo en la pared. «No respondas nada. No respondas nada».

Irme de esta casa ha sido lo mejor que he hecho en toda mi existencia.

—Y qué nos hiciste ayer delante de los periodistas, ¿eh? ¡Nunca aceptaré que nos escupas a la cara, y menos aún bajo mi propio techo!

Ashton avanza.

—Papá, su respuesta fue…

—¡Tú, silencio! —grita mientras se vuelve hacia él, antes de concentrarse de nuevo en mí—. Izaak, ¿sabes que eres el hazmerreír de los Meeka? Todo el mundo lo piensa. Me das asco…

Se me contrae la mandíbula con tal fuerza que por un momento creo que se me romperá.

—¡Eres un incapaz! ¡Te has dedicado a mancillar nuestro nombre!

—¿Ah, sí? ¿Yo? —suelto, sin poder aguantarme, y cruzo su mirada.

Creo que no me ha escuchado, porque sigue:

—¡Sigo sin creerme que, de la noche al día, tú, un niño perfecto, te hayas convertido en un inútil!

Me agarra el cuello de la chaqueta y me tira hacia él. Nuestras caras están a unos centímetros la una de la otra. Su mano está a varios milímetros de mí. Verlo tan cerca me eriza la piel.

—¿Cómo has podido sufrir un cambio tan drástico, sucio cretino?

«Si hubiera contado lo que yo... lo que...».

Cierro los ojos y respiro poco a poco para que las imágenes se vayan y se escondan de nuevo en un rincón lúgubre de mi mente. Dejo que mi padre, que tiene el pecho crispado, me sacuda con fuerza con las manos.

—Papá... —interviene Ashton, que se acerca.

—Mi pequeño Izaak, brillante, digno, perfecto... —sigue, tras ignorar a Ash—. ¿Qué le ha pasado? ¿En qué se ha convertido? ¡Dímelo!

«Está muerto».

—Habría preferido que...

—Que qué, ¿eh? —lanzo con brusquedad al adivinar lo que pretende decir.

—Habría preferido que nunca hubieras existido.

—Que te den por culo, papá —suelto sin poder aguantarme—. Muy profundo.

Y, en un segundo, me golpea la mejilla con la mano. Se me contrae todo el cuerpo mientras se prepara para el segundo golpe.

—Atrévete a volver a faltarme el respeto como lo hiciste ayer y te juro que te arrepentirás. Eres un mierda. Entiéndelo. Sin mí, no eres nada.

Mantengo la cara agachada y paralizada.

—Y también vale por ti, Ashton. Te interesa tener su caso como ejemplo. No aceptaré a dos inútiles con mi apellido.

Se da la vuelta y sale de la habitación. Me quedo inmóvil un segundo, por completo desconectado de mi cuerpo. Viví este tipo de escena un número incalculable de veces hace años. Salen a flote vagos recuerdos.

Y me espabilo.

Empujo la puerta y la cierro detrás de mí. Bajo con rapidez las escaleras y corro a mi *jeep*, que está aparcado a unos metros de este infierno. No me doy cuenta de que Ashton me seguía hasta que se sienta en el asiento delantero.

Me dejo caer contra el volante y me tapo la cara con las manos. No he respondido. No he reaccionado. Me he quedado de pie como un cobarde. Lo he dejado...

«Y eso que la última vez me prometí que sería la última».

Me siento muy débil. Un saco de huesos. Un desecho ambulante.

—Izaak —me llama Ashton con una voz suplicante—, nada de lo que ha dicho es verdad, ¡nada!

—Sal de aquí, por favor —le pido.

Me agarra de un hombro.

—*Nada*, ¿me oyes? No lo creas...

Me muerdo el labio inferior y lo miro. Siento cómo me caen las lágrimas por las mejillas, pero me da igual.

—Le he creído durante demasiado tiempo para no hacerlo ahora. Estoy jodido, Ashton.

—Izaak, no... Eres... eres increíble. No hay ni una sola vez en la que no haya querido ser como tú.

—Ash, si tú supieras...

La verdad es que siempre he soñado con ser normal. Con no tener una mente tan despierta. Quería ser una oveja manipulable que no se pregunta nada y se deja llevar por el rebaño.

Porque vivir con la garganta en llamas y sin poder pronunciar ciertas palabras en voz alta es un suplicio. Si me atreviera a hablar, me considerarían un loco. Un fanático. Un idiota. Sin embargo, en mi fuero interior, sé que tengo razón.

Y la tortura está ahí. Vivir entre dos basureros. Porque estas voces de fuera penetran en nosotros por los poros y las fisuras y llenan nuestros huecos. Y, un día, nos preguntamos: ¿estaré loco?

—¡Tú no eres el inútil, soy yo! —exclama, y me agarra de los hombros para obligarme a mirarlo—. Yo... Nunca he tenido tus pelotas, Izaak. No he tenido el valor de cuestionarme lo que vivo. No he tenido el valor de asumir mis errores, y mucho menos mis decisiones. No he tenido el derecho a equivocarme. Porque me lo prohíbo. No puedo decepcionarlo, no puedo, no puedo...

Suspira y se tapa la cara con las manos.

—No soy como tú, Izaak. Y nunca lo seré. Porque decepcionarlo... significa jugarme la vida.

Vuelve a levantar los ojos ámbar hacia mí.

—¿Crees que no sé qué es tener miedo de decepcionar a papá? —respondo—. ¿Tener miedo de ir a contracorriente? ¿Lo piensas durante cinco segundos? Joder, Ashton... No hubo un día en el que volviera del colegio sin tener un nudo en el estómago por pensar en lo que papá me diría, o me haría.

Aprieto los puños para intentar calmar mi corazón, que late como un loco. Al principio, lo peor era saber que nunca seríamos suficientes, sin importar los esfuerzos que hiciéramos, sin importar los límites que ampliáramos o la voluntad de hierro que nos impusiéramos.

Luego, llegaron las consecuencias de estas incapacidades.

—Antes de que te escogiera como heredero, no olvides que yo estaba en su punto de mira —le recuerdo con una voz débil—. Mientras tú vivías una infancia normal, yo estaba medio muerto.

—Izaak...

Me muerdo el labio interior e inspiro fuerte. No sentía celos de él cuando él podía salir con sus amigos y yo tenía que quedarme en casa aprendiendo reglas sociales de mierda o cultura general. Porque era *mi hermano*.

—Al menos, hoy en día haces lo que quieres —comenta—, algo que yo no sería capaz ni de imaginar... Eres libre.

«¿No estoy loco?».

Me rodea los hombros con las manos y los sacude ligeramente:

—¿Lo entiendes? ¡Eres libre!

—Ashton, te doy con mucho gusto esta *mierda* de libertad.

—Me gustaría aceptarla, Izaak, te lo juro... Pero tengo los brazos llenos.

Le tiemblan los labios cuando me mira directamente a los ojos. Los suyos están tan empañados como los míos.

Y, de pronto, todo emerge de nuevo; todo el peso a la espalda que lleva nuestro apellido, el alambre de espino alrededor de la garganta, las responsabilidades que sostiene con fuerza, los grilletes oxidados en los pies, la venda en la que hay bordado «Algorithma», que le tapa los ojos; puede que vea incluso su lápida, que lleva consigo, junto con todo lo demás, todos los días.

Sin pensarlo, lo acerco a mí y lo abrazo fuerte. Sé lo que soporta todos los días. A veces, parpadeo y el peso vuelve a estar ahí; y a veces no veo nada y soy incapaz de tener piedad. Creo que él ha escogido asumir todo esto. Que podría haber actuado como yo y hacerles a todos un corte de manga antes de cerrar la puerta. Podría haber pensado un segundo en Algorithma, en nuestra sociedad, en el Gobierno, y darse cuenta de que quieren controlarnos. Habría podido hacerlo.

Y luego pienso en que escoger no es tan sencillo. No es tan seguro. Solemos olvidarlo.

—Te quiero, hermanito —murmuro mientras contengo el llanto.

—Yo también, Izaak...

Se separa de mí con una sonrisa en los labios. Le despeino cuando me pregunta si quiero que se quede conmigo o si acabamos con esto esta tarde y salimos a divertirnos como en los viejos tiempos. Finjo que lo pienso y le digo que no, aunque le prometo que lo aplazamos para otro día. Sale del coche titubeando antes de despedirse. Cierra la puerta.

Y mi cuerpo, paralizado, empieza a temblar. Hiperventilo, tengo espasmos incontrolables que me mueven las manos, luego los brazos, el pecho...

Las capas y capas de piel que tenía sobre mí se han fundido bajo las balas de mi padre. Estoy desnudo. Y vuelvo a sentir los moratones de la infancia y las costras de sangre, las quemaduras de niño, que se vuelven más profundas al aire libre. Más dolorosas. Más incrustadas en mí.

Sin pensarlo, arranco el motor y salgo del barrio de New Garden. No consigo respirar al lado del chalé, del infierno. Conduzco hasta el piso y aparco a resguardo de las miradas.

Los dedos aún me tiemblan. Me gustaría decirle a mi cuerpo: «Para. Todo va bien, te lo juro. El peligro está lejos». Pero nunca se lo creerá. Y tiene razón.

«Un inútil».

Con los brazos rodeando mi cuerpo, me hundo en el asiento del *jeep,* mi remanso de paz desde que tengo dieciséis años. Después de las crisis de enfado de mi padre, venía a refugiarme aquí para estar a resguardo de las ráfagas de viento y de los truenos. Eran los brazos reconfortantes de los padres que nunca he sentido a mi alrededor. Era el refugio que nunca he encontrado en el chalé de los Meeka.

226

Me aprieto los bíceps con los dedos con más fuerza.

«Me das asco».

El llanto, que se había calmado, vuelve de golpe. Me seco los ojos y enciendo la radio para poner música. Luego, la apago. Y vuelvo a ponerla, dado que el silencio hace que sus palabras suenen más fuerte en mi cabeza.

Me quedo una eternidad encogido en el asiento. El salpicadero indica que son las dos de la tarde. Eliotte sigue en la universidad, seguramente estará almorzando. Perfecto.

«Eres el hazmerreír de los Meeka».

Subo al piso y me encierro en mi cuarto. Me tiro sobre la cama, pero me prohíbo llorar.

«Imbécil».

Cierro los ojos. No se merece mis lágrimas.

«Preferiría que nunca hubieras existido».

«No se merece tus...». Pum. Pum. Pum.

Me sobresalto.

—¿Izaak? ¿Estás bien?

«¿Eliotte?».

Me seco los ojos y me aclaro la garganta. Ojalá que no me falle la voz.

—Sí. ¿Tú estás bien?

—He visto que corrías hacia tu dormitorio... ¿Va todo bien?

«¿Qué hace aquí?».

—Yo...

La puerta chirría y aparece en el marco. Ahí está. Me observa.

—Sé que no puedo entrar en tu antro secreto, pero ¿seguro que va todo bien?

NUESTROS PADRES

Eliotte

No me fijo en su habitación, aunque me moría de ganas de verla, por pura curiosidad. En mi campo de visión solo veo una habitación de tonos grises, purificada, sencilla, perfumada; una habitación muy «Izaak». Este está tumbado en la cama con la chaqueta todavía puesta.

—Estoy bien, Eliotte —asegura en voz baja.

Siento una ráfaga fría en las entrañas. No me lo creo. Sin esperar autorización, entro en la habitación y avanzo con lentitud hacia su cama, como si hubiera granadas sin el pasador en cada cuadrado de su moqueta.

—¿Qué haces? —me pregunta.

—Me dan exactamente igual tus prohibiciones o tus mentiras.

Me esperaba que protestara, al menos alguna pulla, pero permanece en silencio. Me acerco y me quedo algunos segundos de pie, pero me siento ridícula, así que, aunque pueda parecer demasiado cómoda de repente, me siento en la cama.

—¿Ha pasado algo en el chalé? —me atrevo a preguntarle.

Le brillan los ojos, fijos en el techo. Sacude la cabeza.

—¿Puedo hacer algo? —murmuro.

Se le escapa un largo suspiro por la boca.

—Creo que nadie puede hacer nada por ellos.

Aprieta los labios.

—Ashton no sabe lo que quiere. Le gustaría ser como yo, pero no sabe..., ni yo mismo querría ser como yo.

—Pero ¿qué dices? —digo mientras apoyo una mano en su espalda.

228

—Luchar contra esta sociedad llevando mi apellido... A veces es... duro.

Se me para el corazón; se le ha cortado la voz con la última palabra.

—Lo sé, Izaak. Nadie sabe lo que tú vives.

—Pocas personas piensan como nosotros, y menos aún saben qué es vivir bajo las órdenes del gobernador.

Aprieto los labios. Thomas Meeka. ¿Es la causa de esta cara tan apagada? ¿De esta voz cortada?

Suspira mientras mira al vacío:

—Mi padre nunca me dejó bailar. Siempre me estropeó la fiesta.

«Lo odio».

—¿En serio? —pregunto con calma, para invitarlo a expresar lo que siente si lo necesita.

Un silencio domina la habitación. Miro a Izaak con la boca cerrada. Me miro la mano, que sigue apoyada en su espalda.

«¿La quito? ¿Le molestará? ¿Debería...?».

—Esperaba muchísimo de mí cuando era niño —suelta Izaak de pronto—. De los dos hermanos, decidió apostar por mí. Yo tenía que continuar el legado Meeka. Respondía más o menos a sus exigencias sometiéndome a una presión enorme, sin darme cuenta de que nunca nada sería suficiente para él. Era duro, pero lo intentaba. Lo hacía sin pensar ni hacerme preguntas. Porque había que hacerlo si papá lo decía. Tan solo era un niño.

Asiento y le aprieto la espalda con la mano.

—Y, un día, ese chaval, vi... vio...

Izaak se aclara la garganta mientras se mira fijamente los dedos. Una luz lúgubre le titila en las pupilas, que están de pronto vacías.

—Un día, vio algo que lo cambió para siempre.

«¿El qué?».

Le miro fijamente la cara ensombrecida, con la respiración cortada.

—Mi padre... me aterroriza.

Se me comprime el corazón. La rabia silenciosa que empecé a sentir por Thomas Meeka, de tanto secarle las lágrimas a Ashton, se ha intensificado en una fracción de segundo.

—Y yo... no tengo el valor de...

Aprieta los labios, como para impedir que salgan las palabras. Están ahí. Pero parece un dolor agudo que las retiene con fuerza.

—Eres una de las personas más valientes que conozco —le digo sin pensar.

—Para...

—Es cierto. Has tenido el valor de irte a vivir solo y de ser independiente, hablas con las personas, incluso con los periodistas, sin andarte con rodeos, asumes tus ideas sin complejos... Tú... Tú... eres valiente, Izaak. Acéptalo.

Responde con una inclinación de la cabeza.

Apoyo el mentón sobre mi brazo y sigo discretamente el contorno de su perfil perfecto. Tiene los ojos rojos y el verde se ve más brillante. Tiene la mandíbula apretada con fuerza, y los dedos agarrados con tanta fuerza al edredón que las falanges están blancas.

De pronto, espira mientras se quita la chaqueta y, con un gesto brusco, la lanza a la otra punta de la habitación..., al lado de lo que parece una enorme biblioteca. Quiero observarla con calma, pero vuelvo a concentrarme en Izaak y en su cara inexpresiva.

«¿Quiere que me vaya?».

No quiero. De hecho, no cruzaría el marco de la puerta de esta habitación por nada del mundo. Como con Ashton, preferiría quedarme hasta que se durmiera, se riera o me propusiera salir a tomar el aire para despejarse.

Se gira hacia mí y me mira. «Ahora me mandará a la mierda y me pedirá que salga, seguro». Mantengo los ojos fijos en un punto delante de mí, sin hablar.

Al cabo de un buen rato esperando, al fin dirijo la mirada hacia Izaak. Todavía me observa. Nos escudriñamos sin decir nada. No me había dado cuenta de que nuestros hombros se tocaban ni de que su mano estaba tan cerca de mi muslo. Esta cercanía debería molestarme, darme ganas de correr hacia otra dirección. Pero permanezco inmóvil.

—¿Qué relación tenías con tu padre biológico? —me pregunta de golpe.

La pregunta me sorprende tanto que tengo el reflejo de apartarme.

—No tienes por qué responder.

—Lo adoraba —confieso de pronto—. Era el mundo entero para mí.

Se me encoge el corazón con una fuerza asfixiante, pero sonrío al recordar cómo era.

—Cada mañana, nuestra casa de Seattle olía a café. Cuando volvía del trabajo, mi madre le llevaba una taza y él tocaba el piano y la sorbía entre dos acordes. Me sentaba en sus rodillas y lo escuchaba mientras de vez en cuando tomaba algunos tragos de café discretamente para imitarlo. Me hacía reír. Era un hombre dulce, tranquilizador, alegre... Lo quería con locura.

Bajo los ojos, parpadeando, para que este maldito polvo desaparezca.

—Si te soy sincera, pensaba que él también me quería.

Izaak apoya la mano sobre mi antebrazo. Una ola de calor casi imperceptible se me propaga por la piel. Lo miro.

—Cualquier padre estaría más que feliz de tenerte.

—Pienso lo mismo de ti, lo sabes. Tu padre no se merece el hijo que tiene.

Le aparece una sonrisa mientras mira al vacío. Pasan unos segundos y seguimos uno al lado del otro. No quita la mano de mi antebrazo. Y no dejo de sentir un calor que me llega al pecho.

—Nuestros padres son una mierda —suelta de pronto.

—No son dignos de nosotros.

Me aprieta el brazo con la mano y esboza una sonrisa.

«Casi lo consigo. Casi se ríe».

Me quema la piel. No sé si el sofoco viene de sus dedos o de mis propias palabras. Seguro que un poco de ambas cosas.

—¿Sabes qué...? Me quedé un poco bloqueado con la idea de que tu padre no estuviera en Alma —comenta.

—¿Ah, sí?

—Sí... Porque eso significa que está en alguna parte del país. O en el extranjero, pero hay pocas posibilidades de eso. Esté donde esté, no ha abandonado su vida como civil: está en alguna parte del sistema.

Algo se me revuelve.

—¿Adónde quieres llegar? —pregunto con tranquilidad.

—Si estuviera en tu lugar, me gustaría que me diera explicaciones para entenderlo y conocer de una vez por todas sus motivos. O, al menos, para ver el cargo de conciencia en su mirada. Porque pongo la mano en el fuego que tu padre debe pensar todas las noches en su hija, a la que dejó tras él, y se arrepiente de ello.

—Puede ser..., después de haber arropado a sus nuevos hijos y tumbarse al lado de su nueva mujer.

Me pasa el pulgar por el brazo, lo que me da escalofríos.

Y entonces aparta la mano de golpe.

—No dejes que las heridas de tu pasado supuren. Te harán daño más tarde.

Miro fijamente sus dedos, sin moverme.

Oigo risas de niños a lo lejos y el soplo de la brisa invernal que baila detrás de los cristales de la ventana. «Daño».

Me aclaro la garganta.

—Ahora entiendo mejor por qué no querías que entrara —comento mientras concentro mi atención delante de mí.

—¿Cómo? —pregunta con una sonrisa en la voz.

—Te da vergüenza tu decoración. Tienes gustos de viejo. Parece la sala de espera de la Oficina Matrimonial.

—Prefiero tener gustos de abuelo en decoración... que en la ropa.

Agarro la almohada en la que estaba apoyada y se la tiro a la cara. Se ríe.

«Misión cumplida».

—Lo mantengo: tus gustos son cuestionables, Izaak.

—Me gustaría decir lo mismo de ti, pero no tienes.

Me parto de risa, y la suya se une con más fuerza a la mía.

—Bueno, tengo que estudiar para los exámenes de mitad del semestre —digo mientras salto de la cama—. Mejor me voy, para que no me sigas insultando.

—Espera...

Me doy la vuelta cuando me dirijo hacia la puerta.

—¿Sí?

—Veo que no le has quitado los ojos a mi biblioteca. Ni de coña, Eliotte.

—No contaba con robarte los libros. No me gustan los cuentos de hadas.

Se aguanta la risa.

—Esa me la he merecido.

La última sonrisa y me dispongo a dar media vuelta..., pero antes me giro:

—Y..., eh..., gracias, Izaak.

—¿Por qué?

—Gracias por..., eh, ya sabes.

—Sí, lo sé —responde con una sonrisa—. Solo quería verte descompuesta mientras lo contabas. Te pones roja cuando farfullas.

Levanto la mirada y aprieto la mandíbula. No me he puesto roja, ha mentido. Pero ahora sí que me suben los colores.

—Yo soy el que te da las gracias —añade al segundo—. Es raro... poder hablar así. Ser sincero. Por eso, gracias, Eli.

«Eli».

Y me vuelvo una imbécil que sonríe sin saber qué responder. Rectificación: nos volvemos dos imbéciles que sonríen. Necesito unos minutos para recuperarme. Un gesto del mentón y salgo de esta habitación que nunca pensé que vería.

«Guau. ¿Qué acaba de pasar?».

No puedo creerme que me haya contado todo eso.

Su padre es horrible. Lo sabía. Es un enfermo. La vida no nos ha dado unos buenos padres. No sé qué le ha hecho ese hombre y qué le hace aún, pero lo mata. Lo he visto en sus ojos.

«¿Qué pudo hacerle cambiar por completo cuando era niño?».

Sacudo la cabeza, repleta de preguntas. No debería querer indagar, pero me muero de ganas. Sé que, si fuera otra persona, no querría saber más; pero se trata de Izaak. Siempre me ha despertado una gran curiosidad, que no puedo callar. Debería darme igual. Sin embargo, siento que no solo me siento intrigada. Algo me lleva a preocuparme por él.

No puedo creer todo lo que le he contado sobre mi padre biológico. Y peor aún: por primera vez en siglos, he hablado de él con una sonrisa. Después he sentido cómo se me rompía el corazón, pero he sonreído. Tenía una sonrisa en la cara.

Dejamos un poco de nosotros en el otro. Ahora, una pequeñísima parte de mí está atrapada entre los pliegues de sus sábanas.

«No dejes que las heridas de tu pasado sigan supurando».

Desde que soy adolescente, hago todo lo posible para curármelas y protegerme, cueste lo que cueste, para no tener más, pero ¿hablar con mi padre podría cicatrizarlas del todo?

¿Y si, como mi madre, ve en mí los errores que he cometido? ¿Y si, al mirarme, piensa: «Menos mal. Menos mal que me largué, que he huido de esta vida que nunca quise. Lejos de esa boba»?

«¿Y yo qué le diría? ¿Eh? ¿Qué mierda le diría?».

Lo peor son los olores, los sonidos y las palabras que lo acercan a mí. El sonido de los granos de café molidos por la mañana, el perfume de sus camisas, el recuerdo de su voz grave, pero dulce, con la que me contaba historias, la sensación de su barba, que picaba.

Y creo que lo peor son todas esas preguntas sin respuesta: ¿Piensas en mí alguna vez? ¿Dudaste al apoyar la mano sobre el pomo de la puerta? ¿Te preguntas cómo estaré ahora? ¿Te acuerdas de mi risa como yo me acuerdo de la tuya? ¿Me querías al menos un poquito? ¿Casi logro que te quedes?

En realidad, peor que todo eso son las respuestas imaginarias.

No. No. No. No. No. No.

Irrumpo en mi habitación y me tiro sobre la cama.

Siento un nudo en mí. Se mueve con ahínco desde que Izaak pronunció «tu padre».

En el fondo, sé que tiene razón: *quiero* respuestas. El miedo me impide ir a buscarlas y ahora mismo me clava a esta cama. La verdad está ahí. *Necesito* respuestas. Pero no puedo confesar esa necesidad, y mucho menos saciarla: no quiero llegar al final. No quiero arriesgarme a escuchar lo inaudible. A ver lo horrible, la felicidad pintada sobre su cara inexpresiva.

Pero el nudo que tengo desde siempre en el estómago ha aumentado de tamaño. Ese peso me perseguirá como me persigue desde que entendí que mi padre no volvería.

«No dejes que las heridas de tu pasado sigan supurando».

Cierro los ojos y noto mi respiración a través de los labios.
Me merezco algo mejor.
Me merezco respuestas.

Hoy he soñado con Ashton. Y con Emily. Al despertar, vi que
había recibido un mensaje en el móvil durante mi sueño tan
agitado:

No es demasiado tarde, Eliotte. Créeme, por favor.

No he contestado todavía.
Aún le doy vueltas.
—¿Señora Wager-Meeka?
Sacudo la cabeza.
—Lo siento mucho, ¿qué decía?
—Los archivos se encuentran en discos duros inamovibles
y en carpetas de papel por prudencia —repite el asistente de la
señora Rivera, la madre de Matthew—. Durante sus prácticas,
tendrá que consultarlos, sobre todo para cargar la página oficial de nuestra Oficina.
Asiento mientras me conduce a la gran biblioteca subterrá-
nea. Los neones blancos me ciegan unos segundos antes de que
me fije en las largas mesas de madera, en los ordenadores de última generación y, sobre todo, en las filas interminables de documentos. No sé cómo lo haré para no perderme en este laberinto
de estanterías.
Una pared blanca está tapada por completo por un corazón
humano de flores, los retratos de los psicólogos más importantes de nuestro siglo y cifras sobre la salud mental...
—Si tiene cualquier duda, puede dirigirse a mí, estaré en la
habitación de al lado, o a su compañero, que estará en alguna
parte por aquí...
Le doy las gracias al hombre que me ha enseñado el local y
se marcha del archivo. Recorro la gran habitación con la mirada.
Cuando Matthew me dijo que había convencido a su madre para
contratarme en el servicio de periodismo de la Oficina, no me esperaba algo tan especial. Solo quería unas prácticas. Pero, ahora
que estoy aquí, creo que disfrutaré mucho.

Tengo una lista de tareas cotidianas que debo hacer antes de centrarme en redactar artículos informativos que se publicarán en la página de la Oficina de la Salud y el Bienestar si mi superior los valida. Cojo la pila de documentos que tengo que clasificar y empiezo con mi primera tarea del día.

Cuando saco una de las cajas de la fila B para meter un documento importante, distingo una cara al otro lado de la estantería. Me sobresalto.

—¿Matthew? ¿Qué haces aquí?

—Mi madre me dijo que solo te daría las prácticas si yo aceptaba hacer las mías aquí también.

Siento una sensación muy rara en el pecho. ¿Lo ha hecho por mí?

—Pero ¿por qué?

—Cree que así, si trabajamos en el mismo sitio, ella y yo pasaremos más tiempo juntos... —responde mientras rodea la estantería para venir a mi lado.

Lleva una camisa blanca que le destaca la piel morena y que se ha desabrochado por el cuello. También se ha quitado los *piercings*. Es gracioso verlo con un estilo mucho más serio de lo normal. Echaré de menos su chaqueta amarilla y sus anillos.

—¿Gracias... por el sacrificio? —le digo con sinceridad.

Se ríe.

—Por cierto, me gusta tu nuevo color —comenta mientras me señala el pelo—. Me recuerda a nuestros años de instituto. ¿Te has teñido el pelo porque necesitabas volver a conectar con tu alma de *bad girl*?

—No, con la de *dark Sasuke*.*

Nos reímos juntos.

Me ha gustado encontrarme con Matthew. Como si lo hubiera echado de menos. Sí, eso es. Lo había echado de menos.

«¿Eso significa que, por alguna razón, desde siempre, lo había dejado entrar de un modo inconsciente en mi vida con Ashton?».

Veo cómo arregla con torpeza una caja en la estantería mientras maldice.

«Matthew...».

* Expresión que hace referencia al manga *Naruto* y que designa a una persona con un estilo oscuro.

Pasamos el resto de la mañana terminando las tareas que nos han impuesto con una energía revitalizante.

—¿Qué haces? —le pregunto mientras paso por detrás de su pantalla.

—Estoy paseándome por los archivos de Algorithma.

—¿Qué? ¿Puedes hacer eso? —exclamo, y me echo hacia atrás.

Me inclino sobre su hombro. Levanta el mentón para sonreírme antes de volver a dirigir la mirada a la pantalla.

—Le he robado las contraseñas a mi madre. Como responsable del desarrollo de HealHearts, las tiene.

Despierta muchísimo mi curiosidad.

—¿Puedo echarle un ojo?

—Toma, cotilla —acepta, y levanta la mano sin apartar la vista de la pantalla.

Tiene agarrado un trozo de papel entre el índice y el corazón. Las contraseñas de su madre.

—Cambian todos los días, así que úsalas bien hoy.

—De acuerdo...

Agarro las preciadas claves y me siento delante de él. Empiezo a investigar para mi artículo, así que dejo las contraseñas bajo mi teclado. Quizá las necesite en algún momento.

—Por cierto, ¿qué me das a cambio?

Levanto la cabeza. La mirada de Matthew sobresale de su ordenador.

—Mi infinita gratitud.

—¿Y cómo se traduce eso, Eliotte?

Me parto de risa y lo miro fijamente a los ojos azules, que contrastan con el moreno de su piel.

—Vale, ¿qué quieres?

—Mmm... Como ahora no se me ocurre nada y soy un oportunista, ¡digamos que me deberás algo en el futuro! ¿De acuerdo?

—Matthew, vas en contra del código de honor del buen amigo.

—¿Hay un código? ¿Tienes el PDF? Me gustaría leer lo que no sueles respetar.

Hago una pelota con un folleto que tengo a mi lado y se la tiro a la mejilla.

—¡Au! Vale, lo confieso, es mentira, eres una buena amiga, Eliotte. Pero lanzarme papel es malo para el medioambiente. ¿No te han hablado en clase de la crisis de finales del siglo XXI? Nuestro planeta podría haber explotado si no hubiéramos detenido la economía.

La bola de papel aterriza sobre mi mejilla antes de poder responder. Le saco la lengua antes de concentrarme en la pantalla y en el trozo de papel que Matt me ha dado. Sin dudarlo, lo despliego y meto las contraseñas. En tan solo unos clics, estoy delante de los archivos confidenciales de Algorithma.

No sé por qué, pero lo primero que se me ocurre escribir en la barra de búsqueda es: «Izaak Meeka».

ENAMORADOS

Dudo un segundo antes de pulsar sobre la tecla *Enter*. Tengo ante mí tres ficheros:

Informe psicológico

Informe médico

Archivos HealHearts

Sacudo la cabeza. ¿Qué me pasa? No puedo sumergirme en la intimidad de Izaak a sus espaldas. Además, ¿qué me aportaría saber todo eso?

Me dispongo a cerrar la página cuando un fichero en la barra del menú me llama la atención:

Test de pareja

Hago doble clic de inmediato. Fijo la mano en el ratón.

Test de pareja n.º 1: a los diecisiete años, con Joleen FERNÁNDEZ, de diecisiete años.

Resultado del test n.º 1: 14.1 %

Test de pareja n.º 2: /

Me quedo boquiabierta mirando a la pantalla.

Estaba en lo cierto: Izaak se enamoró, hasta el punto de querer pasar la prueba de compatibilidad para asegurarse un futuro con la persona a la que quería.

Es como si acabaran de darme un puñetazo en la barriga; tengo la sensación de que todos mis músculos están doloridos. El choque. Tuvo que sentirse tan mal como yo cuando vi los resultados negativos con Ashton, en mi caso dos veces.

«Izaak con pareja, Izaak enamorado, Izaak preocupado por alguien... Es muy difícil de concebir».

¿Actúa de la misma forma cuando está enamorado y cuando lo finge conmigo? ¿O la elegida por su corazón recibe un trato totalmente distinto?

Al entumecimiento le sigue un calor que aumenta en mi bajo vientre. Me muerdo el labio.

«Joleen Fernández».

Nunca había oído hablar de ella.

En realidad, me he juntado poco con los mayores del instituto, y tampoco me interesaban. ¿Cómo estará? ¿Seguirán juntos? ¿O, al contrario, debido al 14,1 % de compatibilidad se separaron? Quizás no. Quizás Izaak empezó a cuestionarse el sistema a partir de eso. Al saber que era incompatible con la chica de la que estaba totalmente enamorado, se dio cuenta de que Algorithma podía equivocarse.

Espiro por la nariz.

«¿Quién eres, Joleen Fernández?».

—Voy a parar para desayunar, ¿vienes?

Me sobresalto.

—Mmm... Sí, sí. ¡Vamos! —respondo mientras me giro hacia Matt.

Tengo cuidado en esconder la pantalla con la espalda. No tengo hambre, pero no me gustaría que Matthew viera mis búsquedas. Aunque sea lógico que quiera saber más cosas sobre mi marido, es raro que lo investigue de este modo.

Me levanto con rapidez de la silla y cierro la página como si nada.

Me dirijo con Matthew hacia el comedor mientras charlamos de nuestras ideas para artículos. Tiene mucho ingenio. Aquí hará muy buen trabajo, está claro.

Con las bandejas en mano, buscamos un sitio libre, y me fijo en una mujer al otro lado del comedor. Sacude un brazo para llamar a Matthew.

—Creo que tu madre quiere que paséis tiempo juntos —le susurro mientras contengo la risa ante el entusiasmo de la señora.

Gesticula desde la silla como si se estuviera aguantando el pipí. Matthew sonríe con dulzura al ver a su madre. Responde al gesto con la misma alegría.

—Me hago el loco para que no se sienta sola —me confiesa—. Sí, quiero mucho a mi madre.

—Me parecería bonito si no fueras tú.

Me saca la lengua antes de acercarse a ella. Me giro en la dirección opuesta y busco un sitio entre la horda de científicos y altos funcionarios hambrientos.

—Oye, oye, oye. ¿Adónde crees que vas, Eliotte?

Matt me agarra una manga por la parte de arriba.

—¡Tú comes con nosotros!

—Os molestaré.

Me suelta y pone los ojos en blanco.

—Más bien, nos molestaría que no estuvieras con nosotros.

Sonrío con timidez y me dejo conducir hasta la mesa de su madre, en un sitio perfecto entre el sol y la sombra, cerca de los ventanales. Agarra a Matthew en cuanto se acerca y lo abraza fuerte. Él le devuelve el abrazo con el mismo entusiasmo. La señora Rivera da un beso a su hijo en la mejilla con un gran mua antes de separarse de él. Si no los conociera, pondría la mano en el fuego a que se han reencontrado después de la guerra o algo parecido. Es muy entusiasta.

—He mandado a paseo a todos mis compañeros para guardaros estos sitios —dice cuando nos sentamos.

—Gracias, señora Rivera.

—¡Llámame Sofía!

Me dedica una sonrisa resplandeciente. Lleva una camisa azul marino que deja ver su clavícula. Tiene los mismos grandes ojos azules y los mismos hoyuelos que su hijo. El mismo tono de piel moreno. La única diferencia es el pelo negro azabache, que lleva recogido en un moño flojo. Es una mujer impresionante.

Nos pregunta cómo nos van las prácticas y los estudios mientras nos comemos las verduras.

—¡Oh, cariño! ¡Se me había olvidado por completo! —exclama de golpe—. El sábado tengo una conferencia. Me llevo el coche. Pide un taxi a Algorithma para tu cita.

—¡De acuerdo!

«¿Su cita?».

—Bueno, Matt…, ¿cómo te va? —le pregunto—. Es Hanna, ¿no?

No sé si de pronto tenemos la confianza suficiente para que se lo pregunte.

—Sí, es Hanna. He tenido varias citas con ella y he de decir que nos llevamos estupendamente. ¡Mi encanto ha surtido efecto!

—¿En serio? ¡Genial! —respondo con una sonrisa—. ¡Estabas agobiado por nada!

—Aún no es nada oficial, voy poco a poco. No quiero precipitarme. Además, ¿crees que… se lo tomaría mal si no estoy seguro de nosotros y me echo atrás?

—Creo que tomarse su tiempo es bueno —le digo, emocionada por el hecho de que me pida opinión con sinceridad—. Todo lo contrario, podría ser raro precipitarlo todo, ¿no?

—¿Y tú, Eliotte? ¿Ya estás casada? —me pregunta su madre, que me guiña un ojo.

—Sí —responde Matthew—. Y con Izaak Meeka…

Su madre abre los ojos como platos y se coloca una mano delante de la boca. Si antes no hubiera visto que es tan expresiva y extrovertida, habría pensado que es una exagerada, incluso una falsa.

—¡No puede ser! —exclama—. ¡Eres esa Eliotte!

No llego a sonreír de la vergüenza.

—¿Conoces a muchas chicas con ese nombre, mamá?

—¡Es original, es verdad! A mí me gusta mucho —dice, y se ríe con timidez—. ¿Y cómo va? ¡Casi el noventa y nueve por ciento de compatibilidad, no es moco de pavo!

—Es cierto que es mucho. Digamos que tenemos una relación… intensa.

—¡Me imagino! Oye, ¿y cómo es el gobernador como suegro?

—Es un hombre… Mmm… ¿Cómo decirlo?

«Un pirado».

—Especial.

—Tiene mucho carácter, ¿eh? Sé de lo que hablo: soy de la misma promoción que Thomas en la universidad, y que tu padre, si no me equivoco.

«¿Qué?».

—Tu padre era Eric Edison, ¿no?

Me quedo paralizada.

Hacía muchísimo tiempo que no escuchaba ese apellido. En realidad, casi lo había olvidado. Cuando mi padre se fue, me convertí en Eliotte Wager. Se acabó la Eliotte Edison. Mi madre no volvió a pronunciar su apellido y me pidió que me deshiciera de todas las cosas que le pertenecían. No había ninguna huella de él en casa. Ni en mi mente.

Pero, aunque frote y pula cada rincón, siempre hay una huella imborrable que me atraviesa el corazón.

—Eh, sí, sí —respondo después de un silencio—. Sería él.

Matthew me mira con una ceja arqueada.

—Mi padre nos dejó cuando yo tenía seis años —explico.

—¡Oh! Lo siento.

—No, quiero decir… Que se fue. De casa. Para irse con otra mujer —resumo en pocas palabras—. Es un fugitivo.

Matt abre la boca con sorpresa y al momento la cierra.

Ya son tres. Aparte de Ashton, no se lo había contado a nadie. Luego fue Izaak. Y, ahora, Matthew.

—Ah, vale, ya veo… Eh…

Él se aclara la garganta mientras mira fijamente su tenedor.

—He vivido momentos más incómodos, no te preocupes, no pasa nada —le digo sin pensar.

Se aguanta la risa y se pone a toser como si se hubiera atragantado.

—¡Matthew! —le riñe su madre, que lo golpea en la espalda.

—Lo siento, no me lo esperaba… ¡Lo siento!

Ahora me río yo.

—No, Sofía, no se preocupe. Tiene razón, es gracioso. Mi padre se fue, el pésame y todo eso…

Los Rivera me observan con la mirada fija y una media sonrisa perpleja.

—No era sarcástico —les digo—. Pueden reírse.

—¡Ah! —exclama Sofía antes de reírse a coro con su hijo.

Al recuperar la respiración, chilla como un cerdo. Me arranca una risa sorpresa. Matt se parte de risa con más fuerza mientras me mira de reojo. Masculla algo entre dos carcajadas. La mitad del comedor nos observa, y deben pensar que somos unos histéricos, pero... me siento bien.

Antes de que un pensamiento me azote:

«Sofía conoció a mi padre. Y quizás el gobernador también».

—Te juro que la asistente de la oficina de al lado se dedicaba a mirarme el culo —asegura Matthew con los ojos pegados a la carretera.

—¿Cómo puedes saber si te lo miraba? Estabas de espaldas.

—Esas cosas se notan, Eliotte.

—¿Te basas en... un instinto?

—Totalmente.

El ruido atronador de las sirenas me impide responderle. Matthew hace una mueca cuando empieza a aparcar en el arcén. Me giro en el asiento y miro a través del parabrisas del coche. Un policía en moto nos sigue de cerca. Clavo las uñas en el asiento. ¿Qué quiere la poli de nosotros? Miro a los ojos azules de Matthew. Parece tranquilo.

Es lo que pienso antes de ver cómo aprieta con fuerza el volante: sus falanges resaltan en medio de sus tatuajes.

—Tiene una rueda pinchada, señor —dice el agente de policía al acercarse.

—Ah, gracias —responde el conductor—. La cambiaré en cuanto llegue a casa.

—Antes de eso, me gustaría proceder a hacer un control de identidad y verificar sus papeles.

Saca su tableta y se inclina por la ventana mientras mastica ruidosamente un chicle. La mirada aturdida de Matthew se refleja en sus gafas de sol —estamos en febrero, por Dios—. El agente nos pide nuestros nombres y apellidos y los mete en la base de datos. Unos segundos después, me mira.

—Según la ficha que tengo ante mí, usted está casada, señora.

—Exacto.

—¿Y su alianza?

Me miro el dedo.

«Mierda...».

—Eh..., es un descuido.

—Sabe que tengo la obligación de señalarlo.

—Es solo un descuido, señor agente... —minimiza Matthew.

«¿Su encanto surtirá efecto con las fuerzas del orden?».

Aguanto la respiración mientras me miro los dedos desnudos.

El agente mira a Matthew, baja la cabeza unos segundos... y suelta:

—Lo siento, pero estoy obligado... Sobre todo porque está acompañada.

Golpea ruidosamente su tableta y escanea el código que hay en la parte delantera del coche para obtener más información. Cuando termina el control, le deseamos un buen día, y se larga. Aún no he recuperado la respiración.

«Puta mierda...».

Me muerdo el labio inferior mientras miro por la ventana.

«Esa mierda de anillo... ¡Tendría que haberlo pensado!».

—No pasa nada, Eliotte. Es solo un aviso.

—Siento que siempre la cago —murmuro, y pienso en la primera cita con la psicóloga que tuvimos Izaak y yo.

—No, no digas tonterías. Tu vida ha cambiado por completo de la noche al día. Es normal que estés un poco confundida. Nadie podría acostumbrarse a algo así en un abrir y cerrar de ojos.

Lo miro. Me sonríe antes de darme un golpecito en el hombro.

—No te comas la cabeza por un simple aviso... Está claro que ese tío tenía celos de mi belleza —dice mientras se pasa una mano por el pelo de un modo teatral—. ¡Tenía que desahogarse!

Se me relaja el corazón, y me echo a reír por enésima vez hoy.

—En serio, ¿le has visto la cara? —añade para que me ría más—. Normal que la tomara conmigo. Los celos te llevan a cometer *locuras*.

Vuelve a arrancar con la expresión tranquila. Su energía positiva se me contagia y me hace sentir más ligera. Lo miro por el rabillo del ojo, agradecida. Por todo. Sin él, no tendría las prácticas y me pasaría los días deprimida, tirada en un banco de la facultad o en el autobús. Sin él, solo estaría conmigo mi sombra en los pasillos cuando mi «marido» no está.

Cuando llegamos al *loft*, pasamos por delante del *jeep* de Izaak, donde está hundido en su asiento.

«¿Qué hace?».

Al verme, se anima. Luego, ve a Matthew a mi izquierda. Y se le encienden los ojos. Baja en un segundo la ventana de su coche con esa cara de indiferencia que le es tan característica y se inclina hacia fuera. Su mirada, más intensa de lo normal, me atraviesa:

—¿Qué haces con él?

—Venía a dejarla —explica Matt—. Volvemos de nuestras pr…

—Gracias, pero estaba hablando con Eliotte —lo corta sin quitarme los ojos de encima—. ¿En serio? ¿El que va drogando a la gente… y que seguramente sea un drogata?

—¿El qué? —se ofende el interesado.

—Bueno, ¡no empecéis, chicos! —intervengo con un tono de voz alegre—. Todo va bien, ¿vale?

—No he acabado —espeta Izaak.

—Creo que sí —responde Matthew—. Eliotte quiere que paremos, así que paramos.

Izaak lo mira con desprecio, con el rostro crispado. El ceño fruncido le oscurece la mirada.

De pronto, sale del coche.

—Creo que no pillas una cosa —gruñe mientras cierra la puerta.

Rodea el coche de Matthew para colocarse en la ventanilla, justo delante de él. Suspiro y me preparo para la tormenta. Matthew no se inmuta y lo mira con la misma agudeza, con la mandíbula apretada.

—Hablamos de mi mujer, joder —espeta Izaak—. A la que intentaste drogar. Ni en tus sueños dejaría que te acercaras a ella, perro.

—Fue un malentendido, Izaak —explico para calmarlos un poco—. Ese día estaba borracha y cansada… Ya está arreglado. Creo a Matthew.

—Yo no.

—¡Ni siquiera estabas ahí! —grita mi amigo.

—Estuve ahí *después*. Y ver el estado en el que la dejaste me bastó, desgraciado.

—Vigila lo que dic...

—¡Oye! —exclamo, y me inclino sobre Matt para acercarme a la ventanilla del conductor—. ¿Sabéis qué? Voy a entrar al apartamento con Izaak y tendréis que hacer como si esto nunca hubiera pasado.

Me dirijo a Matt y le toco un hombro. Se da media vuelta.

—Gracias por traerme, y por las prácticas.

—De nada, es lo normal, Eliotte.

—Buen fin de semana.

Cojo mi mochila y salgo del coche. Izaak se queda unos segundos mirando a Matt. Con esos ojos verdes tempestuosos y esa estatura, parece el gobernador. Sacudo la cabeza para sacarme esa idea de la cabeza y lo agarro del brazo para llevarlo al piso. Para mi gran sorpresa, me sigue y me coloca una mano en la cintura.

—¡Nos vemos el lunes, Eliotte! —se despide Matthew—. Y el martes. Y el miérc...

—Lo mataré —susurra Izaak, que se libera de mí.

Consigo pararlo al coger al vuelo el dobladillo de su chaqueta y regaño a Matthew por encima de su hombro:

—¡Vuelve a casa!

Este me lo agradece con una sonrisa inocente y agita una mano para despedirse; luego arranca y desaparece.

Izaak se queda en silencio durante todo el camino hasta el piso. El enfado le corroe. Cuando cierro la puerta detrás de nosotros, soy incapaz de contenerme más tiempo: tengo que preguntarle qué le ha pasado.

CORAZÓN OPACO, CEREBRO TRANSPARENTE

—¿Por qué te has cabreado tanto?

—¡No confío en ese tío, y sabes muy bien por qué! —responde Izaak, que se gira hacia mí—. ¡No entiendo qué haces aún con esa basura andante!

—Lo conozco desde el instituto... Y me ha ayudado a conseguir las prácticas. Ahora somos amigos.

—Da igual, ese tío no es de fiar, Eliotte.

—Izaak, no lo conoces. Yo sí. Y le creo.

—Eso es una estupidez. ¡Te dije que lo sacaras de tu vida!

«¿Estupidez?».

—¡Y yo te dije que no tenías que implicarte hasta ese punto en mi vida! —le respondo muy enfadada—. Sé lo que hago, ¿vale?

—No, precisamente por eso, no sabes lo que haces: este tío te gusta, tú misma me lo dijiste. No piensas con la cabeza fría.

—Estaba borracha y alterada cuando dije eso; pero te juro que solo es un amigo.

—Me la pela lo que represente para ti, ese tío puede ser peligroso.

Doy un paso hacia él con los brazos cruzados.

—Seamos claros los dos: yo hago lo que quiero. Aunque pienses que son gilipolleces, no tienes nada que decir.

Gira la cara y suspira antes de volver a la carga.

—No es trigo limpio.

—¿Y bien? ¿Qué más te da que sea amiga de un tío que no es trigo limpio? ¿Qué te importa?

Intenta responder, pero me adelanto en un impulso:

—¡Deja de liarme, joder! Fuiste muy claro desde el principio: ¡no nos debemos nada! ¡Eres mi marido ficticio!

—Sí, totalmente. Pero no pensaba que también fuéramos amigos ficticios.

«¿Qué?».

Es como si me hubiera dado una bofetada. Me echo contra la barra de la cocina, boquiabierta.

—¿Amigos? ¿Tú y yo? ¿Te ríes de mí? ¡Es un papel que te encanta representar! No es real, lo he entendido muy bien. Y no intentes hacerme creer lo contrario.

—¿Un papel? —repite, molesto.

—En la primera ocasión que tuvimos de pasar una noche normal sin fingir que estamos enamorados, me ignoraste.

Mi voz vacila bajo el peso de los recuerdos después de nuestra cita del cine. Creía que me había recuperado, pero necesitaré más días.

—Francis y Charlie son amigos tuyos —añado, y me esfuerzo por controlar la voz—. Yo no.

—Eso es mentira, Eliotte.

—Aquella noche me recordó por qué tenía que estar sola. Y por qué lo he estado hasta ahora. Un recordatorio no hace daño, así que gracias por eso, de verdad, Izaak —le agradezco con ironía.

—No. No digas eso, Eliotte... —dice más bajo, mientras se acerca a mí.

—Pues claro que te lo digo, y te lo repito: estoy mejor sola. No me dirigiste ni una sola palabra en toda la noche. Y, cuando Charlie y Francis se fueron, me preguntaste por mi madre como si fuera lo más normal del mundo, y luego me...

«Besaste».

Suspiro y sacudo la cabeza. Tengo que dejar de pensar en lo que pasó en esa mierda de sofá.

—¡Estaba tan ido que casi ni me acuerdo de cómo empezó la noche! —responde.

—¡Oh! ¿En serio? ¿No te acuerdas de cómo acabó? Allí, detrás de ti —suelto sin poder contenerme, y señalo el sofá con el mentón.

Dirige la mirada hacia donde le señalo en una fracción de segundo. Aprieta la mandíbula.

«No sé ni por qué lo he mencionado. No significa nada para ninguno de los dos».

Pero mi ego de mierda siempre tiene que saltar.

—No somos nada, esas fueron tus palabras —añado—. Así que déjame que haga lo que quiera y no me juzgues. Y, por favor, no finjas que quieres protegerme... Tengo derecho a algo más real.

—¿Qué es lo que finjo? Por favor, dime por qué he estado a punto de pegarle hace un momento. ¿Por qué me puse tan fuera de mí al verlo en la facultad el día después de la noche del bar? ¿O por qué respondí a tu llamada a la una de la mañana? —pregunta—. ¿Por qué acabé justo después en una ciudad perdida de Nueva California?

El corazón me martillea. Como si me lanzara alertas. Cuidado. Cuidado. Cuidado.

—¡Para! —le pido, y me alejo de nuevo de él.

—¿Que pare qué?

—¡De actuar como si te preocuparas por mí!

«Porque sabemos perfectamente que no es verdad».

Me agarra de una muñeca.

—¿Por qué no iba a preocuparme por ti?

—Porque fuiste muy claro desde el principio y... ¡Eres así! ¡Es típico de ti no preocuparte por los demás!

—¿Es típico de mí? ¿Perdón? ¿En qué te basas?

—Ashton me contó que tú...

—¿Ashton? ¿Te basas en lo que te contó mi hermano pequeño? Joder, Eliotte, ¡llevamos varias semanas viviendo juntos! ¿No te has formado tu propia opinión?

—Lo hice con él, y se ha confirmado con el paso de los días, cuando me ignorabas o me mandabas a la mierda. Eres un egoísta al que le dan igual los sentimientos de los otros, y, por encima de todo, eres un cobarde, porque no quieres admitirlo. Esa es la verdad.

Abre un poco los labios por la sorpresa y, luego, los aprieta.

—¿Un egoísta? ¿Un cobarde? ¿De verdad eso es lo que piensas de mí, Eliotte?

—¿Cómo me explicas tus artimañas?

Baja los ojos y asiente con la mandíbula apretada. Dirige la mirada hacia mí, más fulminante que nunca.

—Muy bien. Mensaje recibido.

Sus ojos verdes me escrutan y me consumen en un destello.

—A partir de ahora, tú y yo somos dos desconocidos.

Y se da la vuelta.

No sé por qué, extiendo un brazo para retenerlo. Pero ya está lejos.

A la mañana siguiente, el piso está vacío cuando me despierto. Ni rastro de Izaak. Voy a clase en autobús, enfadada. No por su actitud. Sino por la mía. No quería llevarlo hasta ese punto. Solo quería cortar por lo sano o, al menos, soltarlo todo. Sin darme cuenta, últimamente había acumulado mucho dentro de mí. No sé por qué ni cómo. En realidad, no sé qué pensar de esta situación. No debería estar enfadada ni frustrada, ni tener el corazón tan alterado. Debería darme igual.

«Y no sabes qué pensar de él».

—¿Me escuchas? —mascula Matthew, que chasquea los dedos delante de mí.

—¡Oh! Lo siento…, ¿qué decías?

La luz filtrada por los ventanales ilumina las grandes mesas de la cafetería de la facultad. Matt se cruza de brazos y se sienta en su silla. Una vez delante de mí, me observa con una ceja arqueada.

—Eliotte, hoy estás en las nubes.

—¿Ah, sí?

—¿Va todo bien?

—Estoy un poco cansada —respondo.

—Ya me hablarás de tu «cansancio» cuando tengas ganas… Bueno, si quieres.

Sonrío un poco, agradecida por que respete mi silencio.

—Gracias.

Cuando va a responder, el sonido de una notificación en mi móvil lo detiene.

Recordatorio: cita a las 18:00 hoy para su primera simulación Pavor-Amor. Haga clic en el enlace de abajo para más información.

«¿Qué es esto?».

Hago una mueca mientras miro la pantalla. No me habían avisado de esta cita, ¿cómo puede ser un recordatorio? Hago clic en el enlace, como me indican, y empiezo a leer la información.

—Viendo tu cara, no parece un mensaje guarro —apunta Matthew.

—Algorithma nos ha citado a Izaak y a mí —respondo mientras leo en diagonal—, para... una especie de prueba. El «Pasor-Amor», o algo parecido.

—Pavor-Amor —me corrige mientras se ríe—. ¿No habías oído hablar de él?

—Confieso que no estoy a la última sobre todo lo de..., mmm..., la tecnología de Algorithma.

Siempre escuché a medias las clases que teníamos en el instituto sobre el Amor y el Matrimonio, y aún menos la publicidad del Gobierno en la televisión. Nunca me ha interesado, a diferencia de a las personas de mi edad. Pensaba que era estúpida, pero, desde el principio, tenía la certeza de que era mentira.

—Mi madre hizo su tesis sobre su prototipo en aquella época; me ha hablado mucho de ello —me explica Matthew—. Es una simulación que las parejas pasan cada cinco años para reforzar sus vínculos. *Pavor* es por miedo. Y *Amor,* por amor.

—¿Miedo? —repito, asombrada—. Pero ¿en qué consiste?

—Condicionan a uno de los miembros de la pareja para que tenga un sueño lúcido, un sueño en el que somos conscientes y podemos controlarlo todo, mientras está conectado a su alma gemela, que entra en el sueño del otro y lo comparte. Al inyectarles cortisol, la hormona del estrés, y al enseñar previamente al soñador inicial un banco de imágenes y vídeos, los científicos engañan a sus sentidos para que se imagine una situación de agobio importante, incluso extrema. La pareja sale de la simulación más unida que nunca al haber pasado estas pruebas como si hubieran ocurrido de verdad. Como una especie de prueba de fuego. Eso conduce a superar lo cotidiano para ver la esencia de la pareja. Queremos calmar al otro, protegerlo, arriesgar la vida a pesar de las discrepancias... Porque esas situaciones de estrés extremo son urgentes. La urgencia de amar.

Trago.

«Estás en la mierda, Eliotte. Será un infierno».

—Parece intenso.

—Sí, sí que lo es… Pero no entiendo por qué os citan ahora. Debería ser en cinco años, no tan pronto.

—Nos dijeron que nos observarían más que a las otras parejas por nuestra alta compatibilidad. Eso me da miedo. Espero que no se convierta en una costumbre, porque, según lo que me dices, no será divertido… Pero, bueno, las pruebas unen, ¿no?

—Sí, no te preocupes… En fin, en realidad el miedo es lo que une. Literalmente.

—¿A qué te refieres?

Matthew mira a su alrededor, alerta, y se inclina sobre la mesa. Su mirada azul me atraviesa entera.

—Esta simulación se basa en el trabajo de Donald Dutton y de Arthur Aron —empieza en voz baja—, que se remonta a 1977. Sí, exacto. De hecho, gracias a la experiencia del puente Capilano, que condujeron estos tipos increíbles, descubrimos el fenómeno de la transferencia: puede ocurrir que el humano transfiera emociones engendradas por una fuente A sobre una fuente B. Nuestro cerebro interpreta mal nuestro estado físico y piensa que B es la causa, cuando en realidad es A.

—¿Qué relación tiene con la simulación?

—El cortisol, la hormona del estrés; y la oxitocina, la hormona del apego, son químicamente parecidas en términos de estructura molecular. La secreción del cortisol tiene efectos casi idénticos a la secreción de la oxitocina: manos sudorosas, palpitaciones en el corazón… Durante la simulación, cuando te estresas porque tienes una pesadilla, el cerebro piensa que está enamorándose todavía más de la persona con la que lo afrontas, porque los estados de miedo y de amor son casi idénticos. El sentimiento procurado por A —la pesadilla— se transfiere a B —tu alma gemela—.

Asiento, pendiente de sus palabras. Es increíble, no tenía ni idea de nada de esto. Y mucho menos de que Algorithma exploraría este hecho científico para la población. Pero no sé qué me sorprende más: esta experiencia tan surrealista o que Matthew sepa tanto sobre ello.

—En aquella época —sigue—, era tradicional que la primera cita fuera en un parque de atracciones o en el cine para ver películas de miedo…, pero nadie sabía que detrás de esos lugares icónicos había una razón evidente: la gente se estresa en la montaña rusa o al ver a una mujer asesinada en la ducha por un psicópata, y ¡pum! El cerebro transfiere: la atracción entre los miembros de la pareja se vuelve más intensa. ¿Lo pillas?

«Claro que lo pillo, Matthew. Lo pillo desde hace años: Algorithma nos enriquece con simulacros de amor».

Se me ocurre una cosa. ¿Y si Matthew, en secreto, pensara igual?

—Es… sorprendente —respondo—. En resumen, ¿esta simulación juega con nuestras emociones para manipularnos el corazón?

—Mmm, no exactamente. Tu cerebro no podría transmitir estas emociones de un punto A a un punto B si no hubiera punto B. No podrías sentirte más cercana a tu alma gemela si no lo estabas antes.

Sonríe.

—Por fin han encontrado una forma para reforzar el amor, las parejas, las familias… ¡Es muy fuerte! A mí me fascina.

Asiento mientras susurro: «Sí, es una locura», espero que de forma convincente.

«Quizá al fin y al cabo no piensa como yo».

—No lo cuentes, Eliotte —me señala con voz más seria—. Se supone que no debemos conocer al detalle los procedimientos de Algorithma a no ser que trabajemos ahí, como mi madre en aquella época, cuando era investigadora.

—¡Oh! Sí, sí, claro.

Me guiña un ojo y se coloca el índice sobre la boca.

—En fin… No te preocupes, irá bien —sigue con una gran sonrisa—. Todas las parejas salen de la simulación más felices.

«¿Y cómo va cuando fingen que son una pareja, pero en realidad no se soportan?».

Le devuelvo la sonrisa, que espero que considere sincera.

Como acordamos, Izaak me espera en su *jeep* en el aparcamiento a las cuatro de la tarde. Después de comer con Matthew, le escribí para encontrarnos ahí. Me respondió dos horas después con un simple «OK».

No sé si me estoy obsesionando, pero, cuando entro en el coche, siento más frío que fuera. Izaak arranca en silencio cuando me ato el cinturón de seguridad y salimos hacia el centro de simulación con las ruedas sobre el alquitrán como único sonido.

El vacío entre nosotros me agobia. De hecho, no soporto que Izaak se quede en silencio. Tengo ganas de contarle mi día o de burlarme sin malicia de su nueva chaqueta, que por otra parte me parece muy bonita, para que me tome el pelo y me haga reír.

«Pero ahora es imposible».

Sea como sea, no soporto este silencio.

—Matt... Bueno, me han contado que la simulación es un tipo de sueño lúcido que nos pone en situaciones de estrés —digo de pronto, para llenar el vacío.

Casi digo Matthew, pero he rectificado a tiempo, creo. No sé por qué me he sentido obligada a hacerlo.

Izaak no responde. Ante su ausencia de reacción, no puedo evitar añadir:

—Tú... ¿tú que piensas?

Se humedece los labios sin dejar de mirar la carretera. Contengo un suspiro.

«Venga, aunque sea una palabra. Por favor».

—No me preocupa la futura situación de estrés —suelta de pronto—, sino los sensores en nuestro cerebro cuando la vivamos. Verán a tiempo real qué sucede en él durante la simulación.

—¿Y...?

—Esta vez no podremos mentir: verán que no nos queremos. Aunque tengas el corazón opaco, el cerebro es transparente.

Me quedo sin respiración.

—¿Pueden ver nuestros sentimientos mediante una resonancia? ¿No hay ninguna forma de engañarlos? Pensando en cosas que nos gustan o...

—No seas idiota —me corta, tajante—. Hablamos de Algorithma, la última tecnología. Por supuesto que pueden saber qué pasa por nuestra mente, y por supuesto que no podemos engañarlos.

Su tono mordaz me duele, pero el pánico que me invade con ese pensamiento entumece el dolor.

«Estamos en la mierda».

—¿Cómo lo haremos, Izaak? —exclamo descompuesta—. ¡Estamos jodidos!

—A veces la simulación no funciona muy bien y el estrés es demasiado intenso para ver claramente señales de amor en la resonancia. Por eso, al que elijan como soñador inicial debe pensar adrede en las cosas más estresantes que se le ocurran. Y hacerlo mientras fingimos que nos queremos, porque pueden ver las imágenes de nuestros sueños. Nuestra tapadera está en juego esta tarde.

La tranquilidad de su voz me deja impresionada. ¿Cómo lo hace para estar tan tranquilo cuando acaba de decir que nuestra tapadera está en juego?

Respiro y me paso una mano por la cara. Tenemos que estar a la altura. Me giro hacia Izaak, a punto de pedirle que me tranquilice, y... me estremezco.

La frialdad de su voz ha congelado el habitáculo del coche. Mira con un gesto serio a la carretera y sus ojos no transmiten la más mínima emoción. Parece un fantasma. Un ser que no está en la Tierra y que no tiene nada que hacer aquí.

De pronto, lo veo.

El Izaak que tengo al lado ahora mismo es del que Ashton me hablaba en aquel entonces, el que todo el mundo cree que ve en los pasillos o detrás de las ventanillas de su *jeep*... Una fachada. Solo una fachada.

Desde el principio, creía que trataba con ese Izaak, y no entendía por qué era tan distinto de la imagen que me había formado de él. Pero, en realidad, tenía todo el tiempo delante de mí al verdadero Izaak. El que no era tan egoísta, de hecho, no lo era en absoluto; el que era un poco distante, pero siempre estaba ahí si lo necesitaba; el que era un pelín condescendiente, pero tremendamente gracioso; el que parecía que entornaba los ojos, pero se preocupaba por los demás; el que era directo, nunca hipócrita; el que estaba solo, pero solo porque nadie lo entendía.

«Soy una estúpida y una ciega».

Me muerdo el labio inferior para controlar el impacto de la caída, pues he caído desde muy alto. Aunque a veces me enseñara la imagen que deja ver a los demás, siempre ha demostrado tener una sensibilidad distinta a la de todas las personas que he conocido en mi vida. Porque Izaak es una persona completa. Sin mentiras ni artificios.

—Izaak...

Silencio.

—¿Podemos hablar?

Las palabras salen de mi boca sin previo aviso. Quiero recuperarlas, metérmelas en la boca y ahogarlas. Pero es demasiado tarde. Las he pronunciado.

—¿De qué? —pregunta.

—De todo. Tenemos mucho de que hablar, en realidad.

Un segundo.

Dos.

Tres.

Cuatro.

—Creo que no.

Siento que han pasado el invierno y la primavera entre mi pregunta y su respuesta.

—Claro que sí —digo de inmediato.

—Y yo digo que no. Cuando *ellos* no están delante, sabes perfectamente que tú y yo no nos conocemos. Y no tengo nada de lo que hablar con los extraños.

Trago.

Pero eso no me desanima. Siento una fuerza desconocida que me empuja a hablar y a seguir hablando, y eso que siempre he preferido el silencio.

—Da igual, Izaak. Aun así, voy a decirte lo que...

—Ya lo dijiste todo —me corta sin dirigirme ni un ápice de su mirada—. Así que, por el amor de Dios, ponte en modo silencio.

Y, al fin, me mira. Me asesina con sus ojos antes de volver a mirar las bandas de asfalto que desfilan tras el parabrisas.

Me muerdo el interior de la mejilla con la cabeza gacha. Lo que se agitaba en mi interior se calma, se inmoviliza y se hace una bola dentro de mí.

—Respire con tranquilidad y cierre los ojos, señora Meeka-Wager —me pide la enfermera con una voz dulce.

Lo intento, pero estos cables enrollados alrededor de mí, estos sensores pegados a la frente y al cráneo, el gotero…, todo me agobia.

Me han elegido a mí para ser la soñadora inicial. Tengo que buscar en el fondo de mi alma las pesadillas más perturbadoras y espantosas que tenga guardadas para intentar esconder lo que pienso en realidad de Izaak y de nuestro matrimonio.

«Puedes hacerlo. Todo irá bien. Estás locamente enamorada de tu alma gemela y ella también de ti. Sois la pareja perfecta».

Izaak está tumbado en una cama articulada justo a mi lado. Parece tranquilo. Le han inyectado un producto para abrir sus «sensores», o algo así, para que se conecte con más facilidad a mi sueño…, que será nuestro dentro de poco. ¿Y si pienso cosas que no debería ver? ¿Que ellos no deberían ver? Tengo que permanecer lúcida. Si no lo consigo, desvelaré todos mis pensamientos y los científicos los examinarían. Y, luego, me…

«Tranquila. Puedes hacerlo. Todo irá bien».

Respiro muy hondo y me concentro con todas mis fuerzas en lo que me rodea. El ambiente de la habitación trata de ser tranquilo y propicio para dormir: estamos en una oscuridad casi total, solo hay una proyección de estrellas en el techo y una música dulce nos acompaña…

Pero nada va bien. El corazón me late a toda velocidad, las sienes me palpitan, la sangre me hierve…

—La simulación es inminente —nos dice una voz que sale de los altavoces.

Cierro los ojos y suspiro.

—Cinco…, cuatro…

«Puedes hacerlo. Permanece lúcida. Lúcida. Lúcida».

—Tres… Dos…

Una luz caliente me ciega antes de que mi visión se aclare poco a poco. Estoy en una colina cubierta de amapolas y llevo un vestido de algodón blanco que me llega por las pantorrillas. Una brisa veraniega la hace girar y revolotear y la levanta.

Suena un crujido justo a mi lado. Poco a poco, se dibuja la silueta de Izaak. Sacude la cabeza mientras parpadea. Levanta el mentón y se da cuenta de que estamos aquí.

En mi sueño.

EL SUEÑO

Izaak me echa un vistazo antes de recorrer el paisaje con la mirada.

—Bonitas vistas —declara.

«Es muy raro que su voz suene divertida».

—Sí... Podría haberlo hecho mejor.

Sonríe. Me gustaría que fuera una sonrisa sincera, pero sé perfectamente que todo esto es falso.

«Por lo que le dije».

Un aire dulce baila a nuestro alrededor y me acaricia con delicadeza los pómulos y, luego, el pelo. Siento una tranquilidad inesperada en mí, antes de que una descarga eléctrica me atraviese el corazón.

«Una inyección de cortisol».

El corazón empieza a latirme rápido, muy rápido.

Izaak me lanza una mirada cómplice, para recordarme que es el momento en el que tengo que pensar en cosas estresantes por el bien de nuestra tapadera.

«Venga, Eliotte, venga... ¿Insectos? ¿Arañas gigantes y peludas?».

El paisaje sigue siendo muy tranquilo.

Otra descarga. Tengo las manos cada vez más húmedas.

«Una fobia, Eliotte... ¡Piensa en una fobia!».

De pronto, siento los pies en un líquido helado. Bajo la cabeza y veo que la hierba bajo mis pies desnudos se cubre de agua congelada. La colina se transforma en un tonel inmenso y, de pronto, estoy en medio del océano.

En medio de un huracán.

Es una noche oscura, no veo nada a mi alrededor, no sé si me rodean olas o tornados. Toso e intento nadar, a pesar de las olas, que me arrastran en todas direcciones. El viento me golpea la cara y, de pronto, me hundo. Muevo las piernas y consigo sacar la cabeza del agua.

Pero otra ola aparece sobre mí. Es inmensa. Tan grande como un edificio.

«Voy a morir».

Grito hasta quedarme sin voz antes de que el oleaje me arrastre de nuevo a las profundidades tenebrosas del océano. Siento que me explotará el corazón. Me tiembla todo el cuerpo, no consigo moverme para llegar a la superficie. El agua salada me abrasa los pulmones. La cabeza me da vueltas.

«Respira, respira, respira...».

Bebo litros de agua helada, pero, aun así, me quema la garganta. Intento alcanzar la superficie, pero me pesan los miembros, y es en vano: algo me retiene bajo el agua.

«¡Necesito aire! ¡Necesito aire! ¡Necesi...!».

De golpe, me sacan a la superficie.

Izaak.

Le veo la cara a pesar de la oscuridad. Los rizos empapados le tapan la frente. Voy a levantar el brazo para quitárselos de la cara, pero me tiene firmemente agarrada, gracias a Dios. Muevo las piernas con todas mis fuerzas y lo miro a los ojos para permanecer en la superficie. No sé qué me mantiene. ¿Sus manos, mis piernas o sus ojos?

«Todavía no estoy muerta. Estoy viva».

Intento inspirar, pero la sal hace que me pique la nariz, la garganta... Respiro de manera agitada mientras toso.

—Tranquila, Eliotte. Inspira... Espira...

—Izaak...

Otra ola, aún más grande que las anteriores, aparece a lo lejos. Se me escapa un grito incontrolable. Se acerca a nosotros a una velocidad increíble.

—¡Izaak! ¡De-detrás de t...!

La torre acuosa nos arrastra antes de que pueda acabar la frase. Las manos de Izaak aún me cogen de los brazos cuando agarro un lado de su camiseta. La aprieto tan fuerte que siento que los ligamentos se me desgarran. Saco la cabeza del agua de nuevo, sin Izaak. Sin embargo, todavía agarro su camiseta.

—¡Izaak! ¡¿Dónde estás?!

Giro sobre mí como una loca.

—¡Izaak! ¡Izaak!

Estoy de nuevo sola en mitad de este violento agujero negro. Tengo un nudo en el estómago, estoy a punto de vomitar las tripas.

«¿Izaak? ¿Izaak? ¿Izaak?».

«¿Dónde está? ¿Se ha ahogado?».

El corazón me late a una velocidad increíble. No consigo respirar. Necesito aire. Cuanto antes. «¿Izaak? ¡¿Dónde está?!».

De pronto, su cabeza aparece de debajo del agua, a unos metros de mí. Se seca la cara y busca a su alrededor, hasta que nos cruzamos las miradas.

—¡Eliotte! Estás ahí, joder...

Nada hasta mí y vuelve a sujetarme el brazo con los dedos. No consigo pensar. Toso sin parar, invadida por el miedo.

—Mírame —pide mientras me agarra la cara—. Mírame y respira.

—No-no puedo...

—Mírame.

Intento inspirar, pero me sofoco, como si una bolsa de plástico me cubriera todo el rostro. Estoy paralizada. Ni siquiera consigo mover los pies para no hundirme. Si Izaak no me agarrara, ya me habría hundido varios metros. La extensión de agua negra azabache a nuestro alrededor, los torrentes que nos abofetean la cara, las inminentes olas de tsunami, que veo acercarse de lejos...

—¡Eliotte! —exclama Izaak—. Joder, ¡tienes que respirar! No mires lo que hay alrededor, concéntrate en mí y respira...

No lo consigo. No me queda aire en los pulmones. Moriré. Moriré, ya está.

—Mírame, te lo suplico —me repite.

Apoya las manos, llenas de agua salada, en mis mejillas. Hundo los ojos en los suyos. Me sofoco.

—Inspira, respira... Venga, vamos... Te lo suplico, Eli —murmura.

El pánico se refleja su rostro. Está tan estresado como yo.

«Joder, qué bien actúa...».

Actuar.

Los científicos.

La simulación.

Es un sueño.

Un rayo de luz traspasa la oscuridad opaca del cielo. Izaak no le presta atención, no aparta la mirada de mí.

—Eso es, respira, Eliotte. Permanece conmigo. Respira...

Con los dedos, me aparta mechones de pelo de la frente.

El corazón, que me latía a una velocidad increíble ante la muerte, que he probado ligeramente con la punta de la lengua, se calma de pronto...

Hasta que una nueva descarga hace que me vibre el cuerpo y me sacude de dolor.

«El cortisol».

Tengo que volver a sumergirme en el sueño, volver a creer que todo es verdad, o los científicos nos descubrirán enseguida. Todo se irá a la mierda. Tengo que encontrar una situación más estresante, tengo que poder...

Mis nalgas se·estampan contra el suelo. Grito de dolor. Siento que se me ha roto un hueso en la caída. Izaak aparece a mi lado en medio de una bruma blanca.

No estamos mojados. Los pulmones ya no me arden. Respiro. Examino dónde hemos aterrizado. El decorado se aclara. Reconozco esta habitación. Es el salón de mi antigua casa, en Seattle.

Se me encoge el corazón.

«¿Qué hago aquí?».

Izaak tropieza con uno de mis cochecitos cuando se acerca y se sienta a mi lado.

—¿Eliotte?

La voz grave que me habla no es la suya..., sino la de mi padre.

—¿Me has encontrado..., después de tanto tiempo?

La sombra de una silueta masculina aparece en una sábana suspendida en medio del salón. Mi padre está unos metros detrás de ella. Mi padre biológico. El que se fue.

Tengo las manos húmedas. Permanezco inmóvil, sentada en el suelo del salón, cuando una arcada casi me hace devolver el contenido del estómago.

—Si has hecho todo este camino es para decirme algo, ¿no? ¡Habla!

Su voz es exactamente la misma que recuerdo. Trago mientras estiro y doblo los dedos sin parar.

—¿No me dices nada? Bueno… Quizá prefieres saber lo que pienso sobre ti, ¿verdad, Eliotte?

Sacudo la cabeza.

«No, no, no…».

—¿Quieres saber la verdad?

La garganta, hecha un nudo por una terrible angustia, se me cierra ahora por las lágrimas. Me queman los ojos.

—No… —murmuro con voz de niña.

—Eliotte, voy a decirte lo que pienso…

—¡Cállate! —le grito—. ¡Cállate, por favor!

Rompo en lágrimas, me tiembla todo el cuerpo. Se me caen las lágrimas, me corren por las mejillas y por el cuello. Me tapo los oídos sin intentar calmar el llanto.

—Eliotte, ¡tienes que enfrentarte a la verdad!

—Cállate… —murmuro entre dos olas de lágrimas—. Por favor…

De pronto, me rodean unos brazos calientes. Izaak, sentado en el suelo, con la espalda pegada a la parte inferior del sofá, me acerca hacia él. Me late el corazón a toda velocidad, sepultada bajo litros de tristeza. Tengo ganas de vomitar y sudo, pero me duele muchísimo. Tanto… que siento que sangro por dentro.

—Se callará, Eli…

Apoyo la cara contra el pecho de Izaak. No puedo parar de llorar. El llanto me retuerce el estómago y el diafragma, me comprime el pecho.

Siento que una mano me acaricia el pelo mientras que otra me frota la espalda.

—Te lo prometo —añade Izaak, con los labios apoyados en mi frente—. Se callará.

Acurrucada contra él, dejo de escuchar la voz de mi padre. Son ecos lejanos. Me acomodo un poco más contra su torso y aprieto los brazos alrededor de su espalda. Lo siento muy firme y duro bajo mis brazos. Como una roca.

Intento acompasar mi respiración al ritmo de sus caricias, que son muy dulces.

«Inspira… Espira…».

Aflojo los puños y levanto la cabeza poco a poco. Izaak me mira, tranquilo.

Todo se detiene.

—¿Ves? Te lo prometí.

Sonrío. Separa una de las manos de mi espalda para agarrarme un lado de la cara. Una corriente caliente me brota del abdomen, crepita y se agita, como si cientos de mariposas revolotearan dentro de mí. Pero ¿qué digo? Un zoo entero. Quiero hablar, pero no me sal…

—Ahora yo te diré lo que pienso de ti.

—¿Qué?

Izaak me agarra con fuerza de las muñecas.

—Has tenido la cobardía de taparte los oídos con tu padre, pero te aseguro que ahora los tendrás abiertos. Escúchame bien, Eliotte.

Intento levantar la cabeza para liberarme de él, pero me agarra fuerte. El corazón me late como si quisiera salirme del pecho, huir y ponerse a salvo.

Izaak me levanta con fuerza el mentón hacia él antes de volver a cogerme la muñeca.

—No dejes de mirarme —ordena con una voz fría—. Quiero verte cuando te diga todo lo que pienso de lo mala persona que eres, Eliotte.

—Pero ¿qué dices? Pa-para…

—Acabo de empezar.

—No, para, por favor… No puedo…

«Soportarlo».

Pero se me cae una lágrima, y luego otra…

—Ya debes saber lo que todo el mundo piensa de ti, dado que nadie te quiere, pero te contaré lo que dicen a tus espaldas. Tu madre, tu padre, Karl, Ashton, Matthew, la gente de la facultad…

Se me tensa el cuerpo entero. Cierro los ojos, como si pudiera dejar de oírlo, mientras lucho por alejarme de él, de la verdad. Pero me tiene presa. Los sollozos me retumban en la garganta, inspiro de manera irregular y soy incapaz de canalizarlo.

No quiero saber qué piensan de mí.

No quiero saber qué piensa en realidad Izaak de mí. Nunca.

«No, no, no, no...».

—¡Eliotte! ¡Eliotte!

Inspiro fuerte y abro los ojos.

—¡Eliotte!

Izaak está inclinado sobre mí rodeado de dos caras desconocidas, seguramente enfermeras, dadas sus batas blancas.

—Su sueño lúcido ha durado cuatro horas y treinta y tres minutos.

«¿Nuestro sueño lúcido?».

Dios mío, la simulación.

—Vamos a dejar ahora que se recupere. Tómese su tiempo, señora.

Me siento en la cama y observo cómo las enfermeras salen de la habitación. No puedo creérmelo. Era tan real. *Todo.* Las olas, el ahogamiento, la asfixia, mi padre..., Izaak. En un par de momentos, me aferré a la realidad, pero el resto del tiempo todo era muy real. No actuaba intentando calcular mis reacciones, todo era instintivo.

Me giro hacia Izaak, que sigue de pie al lado de mi cama. Mira hacia otro lado con los brazos cruzados.

«En los que me refugié...».

Y pensar que lo ha visto todo. Mi crisis de ansiedad en el océano, la que he tenido delante de mi padre... y frente a él. Ahora conoce uno de mis miedos más íntimos.

«Espera...».

¿Por qué estaba tan petrificada ante la idea de saber lo que todo el mundo piensa sobre mí? ¿Y, sobre todo, lo que *él* piensa sobre mí?

De pronto, retrocedo. Si todo era tan real, significa que...

—¿Tú eras el que me hablaba? ¿Cuando me abrazabas?

Sus ojos verdes se separan poco a poco del vacío negro que observaba.

—No, no era yo. Mientras intentaba calmarte, me teletransportaron al otro lado de la habitación en una fracción de segundo. El que te habló era una versión de mí sacada de tu subconsciente.

265

—¿Y lo has escuchado todo? —le pregunto—. ¿Mientras estabas al otro lado de la habitación?

—Vagamente.

Me levanto de la cama, pero tardo más tiempo de lo previsto. Mis extremidades, anquilosadas, me pesan. Me han colocado apósitos donde me habían puesto vías. Ya no llevo el gorro con los sensores en la cabeza. Ni cables. Ya no tengo cables. Soy libre.

Tardamos en salir del centro. Seguimos perturbados por haber vivido tanto en tan solo unas horas, que parecían minutos y a la vez una vida entera. Ha sido increíblemente intenso. Nada que hubiera podido imaginar. Era una pesadilla multiplicada por mil.

Ante los ojos de los miembros del personal, Izaak es dulce conmigo, me sonríe y es incluso cariñoso; pero, en cuanto llegamos a la intimidad de su *jeep,* se le apaga la mirada.

—¿Te dejo en el piso? —me pregunta con una voz plana.

—Sí, por favor.

—Hoy volveré tarde. O incluso puede que no vuelva.

Bajo los ojos; odio esa voz. Es peor que la que escuché el día de nuestra primera cita o las pocas veces que nos habíamos visto antes de esa vez.

—Así que cierra con llave al llegar —añade.

Porque no hay nada dentro. Ni rabia ni desfachatez. Nada.

Y es peor. Porque, si hubiera notado aunque fuera una pizca de enfado o de desprecio, significaría que siente algo hacia mí. Pero ahora…

No puedo respirar.

Me habla como si fuéramos dos desconocidos. No me mintió.

—¿Izaak?

—¿Sí?

—Sé que me has dicho que no hace unas horas, pero quiero hablar contigo.

—Estoy agotado… Necesito estar solo.

—Pero estoy aquí.

—Pues finge que no existes.

Intento deshacer el nudo que siento en el pecho y acabo colocando la cabeza sobre la ventanilla con impotencia. Sigue ahí, ahora en la garganta.

¿Realmente tengo que fingir que en su mundo no existo?

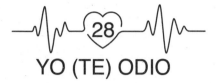

YO (TE) ODIO

Espero a Izaak en la entrada de mi antiguo edificio, donde viven mi madre y Karl. Empiezo a sentir frío. Me cuesta creer que vaya a pisar las baldosas mugrientas de la entrada en unos segundos... Bueno, en principio.

«Me dijo hace varios minutos que estaba en la esquina de la calle, ¿dónde está?».

De pronto, la puerta de la entrada se abre del todo. Suspiro, aliviada. Con un ramo de flores y una botella de vino en una mano, Izaak se une a mí.

—Aquí estoy, lo siento —se disculpa con tono distante.

Me sorprende su cortesía.

Hace cinco días que Izaak y yo nos sometimos a la simulación. Casi una semana que nos hemos vuelto dos desconocidos el uno para el otro. Aunque esté menos cortante que otras veces, mi presencia —las pocas veces que nos hemos cruzado por el piso— es para él como una mota de polvo. Insignificante.

Inspiro fuerte mientras miro a mi alrededor. Siento un calor sofocante en la cara.

«¿Qué piensa del edificio? ¿Y de las calles por las que ha pasado?».

Izaak se encamina al ascensor, pero lo dirijo a las escaleras, aunque no me atrevo a decirle que lleva dos años estropeado. La vergüenza y el agobio me crean un nudo en el estómago.

—Llamo —digo antes de presionar el botón al lado de la puerta de entrada.

No quería que conociera mi casa en ruinas ni mi barrio mugriento por nada del mundo. Pero tenía que pasar. Mi madre insistió en invitarnos la semana pasada. Encontraré una excusa para las próximas cenas.

Karl aparece en la puerta, se ha arreglado. Aprecio el esfuerzo.

—¡Oh! ¡Hola, Eliotte!

—¡Hola, Karl!

—¡Qué sorpresa que hayáis venido Zack y tú! Pasad, pasad...

—Izaak —corrige el interesado con una sonrisa lacónica.

«¿Qué sorpresa?».

Suelto una risa nerviosa. Otra de sus bromas extrañas... Entramos en el piso.

—¿Quién es, Karl? —pregunta mi madre desde la cocina.

—¡Eliotte y Za... Izaak!

Entorno los ojos. Estoy muy nerviosa.

—No me digas que se os ha olvidado, Karl.

—Olvidar... ¡Oh, caramba!

Se cubre la boca con una mano, con las cejas levantadas.

—¡Angela! ¡Hemos metido la pata!

«¿Ah, sí? ¿Tú crees?».

Mi madre llega a la entrada vestida con su vestido largo azul. El que suele ponerse cuando Karl la lleva a comer a un restaurante no muy elegante. Cuando nos ve a Izaak y a mí, se queda paralizada.

—Cariño, nuestra cena... ¡Te juro que se me había olvidado! ¡Lo siento muchísimo!

—Lo sentimos mucho, pequeña —añade Karl—. Hemos reservado una mesa para dos, pero ¡podéis venir con nosotros! Con un poco de suerte, encontrarán...

—No, muchas gracias, Karl. Os dejo que cenéis en pareja —declino con una voz que me esfuerzo por que parezca feliz.

Mi madre me coge de la mano, disgustada.

—Karl reservó hace mucho tiempo y, cuando me lo dijo, se me olvidó llamarte para cancelar nuestra cena y, luego, han pasado un montón de cosas en casa y... ¡no puedo más!

«Para cancelar nuestra cena».

—Da igual, mamá. No pasa nada, ocurre a veces.

Me abraza unos segundos para limpiar su culpabilidad en mi ropa y se separa para ir a la cocina a coger su bolso de la encimera. Me quedo plantada en medio de la entrada, atónita.

Pero ¿de qué me sorprendo? ¿De su olvido? ¿O de mí, que no lo había imaginado, después de tantos años a su lado? Soy idiota. Debería haberla llamado para confirmar.

Me paso una mano por el pelo y suspiro. Detengo la mirada en Izaak, que mira fijamente a mi madre y a mi padrastro, serio. Quizá está incómodo. El enfado y la tristeza que sentía dan paso a la vergüenza. Me siento ridícula. Debe pensar que lo soy.

«Menuda familia…».

—¿Os quedáis aquí? —pregunta Karl al ver que me no me muevo.

—Eh… Sí. Cogeré un par de cosas… Puedes dejarme tu copia de las llaves y cierro al salir.

Busca en el bolsillo interior de su chaqueta y me ofrece su manojo con una sonrisa incómoda. Mi madre se despide antes de salir, seguida de cerca por su alma gemela.

Lanzo un largo suspiro y me dirijo al salón. Me tiro en el pequeño sofá mientras aprieto los labios.

«Izaak ha venido para nada. Podría haber evitado que viera este lugar. Se habían olvidado de mí».

Cuando una masa se coloca delante de mí, levanto la cabeza. Izaak me ha seguido.

—Espera a que estén lo bastante lejos para irte sin que te vean —le digo—. Sería raro que me dejaras aquí sola después de…

«Este chasco».

Asiente y se dirige al mostrador de la cocina. Coge dos vasos de agua que estaban secándose cerca del fregadero y se sienta a mi lado. Abre la botella de vino que había traído y me sirve uno. Niego con la cabeza.

—Está muy rico y es muy caro —dice—. Te arrepentirás.

—Vale —acepto mientras lo cojo.

Llena su vaso y extiendo el brazo para brindar.

—¡Bienvenida a casa de los Wager!

Le doy un trago sin mucho entusiasmo. Pero tiene razón, es una buena botella. Me la bebería de un sorbo. Acabo el vaso y me seco la boca.

—Bueno, ya deben haber salido del barrio. Puedes irte.

—Tenemos una botella de vino que acabarnos —responde.

—Puedes llevártela. Imagino que quedará zumo de naranja y cerveza en el frigo, me conformo con eso.

—¿Dejarás que me vaya así?

«No».

—¿Con esta botella? —añade entonces—. ¿Hemos probado lo mismo, Eliotte?

Intento sonreír, pero mi corazón no quiere. Nos quedamos en silencio total, sentados en el sofá andrajoso en medio del piso andrajoso. No odio este lugar porque esté en mal estado. Lo odio porque me recuerda el estado emocional en el que estábamos mi madre y yo cuando nos fuimos de Seattle. Durante el periodo en el que estuvo soltera, nos mudamos a Portland, a una casa que, que yo recuerde, estaba en mejor estado. Pero, cuando se casó con Karl, tuvimos que cambiar nuestra casa por este piso. No sé por qué, pero estoy segura de que vivir aquí me hizo darme cuenta de que nunca jamás podría volver a «la casa de Seattle». Estar sola con mi madre y Karl entre estas cuatro paredes me recordaba que faltaba alguien. Alguien al que quería.

Apoyo el mentón sobre la palma de una mano y miro al vacío. Izaak está sentado a varios centímetros —conociéndolo, habría preferido el otro lado del sofá, pero este es tan pequeño que estamos forzados a sentarnos juntos—.

—¿Qué tipo de vino es este? Está muy rico.

—Es uno sin alcohol —responde—. Un zumo, un elixir... De joven me di cuenta de que todas las bebidas estaban mejor sin alcohol. Créeme.

—Mmm... En ese caso, vuelve a servirme.

Obedece y me bebo un vaso de un trago antes de apoyarme en el respaldo con la cabeza inclinada hacia atrás. El silencio se adueña cada vez más de la sala.

La semana ha sido dura, y esta noche es el final perfecto.

No pensaba que la ausencia de Izaak me dolería tanto. Y, peor aún, no pensaba que fuera a echarlo tanto de menos. Estos últimos días estaba tan cerca y, sin embargo, tan lejos...

—¿Sabes qué, Izaak...? —empiezo a decir con el pecho en llamas.

—¿Qué?

—Odio cuando no me hablas. Y odio aún más ser consciente de ello.

No responde.

Estoy tan decepcionada por el resultado de esta cena que siento que no puede ocurrir nada peor. Si me rechaza por enésima vez, creo que no me dolerá. No puede dolerme más que el ardor que siento en la boca desde hace unos días por todas las palabras que quiero pronunciar. Puede que tenga la voz rota, titubeante, y un nudo en la garganta. Puede que balbucee o me pare varias veces al decir la frase, pero se lo habré dicho. Se lo habré dicho, por Dios.

Me enderezo para mirarlo.

—En realidad, odio que me odies.

Lo miro fijamente a los ojos con la respiración entrecortada.

—No te odio —murmura.

—Claro que sí —le respondo—. Hace una semana que el antiguo tú... que me...

Me aclaro la garganta, bastante incómoda, porque voy a confesárselo.

—Que echo de menos al antiguo tú.

«Mucho más de lo que habría imaginado».

Vacila durante una fracción de segundo.

—Soy el mismo —replica con una voz monótona—. Sencillamente, he intentado adaptarme a tus expectativas. A tus prejuicios.

—No eran prejuicios, sino gilipolleces, Izaak. Sabes que lo que dije era demasiado estúpido, demasiado impulsivo, demasiado desconectado de la realidad para que de verdad lo pensara.

—Claro que lo pensabas. Eso no sale de la nada... Y está bien así. No sabías a qué atenerte por culpa de mi comportamiento, así que he actuado como te habría gustado que actuara desde el principio. O sea, como la copia del Izaak que te habían descrito los demás. Que te había descrito Ashton.

Siento enfado y pena en su voz.

—Habría sido más sencillo si hubieras sido así. Pero has sido mucho más. Mucho más de lo que me esperaba, Izaak.

Lo he soltado sin reflexionar, sin pensar en las consecuencias de tales palabras.

—Has sido un amigo de verdad —sigo, a pesar de mi agobio por si estoy yendo demasiado lejos—. Nunca he tenido a ninguno igual. Y, cuando me di cuenta de que estaba imaginándome cosas, yo...

—No, para, Eliotte. No te has imaginado nada.

—Por favor..., vamos a ser sinceros esta noche. Sin mal humor, sin cortesía, sin complacencia.

—Soy sincero, Eliotte. Nunca he dejado de serlo. Sí que finjo cuando te llamo con apodos de mierda y te cojo de la mano. Pero, cuando nos reímos, nos picamos o me desahogo sobre el psicópata de mi padre y mi infancia tan disparatada... ¿crees que actúo? Cuando hago todo eso, ¿qué te crees que eres para mí, Eliotte?

Sacudo la cabeza mientras me miro fijamente a los dedos.

—Para... No somos amigos —murmuro—. No intentes...

Soy incapaz de formular la frase.

—¿Quieres que te diga cuál es el verdadero problema, Eliotte? —me pregunta—. Está aquí, justo delante de mí.

Me quedo paralizada por sus ojos, que me escrutan.

—Para de alejar a todo el mundo —sigue.

—Yo no alejo a nadie.

—Sí, a todos los que se te acercan, hasta que acaban dándote la espalda, y entonces dices que tenías razón desde el principio, que todo el mundo te dejará sola.

—¿Qué?

—Te saboteas a ti misma, Eliotte.

Sus palabras me hacen daño. Quiero taparme los oídos, esconderme detrás de los cojines del sofá. Como si volviera a vivir esa pesadilla artificial en la sala de simulación. Pero estamos en el salón. En la realidad. No en mi cabeza.

—Te haces un ovillo sobre ti misma. ¡Ábrete! A cualquier persona. A tu madre, a Ashton... Incluso a Matthew si es necesario. Pero abre los brazos a los demás, que vean que tienes un corazón que late. Lo tienes, no finjas que no.

Doblo las piernas en el sofá.

—Estoy muy bien como estoy, Izaak. He escogido estar sola.

—Cuéntale eso a quien quieras, pero a mí no. Sufres por estar sola.

—¿Cómo sabes eso?

—Porque te veo todos los días. Quieras o no, ahora te conozco, Eliotte.

—No por verme sabes lo que ocurre en mi interior.

Suspira y mira al vacío un segundo, como si un centenar de imágenes desfilaran delante de sus ojos verdes.

—Mira, cuando te veo en el piso o con otra gente, con tu familia..., siento que estoy viendo mi reflejo en el espejo. Un reflejo más joven. Porque antes yo era como tú. Pero acabé entendiendo que la soledad me comía y que, si no hacía nada, acabaría desapareciendo.

No sé por qué, pero me queman los ojos. Sin embargo, tengo el corazón frío. Izaak acaba de tirar todas las capas detrás de las cuales me escondía hasta ahora. Me siento vulnerable. Desnuda.

Apoya una mano en mi brazo, y ese simple gesto ya me tranquiliza.

—Sé lo que piensas —continúa con una voz dulce—. Crees que es mejor estar sola para evitar el sufrimiento y las heridas del corazón. Pero te privas de muchas experiencias, de felicidad, de sueños, de emociones...

Lo dice en el mismo tono que usó el día en que me habló por primera vez del amor, al salir de la cita con la psicóloga.

—Algorithma nos ha metido en la cabeza que tenemos que evitar los fracasos en las relaciones, y para ello nos ha guiado en todas nuestras interacciones, se ha asegurado de antemano de que iría bien... Pero la verdad es que puedes equivocarte, Eliotte —sigue, y acerca su cara a la mía—. Tienes derecho a tener el corazón roto y aprender a reconstruirlo. Tienes derecho a volver atrás, a cambiar de camino o a irte al campo a trazar uno nuevo. Puedes tropezarte, caerte o quedarte tirada en el suelo si te apetece. Es normal. La vida consiste en eso. Y lo mismo vale para cualquier tipo de relación. Es duro, da muchísimo miedo, pero hay que hacerlo. Hay que arriesgarse. O nunca sabrás qué es vivir.

Aprieto los puños, me tiembla todo el cuerpo. No sé de dónde saca esas reflexiones. Todo lo que sé es que siento que estoy hablando con mi subconsciente, que estoy delante de todos mis secretos, de mis gritos ahogados, de mis murmullos...

Tiene razón. Tiene muchísima razón.

La verdad es que, desde que Ashton y yo nos separamos, me muero de ganas de sentir un poco de calor humano. En realidad, quizás desde que soy niña. «Muero por ello». Y no me he dado cuenta hasta que nos hemos separado un poco.

En mi soledad, me siento más segura, anestesiada, como si no pudiera sentir nada más.

«Y a veces más vale no sentir nada que arriesgarse a sentir dolor».

«La vida es eso».

—El problema —murmuro mientras intento controlar la voz— es que, una vez que has probado las emociones más amargas, no quieres arriesgarte a sentirlas de nuevo.

—¿Y qué? ¿Prefieres no probar nada y acabar muerta de hambre?

—Izaak...

Se acerca y me rodea con los brazos. Su calor impregna el tejido frío de mi cuerpo. Siento que me envuelve en algodón.

—Te lo juro, no todo el mundo te dará la espalda —me murmura cerca de la oreja—. Yo no, al menos.

Lo miro. Me echo ligeramente hacia atrás al ver su rostro tan cerca. Es increíble cómo el verde de sus ojos era tan abismal y metálico hace veinticuatro horas. Ahora es tan dulce y profundo...

—Siento mucho todo lo que te dije el otro día —aseguro—. No pienso eso. No creo que seas egoísta ni insensible. Todo lo contrario. Te has preocupado más por mí que nadie en veintiún años.

Me gustaría que esos brazos siguieran alrededor de mí más tiempo. Aunque fuera una pequeña eternidad.

«Odio este pensamiento, esta sensación, esta necesidad».

De pronto, me roza una mejilla con la mano. Me coloca con suavidad un mechón de pelo detrás de la oreja.

«No. Odio que me gusten».

Trago con dificultad.

—Y no eres un cobarde. No te mentí cuando te dije que eres una de las personas más valientes que conozco, Izaak. Me gustaría tener la fuerza de mirarme al espejo y enfrentarme a todos mis problemas como tú.

—Nunca he sido el que crees que soy —dice con un suspiro—. En realidad, quizá no lo seré nunca.

—¿Por qué dices eso?

—Porque a veces soy el mayor traidor que existe en el mundo.

Baja la mirada.

—Me clavo cuchillos en la espalda, me pongo palos en las ruedas y cometo las peores infidelidades. A menudo me traiciono. No sigo los valores que me he impuesto, no soy el que me gustaría ser, no digo lo que debería decir, no hago lo que me prometí que haría, Eliotte. Quiero lo que no debería querer.

Eleva la mirada hacia mí y hunde los ojos en los míos.

—Y, de todas las traiciones, creo que la peor es la que me inflijo a mí mismo.

Aparto la mirada, incómoda.

—Mírame, por favor, Eliotte. Odio cuando rehúyes la mirada.

—Y yo odio cuando me pides que lo haga.

—Y yo, cuando no lo haces.

—Odio cómo consigues que me rinda —susurro mientras levanto la cabeza hacia él.

Sonríe.

—Y odio esa sonrisa —añado.

—Pues evita provocarla, tarserita de mierda doble.

Me parto de risa al reconocer mis propias palabras.

—El insulto es bueno —comento—. Así que por esta vez pasa.

Apoyo la cabeza ligeramente en su hombro. No sé de dónde me viene esta naturalidad, pero la abrazo. Su perfume es el mismo, huele a madera y a limón. Es familiar. Lo reconocería entre mil olores. Me miro las manos, el corazón me arde.

Me pregunto qué ocurre en las personas en el espacio entre que son desconocidas y aquel en el que pasan a ser familiares. Cuando nos damos cuenta de que han cambiado de casilla, ya es demasiado tarde. No sabemos cómo ni por qué, pero lo han hecho. Y debemos aceptarlo, sabiendo que un día podríamos echarlos de menos.

«Y eso es lo que siempre me ha dado miedo. Tener algo familiar en mi vida. Una constante».

Porque ¿qué hacemos cuando la constante desaparece? ¿Cuando nos despertamos una mañana sin oler el café de papá en casa? ¿Cuando no podemos ni abrazar ni sonreír al que queremos cada vez que lo vemos en la calle o en un pasillo?

«La vida consiste en eso».

—Sigues perdida en tus pensamientos, Eliotte.

—Es por tu culpa —digo, y trato de adoptar un tono juguetón—. Por tu culpa, ahora tiendo a cuestionarme las cosas.

—A veces es bueno tomar distancia.

—¿Qué insinúas? ¿Tengo que tomarme esas palabras como insulto a mi pequeña persona?

—Es cierto que eres… minúscula.

—Comparada contigo. De todas formas, el buen perfume se vende en frascos pequeños.

—Mmm… —suelta mientras ahoga una carcajada.

—¿Qué?

—Seguro que no pensabas eso cuando me miraste en la ducha.

«¿Qué?».

—No sigas por ahí —digo, y levanto el mentón para mirarlo a la cara—, no te miraba, estabas ahí. En *mi* ducha. No debías estar ahí.

—¡Di lo que quieras, Eliotte! Ya sé que eres una obsesa.

—Insistes mucho en eso. Parece que quieres que lo sea.

—¿Sabes que después de eso puse cerrojos en todas las puertas del piso?

Me entra la risa. Me di cuenta, sí.

Mi respiración es mucho más lenta, controlada. Siento cómo se le mueve el hombro ligeramente bajo mi mejilla cuando habla. Desvío la mirada a sus grandes manos…, tiene algunos rasguños en los nudillos. Por instinto, agarro uno de los dedos y paso el pulgar sobre las costras.

—¿Qué te pasó?

—¡Oh! ¿Eso? —dice sin apartar la mano—. Me vine un poco arriba en mi última clase de boxeo.

Arqueo una ceja.

«No sabía que boxeabas, Izaak».

«Sin guantes».

Suspiro y le suelto la mano, como si de pronto me quemara. No tengo por qué agarrarla, no soy enfermera. Dirijo la mirada hacia la tela del sofá, a la alfombra del suelo, antes de volver a mirarle las manos con heridas.

«Te juro que no todo el mundo te dará la espalda».

Deslizo los dedos sobre el muslo para tocarme discretamente la rodilla, que está muy cerca de sus manos. Extiendo el meñique para acercarme más.

«Yo no, al menos».

Cuando me atrevo a acercar más mi mano a la suya sin tocarla, se me hincha el corazón en el pecho. Nos hemos cogido de la mano un montón de veces, pero siempre había mucha gente alrededor. Ahora solo estamos nosotros.

«Yo no».

Se me para el corazón y retiro la mano.

—Ven, ¡tengo que enseñarte algo! —exclamo de pronto, mientras me levanto del sofá.

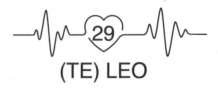

(TE) LEO

—Te sigo.

Se levanta con una sonrisa en los labios y empiezo a andar por el pasillo.

—Oye, solo para estar seguro, no me estarás llevando al baño, ¿verdad?

—Ya te he dicho que eres tú quien *quiere* que sea una obsesa.

Se ríe y me da un codazo.

—Es mi cuarto —le digo mientras abro la puerta del final del pasillo—. Escondí algo por aquí.

Me giro hacia Izaak. Me mira con los ojos abiertos por la curiosidad. Entramos en la habitación y me acerco a la ventana medio abierta, me pongo en cuclillas en el suelo y quito un listón del parqué bajo el que escondí la llave de uno de los cajones de mi escritorio. Me dirijo a él bajo la mirada intrigada de Izaak. Me gusta pensar que con eso transmito una imagen de una chica muy misteriosa e impenetrable. Enigmática como los escondites debajo de los listones de parqué.

Abro el cajón y saco la caja de cartón de mi padre.

—¿Has leído libros censurados? —le pregunto mientras me siento en la cama.

Le hago una señal para que se siente a mi lado y lo hace enseguida.

—Nunca he podido meterles mano a los títulos que me interesaban... —responde—. Algunos extractos por aquí o por ahí, pero nada más.

Cuando se asoma a la caja llena, abre la boca. Sus ojos echan chispas.

—¿Cómo los has conseguido?

—Estaban entre las cosas de mi padre, cuando era niña.

—Tu padre... —murmura—. ¿Puedo?

—Sí, claro.

No puedo evitar sonreír al ver cómo le brillan los ojos. Parece un niño. Saca los libros con cuidado, uno a uno, y lee en voz alta las portadas.

—*1984... Una cara para dos...* ¡Oh! ¡No me lo creo!

Saca de la caja *Romeo y Julieta.*

—¿Lo conoces? —le pregunto con esperanza.

—Por supuesto. Conseguí leer tres fragmentos y me bastó para enamorarme de Shakespeare... y de Julieta.

Sonríe a medida que pasa las páginas del libro con el pulgar.

—No pensaba que se pudiera amar a una pareja con tan solo unos párrafos —dice—. Me pregunto cómo pudieron convencer a sus padres de su unión.

—Oh...

—¿Qué?

—Nada.

—Dime.

—Es Shakespeare, Izaak. No es Charles Perrault.

—Ya... Sé que no es un cuento de hadas.

Me aguanto la risa y el impulso de contarle el trágico final.

—Vale, dejo de pincharte. Pero que sepas que, cuando te hayas leído todos estos libros, pensarás que los cuentos de hadas son una mierda.

—Lo dudo.

—Ah, ya veo... Nunca dejarás que la Sirenita recupere su corazón, ¿no?

—Es la mujer de mi vida.

No puedo contenerme más, y suelto una carcajada. Se me cae una lágrima por los ojos. Izaak se une a mí y no podemos dejar de reírnos durante varios segundos. Podría decir que es por el vino, pero no tenía alcohol. Así que no tengo excusa: Izaak me hace sentir muy bien.

Ya recuperado, coge *Romeo y Julieta* y se tumba en la cama. Se cruza de piernas, abre el ejemplar estropeado... y empieza a leer. Naturalmente, yo escojo *1984* y me tumbo a su lado. Se pega a la pared para dejarme más hueco, pero no podemos evitarlo: nuestros cuerpo se tocan. Mi cama no es tan pequeña, pero Izaak es inmenso.

«Venga, lee, Eliotte. No te desconcentres».

Inspiro y abro el libro.

Izaak apoya una mano sobre mi muñeca.

«Dios mío».

—¿Te apetece que leamos juntos? Quizá te parece raro, pero es bastante div...

—¡No digas tonterías! —exclamo mientras dejo caer el libro—. Creía que era la única a la que le gustaba hacer eso.

—A mí también.

Mantiene sus ojos fijos en mí durante un segundo demasiado largo y vuelve a colocarse en la cama pegándose más a la pared para hacerme más hueco.

—¿Quieres fusionarte con la pared, Izaak?

—Si no, no podrás leer.

Le tiro del brazo para acercarlo a mi lado de la cama y le dejo más espacio. Me acerco, apoyo la mejilla en su hombro y me tumbo de lado. Apoyo una pierna ligeramente en la suya, rozándole los vaqueros. Debería aguantar la respiración, colocar un cojín entre nuestros hombros o sentarme en el suelo, pero, en lugar de eso, susurro:

—¿Ves? Hay hueco.

Levanto los ojos hacia su rostro.

Y descubro que ya está mirándome.

Es una mirada mucho más intensa de lo normal, mucho más profunda. Pero no es nueva.

Ya la he visto.

—Si me lo destripas, te doy una paliza —dice de pronto, y pasa la página.

—Eres muy convincente.

Y empezamos la lectura. Intento que me absorban las palabras, pero está esa maldita voz que las pronuncia. Izaak. Si leyera la composición de un bote de mayonesa, también me cautivaría. Bueno, no exactamente: me hechizarían las inflexiones graves de su voz, su timbre cálido y quebrado y sus silencios.

Se detiene en algunos momentos de la lectura para comentar diálogos y, la mayor parte de ellos, debatimos las elecciones de los personajes. Por ejemplo, piensa que, en la escena del baile, Julieta actúa con toda inocencia cuando se designa a sí misma como santa. En cambio, para mí está claro que está jugando la carta de la audacia y de la blasfemia para seducir a Romeo.

«Sea como sea, tengo razón».

Al llegar al último acto, se aclara de pronto la garganta.

—¿Puedes retomar tu libro? —me pregunta.

—Pero ¿por qué? ¡Es el mejor momento! —digo mientras levanto la cabeza hacia él.

—Quiero leer solo.

Le brillan los ojos bajo la bombilla naranja de mi habitación.

—¿Estás emocionado? ¿De verdad?

Espero que no se tome mi frase como una burla. Reírme de sus emociones es lo último de lo que sería capaz.

—¡En absoluto! —me responde—. Es solo que llegamos al punto culminante de la tensión narrativa y... prefiero leerlo en voz baja. Solo.

Sonrío con ternura. Está emocionado. Más claro que el agua. Su voz lo traiciona a kilómetros. Lo observo por el rabillo del ojo. Se muerde la mejilla por dentro con los ojos entrecerrados. No imaginaba que fuera tan sensible, tan susceptible a las palabras. No lo imaginaba tan parecido a mí.

Cedo y retomo *1984,* que había abandonado en el parqué. Al cabo de dos páginas, es superior a mí y levanto los ojos para observar a Izaak. De perfil, se lo ve absorbido por la antigua tinta imprimida en el papel. Ya me había dado cuenta de que, a veces, murmura en silencio lo que lee. Sus labios carnosos se mueven con suavidad y deslizan las palabras a su lengua. Sus iris siguen todas las letras con avidez. Bajo las bombillas de mi habitación, el verde de sus ojos se confunde con un topacio caliente. Es bastante perturbador. Me pregunto qué pensará de la escena cinco, cuando Romeo y Julieta se separan. Y qué pensará después de haber terminado la obra, al saber que era la última vez que se veían vivos los dos.

«¿Y qué pensará Izaak cuando te sorprenda mirándolo de esta forma?».

Suspiro —de un modo un poco ruidoso— y retomo mi lectura. Esta vez, sin distracción.

Mientras leemos, acomodamos nuestras cabezas, que se chocan a veces. Acabamos con un brazo por encima el del otro, con la cabeza apoyada en el hombro del otro y, en algunos momentos, nos encontramos cara a cara. A treinta centímetros de distancia. A veces a diez. Luego, a treinta. Luego a veinte. A diez. A cinco. Con tan solo la cubierta de nuestros libros como límite.

Llego a la mitad de la novela. No sé qué hora es. No se oyen demasiados coches pasar por la calle. Debe de ser tarde; sin embargo, mamá y Karl no han vuelto de cenar. Finjo que no escucho los resoplidos de Izaak, sus gruñidos y sus maldiciones ante algunas réplicas. Tampoco presto atención a su respiración entrecortada. Ni a su piel, que roza la mía cada vez que pasa una página. Ni a mis ganas de que la toque más tiempo. Y por todos lados.

«Pero ¿qué estoy diciendo?».

Respiro hondo.

Dado el silencio que reina en la habitación, diría que Izaak ha llegado a la escena del suicidio.

—Eliotte, ¿esto qué es?

—Una tragedia romántica —digo mientras paso una página de mi novela.

—No, *esto*.

Lo miro. Tiene entre los dedos un pequeño cuadrado negro.

«¿Un microchip?».

Me enderezo, aturdida. Una alarma retumba en mi cerebro.

—¿Dónde lo has encontrado?

—Cuando he llegado al final, he intentado pasar la página para asegurarme de que no era el final que Shakespeare eligió para *mi* Julieta. Pero he visto que estaba pegada a la cubierta de cartón. Pensaba que era por el deterioro del ejemplar, pero me he dado cuenta de que había un relieve.

Miro el libro, que tiene agarrado con la otra mano. La última página está un poco rasgada por el pegamento.

—¿Crees que era de mi padre? —le pregunto.

—Seguramente. Bueno, ni idea.

—Solo hay una forma de comprobarlo —digo mientras le quito el libro de la mano.

—El microchip es minúsculo y muy fino. Solo podrás meterlo en ordenadores científicos.

«Como en los de la Oficina del Bienestar y la Salud...».

Quería ir a estudiar a la biblioteca de la universidad como cada lunes, pero tengo que cambiar de planes. E ir a las prácticas.

Izaak mira fijamente el chip con los ojos entornados.

—No sé qué puede contener... Ni qué hacía en tu libro. ¿Quién tiene acceso a esta caja?

—Solo yo. Me los dio cuando era niña... Espera. ¿Crees que dejó el microchip para mí?

Me quedo paralizada.

—Eliotte, no quiero hablar por hablar, pero... ¿por qué se habría ido sin llevárselo? Si realmente quería que nadie lo encontrara, se lo habría llevado, pero prefirió dejarlo en uno de los libros que le regaló a su hija.

—¿Tú crees?

Los ojos verdes se le iluminan.

—No se me ocurre otra razón por la que dejaría el microchip aquí.

Me miro los dedos, apretados. El corazón me late a toda velocidad. Me acuerdo de lo que me dijo mi padre al darme la caja, cuando me quejé de la complejidad de las obras que contenía. «Piensas que son una porquería porque no son para ahora mismo, pequeña. Seguro que te encantará leerlas cuando seas mayor. ¿Me prometes que lo harás? Prométemelo, pequeña».

Inspiro profundamente.

«¿Qué querías que supiera, papá? O ¿qué querías esconderles a los demás?».

—Deberíamos irnos —sugiero mientras me levanto.

Cojo los libros y los meto en su caja. Izaak se queda con *Romeo y Julieta* y agarro una camiseta que estaba por ahí para meterla dentro y disimular aún más su contenido. Cuando me dirijo a la puerta, Izaak me dice:

—Nos lo llevamos al piso, ¿no?

—Por supuesto... Pero estarán en *mi* habitación, lejos de tu alcance. Ya sabes, gracias al cerrojo de la puerta.

—Qué cruel eres.

—Prefiero que no te creas que te los dejaré de nuevo. Quiero evitarte desilusiones, Izaak. Dado que el final de *Romeo y Julieta* ya ha trastocado tus creencias, sería injusto no protegerte de ellos.

Me hace una zancadilla y titubeo, a punto de caer al suelo. Le suelto un insulto aún más refinado que tarserito de mierda y le lanzo una mirada asesina.

Cuando salimos del piso, nos dirigimos a la oscura escalera del edificio.

—¿Puedes sujetarme esto, Eli?

«Eli».

Me giro. Me tiende el ramo de peonías violetas que le había llevado a mi madre. También se lleva la botella de vino medio vacía y *Romeo y Julieta* debajo del brazo.

—¡Te llevas las flores! —exclamo con el ceño fruncido.

—Pfff, pues claro. Prefiero que las tengas tú.

Agarro el ramo, aún dudando. La última vez que me regalaron flores tenía diecinueve años. Fue Ashton, por San Valentín.

—Preferiría quedarme la botella —comento un poco después.

—Ni de coña.

—Pues entonces guardaré de verdad la caja de libros en mi habitación.

De pronto, la botella de vino aparece en mi mano.

Me río por enésima vez esta noche.

Es increíble cómo todo puede cambiar en unos segundos. Creía que cenaría con mi madre. Pero no. Creía que pasaría una noche acurrucada en mi antigua cama. Pero no. Nada de lo que prevemos ocurre.

Izaak dice a media voz en la escalera:

—«Amor, dame tu fuerza, y esa fuerza me salvará». Esa frase me ha conmovido mucho.

—Izaak, no hables tan fuerte...

—¿En serio te preocupa el sueño de tus vecinos?

—¡Estás citando un libro censurado! —murmuro—. Sé discreto...

—Mierda, tienes razón —responde también en un susurro.

Debe ser la primera vez que me da la razón. Bueno, más bien que lo admite.

—Me gusta cuando Benvolio dice: «Sigue mi consejo; deja de pensar en ella» —añado en voz baja—. Y Romeo le responde: «Enséñame cómo puedo dejar de pensar». Es tan insolente... Me encanta.

Izaak estalla de risa.

—Sabía que tenías debilidad por los chicos malos.

—¿Cómo? Eso es mentira.

—«Es tan insolente...». Romeo es tan fogoso, tan salvaje... —dice en voz baja en un intento penoso por imitarme—. ¡Oh, Romeo!

Lo empujo y se agarra por los pelos a la barandilla de la escalera.

—Te pones muy agresiva cuando te dicen la verdad.

—No, pero, cuando me dicen gilipolleces, sí.

Entorna los ojos y sigue bajando a saltos los escalones.

Cuando llegamos al coche, me coloco la caja prohibida sobre las piernas.

Durante casi todo el trayecto, a pesar de la conversación animada, no dejo de mirar el ejemplar de *Romeo y Julieta,* con el bultito de la página interior debido al microchip.

—Matthew, te necesito —murmuro al sentarme en la silla que está a su lado a la mañana siguiente.

—Te escucho, Wager.

Le bailan los dedos sobre el teclado.

—Necesito tener acceso a un ordenador científico. Ya sabes, como el de tu madre.

Sonríe con malicia.

—¿Y eso por qué?

—Tengo un microchip que solo puede leerse en ese tipo de ordenador. Te prometo que no buscaré nada. Solo quiero ver la información y me voy.

Se le quedan las manos paralizadas. Me examina antes de decir:

—¿Qué hay en ese microchip?

—No lo sé. Tengo que descubrirlo, ¿puedes ayudarme?

SU CONFIANZA

No sé si debería hablarle de mi padre. Lo único que sé es que no he sentido ninguna alarma, como ocurre de costumbre cuando hablo con el resto de la gente.

«Ábrete a los demás, Eliotte».

Miro a Matthew, con su aspecto taimado y sus ojos azules. Y no me retumba nada en la cabeza. De nuevo, ninguna alarma.

—Tengo razones para creer que ese microchip pertenecía a mi padre biológico —le confieso—. Quizá me lo dejó... No lo sé. Pero, sea como sea, quiero saber qué contiene. Y creo que es algo que puede ayudarme.

Baja la cabeza, perdido en sus pensamientos, antes de dar un salto de su silla.

—Date prisa, mi madre vuelve de una reunión en veinte minutos. Su secretaria vigila la entrada a su despacho, pero no creo que suponga ningún problema

Asiento.

—¡Gracias, Matt!

Cojo mi memoria USB y me la guardo en el bolsillo trasero del pantalón —la necesitaré para pasar la información del microchip y así verla con tranquilidad más tarde—. Matt me sonríe y me agarra del brazo para llevarme al ascensor.

—Ah, y no hace falta huella digital ni nada parecido para encender su ordenador. La contraseña es: «ConnorBlake666». No sé por qué, la verdad.

—Me lo apunto.

Me da toda esa información confidencial con mucha facilidad y naturalidad. ¿Y si yo fuera una espía de otro Gobierno? ¿Y si, gracias a él, accediera a carpetas protegidas de la Oficina?

Pero no, esas ideas no se le pasan por la cabeza.

Se me llena el pecho. Su confianza me emociona.

Nos paramos en la sexta y última planta del edificio. En los pasillos hay cámaras de seguridad en cada esquina, cerca de los nombres importantes grabados sobre placas doradas o de los retratos de los grandes personajes.

—¡Marta! —saluda Matt, que abre los brazos—. ¿Cómo va el día?

Una mujer un poco mayor está detrás de una especie de mostrador, cerca de una gran puerta. Imagino que se trata de la secretaria de la señora Rivera. La cara arrugada se le ilumina cuando ve a Matthew. Se acerca a ella y apoya los codos en el borde del mostrador. Le dedica su sonrisa de ángel, esa que le marca los hoyuelos y le entrecierra los ojos. Ha empezado la operación de seducción.

—No te he visto hoy en la pausa de la comida, Marta... Estás trabajando más de lo normal, ¿no?

Debe conocerla bien, dada la confianza con la que le habla —o es que es muy atrevido—.

—¡Oh, sí! Ahora mismo no paran. Hay mucho trabajo.

—¿Qué te dije del cansancio?

La señora suspira y comienza a soltar información a toda velocidad. Matthew asiente, finge que le presta atención y me mira de reojo.

Es el momento de colarme en el despacho.

Inspiro y entro con naturalidad en la sala, como si no pasara nada.

«Todo va bien».

Compruebo que no haya cámaras dentro; me sorprendería, dado el trabajo de Sofía. Vía libre. Cruzo la habitación blanca y me coloco detrás del gran escritorio de cristal. El ordenador tiene una pantalla de holograma. Las teclas brillan sobre la superficie de cristal que hace las veces de escritorio.

«¿Cómo funciona esta mierda?».

Aprieto con el índice todas las teclas esperando que se iluminen. La pantalla holográfica se enciende.

«Ahora el microchip...».

Veo en el teclado táctil un espacio con forma de cuadradito que tiene una luz azul. Coloco con torpeza el microchip en él.

Siento que se me saldrá el corazón del pecho. Se supone que Matthew está vigilando fuera y, conociendo su labia, nadie debería entrar, pero, mierda, estoy estresada.

Para mi gran alivio, el espacio en el teclado se vuelve de un verde vivo. Meto la contraseña en el teclado varias veces y el ordenador se abre en la página de inicio. El fondo de pantalla es un retrato de la familia. Sofía rodea a Matthew con los brazos y, a su derecha, un hombre la sujeta por la cintura. Ya sé de dónde le viene el encanto... Los tres están de pie alrededor de una cama de hospital desde donde una niña pequeña sonríe, a pesar de todos los cables que tiene enchufados al cuerpo. Matthew la mira con ternura y le saca la lengua.

Me sonaba que tenía una hermana pequeña, pero no sabía que estuviera enferma...

Sacudo la cabeza. Eso no me atañe. Tengo que darme prisa en leer el maldito microchip.

Hago clic en un archivo que me interesa y aparecen una lista de nombres. Arriba está escrito:

Dr. Eric EDISON

«¿Mi padre era doctor?».
Mis ojos desfilan delante de unos veinte archivos.
«Proyecto 22 – Ex. 6 – 12/06/2153».
«Pr 22 – Ex. 7 – 13/06/2153».
Oigo pasos delante de la puerta.
—¡Oh! ¡Mamá! ¡Estás aquí!
—¿Por qué gritas así, Matt?
—¿Yo? ¿Gritar? ¡Qué va, mamá! Estoy hablando normal.
«¡Mierda! Tengo que darme prisa».
Conecto mi memoria USB y copio en unos clics todos los ficheros del microchip antes de expulsarlo.
—¿Y si vamos a tomarnos algo juntos? —exclama Matt detrás de la puerta—. Marta, tú y yo. Creo que trabajáis demasiado. Daos un descanso.
—Eres muy amable, cariño, pero tengo trabajo. El gobernador viene hoy a visitar la Oficina. ¿Qué pensará si me ve comiendo con vosotros?

«¿El gobernador?».

—Venga, déjame pasar. Va…, no me mires así.

Silencio.

Y luego suena la risa mezquina de Matt.

—¡Vamos! —exclama—. Vamos a comer algo, que os lo habéis ganado, ¡señora! Venga, ¡con energía, vamos!

Me coloco una mano delante de la boca para aguantarme la risa. No es creíble.

«El camino debería estar libre ahora».

Cierro la pestaña abierta y, cuando me dispongo a poner el ordenador en reposo, como lo encontré, me llama la atención la mirada marchita y a la vez rebosante de felicidad de la niña del fondo de pantalla.

Salgo del despacho de puntillas y aguanto la respiración al abrir la puerta. Matthew lo ha conseguido: el pasillo está vacío.

Me voy corriendo hasta el sótano de los archivos. Retomo el trabajo como si no acabara de entrar en el despacho de una alta funcionaria.

Una hora después, Matthew sigue sin aparecer.

¿Va todo bien? ¿Sigues comiendo?

Responde de inmediato:

¡Ja, ja, ja, ja! Hemos salido a «tomar el aire» al parque, me daba miedo que subiéramos demasiado pronto…, pero siguen aquí. Creo que mi madre está a punto de tomarse la tarde libre. A esto se le llama talento, Eliotte. :P

¿Has encontrado lo que querías?

¡Sí! Tengo la información en la memoria USB, no la he visto aún, lo haré en casa. Muchísimas gracias, Matt. Sin ti, no lo habría conseguido.

De nada, Eliotte. Cuando quieras.

Y, oye...

¿Sí?

¿Puedo contar contigo para que vengas a la fiesta de mi hermandad el sábado por la tarde?

Eh... No lo sé, Matt. Odio las fiestas, suelo irme a los cinco minutos.

Es en el chalé de un amigo, te encantará. Y he comprobado la lista: no hay gente rara, te lo prometo. Seguro que conseguiré que te quedes al menos seis minutos.

Matt, no soy tan influenciable como Marta...

Me llega otro mensaje:

Puedes venir con Izaak. :) Puede que muera al intentar acercarme para hablarte, pero al menos quizá te quedas siete minutos (ocho si me da una paliza).

Sonrío.

No quiero decepcionar a Matthew. De verdad que no. Y no solo porque siento que se lo debo.

De acuerdo. Te lo confirmo esta semana :)

Me envía un gif de un bebé sobrexcitado que arquea las cejas y sonríe como un loco. Me río y le doy a «me gusta».

Me suenan las tripas. Ahora tengo hambre. Salgo de mi despacho y subo a la cafetería. Por el pasillo, reconozco una voz.

—Es un verdadero placer verlo aquí. ¡Gracias por su trabajo! Nuestro estado le está muy agradecido.

«Thomas Meeka. El gobernador».

¡Se me había olvidado su visita! Está al fondo del pasillo que conduce a la cafetería, no puedo sortearlo. Inspiro y espiro hondo antes de seguir mi camino, segura. Finjo que me sorprendo al verlo.

—¡Oh! ¡Eliotte! —exclama con una sonrisa extraña—. ¿Qué haces aquí? ¡Qué alegría encontrarte!

Está rodeado de los guardaespaldas y de dos mujeres vestidas de azul —probablemente científicas—.

—Hago las prácticas aquí. ¡Yo también me alegro, Thomas!

«Soy de la misma promoción que Thomas en la universidad, y que tu padre, si no me equivoco».

Siento una corriente eléctrica cuando recuerdo las palabras de la madre de Matt. ¿Y si le hablara al gobernador de mi padre? ¿Lo conoce?

Quiero saber todo lo posible sobre él. Hace una hora, no sabía que era doctor, que formaba parte del cuerpo de los científicos. Y, aunque debería ignorar su existencia, el hecho de que Algorithma me haya forzado a olvidarlo me frustra. Han escogido por mí, como siempre.

Si cambio eso, siento que retomo el control. Que soy algo más que una actriz en esta vida controlada por el Estado.

—Bueno, ha sido un placer haberte vist...

—¿Puedo hablar con usted un momento, Thomas?

Abre los ojos como platos.

—Debo redactar artículos informativos para la página web de la Oficina y sería maravilloso que me diera su opinión sobre un punto —añado con un tono alegre.

—¡Oh! Ya veo...

—No se preocupe, gobernador, no lo retenemos más —lo interrumpe una de las mujeres que lo acompaña—. Gracias por sus palabras y por su compromiso.

Su sonrisa se ensancha lentamente. Si no lo conociera, no me habría dado cuenta de la frustración que se asoma en su mirada verde.

—Gracias a ustedes, señoras, por su brillante trabajo y por su implicación.

Le devuelven la sonrisa con admiración y se marchan del pasillo.

—Podemos ir a una zona tranquila, Eliotte —propone antes de meterse en un corredor perpendicular al nuestro.

Lo sigo, con los guardaespaldas detrás de mí, hasta llegar a una gran habitación rodeada de ventanales; parece una sala de reuniones. Sus guardaespaldas permanecen delante de la entrada y Thomas se sienta al final de la mesa. Me siento en una silla a su lado.

A ver, ¿cómo puedo abordar sutilmente el tema de mi padre?

—¿En qué puedo ayudarte? —me pregunta con impaciencia.

—Quería trabajar en la rúbrica Cronología del Bienestar. Ya sabe, con extractos de documentos, añadiendo estadísticas... Creo que, para ser conscientes de la importancia del bienestar en nuestra sociedad, deberíamos ver que venimos de muy lejos.

—Es una idea interesante. Además, deberías insistir en el hecho de que todavía hoy el bienestar es el centro de nuestras prioridades. Gracias al segundo mandato, hoy tenéis clases sobre ello en todas las universidades del Estado, sin importar lo que estudiéis. ¡En mis tiempos no lo teníamos!

Sonrío mientras aprieto los puños para contener mis nervios.

«¡Me ha abierto el camino!».

—¡Guau, no lo sabía! ¿Usted estudió en Stanford, si no me equivoco?

—Exacto, como mis padres y mis abuelos.

—¿Ah, sí? Creo que es de la misma promoción que mi padre..., ¿no?

—Es posible. No conozco a todo el mundo. ¿Cuál es el apellido de Karl?

—No, me refería a mi otro padre. Eric. Eric Edison.

—¿A qué te refieres con «otro padre»? ¿Falleció? Lo siento, no lo sabía.

—No, no. Está vivo. Se fue cuando yo era niña. No sé dónde está ahora.

—¡Oh! Entonces está fuera del sistema... —dice con los labios apretados—. Pues deberías evitar mencionarlo, Eliotte. Soy tu suegro, tengo buenas intenciones y no haré nada, pero otras personas podrían malinterpretarlo.

Me sonríe.

«¿Buenas intenciones?».

Estoy a punto de soltar una carcajada. Este hombre es un payaso.

—Por cierto, ya que estamos aquí, quería hablarte de Izaak…

El corazón me da un vuelco.

—¿Por qué?

De pronto, un ruido sordo invade la sala.

Una onda de choque me atraviesa la caja torácica y hace que la mesa tiemble. Un ruido estridente me perfora los tímpanos. Grito de dolor mientras intento taparme los oídos. «¿Qué ha sido eso?».

Los guardaespaldas irrumpen en la habitación. La cabeza me da vueltas. No oigo bien, como si las voces estuvieran a kilómetros bajo tierra.

—¡Gobernador! ¡Debemos evacuarlo! ¡Rápido!

«Pero ¿qué está pasando?».

Tan confundido como yo, al gobernador le cuesta levantarse. Lo ayudan los dos guardaespaldas, a los que miro, sentada en la silla, desconectada por completo. La habitación se tambalea. Todos los muebles tiemblan.

—¡Malditos idiotas! ¡Encárguense de mi nuera!

«¿Qué?».

—Señora Meeka, venga conmigo —ordena uno de los hombres trajeados mientras se inclina sobre mí.

Me ayuda a levantarme de la silla y me guía hasta la salida protegiéndome la cabeza con un brazo. Lo sigo e intento no caerme. Suena una alarma fuera de la sala. Una bruma de color me tapa la vista y me pica la nariz. Intento taparme la cara, pero ya no veo nada.

«¿Qué está pasando, joder?».

—¡Esos perros han usado un detonador de sentidos! ¡Dile al equipo B que nos traiga otras gafas infravibraciones!

«¿Un detonador de sentidos?».

Creo que es una herramienta militar que obstruye los sentidos y altera nuestro centro de gravedad. Es decir, el efecto es devolvernos al estado de embriones en el vientre materno. Oímos el ruido de nuestro alrededor muy lejano y no vemos nada.

El corazón me late con fuerza en el pecho.

«Quizá han entrado personas armadas y no las vemos...».

Siento que nos rodean varios hombres, me tropiezo con ellos mientras aún me sujetan por un brazo. Nos escoltan a no sé dónde.

—¿Otro atentado? —pregunta el gobernador.

«¿Un atentado?».

Se me hiela la sangre.

—Sí, gob..., vam... a... evacu... al búnk..., que est... al otr... lad... edificio.

Intento adivinar lo que dice, pero los oídos me duelen muchísimo. Lo que parecía una alarma es en realidad la onda estridente de un detonador de sentidos.

«¿Matthew y su madre siguen en el parque? ¿O habrán entrado en el recinto de la Oficina?».

—¿Los autores del atentado están aquí? —pregunto—. ¿Hay heridos?

Siento que se me pierde la voz en medio de tanto caos.

—¡Señor! —grito mientras tiro de la manga de un agente de seguridad a mi izquierda—. ¿Hay heridos?

De pronto, un codo me golpea el mentón. Una ola de movimientos y de pánico me lleva. Mi cuerpo es propulsado antes de que mi cabeza golpee contra un muro.

«Puta mierda...».

Siento un fuerte dolor bajo la piel, en la mandíbula y en la cabeza. Tengo las manos húmedas, no veo absolutamente nada y no consigo mantenerme en pie. Aprieto los dientes mientras intento erguirme.

De pronto, me agarran de un brazo y me tiran hacia atrás. No sé si es un agente de seguridad o...

«Uno de los autores del atentado».

Tengo una posibilidad sobre dos. Prefiero salir sola antes que encontrarme delante de uno de los locos con un arma en la boca.

Entonces, me pongo a dar patadas en todos los sentidos para intentar recuperar el brazo. Intento ignorar el dolor de la herida sin dejar de dar golpes sin control. En ese momento, siento que la masa delante de mí recula por los golpes y me suelta.

En el suelo, me levanto apoyada en los antebrazos y le asesto una última patada. Le doy a algo que se cae de golpe.

Y ahí, a cuatro patas, escapo. Me arrastro a lo largo de un pasillo pegada a la pared. Pero no basta. Vuelven a cogerme por detrás.

—¡Soltadme!

Una mano me tapa la boca mientras que un brazo me bloquea el pecho y me inmoviliza. A pesar de que forcejeo, me arrastran por el suelo. Tras unos metros, me levantan y me pegan a una pared. Unas manos me agarran la cara y me ponen algo alrededor de la cabeza. Una goma elástica me aprieta el cráneo. Gafas. Pestañeo mientras toso. El humo se disipa con suavidad detrás del cristal azulado.

Las manos delante de mí me ofrecen unos tapones que me meto en los oídos sin pensar. Suspiro de alivio. No escucho el ruido estridente que me mareaba. Solo oigo el vacío y los latidos desenfrenados de mi corazón.

Ya protegida del humo y de las ondas de choque, se me estabiliza la visión. La persona que está delante de mí no va vestida con un traje como los guardaespaldas, sino con un jersey de cuello alto negro y un pantalón ancho del mismo color. Entorno los ojos. La masa en cuclillas delante de mí, que era una mancha, se define. Me quedo sin aire.

LOS LIBERALMAS

—¿Qué haces aquí? —exclamo.

Se ha agarrado parte de los mechones en un moño flojo. Una especie de cinturón le atraviesa el torso, y le aprieta más el jersey de cuello vuelto, cuyas mangas lleva subidas por encima de los codos. Le gotea sangre de la nariz hasta el labio superior. Se la seca con el dorso de la muñeca y se acerca de inmediato a mí.

—¿Estás bien? ¿Estás herida?

Escucho la voz de lejos a causa de los tapones en los oídos. Me agarra del mentón para examinarme la cara. Se percibe la preocupación en su rostro. Me pasa el pulgar por el labio con el ceño fruncido.

—Los voy a matar, los voy a matar… —farfulla.

Le aparto la mano de mi cara.

—¿Qué haces aquí, Izaak?

—¿Y tú qué haces aquí? ¡Hoy no tenías prácticas! ¡Deberías estar en la biblioteca, como cada lunes, joder!

—¡Esto es de coña! ¡Tú eres el sorprendido! Pero ¿qué está pasando?

—Pregúntamelo luego, tenemos que salir de aquí —dice mientras empieza a enderezarse.

Agarro con las dos manos las cinchas que le cruzan el torso y lo acerco a mí. Por fin, sus ojos, fijos en mí, están a pocos centímetros de los míos. Lo asesino con la mirada. Baja los ojos hacia mí y traga.

—¡No me moveré hasta que no me digas qué está pasando, joder! ¿Cómo has llegado hasta aquí?

Se humedece los labios, aguanta la respiración.

«No me digas que…».

Lo suelto y lo empujo unos centímetros, petrificada.

—Tú eres el que...

—Formo parte del grupo que ha lanzado el detonador de sentidos, sí.

—¿Me tomas el pelo? ¿Estás implicado en un atentado?

—No es un atentado..., digamos que es una intrusión. El matiz es importante desde un punto de vista jurídico, ¿sabes?

Su voz tranquila me irrita. ¿Esto es un sueño, joder? ¿Es otra simulación?

—¿Te parece que esto es una intrusión? —le digo mientras le señalo con un dedo la herida que tengo en el labio.

—He tenido que pelear con los agentes para apartarte ¡y ese capullo te ha dado un codazo sin darse cuenta! ¡No tengo la culpa de que sean tan incompetentes para tratar con los civiles!

—¿Por qué no me has dejado con ellos? ¡Podría habérmelas arreglado tranquilamente!

—A esa gente la contrata mi padre. No estaba seguro de que te protegieran y de que no te dejaran atrás.

—Pero ¿protegerme de qué, si solo es una intrusión?

—No lo sé, tuve miedo, ¿vale? —confiesa mientras abre los brazos—. ¡Te vi, entré en pánico y solo sé que justo después estaba tirando a un tío al suelo!

—Estás loquísimo, de verdad...

—No he tenido elección. Tenía que encargarme yo de tu seguridad. Eso es todo.

—Para ya, ¡bastaba con no organizar ningún atentado donde yo trabajo!

—¡Pensaba que estabas en la facultad hoy!

—¡Ya me he enterado!

Empiezo a quitarme las gafas de protección.

—Pero ¿qué haces? —gruñe, y me obliga a ponérmelas de nuevo.

—¡Si me ven con esto, creerán que estoy con vosotros! No quiero acabar en la cárcel, ¿vale?

—No acabarás en la cárcel. Venga, ven —dice mientras me ayuda a levantarme.

—Te veo muy relajado, para ser un terrorista —comento entre dientes mientras me sacudo el pantalón.

—No hemos atentado contra nadie... Y claro que estoy tranquilo. Todo está bajo control.

—Sí, todo *estaba* bajo control —murmuro.

Entorna los ojos.

—Sé lo que hago. Venga, ven.

—¿Y por qué lo hacéis?

—No tenemos tiempo de hablar, tenemos que largarnos antes de que intervengan las fuerzas del orden.

Se mira el reloj que lleva en la muñeca.

—Tenemos tres minutos y cuarenta y cinco segundos para largarnos.

—Pero yo...

—No somos criminales —dice mientras me coge de la mano y se pone a andar—. Queremos protestar contra Algorithma y despertar las conciencias. Lo último que quiero es herir a nadie.

Lo examino antes de fijarme en cómo me coge de la mano.

—¿Confías en mí, Eli?

Sin pensarlo, asiento y me lleva con él a un pasillo oscuro.

«No puedo creerlo... Izaak forma parte de un grupo de rebeldes».

En el fondo del pasillo, un chaval de piel oscura nos espera delante de una puerta pequeña encima de la cual brilla un holograma verde. Izaak me echa un vistazo rápido mientras corremos hacia él. El tipo abre la puerta.

—¡Venga, largaos! *¡Go, go, go!*

Corremos hacia fuera y salimos detrás del edificio de las Oficinas, a una calle desierta que reconozco. Me quito las gafas y los tapones de los oídos y respiro hondo. Una camioneta negra está aparcada a varios metros de allí. La puerta se abre de inmediato. Reconozco a Charlie, que nos llama con el brazo. Seguidos del chico que nos esperaba en la salida, corremos hacia el vehículo y subimos a toda velocidad. Izaak se queda fuera.

—¡Arranca, Anita! —dice antes de cerrar la puerta sin subir.

—¿Qué coño haces, Izaak?

—Alex sigue dentro, tengo que ir. Confía en ellas.

—¿Cómo? Pero ¿estás de coña? —exclamo mientras empiezo a salir de la camioneta—. ¡No te dejo aquí solo!

—Joder, ¡la poli llegará dentro de poco! —grita Charlie, que me agarra del brazo para que me quede dentro—. ¡Tenemos que largarnos!

—¡Ve tú! —digo, y me giro hacia ella—. ¡Ve a por Alex y deja que Izaak se suba a la camioneta!

Suspira y pasa por encima de mí para salir.

—Charlie, ¡tú te quedas aquí! —la amenaza Izaak.

—Déjate de gilipolleces, lo he hecho un millón de veces. La tía está muerta de miedo, ¡quédate con ella! Yo me encargo.

—Pero...

Charlie lo adelanta de un salto y, con una fuerza increíble, empuja no sé cómo el metro noventa y cinco de Izaak en el vehículo. Cierra la puerta mientras dice: «¡Yo me encargo, joder!». Un segundo después, ya nos hemos ido.

—¡Joder, habéis dejado que Charlie saliera! —gruñe mientras mira a los demás pasajeros de la camioneta.

—Trabaja como recepcionista allí —responde una voz grave detrás de mí—. Si la poli la pilla, podrá decir que estaba allí desde el principio. Además, tranquilo: es Charlie.

«No puedo negar que esta chica es impresionante».

Izaak contrae la mandíbula, va a estallar.

El corazón me late a mil por ahora. Me giro lentamente para observar a mi alrededor. Hace un segundo, estaba hablando con el gobernador sobre mi padre. Y ahora estoy en el coche de un grupo de terroristas.

«Podemos caer muy bajo, en la vida...».

Todos van vestidos de negro y, por suerte, ninguno va armado. Hay una chica a mi lado, tres chicos detrás y dos chicas más delante.

—Eh... No quiero parecer un maleducado, pero... ¿qué hace ella aquí?

Me giro hacia la misma voz grave de antes.

—Yo también me lo pregunto, terrorista.

Una risa estalla a mi lado. Una chica rubia con el pelo recogido en una coleta.

—¡No somos terroristas!

—Es Eliotte Wager —explica Izaak—. Mi..., eh, mi falsa mujer. Trabaja en la Oficina.

—Entonces, ¡por esta tía no quería que hiciéramos el atentado aquí!

—¡Ajá! ¿Ves? Es un atentado —exclamo mientras le golpeo a Izaak en el hombro—. ¡Panda de terroristas!

La chica rubia vuelve a reírse.

—Es graciosa.

—No somos terroristas —responde Izaak—. No queremos hacerle daño a nadie. Solo pintamos grafitis en las paredes, proyectamos vídeos en las fachadas... Solo queremos hacer ruido.

—¿Qué es eso? —exclama la chica que tengo al lado—. ¿Te ha sangrado la nariz, Izaak?

—Sí, me he peleado. No estaba previsto.

—¡El capullo te ha dado bien!

—La capulla. Ha sido Eliotte.

Se me corta la respiración.

—Espera, ¿qué? ¿Yo te he hecho eso?

—Eres buena dando patadas, pedazo de tarsera de mierda —dice mientras me fulmina con la mirada.

—¿Tarsera? —repite la chica rubia.

—¡Chicos! —nos interrumpe una voz desde delante—. ¡Charlie me ha mandado un mensaje! Alex sigue en las oficinas pirateando HealHearts. Creen que acabarán pronto.

«¿Cómo?».

—¿Por qué piratea la aplicación?

—¡Para mandar un mensaje a todos los teléfonos de Nueva California! —responde el tipo que tengo detrás—. Fue Izaak quien pensó en el contenido, por cierto.

—«El amor es pesado y ligero, brillante y oscuro, caliente y frío, enfermo y saludable, dormido y despierto, ¡es todo excepto lo que es!» —añade el interesado.

Sonrío. Es un fragmento de *Romeo y Julieta*. Izaak me guiña un ojo, cómplice.

—¡Sí, eso es! —sigue el tipo—. Muy bonito, muy mono. Y, luego, hemos añadido: «Un latido no vale un porcentaje».

—¿Qué queréis exactamente? —pregunto.

—Con el tiempo, la abolición del sistema de las almas gemelas —responde la voz grave que está detrás de mí—. Que las personas se quieran y se casen, o no, con quienes quieran. Lo hacemos poco a poco. Primero, exigimos el reconocimiento del amor homosexual en las parejas de Algorithma.

—La homosexualidad es la orientación sexual y romántica de dos personas del mismo sexo. Existe desde el principio de los tiempos... Y la ignoramos desde hace casi dos siglos —precisa Izaak, que cree que no sé qué es, como el resto de la población.

—En realidad, sé que existe. Por los libros de la caja —comento en voz baja para que los demás no sepan que tengo novelas censuradas; aunque Izaak confíe en ellos, yo no puedo hacerlo aún.

Este abre los ojos y asiente.

—En fin, lo único que sé —añado— es que dos hombres, dos mujeres, dos personas, en realidad, pueden quererse.

—¿Sabes cómo vivían esas personas antes de las Décadas Oscuras?

Niego con la cabeza.

—El amor es algo misterioso y muy sencillo a la vez —empieza a explicar la chica que conduce, que creo que es Anita—. Han querido hacernos creer durante mucho tiempo que la homosexualidad era una enfermedad o una moda, luego se aceptó más o menos, luego se reconoció, pero se discriminó. Es lo que se llama homofobia. Mataban a las personas, a otras las pegaban, las linchaban y demás, sencillamente porque querían a alguien del mismo sexo. Es una locura, ¿no? Tanto odio por amor.

—¿En serio? —pregunto sorprendida—. Pero ¿por qué?

—Esa es una muy buena pregunta —opina Izaak en un suspiro mientras cruza los brazos detrás de la cabeza—. Anita, ¿puedes dejarme en el piso, por favor?

—Sin problema, guapo.

—¡Oh, Dios mío! —exclama una chica de delante.

—¿Qué pasa? ¿Estás bien? —pregunta Izaak, que se endereza.

—¡Mirad vuestros putos móviles!

Saco el mío, que seguía en el bolsillo interior de mi americana. Entre las tres llamadas perdidas de Matthew y las cuatro de Izaak, aparece una notificación de HealHearts:

El amor es pesado y ligero, brillante y oscuro, caliente y frío, enfermo y saludable, dormido y despierto, ¡es

301

todo excepto lo que es! Un latido no vale un porcentaje.

La revolución empieza escuchando los latidos de tu corazón.

Quered a la persona que vuestro corazón haya escogido, no Algorithma. Juntos, podemos cambiarlo todo.
♥

—¡Lo ha conseguido! —exclama la chica rubia.
—Y sin faltas de ortografía de esas que duelen a los ojos —dice uno de los chicos que está detrás de mí—. Me alegro, joder.
Se arma un jaleo en el coche. Todo el mundo se ríe, canta, exclama y estalla. Izaak muestra una gran sonrisa mientras mira fijamente su móvil.
Desbloqueo el mío y le envío un mensaje a Matthew. Él me ha mandado cinco:

15:03

¿Estás bien, gruñona? ¿Te aburres mucho sin tu compañero favorito?

15:26

Eliotte, ¿estás bien? ¿Sigues dentro? Dime que has salido, por favor. Contéstame, por favor, por favor.

15:30

?????

Tecleo con rapidez:

Estoy bien, no te preocupes. He conseguido salir por una salida de emergencia. Y, sí, me aburría sin ti.

De pronto, me agarran de un hombro.

—¿Te lo puedes creer, Eliotte? —me pregunta Izaak, loco de contento.

Nunca lo había visto así.

—¡Hemos mandado un mensaje a todos los habitantes de Nueva California!

Su entusiasmo me anima.

—¡Es increíble lo que habéis conseguido hacer! Lo que has conseguido hacer.

Le brillan los ojos. Se dispone a responder, pero una voz lo interrumpe:

—¡Hemos llegado a tu casa! —exclama Anita.

Deja de mirarme, le da las gracias y sale el primero del coche con las ventanas tintadas. Lo imito, cierra la puerta detrás de mí y se acerca a una de las ventanas de la furgoneta.

—Tened cuidado. Mandadme un mensaje cuando hayáis llegado a casa. Y el primero que tenga noticias de Charlie y Alex que me llame, ¿vale?

—Sí, papá —responde la chica rubia.

—¡Por favor, Nathalie, deja eso!

Me entran ganas de reírme, pero algo me lo impide. Miro cómo Izaak se despide del grupo y de Nathalie. Se me contrae el estómago.

Sigo a Izaak hasta el piso, aún afectada por lo que ha pasado en la Oficina. ¿La gente de la que acabamos de despedirnos forma parte del círculo social de Izaak? ¿Es la gente con la que organiza actividades ilegales? ¿Son criminales? Es una locura cómo podemos vivir con alguien, verlo todas las mañanas, todas las noches, e ignorarlo todo sobre él. Porque podemos esconderlo todo. Sentimientos. Nuestra sexualidad. Crímenes. Incluso otra vida.

«De lo que estoy segura es de que Izaak cuida de su grupo».

Vuelvo a pensar en la forma en la que se ha comportado con los suyos, en la energía que emanaba de él. He sentido que estaba en todo momento inquieto por su seguridad. No lo había visto nunca tan preocupado por los demás. O quizá sencillamente le da vergüenza mostrar su corazón.

303

Mi marido ficticio se desploma en el sofá y me uno a él, sofocada. Los efectos del detonador de sentidos no se han disipado del todo. Tendré que tomármelo con calma en las próximas horas. Me paso una mano por el pelo alborotado. El medio moño de Izaak sigue en su sitio.

—Me gusta tu peinado —le digo—. ¿Era por disfrazarte de espía o perdiste una apuesta?

Levanta los ojos con una sonrisa teñida de vergüenza en los labios.

—Cállate.

—No, te pega mucho, agente 007.

Un cojín aterriza en mi cara. Me río mientras me lo quito de encima. No le he mentido. Le queda muy bien.

—Me preguntaba una cosa, Izaak, a ti... ¿a ti qué te gusta?

Pone cara de travieso.

—¿Que qué me gusta? ¿De música? ¿Gastronomía? ¿Literatura?

Lo miro indignada.

—Sabes muy bien a lo que me refiero. De... humanos.

—Bueno, señora Wager, haré lo que se llama salir del armario.

—¿Eso qué es?

—Antes, si nuestra orientación sexual no era la que se adscribe a la norma, escogíamos un momento para anunciarlo oficialmente a nuestros amigos y familia. Eso era salir del armario.

—Entonces, ¿no eres hetero?

Fijo la mirada en él, aturdida.

Echa la cabeza a un lado antes de soltar una carcajada.

—No, Eliotte... Me gustan las mujeres. Soy heterosexual.

—Entonces, ¿por qué has dicho que ibas a salir del armario?

—Para verte la cara. Ha sido maravillosa, muchas gracias.

Entorno los ojos.

—Qué fuerte, Izaak. Tu humor es peor cada día que pasa. Yo que pensé que eras divertido el día en que te conocí.

—¿Divertido?

—Incluso creativo.

Entrecierra los ojos.

—Y ahora te aguantas la risa porque no quieres demostrarme que soy gracioso.

Se levanta del sofá y estira los brazos.

—Voy a prepararme un té.

Veo cómo se le mueven los hombros a medida que se dirige a la barra de la cocina. Ríe en silencio.

—Oye, ¿conoces a personas homosexuales? —le pregunto.

No me imagino cómo serán sus vidas en una sociedad como la nuestra. Debe ser muy duro.

—Sí, y lo más probable es que tú también. Pero la mayoría lo ocultan para evitar represalias. Por ejemplo, ¿sabías que había un bar gay en los sótanos de Malibú?

—¿Qué?

Izaak hierve el agua y se gira hacia el armario en el que guarda todas sus hierbas.

—Bueno, en realidad ya has conocido a una persona homosexual —añade mientras coge la caja de metal—. Charlie es lesbiana.

«¿Qué? Pero, entonces, todas las veces que he pensado que ella e Izaak...».

Sacudo la cabeza para borrar una sonrisa inesperada.

—¿Vuestro grupo tiene nombre? —le pregunto mientras coloco el mentón sobre mi brazo, doblado en el borde del sofá.

—Nuestra banda se llama los Ángeles del Amor.

Me aguanto la risa.

—En serio, Izaak. ¿Cómo se llama vuestra organización?

—Los Liberalmas. Para liberar las almas de sus supuestas gemelas.

—¿Y cuántos sois en total?

—Miles, dispersos por todo el país. El centro de control de Nueva California está cerca de aquí, somos el núcleo de las operaciones nacionales.

—¿Cómo los conociste?

Mi curiosidad divierte a Izaak, que sonríe casi con dulzura mientras me mira.

—Pues... una muy buena amiga me los presentó cuando se dio cuenta de que tenía una visión particular de la sociedad. Sus padres son miembros del Consejo de la organización. En aquella época teníamos dieciséis años, creo.

«¿Una muy buena amiga?».

Se me encoge el pecho.

«¿Una muy buena amiga como Joleen, con la que te hiciste un test de pareja a los diecisiete años, por ejemplo?».

Izaak vuelve con dos tazas. Coloca una llena de café frente a mí.

No puedo evitar sonreír ante su gesto. Siento una ola de calor en las mejillas.

—Gracias.

—Me cuesta muchísimo desperdiciar agua caliente así, ¿sabes?

—Sí, pero un día conseguiré convencerte para que lo pruebes... Por cierto, como hijo del gobernador, imagino que tendrás un lugar especial en el grupo, ¿no?

Izaak se pasa una mano por el pelo y mira al vacío.

—Bueno... Digamos que al principio tuve que pasar varias pruebas. Algunos tenían miedo de que fuera una especie de agente mandado por mi padre y otros me veían como un niño rico desconectado de la realidad que no entendía los problemas que los otros Liberalmas vivían.

—Me imagino...

—Pero hoy me va mucho mejor. Prácticamente he crecido con esta gente... Y mi posición nos ayuda a avanzar. Estoy al corriente de algunas medidas políticas antes de tiempo, puedo acceder a informaciones confidenciales cruciales para nuestra causa...

—¿A qué te refieres?

—Por ejemplo, la fiesta benéfica fue una ocasión perfecta para conseguir los archivos personales de mi padre de la Oficina Matrimonial.

«¿Qué?».

—¿Por eso estabas solo con Charlie arriba?

—Sí... Espera, ¿qué te imaginaste?

—Digamos que, si hubiera sabido que era lesbiana antes, no habría llegado tan rápido a esa conclusión.

Izaak suelta una carcajada antes de darle un sorbo al té.

—Y... ¿a veces tienes que hacer cosas peligrosas? ¿Cosas que te dan miedo? —le pregunto mientras lo miro fijamente.

—Mmm... Desde hace un tiempo, hemos decidido ser cada vez más visibles. En nuestras acciones, a veces tenemos que enfrentarnos a las fuerzas del orden, ya sea dentro de un edificio o en la calle, pero nunca se convierte en mediático, por supuesto; los poderes locales hacen todo lo posible para silenciarnos. Y a veces se vuelve violento. Otras, no sé si acabaré en la cárcel o algo peor... Pero creo que, en esos momentos, lo que me da más miedo es lo que podría pasar si no hago todas esas cosas.

Le miro las costras, casi curadas, y los hematomas, que se han vuelto verdes, en las falanges.

—No me sorprende viniendo de ti —le digo con una sonrisa antes de volver a mirarlo a los ojos—. Siempre que te acostabas tarde o que desaparecías durante el día..., debía ser por eso. Aunque no conociera la existencia de los rebeldes en nuestro país, no sé cómo no se me ocurrió, conociéndote... ¿Los miembros de tu familia sospechan algo?

—No, he hecho todo lo posible para ser lo más discreto posible con ellos. Bueno, salvo con Ash... Se lo medio expliqué, pero no... Nunca estuvo convencido.

Se me para el corazón. Su cara se me dibuja de un modo vago en la mente. Hace mucho tiempo que no lo veo.

«Ashton...».

—Además, tengo que contarte una cosa sobre él, Eliotte.

EXPLOTAR

—¿Qué pasa? —le pregunto mientras me enderezo.

Apoyo la taza de café, intrigada.

—Hablé con Ashton hace poco y me dijo que estaba con Emily por nuestro padre. El de Emily es el presidente del Partido Conservador. Formar una coalición con su partido podría hacerle ganar a mi padre las próximas elecciones presidenciales.

Miro fijamente la mesa baja, estoy perturbada.

—Entonces, ¿por qué la llevó a su casa?

—Nuestro padre quería conocerla... Ya sabes, para hacerle el numerito de persona encantadora.

—Pero ¿por qué no me lo contó cuando se lo eché en cara? Prefirió decirme que era demasiado tarde para nosotros y obviar que lo suyo con Emily era una mentira. ¿No habría sido más fácil contármelo?

—Pienso igual que tu...

Izaak baja la mirada, perdido en sus pensamientos. Acaba suspirando.

—Creo que, en el fondo, no consigue separarse de Emily por miedo a que sea su verdadera alma gemela. O quizás... No lo sé, Eli. Pero quería que lo supieras. Según él, tú eres la única que ocupa su corazón.

Vuelvo a coger la taza y bebo un sorbo para aclararme las ideas.

«Ashton, ¿a qué juegas?».

Me cruzo de piernas y me mordisqueo el labio. Observo la espuma que flota sobre el líquido en mi taza con la mirada perdida.

—¿Qué debería hacer? —le pregunto de pronto—. ¿Tú qué harías?

Izaak se pasa una mano por el pelo, con la mirada perdida. Se queda inmóvil varios segundos, por completo ausente. Aprieta la mandíbula.

—Quizá es una gilipollez decirlo así, pero... escucha a tu corazón. Siempre tiene razón. Si sientes que es él, es él, Eliotte.

Izaak eleva los ojos hacia mí en silencio. No me atrevo a decir nada. Nos miramos fijamente, con las tazas en las manos, sentados en medio de su salón.

—¿Le quieres? —suelta de pronto.

Quiero contestar, pero no me sale nada.

Nada.

Vacío.

Blanco.

Cero.

Pero debería poder contestar a esa pregunta de manera automática, igual que al «¿Cómo te llamas?». Pero me quedo muda.

¿Le quiero? Ahora que todas mis creencias se han derrumbado, ¿aún le quiero?

—Mmm..., yo...

De hecho, creo que no es una pregunta a la que se responde de un modo automático. Querer no es un reflejo, una costumbre, no es siempre. La respuesta está grabada en nuestros instintos. Forma parte de nosotros.

Y mi instinto por primera vez está callado.

Frunzo el ceño.

—En realidad, es difícil decirlo después de todo lo que ha pasado. Y sabes lo complicado que es para mí confiar. Ashton entró en pánico al principio, lo que me dolió mucho, y ahora..., no parece muy seguro de lo que quiere.

«Y ese "no parece muy seguro" es lo que me aterroriza».

—Pero no estamos hablando de sus sentimientos, sino de los tuyos, Eliotte. Si adaptas tus sentimientos a los suyos..., ¿podemos hablar en realidad de amor?

No consigo responder.

A veces, intento mirar lo que tengo dentro del corazón, pero no veo nada. Sin embargo, siento que se llena cuando tengo recuerdos de la cara de Ash y de momentos que hemos vivido juntos. Se retuerce de dolor antes de hincharse.

«Pero ¿de qué?».

Porque, en el fondo, ¿qué es Ashton para mí hoy en día: una ausencia o un recuerdo?

—Sea lo que sea, tienes tiempo, Eliotte. Todo irá bien.

Vuelvo a mirarlo a los ojos, que transmiten tranquilidad. Sonrío para agradecerle sus palabras. En un segundo, siento que busca con disimulo mi mirada.

—¡Por cierto! —exclama de golpe—. ¿Has visto ya lo que hay en el microchip?

Me echo hacia atrás.

«El microchip».

Me meto las manos en los bolsillos de los vaqueros y me levanto para buscar en los bolsillos de atrás.

«Joder, ¿dónde está la memoria USB? ¿Y el microchip?».

—¡Creo que se me han caído! —exclamo con la voz entrecortada.

—Tranquila —dice mientras se yergue—. Deben estar ahí. Busca bien.

Busco por enésima vez en los pantalones y en la chaqueta.

No tengo ni la memoria USB ni el microchip.

Inspiro mientras aprieto los puños para contener el enfado que me devora por dentro.

«¡Mierda!».

«¿Y si nunca descubro lo que me dejó mi padre? ¿Y si alguien lo encuentra y me roba toda la información?».

—Quizás se te han caído en el coche —sugiere Izaak, que saca su móvil—. Le pediré a Josh que busque en la furgoneta.

Mientras llama, decido avisar a Matthew por si puede ayudarme. Escribo a toda velocidad, sin aire:

> Matt, ¡creo que se me han caído el microchip y la memoria USB durante el ataque! No los tengo. No sé qué voy a hacer.

En unos segundos, responde:

> Oh, mierda.

Tranqui, Wager, la Oficina está cerrada mañana, solo van los altos funcionarios. Acompañaré a mi madre y buscaré el microchip y la memoria. ¿Sabes dónde se te han podido caer?

Estaba en una sala de reunión justo al lado de la cafetería. El ataque fue en ese momento. Luego, nos condujeron hasta la salida de emergencia más cercana. No veía nada y estaba totalmente desorientada, no sé exactamente cuál fue el recorrido.

Apuntado. ¡Haré todo lo posible! Mientras tanto, no te preocupes, encontraremos una solución.

Gracias, Matt. :)

Guau, un emoji. Debes estar totalmente perturbada.

Capullo.

Oye… Si necesitas algo, no dudes en llamarme. Mis bromas de mierda rebajarán la angustia. Y te lo repito: ¡encontraremos una solución!

Eres el mejor, gracias. :)))

—Eliotte —me dice Izaak—, Josh me ha dicho que no había nada en el coche. Estarán en la Oficina.

—Matthew irá mañana a ver si están allí —digo con un suspiro. Me tiro en el sofá.

—Entonces, solo queda esperar…

Me muerdo el labio inferior para intentar controlar la respiración. El estrés me ha paralizado por completo. *Debo* saber qué hay dentro de ese microchip. Y por culpa de ese jodido ataque quizás nunca…

311

«Tengo que calmarme».

Me levanto del sofá y voy al fregadero para servirme un vaso de agua.

—Eliotte —dice Izaak—, ¿te apetece ir a tomar el aire esta noche? Necesitas pensar en otra cosa.

De pronto, el nudo del pecho deja de apretarme un poco.

«Su delicadeza conmigo me emociona».

Tiene razón. Entre el ataque, el microchip, Ashton, todas las revelaciones... Tengo que tomar el aire o me explotará la cabeza.

Vacío la taza de golpe.

—Hay la fiesta de una hermandad esta noche en casa de un amigo —propongo sin pensarlo.

—¿Quieres ir a una fiesta? ¿Tú?

—Sé que tú también las temes, pero creo que estaré tan atolondrada, incluso borracha, que no pensaré en ello.

—¿Es lo que te apetece?

—No lo sé, puede ser divertido, ¿no?

Izaak echa la cabeza hacia atrás mientras respira ruidosamente.

—¿Qué pasa? —le pregunto.

—Estoy preparándome mentalmente.

Sonrío.

—¿Para la fiesta?

—Buf, ¿para qué va a ser? No me creo que vaya a ir a la fiesta de una hermandad. A una fiesta de paletos.

Me entusiasmo al pensar en la idea. Lo he propuesto sin más, casi segura de que me mandaría a paseo.

Pero no. Ha aceptado.

—¿Y quién te ha invitado? —pregunta mientras dirige su mirada verde hacia mí.

Se me escapa una risa nerviosa. Izaak me examina mientras espera mi respuesta.

—Un tipo... del campus.

—Sí, pero ¿quién? ¿Nombre? ¿Apellido? ¿Promoción?

—Mmm..., creo que fue...

Le dedico una amplia sonrisa y suelto:

—¿Matthew, me parece? Tendría que comprobarlo.

Izaak mira al techo.

—Es bueno —digo mientras rodeo la barra de la cocina para acercarme al sofá—. Es un amigo. Y puedes decirme lo que quieras, pero seguirá siéndolo, Izaak.

—No confío en él...

—Yo sí. Y con eso debería bastar, ¿no?

Aprieta los labios.

—Ha bastado desde el principio, Eliotte. Haz lo que quieras. Nadie puede decirte nada en este tipo de decisiones. Solo te pido que seas prudente. Sobre todo con él.

Y añade en voz baja:

—Por favor.

Parpadeo. Siento que es un *déjà vu*. Empleó el mismo tono y puso la misma sonrisa congelada cuando preguntó por qué dejábamos a Charlie en la Oficina o cuando se aseguró de que su grupo le mandaría un mensaje cuando llegaran a buen puerto. De hecho, Izaak es así. Se preocupa todo el rato por la gente... que le importa. Pero lo hace desde la sombra.

O quizá estamos demasiado absortos por nuestros prejuicios para verlo.

Sonrío con fuerza, con los ojos pegados al suelo.

—Gracias, Izaak.

—¿Por dejarte... vivir? No me des las gracias por cosas normales, es indigno de ti, tú...

—Quería darte las gracias por haberme propuesto salir. Y gracias por acompañarme, aunque odies las fiestas.

Me devuelve la sonrisa.

—Ah, vale, eso sí que se merecía un gracias.

—Puta mierda...

—¡Qué vulgar puedes llegar a ser! —exclama Francis mientras golpea el hombro de Izaak justo cuando acabamos de llegar.

—Es lo primero que se me ha ocurrido al ver a todos estos tipos desnudos en la piscina en pleno mes de febrero.

—Podrías haber dicho, por ejemplo: «Buenas noches, putos licenciados», o: «¿Dónde está el gel hidroalcohólico, Francis?», o: «¿Por qué ese pelirrojo tiene una cuerda en la cabeza?».

Izaak esboza una sonrisa forzada antes de mirarme.

—No toques nada en esta leonera de casa, Eliotte. O en esta leonera, sencillamente, ¿vale?

—¿Cómo sois tan dramáticos para las fiestas, chicos? —pregunto.

—Así somos, Eliotte. Bueno, excepto para las organizadas por... nuestra «banda», ya sabes —responde Francis, que me guiña un ojo.

Ahora que sabe que conozco su implicación en la organización rebelde de los Liberalmas, Francis hace más bromas y está más tranquilo conmigo. Hice bien al proponerle a Izaak que le dijera que nos acompañara. Se lo sugerí porque no me atrevía a imponerle una fiesta solo con mi presencia. Aunque me haya emocionado que quisiera llevarme a tomar el aire, no quiero ser una carga para él.

—Aun así, no puedo creer que Izaak se haya negado a participar en nuestra gran reunión de esta noche para venir a esta fiesta —suelta Francis.

Me giro bruscamente hacia el interesado.

—¿Cómo? ¿Tenías algo organizado para hoy, Izaak?

Fulmina con la mirada a Francis.

—Si no me informan esta noche, mañana me enteraré de todas formas —responde mientras me mira—. Venga, entremos.

Y, sin esperar mi respuesta, Izaak abre la puerta de la entrada del chalé.

SUPERNOVA

Entramos en lo que parece una supernova. Los neones azules y violetas en las paredes y en el techo se reflejan por todos los ventanales de la inmensa sala de estar. Las lámparas colgantes brillan y las luces de colores dan al lugar un aspecto galáctico. Esta casa es suntuosa.

A medida que entramos en el salón, la mano de Izaak busca la mía y la aprieta unos segundos. El corazón me va a estallar.

«Por una mano. Por una simple mano».

Lo miro, pero él está concentrado en el resto de la habitación. El ángulo de su mandíbula y la línea de su nariz, teñidas de azul y de violeta, parecen más marcadas en este ambiente irreal. Esta noche, ha pasado de su medio moño para liberar sus rizos indomables y ha abandonado su jersey de cuello vuelto negro por una camiseta de manga larga de un blanco brillante. Sé que todo el mundo lo mirará. Casi oigo cómo las chicas suspiran a nuestro alrededor...

«Y quizás también algunos chicos».

Los brazos fuertes y el ancho torso están moldeados a la perfección. Y el perfume que lleva esta noche, por favor... Es el mismo de siempre, pero el problema es que, si lo has olido al menos una vez directamente sobre su piel, te das cuenta de que la naturaleza de su aroma y sus diminutos acordes son distintos. Mucho más intensos. Cautivadores. Embriagadores.

«Nota mental: extractos de recuerdos».

Inspiro con fuerza. De pronto, me sobra que me coja de la mano.

«O no me basta».

Sacudo la cabeza y me aclaro la garganta.

—¿Dónde está Francis? Hace cinco minutos estaba por aquí —digo para deshacerme de su mano, de esa jodida camiseta blanca y de esos rizos que atraen tanto a la luz y...

Izaak se gira al momento y dibuja una sonrisa astuta en los labios.

—Sigue en la entrada.

Busco con la mirada la silueta de Francis, tan reconocible con su sudadera de capucha roja, y me aguanto la risa al descubrirlo. Saluda a un montón de personas, a las que ofrece que se desinfecten las manos con gel hidroalcohólico. De hecho, se lo echa en las manos a todos los que tienen la desgracia de entrar en su espacio vital.

—Es un genio —comenta Izaak mientras retoma el camino.

—Puedes ir con él si quieres. Buscaré a Matthew para saludarlo.

—Podemos hacerlo los dos. O con Francis.

—Vale..., pero quiero evitar la cuarta guerra mundial, así que, por favor, sé simpático. Hasta puedes sonreír. Intenta ser amable, vaya. ¿Harías eso por mí?

Silencio.

—¿Sabes qué? —suelta de pronto—. Iré a buscar a Francis.

Lo examino con la cabeza inclinada hacia un lado.

—Izaak...

—Venga, ve a buscarlo sin mí, no pasa nada. Haz lo que quieras esta noche mientras te sirva para relajarte... Espera. Pero no te bañes.

Me amenaza con una mirada seria mientras señala los ventanales, detrás de los cuales se ve una piscina exterior.

—No te bañes en esas aguas tenebrosas o te juro que te prohibiré que te acerques a mí luego.

Me parto de risa y finjo que lo acepto.

—Bueno, me voy. Hasta luego.

Le suelto la mano y voy a buscar a Matt. Barro la sala con los ojos y paso de bailarín en bailarín medio borracho. Escaneo los cuerpos que se contonean al ritmo de la música ensordecedora. Siento una presión en la cabeza.

Me laten las sienes, y entonces una voz me llama.

—No puedo creérmelo: ¡he convencido a Eliotte Wager para que venga a una fiesta!

Matthew corre hacia mí con dos vasos en la mano. Me ofrece uno y me despeina el pelo.

—¿La bestia ha venido? —pregunta.

—¿Izaak?

—¿Conoces a otro loco furioso?

Me bebo la mitad del vaso.

—No es un loco furioso, Matt... Está con Francis, su mejor amigo, en alguna parte cerca de la entrada.

—Muy bien. No le tengo miedo, ¿eh? En absoluto. Es solo que... No, en realidad ese tío me acojona. Estoy a punto de denunciarlo.

—No te preocupes, antes de venir le he pedido que se porte bien. Pero eso también va por ti, ¿vale? Estoy aquí para intentar relajarme después de todo lo que ha pasado hoy. Así que sin discusiones si os cruzáis, por favor.

—Prometido, Wager.

—Serías un ángel si le hicieras el mismo numerito que a Marta...

—Solo lo hago una vez, no dos. Lo siento, es mi mantra.

Matthew suelta una carcajada antes de asegurarme con alegría:

—¡No te arrepentirás de haberte quedado más de seis minutos! ¡Te lo juro!

—Sinceramente, viendo la lista de reproducción y la gente desnuda en la piscina..., empiezo a dudarlo. Y no te hablo de la migraña que me está entrando.

Arruga la nariz.

—Realmente, eres la tía más gruñona que conozco. ¿Eres consciente de eso, Wager?

Matt me pasa de nuevo una mano por el pelo.

—Si ya te duele la cabeza, vamos a un sitio más tranquilo.

Asiento y me lleva hacia la gran escalera de madera, pasamos al lado de un sofá blanco y de una chimenea de cristal. Me dejo llevar mientras me cuenta el principio catastrófico de la noche. Alguien ha traído a su perro, que ha defecado en el sofá y ha roto una estatua.

Una vez en la planta de arriba, nos metemos en un pasillo y nos sentamos uno al lado del otro en el suelo, cerca de un ventanal que da al exterior. Las luces rosas, azul oscuro y violetas se reflejan en el cristal como si fueran lentejuelas luminosas y purpurina de estrellas.

Apoyo la cabeza contra el ventanal y coloco el vaso rojo al lado de las piernas dobladas. Se me escapa un suspiro de tranquilidad. Parece que estemos viendo cometas que cruzan el cielo oscuro por los efectos de la luz. Eso es: sentimos que estamos a bordo de un cohete, flotando en la Vía Láctea. Lejos de la Tierra y de sus problemas.

Matthew se quita su habitual chaqueta *varsity* amarilla y estira los brazos. Nuestros hombros se tocan.

—¿Estás mejor después del atentado de esta mañana? —me pregunta en voz baja—. ¿El ataque no te ha... traumatizado o algo parecido?

—No te preocupes, Matt, estoy bien.

Se acerca a mí.

—¿Aunque hayas perdido el microchip?

—Espero que lo encontremos. No estaré tranquila hasta que sepa lo que hay dentro, Matt.

—Es muy importante para ti, pero ¿por qué?

—Necesito saber quién era mi padre. Quién es. Odio que me hayan prohibido saberlo. Tengo el derecho de saberlo. Aunque no según mi madre, o el Estado.

—Me dijiste que se fue cuando tenías seis años, ¿no? Solo tienes algunos vagos recuerdos de él.

—Aunque lo hayan borrado del sistema, no lo han borrado de mi memoria, por mucho que les gustase .

Me miro la falda, cuya tela negra está doblada sobre los muslos.

Asiente.

—Entonces, ¿tu investigación sobre tu padre biológico es un poco secreta?

—No solo un poco —respondo mientras miro alrededor.

Las cejas espesas le intensifican el azul de los ojos cuando me sonríe.

—Y me lo has contado a mí, Wager... Estoy emocionado.

—No empieces a ser imbécil.

—Estoy *increíblemente* emocionado.

Miro al techo y giro la cabeza, molesta.

—Aunque yo habría hecho lo mismo —dice mientras apoya una mano en mi espalda—. Si hubiera tenido que buscar información de tal importancia sin tener la autorización para ello, te lo habría contado.

A pesar de mi vergüenza inesperada, consigo volver a mirarlo a la cara.

—Déjate de tonterías —digo entre risas.

—¿Tonterías? Mmm, ese no es mi estilo, Wager.

Matthew baja los ojos.

—De todas formas, te prometo que encontraremos tu microchip y que tendrás toda la información posible sobre tu padre —anuncia convencido.

Le sonrío más.

—Gracias, Matt... ¿Por qué siempre me ayudas tanto?

—Ah, no, no me obligues a hacer de tonto y a hablar de los deberes de la amistad...

Nos partimos de risa mientras observamos lo que pasa fuera.

La iluminación de colores que proyecta el chalé es parecida a la del bar en el que nos encontramos hace varias semanas. Había el mismo tipo de personas. El mismo tipo de música escandalosa. Las mismas sombras coloreadas...

Se abre una brecha en el tiempo y, de pronto, vuelvo a vernos a Matt y a mí.

Y siento la sensación fría de la barra del bar contra mi estómago, del alcohol que burbujeaba en mi garganta, del taburete, con el asiento demasiado pequeño. Y Matthew está ahí, a mi lado. Con su sonrisa de niño, sus *piercings* en las orejas, brillantes bajo la luz, y los ojos un poco demasiado penetrantes para mi gusto.

«¿Cómo pude pensar en algún momento que intentaba drogarme?».

Retumba un ruido sordo.

Me sobresalto.

—¡Aquí estás, Eli! Hace un siglo que te busco por todos lados en esta casa yeyé.

Izaak aparece en lo alto de las escaleras con una sonrisa en los labios. El ángulo de la pared esconde a Matthew, al que aún no ha visto.

—¿Estoy soñando o tu marido ha llamado a este sitio «una casa yeyé»? —murmura perplejo.

—Eh… No, de reyes. Una casa de reyes —preciso—. Porque es inmensa.

Izaak se acerca a nosotros sin añadir nada.

—Hola, querido tarserito —exclamo mientras extiendo los brazos hacia él.

Desciende a mi altura y dice con los dientes apretados:

—Parece que estás empezando a cogerle gusto al apodo.

Y me da un beso en la frente. Sus labios calientes cerca del pelo me provocan un pequeño sobresalto.

—¿Me hacéis hueco, amigos? —pregunta mientras se abre paso para colocarse entre Matt y yo.

«No puede ser…».

Mi amigo no se inmuta cuando me echo a un lado para dejarle espacio. Sonrío divertida. Izaak me pasa un brazo por encima de los hombros y coloca en el suelo dos copas llenas de un líquido violeta.

—Bueno, Izaak, ¿qué hay de nuevo? —pregunta Matthew con un tono alegre.

«¡Eso es! ¡Así es como Matt le ha hablado a Marta!».

Se gira casi por completo para mirar mejor a Izaak.

—Oye, ¿te sientes en paz contigo mismo después de nuestro último encuentro?

—¿Perdón?

«¡Lo voy a matar!».

—¡Chicos! —exclamo para distraerlos—. ¿Os apetece que vayamos a bailar?

—No —responde Izaak—. ¿Puedes repetir lo que has dicho, Matthias? No se te oía por la música asquerosa de los paletos de tu hermandad.

—Matthew. Y decía que…

—No decía nada —lo interrumpo.

Lanzo una mirada suplicante a Izaak. Esta noche solo quiero respirar. Me devuelve la mirada y aprieta los labios como símbolo de rendición. Me coloca un mechón de pelo detrás de la oreja y siento el corazón en la garganta. El gesto me hace recular un segundo. Ha sido inesperadamente dulce e íntimo.

«Mierda, casi es medianoche y el alcohol ya hace estragos. Son tonterías».

—Toma, te he traído esto —dice Izaak, y me da una de las dos copas.

—Pensaba que no tenían más vasos...

—He buscado en los armarios de la cocina.

Me parto de risa. Izaak está muy por encima del resto de los mortales para beber en un recipiente de plástico. Ahora veo al chico osado y cínicamente desconcertante al que siempre he conocido. Y, a pesar de todo, creo que me gusta mucho ese lado suyo.

—No te preocupes, ya tengo un vaso —digo mientras cojo mi vaso de plástico del suelo—. Pero muchas gracias, tarserito.

No frunce el ceño. Ni aprieta la mandíbula. Ni siquiera una ligera sonrisa forzada... ¿Y soy yo la que se ha acostumbrado a nuestros apodos? Debería volver a «gatito de chocolate».

Me acabo el vaso de un trago.

De pronto, Izaak me agarra el brazo con una mano.

—Oye, Eliotte, ¿te lo has servido tú?

—Yo...

—Estaría bien que no intentaran volver a drogarte.

«Mierda».

Le retiro la mano refunfuñando.

—Tranquilo, tío: yo se lo he servido —interviene Matthew—. Y no le pasará nada por beber de ese vaso. Porque, como ya sabes, confiamos el uno en el otro. Tenemos much...

—¿Qué te dije la última vez, descerebrado? Tú...

Suspiro, cojo la copa que me ha traído Izaak y huyo por el pasillo lo más rápido posible.

—¿Adónde vas, Eli? —me pregunta Izaak, todavía sentado.

—Lejos de vuestras discusiones.

Bajo corriendo las escaleras y los dejo atrás, enfadada. De nuevo en el salón, me dirijo al bufé, que está detrás de la estatua abstracta. Me bebo todo el líquido que contenía la copa —vino sin alcohol, evidentemente— y lo dejo en una esquina de la mesa de cristal.

«No pueden aguantarse ni cinco minutos...».

Me preparo un bol de patatas de queso. No, mejor dos.

«Son como niños».

Lleno de patatas el cucharón de hierro, con movimientos rápidos y precisos, y lo vacío bruscamente en los recipientes.

«Les había pedido que estuvieran tranquilos. He hecho todo lo posible para evitar hablarles del otro y...».

—¿Qué te han hecho las pobres patatas?

Las manos se me paralizan.

Me giro lentamente hacia mi interlocutor.

—¿Qué haces aquí, Ashton?

Su sonrisa franca me desconcierta. No sé cómo lo hace para actuar como si no hubiera pasado nada. Yo, siempre que lo veo, siento que estoy ante alguien que ha resucitado.

—Sería raro que no asistiera a una fiesta así, ¿no? Pero tú...

—Quería distraerme.

Se le oscurece la expresión del rostro.

—¿Va todo bien?

Me roza con discreción los dedos en la oscuridad del cuarto.

—¿Es por los mensajes? —pregunta.

—¿Para ser sincera? Todo eso me duele mucho, Ashton.

—No me arrepiento de lo que escribí, Eliotte, porque...

—¡Oh, mi amor, aquí estás! —exclama una voz melosa, aunque un poco ronca por el alcohol.

Emily salta en brazos de Ashton en una carcajada eufórica. Por un segundo, me parece ver que mi exnovio se tensa. A no ser que lo haya soñado...

Su «alma gemela» lleva un vestido de lentejuelas que le llega a las rodillas. Brilla muchísimo. Lleva los rizos dorados impecablemente recogidos en una trenza.

—Yo sí que me arrepiento de esos mensajes —murmuro sin apartar la mirada de la chica rubia.

Esta me mira con desprecio y, durante un segundo, me siento ridícula con mi falda y mi jersey de cuello *perkins*.

—Eres la mujer de Izaak, ¿no? —me pregunta con una mala sonrisa forzada.

—¿Sabes que tengo una identidad propia aparte de mi unión? —le respondo, seca.

—Yo soy Emily de Saint-Clair. Me alegro de conocerte, Eliotte. ¡Qué bien que estés aquí, quería hablar contigo!

Su sonrisa hipócrita me da ganas de vomitar en el bol.

ÉL O TÚ

—Te escucho —digo sin esforzarme por mirarla a los ojos.

—Eras muy amiga de Ashton antes de nuestra boda, ¿no?

—Sip —digo con despreocupación mientras me como una patata—. Una amiga de las que ya no existen.

—Bueno, pues se acabó.

—No sé adónde quieres llegar.

—¿No estás harta de perseguirlo?

—¿Cómo? —suelta Ashton.

—Sé que antes de él no eras nadie, nadie se fijaba en ti, y, gracias a él, eso cambió durante unos años, pero… tiene que parar ya.

—¿Perdona?

—No te hagas la tonta —responde Emily, que sube el tono.

Se acerca a mí para intentar parecer amenazadora. Apesta a alcohol.

«¿A qué juega la Barbie?».

—Él y yo tenemos una compatibilidad de casi el setenta por ciento, ¿sabes? No eres nada para él, ¡ni tampoco para el resto del mundo! —continúa, con un grito tan estridente que la mitad del salón nos mira—. Tienes suerte de haber acabado con otro Meeka para existir de algún modo y dar menos pena. Aunque…

—¡Emily! —protesta Ashton con una voz que nunca le había oído.

Respiro y aprieto los puños. Me pican los ojos.

«Cálmate. Sin escándalos. Cálmate. Cálmate».

—Es cierto, todo el mundo lo piensa: ¡esta imbécil da pena! —grita.

El volumen de la música ha bajado de golpe. Escucho por encima un alboroto infernal.

Muchos ojos me miran fijamente. Risas. Murmullos. Siento un nudo en la garganta.

—Lo dejamos aquí —suelto mientras me doy la vuelta.

Una mano me agarra de la espalda.

Unas uñas pintadas se me clavan en la piel.

—¡Déjame acabar! Dejarás a Ashton en paz...

Le aparto la mano con un gesto brusco.

—No me toques.

—¡Pues deja de huir!

—Pero ¿qué quieres de mí?

«No tiene que temblarme la voz».

—¡Que dejes de meterte en mi pareja!

—¡Ella no ha hecho nada! —exclama Ashton.

—¡He visto cómo te mira! ¡Te come con la mirada como una perra hambrienta!

Se me escapó... o no. Uno de mis boles de plástico aterriza en toda su cara antes de caer en el suelo con un ruido sordo.

—Cállate, Emily —suelto—. Hablas sin saber. Molestas.

Por instinto, coloca las manos sobre lo que mañana será un chichón y, sin previo aviso, me abofetea con todas sus fuerzas.

Siento un calor punzante en la mejilla. Me muerdo el labio inferior mientras inspiro fuerte. Una furia oscura me revuelve el estómago. Las lágrimas aparecen, pero aprieto los dientes y me las trago.

—Ashton, dile mañana a tu loca, cuando recupere el conocimiento, que no me he peleado por ti. Más bien porque me ha insultado y me ha tocado, a mí.

Ya no controlo.

En un segundo, me lanzo sobre Emily, que se cae de espaldas y rompe la mesa transparente del bufé. Montada a horcajadas sobre ella, la agarro con fuerza por los hombros entre trozos de cristal mientras me escruta, furiosa. Tiene el pelo cubierto de alcohol. La cabeza me da vueltas y me aguanto una arcada antes de agarrarla por el cuello de su vestido.

—¡Te dije que pararas!

—¡Aléjate, pedazo de loca!

Emily se pone a gritar, como si así tuviera más fuerza, e intenta empujarme a base de patadas. Cojo un puñado de galletitas y se las echo en la cara antes de vaciarle encima la ensaladera llena de ponche. Tose por los litros de líquido que penetran en sus vías respiratorias.

—Oh, estoy loca..., completamente loca, Emily.

Cuando me dispongo a darle un puñetazo, alguien me rodea por la cintura, me agarra uno de los brazos y me tira hacia atrás con una fuerza bastante superior a la mía.

—Su padre ha pagado muy caro por su cirugía estética, Eliotte, no se la estropees del todo —me dice Matthew mientras me ayuda a enderezarme.

Me dejo llevar e intento controlar la respiración. No paro de tener espasmos.

Dos de las manos que me agarraban el brazo derecho me sueltan e Izaak aparece delante de mí. Con la mirada oscura, mira fijamente a Emily, que sigue tirada en lo que queda de bufé.

—Como te atrevas a volver a hablarle así, te juro que te reviento.

—¡Esto es broma! —exclama—. ¡Estás tan loco como ella!

—¿Por qué te crees que tenemos una compatibilidad de un 98,8 %, pedazo de loca?

Ashton se me acerca con la mirada perpleja.

—Lo siento mucho, lo siento muchísimo...

Mantengo la mirada fija en él, sin aliento. Jadeo casi como un animal salvaje.

«¿Cómo hemos llegado hasta aquí?».

Sacudo la cabeza. Ya aparecen las lágrimas. No consigo responderle. Ashton suspira, con los ojos brillantes, y se da media vuelta.

Se gira hacia Emily y le tiende una mano para ayudarla a levantarse.

Ese gesto rompe algo en mí.

Separo las manos de Matthew, que me agarraban por la espalda, con el pecho hecho pedazos. Una vez liberada, me introduzco en la muchedumbre que se ha formado a nuestro alrededor para alejarme lo máximo posible de este desastre. Siento que todo el mundo me mira y murmura a mi paso...

—¡Eliotte!

Izaak me alcanza en dos zancadas.

—¿Cómo estás? ¿Te has hecho daño?

—Ne-necesito estar sola, Izaak.

—Pero...

—Por favor.

Aprieta los labios y me suelta el brazo. Me doy la vuelta y subo a la última planta del chalé lo más rápido posible. Rezo para que nadie me siga. Nadie. Unos invitados se giran a mi paso, se ríen y charlan. Recorro los pasillos de esta maldita casa a toda velocidad mientras contengo la respiración. Me siento abrumada. No sé si son las ganas de vomitar por el alcohol o las lágrimas de rabia que me aguanto desde hace un rato. Abro sin pensar una puerta corredera de la segunda planta y llego a lo que parece una terraza en el tejado.

Un viento fresco me revuelve el pelo. Respiro profundamente y el aire que me sale de los labios parece humo. Hace mucho frío aquí; estoy temblando. Pero la cabeza me da menos vueltas. Me acerco a la barandilla que rodea la terraza y miro a lo lejos. Algunos edificios brillan en la oscuridad, las montañas del oeste agrietan el horizonte.

«¿Qué acaba de pasar?».

Me paso una mano por la cara mientras respiro.

Emily estaba borracha, sí, pero sus palabras fueron lo bastante agudas para apuntar justo donde me duele. Mucho.

Aprieto con más fuerza la barandilla con las manos. Me gustaría que no me dolieran. Me gustaría sentirme liberada de todos esos sentimientos. Porque no puedo confiar en Ashton. Más allá del hecho de que nada volverá a ser como antes por las primeras dudas que tuvo, sé de y veo su apego por Emily. Ahí. Todo el rato. Aunque los labios digan una cosa, los gestos muestran lo contrario.

«Me merezco algo mejor que esto. Me merezco algo mejor que sentimientos inestables».

Porque, cuando yo lo quería, se lo prometí todo, todo el tiempo, daba igual lo que pasara.

«Y se lo di».

Me sorbo los mocos y me seco con una muñeca las lágrimas que me caen por las mejillas.

Me veo de nuevo saltando sobre el bufé, rompiendo la mesa de cristal con nuestro peso... Y aún oigo las risas. Los susurros. Las exclamaciones. Vuelvo a verla diciéndome que no valgo nada, que estoy sola, y cómo la gente se apiñaba a nuestro alrededor.

«Es mentira. Yo valía algo antes de Ashton, con él y después de él».

Me repito esta idea mientras me esfuerzo en respirar con normalidad, a pesar del llanto y la migraña.

De pronto, la puerta corredera detrás de mí chirría.

—No habrás venido a tirarte del tejado, ¿verdad?

Trago y me peino un poco antes de girarme hacia él.

—Porque eso rompería mi corazoncito. De todos los presentes en esta mierda de fiesta, eres la última persona a la que me gustaría ver muerta. Mmm... ¿Es un poco gore dicho así? Joder, era gore. En mi defensa, he bebido mucho.

No puedo evitar sonreír cuando se pone a mi lado. Nuestros codos se tocan en la barandilla.

—Gracias, Matthew, pero... necesito estar sola.

—Siempre me han dicho que justo cuando decimos que necesitamos estar solos es cuando en realidad necesitamos más compañía.

Suspiro y miro de nuevo detrás de la barandilla.

—No sé exactamente qué ha dicho o ha hecho —añade—, pero se lo merecía.

—Ahora todos me verán como una loca lamentable.

—A ver, entre tú y yo, dejemos claro una cosa: la loca es ella. Gritaba como una degenerada por todo el chalé. De hecho, me dio un poquito... bastante miedo.

—¿Has oído lo que decía? —le pregunto con un poco de aprensión.

Me giro hacia él. Su rostro desvergonzado me reconforta un poco.

—Vagamente. Izaak, en cambio, estaba en primera fila. Estábamos discutiendo y, de golpe, se levantó y bajó corriendo las escaleras. Lo seguí y te vimos un poco antes de que saltaras sobre la loca. Creía que Izaak iba a quemar la casa. O el pelo de la rubia.

Me lo imagino con un bidón de gasolina y me río. Matthew me despeina, con la mirada aliviada.

—Venga, ven aquí.

Me rodea con los brazos y le rodeo la cintura con los míos con un pequeño hipo antes de sorberme los mocos.

—¿Quieres hablar? Si te tranquiliza, estoy tan borracho que mañana lo habré olvidado todo. O incluso en diez minutos. Si no, puedo seguir diciéndote tonterías para intentar subirte la moral. Al tío más *sexy* de la Costa Oeste no se le acaban las anécdotas...

No puedo evitar sonreír.

«Intenta hacerme reír cueste lo que cueste».

Separo la cara de su cuello para mirarlo a los ojos.

—Es solo que... el atentado, Emily, Ashton, los demás... Han sido demasiadas cosas a la vez.

Paro y suspiro. Me siento ridícula.

Me acaricia el pelo con la mano.

—¿Ashton? ¿Él también te ha dicho algo? —pregunta con una voz más dulce de lo normal.

Parece preocupado.

—Solo con su presencia basta, ¿no? —añade ante mi silencio—. Aunque estés locamente enamorada de Izaak, es normal que te sientas confundida cuando lo ves. Es tu ex. Cualquier persona reaccionaría igual, Eliotte. No te enfades contigo misma.

Sus palabras me reconfortan, pero solo un poco.

Porque hay un millón de cosas que se esconden tras mis lágrimas. Un millón de secretos y de mentiras. Me gustaría que Matthew lo supiera todo para que pudiera entenderme y reconfortarme mejor.

Aparta las manos de mí para ajustarse la chaqueta antes de volver a ponerlas en mis brazos. Me sonríe.

—¿Qué pensará la gente de mí, Matt?

—Que podrías ser una estrella de las artes marciales mixtas.

Quiero reírme, pero, en lugar de eso, bajo la mirada. Siento que vuelven a aparecer las lágrimas. No debería avergonzarme de sus miradas, y mucho menos preocuparme por ello. Pero ha sido muy humillante. Mucho.

—Yo no creo que estés loca —asegura—. De hecho, me pareces increíblemente inteligente.

—He intentado ahogarla con ponche, Matthew.

—¡Ah! ¿Ves? Es un intento de asesinato muy original. ¡Se necesita tiempo para pensarlo!

Me río entre dientes y apoyo la frente en su hombro antes de que él haga lo mismo, y me aprieta la espalda con las manos.

Cierro los ojos para que dejen de quemarme y me concentro en la risa grave de Matthew, que hace que le tiemble el torso.

«Reír, reír, reír. No llorar. Reír, reír, reír.»

—¿Eliotte? ¿Estás bien?

Me sobresalto y me doy la vuelta.

Izaak está a unos metros.

No lo he oído llegar. Me mira serio.

—Parece que sí —murmura.

Me separo de Matt, incómoda, y concentro mi atención en Izaak. Se le ha oscurecido la mirada. No sabría decir qué se ha colado en sus ojos.

—¿Izaak?

—Me dijiste que querías estar sola. Pero quería asegurarme de que todo iba bien.

Me acerco a él y le cojo de la mano. Él mira nuestros dedos entrelazados un segundo y se separa discretamente.

—Voy a dejaros —dice mientras se da la vuelta.

—No, espera… ¿Podemos volver a casa?

Me mira. Asiente. Y empieza a andar. Me giro hacia Matthew y me despido de él con una mano antes de irme.

Cuando Izaak y yo llegamos al salón y veo otra vez cómo todas las personas me miran de arriba abajo, el enfado y la tristeza me golpean de nuevo con toda fuerza.

Francis está hablando con un tío en el sofá. Pienso en el perro que hizo sus necesidades ahí antes y siento náuseas. Nos acercamos a él e Izaak le propone que se venga con nosotros.

—Creo que me iré más tarde —responde—. Charlie llegará dentro de poco, me volveré con ella.

—¿Charlie vendrá? —pregunta Izaak, sorprendido.

La voz se le entrecorta. Repliego los dedos de un modo instintivo en la palma de la mano.

—Eh, si… si quieres quedarte para ver a Charlie, puedo esperar —le digo mientras miro hacia otro lado—. O volver sola.

Me examina un segundo antes de pronunciarse.

—No, volvemos a casa.

«A casa».

Se despide de Francis antes de salir en silencio del chalé. No intento cogerlo de la mano por miedo a que me rechace otra vez. Su paso es más rápido, lo que amplía la distancia entre nosotros. Actúa como si yo fuera una sombra detrás de él, y no se esfuerza en hacer creer a los demás que somos la pareja perfecta que fingimos ser.

«¿Por qué actúa así cuando Emily me ha acusado gravemente de seguir colgada de Ashton?».

Esto podría acarrearnos muchos problemas. Lo miro, de espaldas a mí, con insistencia. Anda un metro delante de mí, con sus hombros anchos y la espalda recta. Como si nada. Pero su marcha es distinta, es como si huyera.

«¿De qué?».

«¿De quién?».

Cuando llegamos a la entrada de la finca, cerca del aparcamiento, veo de lejos, en los escalones de un quiosco, a Emily y a Ashton. Él la abraza para consolarla. Aparto la mirada, indignada.

«La consuela como me consolaría a mí».

Se me encoge el corazón, pero no de deseo, ni de rabia ni de decepción. Se me comprime, se reduce al tamaño de un ventrículo, y… vuelve a latir. Pum. Pum. Pum. Más pequeño. Pero late. Pum. Pum. Pum.

Izaak también los ha visto, es evidente. Pero no comenta nada. No hace nada. Como antes, sigue andando en la noche, como si no oyera mis pasos detrás de él.

El camino en coche lo hacemos en silencio. Cuando llegamos al piso, se encamina directamente a las escaleras, lo más probable que para meterse en su cuarto. Veo que se aleja con los puños apretados.

«No puedo dormirme si está así».

Así que le suelto, sin esperar más:

—¿Estás bien?

MANTENER EL CONTROL

Me acerco con delicadeza a él, que se detiene en el primer escalón. Sigue de espaldas, pero ha girado ligeramente el rostro hacia mí.

—Sí, Eliotte. Estoy bien.

—¿En serio? Porque estás raro desde hace un rato.

—No estoy raro, sino enfadado.

Siento su tono directo como una bofetada más fuerte que la que me ha dado Emily.

—¿Por qué?

—Lo sabes muy bien...

—No —respondo—. Así que acláramelo.

Se gira por completo y me fulmina con la mirada.

—¡Porque eres idiota, Eliotte!

Aprieto los labios y aparto los ojos. Siento una descarga eléctrica en el corazón.

—Me habría gustado no haberme cruzado ni con Emily ni con Ashton, pero pasó, ¿qué pod...?

—No hablo de eso —me interrumpe—. Intentó humillarte y te pegó. De hecho, me sorprende que hayas aguantado tanto tiempo sin zurrar a esa capulla.

Se le contrae la mandíbula.

—Te has pasado de la raya con Matthew —precisa.

—¿Qué?

—Por favor... ¡No te hagas ahora la loca! ¡Esta noche has puesto en peligro nuestra tapadera!

—Pero ¡si no he hecho nada!

—A ver, pides estar sola, todo el mundo sabe que estás conmocionada, ¿y dejas que te consuele Matthew? ¿En serio?

—Llegó sin avisar, yo no...

—Muy bien, pero ¿y luego qué? Estabais abrazados. Tenías la cabeza apoyada en él. ¿Todo eso te parece normal?

Se acerca a mí, con la mirada en llamas.

—Izaak, estaba conmocionada, ¡tú mismo lo has dicho! Y Matthew solo quería ayudar. ¿Tan raro te parece querer consolar a alguien que está triste?

—Ponte seria un segundo: ¿qué habría pensado la gente si os hubiera visto a los dos así?

Suspiro y sacudo la cabeza. Sí, lo admito, no sé qué podía parecer desde fuera. Pero ¿Izaak sabe que por nada del mundo querría ponerlo en peligro? ¿Ya sea por destapar nuestra tapadera o de cualquier otra forma?

¿Qué podía hacer? ¿Borracha, humillada, con el corazón y el ego hechos trizas? La verdad, si el mundo entero hubiera estallado en llamas, me daría igual. ¿Es tan grave estar desesperada a veces?

«No».

«Entonces, ¿por qué está tan enfadado?».

—Estaba mal, no lo pensé. No quería ponernos en peligro. Lo siento.

Bajo la mirada.

—De todas formas, por lo que dijo la imbécil, ahora los demás quizá piensan que todavía estoy enamorada de Ashton...

—¿Y qué? —suelta—. ¿Es motivo para hacerles creer que, en cambio, quieres a Matthew?

Siento una descarga eléctrica por el cuerpo.

—Pero ¿qué te pasa? —exclamo de pronto—. ¡No es el momento de darme una de tus lecciones de mierda!

—Eliotte, me dices que quieres estar sola y me aguanto para no ir al tejado, y mientras tú...

Traga antes de recuperar el aliento.

—Y mientras tú... tú aceptas a Matthew. Dejas que te abrace, que te seque las lágrimas y te haga reír.

—¿Y qué? ¿Cuál es el problema?

Abre la boca, dispuesto a replicar, pero se contiene.

Se pasa una mano con rabia por el pelo. Un silencio ensordecedor empieza a reinar en la habitación.

—Debería... Debería haber sido yo quien te abrazase, joder —murmura mientras mira al suelo—. Yo quien te secase las lágrimas, joder. Y debería haber sido yo quien te hubiera hecho reír. Eso es todo.

Me clava la mirada.

—¿Por qué? ¿Porque estamos casados? —pregunto—. Izaak, no siempre puedo actuar de un modo coherente, no cuando estoy en la mierda... De verdad, joder, ¿no podemos parar un segundo esta locura y estar de acuerdo en que somos humanos y que a veces no controlamos nuestras jodidas emociones?

—Ah, ¿acaso crees que ahora controlo mis jodidas emociones? ¿Crees que controlo lo más mínimo?

Tira la cabeza hacia atrás y deja escapar una risa cínica, con notas saladas. Cuando endereza la cabeza poco a poco, me atraviesa con la mirada.

—Eliotte..., desde que te puse ese jodido anillo en el dedo, no controlo nada. ¡Absolutamente nada!

«¿Qué?».

Se acerca a mí con los ojos entornados. Transmite un dolor profundo. Me atraviesa la piel y los huesos y me quema como si fuera el sol.

—Finjo que sé lo que hago, finjo que tiro de los hilos como se debe y cuando se debe, pero... la verdad es que no tengo ni la más mínima idea.

Su mirada me desconcierta antes de decir:

—Y apuesto a que tú tampoco.

—Izaak...

Su gran estatura atraviesa el espacio entre nosotros y se detiene a unos centímetros de mí. Inclina la cabeza a un lado sin quitarme los ojos de encima. En un movimiento, uno de sus rizos flota sobre su frente.

—Sí, nos forzamos a hacer muchas cosas, pero ¿durante cuánto tiempo? ¿Dos? ¿Tres días? Puede que una semana. ¿Y después Eliotte, eh?

Me roza peligrosamente la clavícula con una mano. Me quedo sin aliento. No entiendo lo que pasa. O tal vez lo entiendo demasiado bien.

—Hay cosas que me obligo a hacer, sí —murmura—. Y, al lado, hay cosas que me obligo a no hacer. Las que me obligo a no decir. Las que me queman los labios y me hacen perder la cabeza.

Su voz me provoca millones de escalofríos en la espalda. Y lo sabe muy bien, se lo veo en la mirada.

Su índice vuelve a rozarme la piel y lo enreda en un mechón de pelo. Su mano, tan cerca del cuello, me roba un latido del corazón. Todos mis sentidos están dirigidos a Izaak, que vuela por toda la habitación en sus órbitas verdes.

—Y resulta que, como solo soy un humano que no controla sus jodidas emociones, me permito pensar en ello. Y todo se desmorona en mi cabeza.

Sus dedos, a unos milímetros de mi cara, se deshacen del mechón que sostenían para rozarme un poco la mandíbula. La habitación, el piso y todo el universo se desintegran a nuestro alrededor en pedazos de cristal y de luces que absorbe en sus jodidos ojos del color del verano.

—Siempre trato de resistirme —sigue con una voz ronca—. Siempre permanezco lejos de los límites. Intento pensar en las consecuencias de mis posibles actos, en lo que es justo, en lo que debería hacer... Pero a veces solo soy un humano, como tú has dicho. Mi corazón late a mil por hora, quiere explotar. Y no consigo respirar, me ahogo. Y tú me miras, me devuelves el oxígeno..., y de nuevo no controla nada. Vuelvo a hacerlo todo mal. A querer cosas que *no* debería querer.

Entreabro los labios.

Tengo un millón de pensamientos en la cabeza. Pero quiero estar segura.

—Izaak... —murmuro—. ¿Qué quieres decir?

—¿Que qué quiero decir? Pues sencillamente que me vuelvo un poco loco cada vez que tenemos una conversación, y un poco más cuando la repito en mi mente por la noche. No consigo pensar ni actuar como me gustaría. Me vuelves completamente loco, Eliotte.

El aire se me bloquea en la garganta seca. No sé qué me deja más sin aliento, sus palabras o la convicción con la que las ha pronunciado.

Le cojo la cara y planto mis labios sobre los suyos sin pensarlo. Cuando siento su aliento caliente en la boca, se me desconecta el cerebro. Me agarra la cintura con una mano y con la otra la mejilla, y me aprieta un poco más contra él. Mi bajo vientre crepita.

—Lo echaba de menos —dejo escapar en un suspiro.

Sonríe sobre mis labios antes de depositar los suyos en mi mandíbula y en mi cuello. Me encorvo por un escalofrío que me hace retroceder un paso; me doy un golpe con el borde del mostrador de la cocina. Sumerjo los dedos en sus rizos morenos, cerca de mí.

Su perfume de madera me embriaga poco a poco, como un sortilegio vaporoso. Cierro los ojos para olerlo.

—No consigo sacarme de la cabeza lo que pasó después de la noche con Francis y Charlie —murmura mientras me besa.

—¿El alcohol no hizo que lo olvidaras, entonces?

—No muchos hombres olvidarían lo que tu cuerpo me hizo en el sofá.

Pegada a él, recuerdo que está fuerte como una roca.

—Izaak, no tienes ni idea de lo que quería hacer antes de que te sonara el móvil.

Una risa me cosquillea la piel.

—Sé que eres muy creativa.

Me mira e inspira fuerte. Se le dibuja una sonrisa en los labios. Unos mechones rebeldes se le pierden en la frente y delante de los ojos, que me miran con crudeza; muchas palabras atrevidas le flotan en las pupilas.

—He pensado en tu pelo —susurra mientras me pasa una mano por dentro—, en tus labios, en la mirada que me pones, en tus manos, en tus muslos, en tu sonrisa… ¿Cuántas veces?

Recorre con los ojos todas las partes del cuerpo que menciona, con una avidez que me deja clavada en el suelo.

—¿Cuántas veces, Eliotte?

El tono grave y profundo de su voz me hace perder el hilo —o la cabeza—. Me arden las mejillas. Unas llamas de diez metros me queman el abdomen. No consigo responderle. Aunque tuviera fuerzas, no se me ocurriría ninguna palabra.

«¿Para empezar, en qué idioma hablo?».

Nuestros labios vuelven a unirse. Izaak deja escapar un gemido que me agita el bajo vientre.

«Oh, Dios mío».

Pega su pelvis a mis caderas. El calor que siento se vuelve doloroso. Exquisitamente doloroso.

«Me explotará la cabeza. Quiero más. Lo quiero».

Se separa de mí y aparta con un brazo todo lo que tengo detrás, en la barra de la cocina. Mi risa se vuelve estrepitosa cuando me agarra con fuerza las caderas. Suelto un jadeo cuando mis nalgas aterrizan en el mármol frío.

Izaak me besa con más intensidad ahora que estoy a su altura. Nuestras lenguas bailan juntas con una dulzura insospechable. El contraste entre la fuerza de su agarre y la ternura de sus gestos me deja sin palabras.

—Si supieras cuánto odio verte con Matthew… —murmura cuando separa un segundo los labios—. Me da miedo que te haga daño… Y me da miedo que le dejes hacerte todo lo que yo quiero hacerte.

—¿Qué quieres hacerme?

Se le escapa una risa ronca de la garganta.

—Si pronuncio las palabras, no podré recuperarlas. Tendría que matarme.

Ya no tengo control sobre nada. Parpadeo y apoyo los dedos sobre él, en sus brazos y en su torso. Siento su corazón latir como un loco debajo de mi mano, en su pecho. Pum. Pum. Pum.

Acerca una mano a mi rodilla y luego se desliza bajo mi falda. Clava los dedos en mi muslo.

Y luego se retiran de golpe.

—Eliotte…

Da un paso hacia atrás y sacude la cabeza.

—No soporto verte con Matthew —dice entre jadeos—. Pero no tengo el derecho a no soportarlo. Al menos, no tengo ningún título que me autorice a hablar sobre este tema.

Estoy a punto de hablar, pero se me adelanta.

—Y no sé si quiero tenerlo.

Arqueo una ceja y coloco una mano sobre mi pecho. Como si algo me acabara de atravesar.

Salto de la barra y pregunto con una voz vacilante:

—¿Y no te preguntas si yo quiero que tengas ese título?

Recupero el aliento mientras intento mantenerle la mirada.

Izaak arquea las cejas antes de que una sonrisa sarcástica le rasgue los labios. Suspira y apoya la espalda en la esquina de un taburete.

—Sí, claro que me lo pregunto, pero sé que hay cosas que no pueden fingirse. Como una mirada. Una risa. Un beso.

Se muerde el labio inferior mientras observa el suelo, y luego vuelve a mirarme a los ojos.

—¿Quieres que te diga la verdad?

Asiento, incapaz de producir el más mínimo sonido.

—En todo este tiempo, no hemos engañado a los demás..., sino a nosotros mismos. Es increíblemente sencillo fingir contigo. Todo es sencillo contigo.

Arqueo las cejas y me paso una mano por el pelo.

«Nada es sencillo».

—Todo lo contrario, todo es complicado, Izaak... ¿Por qué me dices una cosa si luego me dices lo contrario?

—¡Porque ya no sé qué digo! —exclama mientras levanta los brazos—. ¡No estás en la misma posición que yo! Tú te hiciste un test de pareja con mi hermano.

—Que es tan inseguro como tú, al parecer...

—Eliotte, entiéndeme. Solo tengo un hermano. Si le rompo el corazón, yo... No puedo hacerle daño. Está por encima de mí. Nunca me lo perdonaría.

—Izaak...

Ahora que lo conozco, sé que Ashton lo es *todo* para él, como todos a los que quiere y ha dejado entrar en su círculo. Es demasiado íntegro para hacer las cosas a medias y permanecer en la ambigüedad, pero también es demasiado íntegro para comprometerse conmigo cuando hay tantas cosas en juego.

—Si pudiera controlarme y tomar decisiones sensatas pulsando un puto botón o inyectándome el contenido con una jeringuilla de mierda..., no escogería *esto* —dice, y señala el espacio entre nosotros—. Escogería la facilidad. Escogería no tener corazón. O pediría que me lo amputaran si fuera posible. Sí, eso, y el cerebro. Para no tener que pensar a contracorriente y pelearme con mis emociones, mi moral y todas esas gilipolleces.

Bajo la mirada.

—Sé que nunca habrías querido ser compatible conmigo.

—Con nadie, Eliotte. Te prohíbo que creas ni un solo segundo que tú eres el problema. Es toda esta locura mundial del algoritmo y la compatibilidad.

Suspiro sin dejar de mirar fijamente el suelo. Izaak se acerca y me coge del mentón para obligarme a mirarlo.

—Tú y yo estamos perdidos. Pero las cosas se aclararán.

Me besa en la frente y, aunque habría querido que se separara, acerca la mejilla a mi pelo. A pesar de que quería rechazarlo, lo rodeo con los brazos y lo abrazo fuerte. No sé por qué. Necesito olerlo. Como si fuera irreal y todo lo que acabamos de vivir fuera una simulación.

Aún siento cómo jadea contra mí. Yo todavía tengo los pulmones hinchados, el corazón alborotado y las mejillas rojas. Inspiro y espiro como si la habitación no tuviera suficiente aire. Izaak me acaricia el pelo con suavidad. Sus movimientos tienen una delicadeza que me perturba más.

Pero se separa de golpe y se aclara la garganta.

—Mmm...

—¿Lo consultarás con la almohada? —le pregunto.

Me sonríe.

—Sí, seguro.

Ha recuperado el brillo socarrón y misterioso en los ojos. Se aleja de mí sin dejar de mirarme.

—Buenas noches, Eliotte.

—Buenas noches.

Da un paso hacia atrás, luego otro..., y me da la espalda. Se dirige a toda velocidad hacia las escaleras y las sube de dos en dos.

Me quedo de pie en la barra de la cocina, con los labios hinchados. Por nuestros besos, por todas las cosas que habría podido decirle, no lo sé.

EL MICROCHIP

A la mañana siguiente, Izaak no está en el piso. Lo sé porque lo he buscado en todas las habitaciones. Se ha sido sin decirme nada. ¿Es el resultado de haberlo consultado con la almohada?

Estoy mirando fijamente la superficie de mi bol de cereales mientras me muerdo el interior de la mejilla cuando suena mi móvil y me sobresalta.

—¿Diga?

—Tía, he encontrado lo que se te cayó en la Oficina.

Casi me caigo de la silla.

—Joder, ¿en serio? ¡Gracias, Matt! ¡Me has salvado la vida!

Una parte de mí pensaba que se había perdido y que estaba condenada.

—¿Te lo llevo a tu casa? —me pregunta.

—Sí, por favor. Dios mío, Matt, no sabes cuántas ganas tengo de saber lo que mi padre quería que...

Empieza a toser, cada vez más fuerte.

—¿Estás bien, Matt?

—Sí, es que se me ha ido por el otro lado.

—Eh... Vale. Te decía que tengo muchísimas ganas de saber lo que mi padre me había dejad...

—¡Guau! ¡Es increíble! —exclama—. Hay una oferta de espuma de afeitar, estupendo.

«¿Qué?».

Doy golpecitos al borde de la barra de mármol con las uñas.

—Matthew, ¿pasa algo?

—No, ¿por qué? Bueno...

—¿Por qué evitas el tema?

—No evito nada. Lo hablamos en tu casa si quieres.

—Pero ¿por qué no ahora, por teléfono?

—Mmm… Estoy en el supermercado, Wager. Es un poco complicado. Te dejo.

Me echo hacia atrás en la silla.

—¿Seguro que va todo bien?

—¡Tengo que dejarte, lo siento! Pero no pasa nada, Eliotte, ¿vale? Luego hablamos. ¡Un beso!

—Pe…

—Espera, ¿he dicho «un beso»? ¿No ves lo raro que me vuelvo con tus preguntas tan raras? Bueno, te dejo.

—Vale… Un beso —añado, para que se enfade.

—¡Wager! —exclama con tono amenazante.

Me río antes de colgar.

«Bueno, vale. Ha sido raro».

Y ni hablar de la forma en la que hemos acabado la llamada. ¿Por qué no quería que habláramos de mi padre? Nunca le ha molestado. De hecho, se alegró de que confiara en él y se lo contara.

«Tosía como para ocultar lo que yo decía…».

¿Nos estaban escuchando? Matthew nunca habría puesto el altavoz para hablar de algo tan personal. Y parecía que estaba solo, ¿no?

Sacudo la cabeza y vuelvo a coger la cuchara para tomarme los cereales, ya reblandecidos por la leche. No puedo dejar de darle vueltas.

A pesar de la llamada tan rara, siento que el corazón me late en el pecho y me hace temblar entera. Al fin sabré lo que mi padre dejó.

Lo que quiso dejarme a mí.

He intentado convencerme de que solo escondió el microchip para que nadie lo encontrara. Porque creer lo contrario le daría un giro a mi historia. Sería una versión totalmente distinta. Significaría pensar que quería mantener una relación conmigo, que no se fue sin mirar atrás. Ahora lo sé: quiso que lo encontrara. Mi padre y yo tenemos un secreto que está escondido en ese microchip.

«Mi padre».

Y yo.

Varios largos minutos después, y con el bol de cereales acabado, vuelvo a sobresaltarme porque llaman al timbre del edificio.

Me levanto de un salto del taburete y corro hacia la tableta de la pared. Todos los hogares tienen la herramienta «de uso familiar» que proporciona el Estado. No solo permite recibir mensajes de HealHearts directamente en ella, sino que también fomenta la vida comunitaria permitiendo que envíes mensajes a tus vecinos y está relacionada con el sistema de seguridad del edificio. En la pantalla, veo que Matthew hace muecas a la cámara. Me río.

«¡Qué imbécil!».

Le abro las dos puertas del edificio y me acerco a la puerta. Cuando llama, tecleo el código de entrada en la tableta y desbloqueo mecánicamente la puerta con mi llave; Izaak no confía en el sistema digital de seguridad...

—Señora Wager, aquí tiene sus preciados... Espera, ¿ahora eres señora Meeka? ¿O Wager-Meeka? Nunca lo había pensado. No suena igual. Tengo que buscarte otro apodo.

Sonrío ante sus palabras mientras agarro mi memoria USB y el microchip, con el corazón a mil.

—Llámame como quieras, Matt. Gracias por todo lo que has hecho.

—Deja de darme las gracias todo el rato. Lo que he hecho no es nada, Eliotte. Es lo normal.

Se ríe.

—¿Quieres entrar? —le propongo mientras abro más la puerta.

—¿Para que Izaak me dé una paliza? Vuestra decoración es muy bonita así, Eliotte. Sé que sería una pieza de colección bastante preciada, pero...

—No está aquí.

Me fijo en que sus hombros hacen un amago de avanzar, como si fuera a entrar, antes de dar un paso atrás.

—Creo que lo mejor es que me vaya, tengo cosas que hacer...

Me da las gracias con una sonrisa. Sus rasgos le dibujan una emoción indescriptible. Se gira hacia el pasillo unos centímetros antes de girarse de nuevo.

—Aunque antes quiero asegurarme de una cosa, Eliotte..., ¿cómo va todo después de lo de ayer?

—Mucho mejor.

Hace una mueca, perplejo, y me examina con los ojos entornados durante varios segundos.

—¿Qué? —le pregunto al cabo de un momento, incómoda.

—Sé que eres una gran mentirosa, así que intento sondear tu alma ahora mismo.

—Te juro que estoy mejor —le respondo con una sonrisa—. Además..., el alcohol me hizo sentir las cosas con mucha intensidad. De todas formas, Izaak y tú estabais ahí... Tengo suerte. Mucha, de hecho.

Se le oscurece un poco la expresión de la cara.

—Bueno, debería irme. Mi padre me matará si no vuelvo con la compra.

Se precipita hacia el ascensor.

«Un momento».

—¿Matthew?

—¿Sí? —pregunta mientras da media vuelta.

—Cuando hablamos por teléfono, me dijiste que estabas en el supermercado. ¿Has hecho ya la compra?

—Eh... sí... Y-y ahora tengo que llevarla lo más rápido posible a casa.

«¿Por qué farfulla?».

Al ver que lo miro extrañada, añade:

—¿Por qué mentiría con algo tan tonto, Eliotte?

Sonríe más, y le aparecen los hoyuelos. Sus ojos azules se iluminan.

—¡Deja de ser tan paranoica!

Sacudo la cabeza.

—Soy... soy una tonta. Lo siento.

—No, no eres tonta, Wager. En absoluto. Solo estás demasiado en guardia.

Le devuelvo la sonrisa.

—Deberías irte o tu padre te echará la bronca.

—Pero... Si lo necesitas, llámame.

Me dedica una última sonrisa y se abalanza hacia el ascensor mandándome «¡Un beso!» con mucha ironía.

Cierro con brusquedad la puerta.

«Lo he incomodado al considerarlo un mentiroso. ¿Por qué desconfío de todo?».

Incluso cuando les abro la puerta de mi vida a los demás, me las arreglo para echarlos. A mi pesar. Izaak tiene razón: me paso la vida saboteándome.

«Deja de ser tan paranoica. No te he metido nada en el vaso».

Me acuerdo de golpe. Aprieto los labios mientras agarro con fuerza la memoria USB y el microchip.

«La primera vez creía que quería hacerme daño. Recordar ese momento ha sido un reflejo cerebral e inconsciente, o algo así».

Observo lo que pensaba que había perdido para siempre, en mi mano. Ya está. Por fin voy a saber lo que mi padre quería mantener a salvo.

«Gracias a Matt».

Inspiro fuerte y noto cómo me palpita el corazón. Me siento en el sofá con movimientos rápidos y abro el portátil, que había preparado antes, impaciente. Me tiemblan los dedos mientras inserto la memoria USB.

«En unos segundos lo sabrás, Eliotte».

«Uno. Dos. Tres...».

Hago doble clic en el archivo que copié, con los músculos tensos, y desplazo el cursor sobre un documento titulado «CASO CERO».

La página se carga.

«¿Qué no querías que se supiera, papá?».

Aparece un informe científico.

«¿Qué querías que supiera?».

Abro los ojos de par en par.

LA VERDAD

El título de su informe me deja sin respiración: «Homosexualidad».

Empiezo a leerlo con el ceño fruncido y los ojos entornados.

No entiendo todos los términos médicos empleados, pero parece un experimento para comprobar la existencia de la homosexualidad y, por extensión, de las almas gemelas del mismo sexo. Mi padre sabía que era real e intentó demostrarlo usando su herramienta predilecta: la ciencia.

«Quizá tenía la misma opinión sobre el sistema de almas gemelas y toda la sociedad».

«Quizá pensaba como nosotros...».

«Como yo».

O quizá fue un simple experimento para saciar su curiosidad de científico.

«No, si no, no habría escondido el microchip y, además, en un libro censurado...».

Mi padre tenía que ser distinto de todas esas ovejas. No estaba ciego. No podía estarlo.

«Y quería que yo lo supiera. Para abrirme los ojos de este mundo destrozado que nos rodea».

Siento como si me dieran un puñetazo en el estómago.

Ficha informativa de la cobaya n.º 1

Nombre: Edison, Eric

—¿Qué? —pronuncio sin aliento.

¿Fue su propia cobaya para demostrar que la homosexualidad existía?

¿Mi padre es homosexual?

Miro fijamente la pantalla, boquiabierta.

«¿Cómo...? Oh. Guau. Vale».

Sigo la lectura con el corazón palpitante. Entre las descripciones de los resultados, hay electrocardiogramas, encefalogramas, notas... Muchísimas pruebas. Por lo que entiendo a simple vista, intentaba comparar los efectos físicos y cerebrales de la pasión amorosa «heterosexual» con los de la «homosexual» para demostrar que eran idénticos.

Miro el teclado de mi ordenador. No sé cuánto tiempo llevo sentada pensando y cuestionándome mi existencia examinando hilo a hilo. Y yo que creía que se había ido con otra mujer...Fue por otro hombre. O porque no soportaba esta sociedad.

Ahora entiendo mejor por qué su matrimonio no podía ser feliz. Porque él no podía serlo escondiéndose, mintiendo e intentando sobrevivir en un mundo que negaba su propia existencia, un mundo en el que no había lugar para él.

¿Qué más daba su prueba de compatibilidad? Su matrimonio estaba condenado al fracaso. No podía enamorarse de mi madre. El factor de la orientación sexual se ignoró en la ecuación de Algorithma porque querían imponerles a todos el esquema familiar que permite la reproducción natural.

«Entonces, eso significa que yo soy un error del sistema, ¿no? He sido fruto de una sociedad podrida en su interior y totalmente hipócrita».

Se me encoge el corazón. Aunque no debería haberme abandonado, me da pena. A pesar de que esté enfadada por todo lo que me ha hecho vivir, por el vacío y las cicatrices abiertas que ha provocado, no puedo evitar sentir una ráfaga de balas que me atraviesan el pecho. No me imagino el dolor continuo que debía sentir, solo por existir. En el lugar equivocado.

Pero ¿por qué no se quedó y nos dijo la verdad? ¿Por qué no nos llevaste contigo? ¿Por qué preferiste el silencio?

«No se calló, Eliotte. Quería que tú lo supieras».

Me paso una mano por la cara e intento controlar la respiración. Tengo que pensar. Mi padre es homosexual. Y hay otra cosa clara: huyó del sistema, ya fuera solo o acompañado. Está en alguna parte de este mundo. No se ha volatizado...

¿Y si quiso que yo lo encontrara? No debió dejar solo ún microchip. Debe haber otra cosa. Debe estar justo ahí, delante de mis ojos.

Ahora que tengo una pieza del puzle, no puedo permanecer de brazos cruzados, tengo que montarlo. Porque necesito hablar con él. Gritarle las preguntas a la cara, pero decirle también que no está solo, que no me parece que sea anormal, que tiene derecho a querer a quien quiera y que... estoy aquí. Su hija está aquí.

«Tengo que encontrarlo».

Pero ¿por dónde empiezo?

Me levanto del sofá, mi cerebro no para. Ya he escudriñado todos los libros de la caja. Solo había un microchip. ¿Dónde podría buscar? Quizá a Izaak se le ocurre algo. Tengo ganas de saber qué pensará de...

Se me encoge el corazón en el pecho. Daría cualquier cosa por contarle todos estos descubrimientos tan estremecedores. Podría, técnicamente. Pero se ha ido sin decirme nada. O, más bien, me ha dado una respuesta; prefiere que cada uno vaya por su lado. No tengo que mirar hacia otro lado.

Izaak ya ha escogido.

«Ha pensado en su hermano...».

«O en esa tal Joleen».

Quizás está perdido porque esa chica también forma parte de la ecuación. Con la que estaba dispuesto a casarse con veintiún años. Quizás solo le atraigo físicamente y no le late el corazón como a mí cuando estamos en la misma habitación. Quizás existen otras razones que no se ha atrevido a confesarme.

Frunzo el ceño.

«¿Por qué estoy preguntándome por qué?».

No debería hacer la lista de las razones hipotéticas de su partida o de las cosas que lo hicieron huir. Que yo sepa, el resultado es el mismo: no está aquí.

Me quedo inmóvil en medio del salón, sin aliento.

Me doy cuenta de que siempre me he hecho las mismas malditas preguntas equivocadas. En lugar de preguntarme por qué mi padre me había dejado, tendría que haberme preguntado por qué yo quería que se quedara. ¿Qué necesidad podría haber colmado? ¿Qué habría hecho para que mi vida no fuera nunca más la misma? Y todo esto para seguir avanzando en lugar de dejar que las heridas supuren al aire libre.

Ahora, estoy sola en el piso. Y tengo un objetivo: entender lo que mi padre quiso decirme antes de irse. Es lo que más quiero en este mundo ahora mismo.

Caerme. Volver a levantarme. Avanzar. Sola o acompañada. Buscar. Encontrar.

Siento cómo crece en mí un fuego a una velocidad fulminante. No se apagará mientras no tenga respuestas.

«Hacia delante, Eliotte».

Seguro que mamá ha guardado algunas de las cosas de papá. No pudo separarse de todo lo que le perteneció, es imposible. La conozco.

Por eso, espero que salga del piso para estar tranquila mientras inspecciono nuestro piso. Mamá va al mercado a las tres de la tarde todos los domingos y tarda alrededor de una hora. Karl trabaja hasta las seis de la tarde, lo que me dejará vía libre durante un buen rato.

«¡Ahí está!».

Como solo tienen un coche para los dos, se dirige con tranquilidad a la parada de autobús más cercana con su abrigo verde. No espero más y salgo de mi escondite. Entro en el edificio sin que me vean, sin dejar de mirar la esbelta silueta de mi progenitora. Al llegar delante de la puerta, doy gracias al cielo por no haber devuelto aún la copia de llaves que Karl me dejó cuando me quedé con Izaak en el piso después de nuestro intento de cena.

«Ya está. Ahora solo queda buscar».

Podría pensarse que, cuanto más pequeño es el espacio, más oportunidades hay de encontrar las cosas. Pero el problema es que hay que ser el doble de ingenioso para esconder lo que ningún ojo debería ver.

Entro por instinto en su habitación. Es el cuarto en el que menos tiempo pasaba cuando vivía aquí: si quería esconder algo, lo escondería ahí.

Empiezo mi búsqueda mirando los listones del parqué. Empiezo a encontrarme mal: estoy inspeccionando cada milímetro cuadrado de la intimidad de mi madre.

«Pero hay que hacerlo».

Un listón cruje un poco más que los otros con mi peso. Me tiro en el suelo y lo examino. Paso los dedos por encima para intentar encontrar una abertura y poder despegarlo y...

—¿Eliotte?

Me quedo petrificada. Levanto la cabeza poco a poco hacia la silueta que está frente a mí. Mi madre está de pie, con un cuchillo en las manos.

—¡Creía que era un ladrón!

—No, soy yo —digo mientras me levanto—. Siento haberte asustado.

—¿Qué haces aquí?

—Yo... Eh...

«Rápido, una mentira. Rápido, rápido, rápido...».

—Me olvidé de dejar el juego de llaves de Karl —digo de inmediato—. Pensaba que estarías aquí.

—Pero ¿por qué estás en nuestro cuarto?

En general, las mentiras se me ocurren más rápido.

Pero, ahora, no consigo formular ninguna. No se me ocurre nada, como si mi mente no quisiera que mintiera, sino que dijera la verdad.

—Mamá..., tenemos que hablar.

Me siento en el borde de la cama y tamborileo en la colcha para invitarla a sentarse a mi lado.

—¿De qué quieres hablar exactamente? —pregunta mientras se acerca.

—De papá.

De pronto, le cambia la cara.

—No me gusta hablar de eso, Eliotte.

—Fue hace quince años, mamá. ¿No crees que ya es hora de hacerlo?

—No hay nada que decir.

Me rehúye la mirada, observando el listón que quería arrancar.

Suspiro. Viví esta escena un millón de veces cuando tenía alrededor de dieciséis años.

Una mañana, como si acabara de salir del coma, me desperté con un dolor desgarrador en el pecho. Parecía que un vacío se hundiera en el fondo de mí desde mi infancia y acabara de salir de mi cuerpo, sin encontrar piel que atravesar. Estaba enfadada, perdida, y ávida de respuestas. Mi madre me repetía esa misma frase: «No hay nada que decir». A veces con tranquilidad, a veces de forma más agresiva o entre lágrimas: «No hay nada que decir, Eliotte».

«Nada, nada, nada».

Acabé dejándolo y, en la misma época, me enamoré de Ashton.

Pero hoy romperé el ciclo del silencio. Se acabó.

—Papá dejó una cosa antes de irse —digo con la voz calmada, a pesar de los demonios que me suben por el interior.

—¿El qué?

—Cuando era niña, me regaló una caja llena de libros censurados por el Gobierno. En uno de ellos, he descubierto que había escondido un microchip. No te imaginas qué había dentro.

—Creía que se había deshecho de esa caja...

—¿Lo sabías?

—Algo sabía —admite en voz baja—. Y... ¿qué había en el microchip?

—¿Sabes qué es la homosexualidad?

Se le petrifica la expresión. Pasa un largo segundo antes de que esconda la cara entre las manos.

—¿Mamá?

—Sí, Eliotte —murmura—. Sí, sé lo que es. Tu padre me lo explicó un poco después de casarnos.

Me mira de nuevo, con los ojos llenos de lágrimas.

—Éramos mejores amigos... Una pareja muy compenetrada. Estaba loca por él, y pensaba que era recíproco, pero, cuando me contó que era «distinto», me quedé boquiabierta.

—Me imagino...

—Pero lo acepté, y éramos felices. Bueno..., eso creía yo. Tu padre pasó momentos muy difíciles, tuvo grandes crisis existenciales. Cada día le atormentaba más mentir y esconderse.

—Se fue por eso, ¿no?

—Eliotte...

Le caen lágrimas por las mejillas.

—No creo que se... fuera.

—¿A qué te refieres?

—Tu padre se suicidó.

Se me cae el corazón al suelo y rebota en el parqué rayado. Miro fijamente a mi madre, con la mandíbula descolocada.

—¿Qué? Pero ¿cómo puedes decirme eso así? ¿Y cómo estás tan segura?

—Si se hubiera ido, me lo habría dicho. No nos escondíamos nada. Incluso lo habría seguido. Yo lo sabía todo. Y, antes de desaparecer de la noche al día, encontré en la cama una nota que me dejó.

—¿Qué decía la nota?

—La quemé. No podía soportar verla... Sin embargo, se me repiten las palabras en la cabeza —confiesa con una voz rota—. Decía: «No soy tu alma gemela, y lo sabes. Eres mi mejor amiga y te querré hasta el fin de los tiempos. Perdóname por lo que voy a hacer, te lo suplico».

Y mi madre rompe a llorar.

La veo derrumbarse con los pulmones comprimidos.

«Es imposible. No, no, no...».

Ahora me queman los ojos por las lágrimas que amenazan con salir. Me muerdo el labio inferior mientras siento cómo se me eleva el pecho y baja con violencia. Algo se rompe en mí, siento que implosionaré.

—Mi... mi padre se-se suicidó, y tú, durante todos estos años..., ¿preferiste hacerme creer que se había largado?

No me reconozco la voz. Se me comprimen las cuerdas vocales en la garganta.

—¡Es lo mismo, Eliotte! —exclama mientras levanta la cara, húmeda—. ¡Nos dejó!

—¿Qué? ¿Por qué me has mentido?

Salto de la cama para colocarme delante de ella. El corazón me golpea, golpea, golpea el pecho. Un dolor fulminante me comprime los órganos.

—¿Por qué? —repito.

Las lágrimas empiezan a enturbiarme la vista, pero me da igual. Solo existe mi madre, sentada en la cama, y el caos que acaba de desencadenar en mí.

—Has preferido que creyera toda mi vida que era una puta carga, que no valía nada y que todo el mundo me abandonaría como él hizo... ¿Cómo has podido hacerme eso, mamá?

—No podía contarte todo esto, era demasiado duro...

—¿Creías que no era duro pensar que éramos una familia rota? ¿Que mi padre era un cobarde que nunca me quiso?

—Fue un cobarde, ¡sí! —protesta mientras se endereza para estar frente a mí—. ¡Escogió la muerte en lugar de a su familia!

—¿Cómo puedes decir eso? Viv... Estaba viviendo un infierno aquí... ¡Hasta el punto de que la única solución era irse de este mundo! ¿No te das cuenta? ¡Mi padre era valiente, es todo lo contrario!

—¿Valiente? ¡Qué dices! Me mintió para hacerme creer que todo iría bien. ¡Me abandonó! ¡Solo pensó en él!

—¡Tú solo pensaste en ti, mamá!

Un sollozo me desgarra el vientre. Me caen las lágrimas, y no puedo pararlas. Me duele mucho, muchísimo. Una corriente eléctrica me atraviesa entera, me quema cada célula y carboniza cada átomo.

«Mi padre está muerto. Sufría tanto que murió por eso».

No consigo respirar... Intento inspirar mientras veo cómo se me difumina el mundo detrás de los llantos.

—Si hubiera sabido la verdad desde el principio..., todo habría sido distinto —murmuro entre hipidos de tristeza. *Todo.*

—Te he dicho la verdad, Eliotte: tu padre era un egoísta y nos abandonó.

—¡Cállate, por favor! —exclamo mientras me seco los ojos—. No sabes las consecuencias que ha tenido que me haya creído todas estas mentiras durante todos estos años. No sabes...

—El...

—¡Me ha destruido! ¿Sabes? —le suelto mientras me acerco a ella—. Podría... podría haber sido una niña normal, pero, por tu culpa, ¡he cargado con ese vacío enorme en el pecho! ¡Creía que yo había hecho que huyera, que no valía nada! ¡Creía que tenía una familia nueva! ¡¿No te das cuenta?!

Me sorbo los mocos e intento secarme las lágrimas con el dorso de la muñeca, pero es en vano, porque vuelven.

—En realidad, me quería —murmuro entre hipidos—. Me quería.

—¡No lo bastante, Eliotte! ¡No nos quería lo bastante! Si no, no habría tomado esa decisión y se habría quedado...

Se tira en la cama y se tapa la cara con las manos. Le tiemblan los hombros con cada espasmo que le sacude el cuerpo.

—Se habría quedado conmigo... —murmura.

Me tiemblan los dedos. No, todo el cuerpo. La habitación tiembla. Todo está bajo agua. Todo se tambalea.

«Papá, lo siento mucho...».

Nuestras lágrimas se confunden en el aire en una sinfonía ensordecedora. Doy un paso atrás, me quema el pecho.

«¿Cómo ha podido hacerme esto?».

No puedo mirarla a la cara. No lo consigo.

Doy marcha atrás y corro fuera de nuestro piso y del edificio. El aire helado me quema los pulmones durante la carrera.

El llanto me mueve los labios, agrietados por el viento que me golpea en la cara. Mis pasos me llevan a la estación abandonada. De pronto, estoy en el tejado, con los pies colgando entre las barras de la barandilla. Imaginar la cara borrosa de mi padre alrededor de una cuerda me vuelve loca. Imaginarlo con una pistola en la boca, aún más. Miro los raíles oxidados. Consigo ver su silueta agonizante en ellos antes de que dé su último suspiro de sufrimiento y de alivio.

No consigo creérmelo.

Mi padre está muerto. Algorithma lo ha matado. Toda esta sociedad lo ha matado. La muchedumbre que anda a ciegas al mismo paso lo ha matado.

Sin rebelión, lo hemos matado entre todos.

Aprieto los puños para intentar controlar la respiración. Pero me ahogo. Me asfixio.

«No puedo vivir aquí. No puedo seguir respirando en este país, con este sistema tan débil».

Me seco la cara, húmeda y a la vez ardiente.

«Pero no me iré. Me quedaré. Lo destruiré todo. Y reconstruiré sobre los escombros una sociedad en la que habrías tenido hueco, papá. Una sociedad en la que no necesitarías suicidarte para poder vivir».

Aprieto los labios mientras miro fijamente. Los raíles del tren.

«Te lo prometo».

No sé cuánto tiempo permanezco aquí sentada, escuchando mi llanto y mis gritos ahogados, que resuenan en el aire frío. Ni cómo llego al piso.

Entro en el baño para refrescarme el cara.

«Tengo que empezar a encontrar todo lo que dejó tras él. Sus experiencias, sus trabajos, sus notas, sus cosas. Todo».

Miro al espejo que tengo delante de mí. Miro cómo me chorrea la cara de agua. Nunca me han gustado tanto mi pelo castaño y mis ojos azules, hinchados por la sal. Porque sé que eran como los suyos.

Me seco con la única toalla que hay colgada, y suspiro.

«Izaak».

Después de dejársela, me la lavó como me había prometido, la dobló con cuidado y la colocó sobre la estantería de madera.

Se me escapa una risa. Gritó cuando entré en el baño mientras se duchaba. Lo vi casi desnudo —bueno, quizás completamente desnudo— bajo el agua.

Me encantaría compartir con él mis descubrimientos, llorar en su hombro, dejarle que intente hacerme reír a su manera y que me encienda.

Pero no está aquí.

Y está bien así.

De todas formas, me veré obligada a hablar con él para meterme en los Liberalmas. Sí, tengo que actuar. Quiero destruir con mis manos este sistema envenenado que me ha robado a mi padre.

Me encierro en mi cuarto para estudiar al detalle todos los ficheros que había en el microchip. Lo hago con el objetivo de retomar sus resultados y conseguir lo que él pretendía desde el principio: demostrar de un modo científico que las almas gemelas podrían ser del mismo sexo y girar a nuestro favor el contraargumento científico. Publicar esos resultados sería una de las primeras cosas cambiarían el sistema.

Hablaré con mi madre más tarde esta semana para preguntarle si guardó algo de mi padre. Ahora, soy completamente incapaz de volver a verla.

Durante muchas horas, leo y anoto cada documento del microchip. No sé si reunió las suficientes pruebas, las que permitirían destrozar los procedimientos de Algorithma solo con publicarlas. Sea como sea, el trabajo colosal que hizo mi padre me fascina. Además de las tesis científicas que intentaba demostrar con ingenio y precisión, escribió varios ensayos filosóficos sobre el amor, el poder y la libertad de pensar. Era brillante.

Mientras como unos fideos instantáneos con una mano, deslizo el cursor del ordenador con la otra para ver la lista de los ficheros de la memoria. Entre las hojas desperdigadas delante de mí y mi reloj digital, que marca las once de la noche, siento que estoy en época de exámenes.

«¿Qué es esto?».

Hay un fichero comprimido que aún no había abierto. Sin pensar siquiera en cómo se abre, hago doble clic en él.

Es un vídeo. Lo pongo mientras me tiemblan los dedos sobre el teclado táctil.

Durante varios segundos, el campo de visión de la cámara se reduce a una habitación de tonos grises. Hay mesas de laboratorio y un cuadro blanco en la pared en el que se ha garabateado algo con un rotulador. Estoy convencida de que ya he visto esa habitación antes.

De pronto, me sobresalto.

IRSE

Mi padre aparece en la pantalla. Impactada, me tapo la boca con una mano. Hacía muchísimo tiempo que no lo veía. Había olvidado su perfil, algunas de sus facciones, algunas de sus arrugas, la profundidad de sus ojos y su color exacto.

Le caen por la frente mechones negros con reflejos claros. El azul pálido de sus ojos destaca a causa de las ojeras. Recuerdo que siempre parecía cansado. Su expresión es dura, seria…, pero las patas de gallo alrededor de los ojos le traicionan. Era un hombre guapo que emanaba un aura muy dulce. Traspasa la pantalla y la luz azul.

—Soy el doctor Eric Edison. El objetivo de este vídeo diario es dejar una huella de mis avances en la experiencia que estoy llevando a cabo. Esta pretende afirmar la siguiente hipótesis: las almas gemelas del mismo sexo existen.

Esa voz grave hace que me vibre el corazón. Una ola de recuerdos me arrolla y unas perlas húmedas me nacen en los ojos.

El vídeo no dura más de cinco minutos. Es una introducción clara y concisa, una especie de plan detallado de las siguientes etapas. Recorro los ficheros de la memoria en busca de otros vídeos de este tipo. Pero es el único.

«Pero habla de un "diario"…».

Al hacer clic otra vez en el vídeo para volver a verlo, se abre un menú. Aparece la localización del vídeo: 4385 25th Ave SW, Seattle, Nueva California.

«Seattle…».

¿Es la dirección de mi antigua casa? Eso explicaría por qué me suena tanto el decorado del vídeo. Si mi padre grabó el vídeo allí, debe haber dejado otras cosas relacionadas con su experiencia.

Tengo que ir a Seattle.

«No tengo suficiente dinero para coger un autobús hasta allí...».

¿Podría robar el coche de Karl?

«No, no puede enterarse de que me he ido...».

Me paso una mano por el pelo, y suspiro. Juego con el pie con la silla del despacho y la giro un poco. ¿Cómo lo hago?

«Piensa, Eliotte. Piensa...».

«Si necesitas algo, llámame».

Saco al momento el móvil del cajón y busco entre mis contactos. Es tarde, quizás está durmiendo, pero no puedo no intentarlo. Si no, nunca tendré el corazón tranquilo.

«Por favor, descuelga... Por favor...».

—¿Diga?

Me asusto y me aguanto una sonrisa, como una idiota.

—¿Te apetece pasar un finde en Seattle?

—¿Estás borracha, Wager?

—Estoy más sobria que nunca, Matt. Tengo que ir a mi antigua casa.

—¿Imagino que tiene que ver con tu padre?

—Exacto. Puedes dejarme si quieres y vienes a buscarme al día siguiente.

—Ni en broma, loca. Tú c...

Sus palabras desaparecen tras un largo bostezo.

—¿Estabas durmiendo, Matt? ¿Te he despertado?

—No, qué va... En fin. ¿E Izaak? ¿Viene con nosotros?

No sé por qué tardo en responder. Me quedo bloqueada con su nombre y esa realidad paralela que Matthew acaba de hacer posible: Izaak y yo en Seattle. Como una pareja. Cómplices en el crimen.

—Tiene... algo que hacer —respondo después de unos segundos—. No puede acompañarme.

—¿Y le parece bien que te lleve? ¿No me acosará cuando volvamos o algo parecido?

Me río.

—De todas formas, no puede decir nada: tengo derecho a ir donde quiero y con quien quiero. Pero, tranquilo, no pasa nada... ¿Y bien? ¿Te vienes?

La risa cortada de Matt suena a través del micro.

—¿Cuándo nos vamos, Wager?

—Son tres horas de camino, así que... ¿mañana por la mañana sobre las ocho?

—Allí estaré.

—Gracias, Matt. Eres el mejor.

—Calla, tengo los tobillos bastante gordos. No me ayudas. Cuelga.

«Guau».

Mañana iré a Seattle. La ciudad de mi infancia.

Izaak no volvió ayer. No sé dónde está ni lo que hace y odio preocuparme porque, en el fondo, debería respetar su decisión y empezar desde ya a aceptar que no tenemos nada que decirnos.

«Pero no lo consigo».

De pie delante de mi cama, doblo la ropa antes de meterla en mi mochila. No sé cuánto tiempo estaré fuera, pero no quiero llevar demasiadas cosas. También me llevo las notas y la memoria USB. Me da mucho miedo volver a perderla y pienso que quizá la necesite allí...

—¿Qué haces, morenita?

Dejo las manos fijas alrededor de mi mochila. Trago.

«No lo mires».

—Hola, Izaak.

Se pasea por la habitación y se sienta en mi cama. Se sienta con tranquilidad justo enfrente de mí, cerca de la mochila que estoy llenando. Me quedo boquiabierta. Qué loco. No se supone que debemos sentirnos tan cómodos con gente que debemos evitar. Me obligo a no mirarlo y sigo haciendo el equipaje.

—¿Qué haces? —pregunta.

—Espera... ¡No sabía yo esto! —exclamo sorprendida—. ¿Tenemos cuentas pendientes, Izaak? ¿Desde cuándo? Tenías que haberme avisado.

El sarcasmo es su idioma materno, espero que lo entienda.

—¿Aún eres tan madrugadora?

«¿Qué?».

Levanto la mirada, dispuesta a responderle..., y me paro en seco.

—Izaak, ¿qué es esto? —digo mientras acerco las manos a su cara.

No debería, pero no puedo evitar agarrarle la mejilla para examinarlo de cerca. Tiene el labio abierto, arañazos en las mejillas y un moratón en la mejilla.

—Son solo unos rasguños.

—¿Necesitas hielo? —le pregunto—. ¿Tiritas?

—No, solo que me expliques qué haces.

—Estoy preparando un viaje a Seattle.

Entonces, le suelto la cara para volver a concentrarme en mi mochila.

—¿Cómo? ¿Seattle? —exclama mientras se levanta.

Termino la mochila y me pongo la chaqueta vaquera mientras veo cómo Izaak se revuelve.

—¿Te vas ahora? ¿Desde cuándo lo tienes previsto? ¿Por qué no me lo has dicho?

Su voz es mucho menos dulce que hace unos segundos.

—Izaak, exactamente, ¿por qué debería responderte? Ya recibí el mensaje: te dejo hacer tu vida y tú me dejas hacer la mía.

—¡Oh, oh, oh! Espera, ¿qué? ¿Qué mensaje?

—¡Este mensaje! —exclamo mientras lo señalo—. ¡Te largas sin decir nada durante casi dos días!

Me examina con los ojos entornados, sorprendido.

—No has visto mi pósit... —murmura—. ¡Claro que no has visto mi pósit!

Frunzo el ceño.

«¿Qué?».

Me agarra de la muñeca y me lleva hasta la planta principal. Me coloca delante de la pizarra de pósits y de trozos de papel que hay colgada cerca del frigorífico. Está hasta la multa que recibí por no llevar la alianza. La pizarra está llena de cuadrados fucsias, amarillos fluorescentes o marrones. Solo la mira Izaak, puesto que son sus notas.

—¡Este pósit! —exclama mientras despega de la pared uno más grande que los demás.

Me lo lee:

—«Eli, tengo que irme. Pero no te preocupes, volveré dentro de pronto. No podré usar el móvil. Si lo necesitas, llama a

Charlie (el número está en la parte de atrás). Sé que me echarás muchísimo de menos, pero eres fuerte. Cuídate, tarserita de mierda. No hagas tonterías, por favor, sigue viva». ¡Este es el *único* mensaje que intenté mandarte!

Me quedo boquiabierta, no consigo cerrar la boca. Debo parecer más tonta todavía.

—Pero ¿cómo pudiste pensar que vería el pósit? —exclamo mientras golpeo la pizarra con una mano—. Nunca la uso, ¡es tuya! Y desapareces de la noche a la mañana... Podrías haberme avisado unos días antes, ¿no?

—Te aseguro que no estaba previsto, Eliotte, créeme. Francis me mandó al Grand-Texas con una parte del grupo. Me cogió por sorpresa. Intenté despertarte, pero dormías a pierna suelta... Así que me entró miedo y escribí el pósit rápido antes de irme.

Apoyo la espalda sobre la barra de la cocina. Me aguanto la sonrisa como una idiota. Izaak no se fue sin decirme nada adrede...

«Cuídate, tarserita de mierda».

—¿Qué era tan urgente? —pregunto—. ¿Algo grave?

—El grupo de Liberalmas de Grand-Texas ha empezado la primera fase de manifestaciones públicas. Hemos hecho un desfile en la calle con pancartas, banderolas... Es una práctica antigua. Una parte de los nuestros se unieron para hacer más bulto.

—¿Qué? ¿Os habéis manifestado abiertamente contra el sistema? Pero... nadie ha hablado de ello. Ni en la televisión ni en otros sitios.

—Esos cabrones no han dejado que un evento así se vuelva mediático... Pero va haciendo ruido poco a poco, Eliotte. Las cosas están empezando a cambiar, se siente.

—Es increíble, Izaak... Pero ¿la manifestación no era pacifista?

—Sí. Pero las represalias de la policía no.

Frunzo el ceño.

—¿Ellos te han hecho eso? —digo mientras miro los hematomas que tiene en la mandíbula.

—Empezaron a apalearnos. Pegaron a algunos manifestantes sin ningún motivo. Francis lo pagó muy caro, y todo empeoró.

—¿Crees que podrían darle la vuelta al asunto y haceros pasar por un grupo de fanáticos violentos?

—Tenemos miedo de que ocurra eso, sí... Pero la verdad acabará saliendo, Eliotte. Ya sea en el caos o en el silencio.

Sus palabras me provocan escalofríos, tanto por su fuerza como por la convicción con la que las ha pronunciado. Sus ideas viven en cada célula de su cuerpo.

«Y ahora en las mías también».

De pronto, la sonrisa de Izaak desaparece y se le oscurece la expresión de la cara. Mira fijamente el suelo.

—No puedo creer que pienses que sería capaz de irme sin decir nada...

—Después de nuestra conversación del día anterior, parecía lógico —apunto en voz baja.

—En serio, Eliotte. ¿Irme? ¿Yo? ¿Y crees que me habría ido sin mi *jeep?*

—Yo...

—O peor: ¿sin ti?

Lo miro a la cara, incapaz de decir nada. Da un paso hacia mí y se acerca, pero al mismo tiempo reculo contra la pared.

—*Nunca* me habría ido sin decírtelo —asegura—. ¿Me oyes, Eliotte? Nunca.

Me coge de una mano y me dejo llevar por el verde de sus ojos, absorta por completo.

—Yo no me voy —murmura—. Estoy aquí, me quedo. E iré a buscarte a cualquier lugar del mundo si sé que me esperas.

Me busca los ojos con los suyos, pero miro hacia abajo para salvarme del ahogo.

—Nunca me habría largado dejándote detrás, Eliotte. No soy como tu padre.

«Mi padre».

Siento un puño de hierro alrededor del corazón.

—Hablando de eso, Izaak, he... he descubierto cosas. Por eso me voy.

Inclina la cabeza hacia un lado.

—Cuéntamelo todo.

Nos sentamos en el sofá y, en cuanto rozo el cuero del asiento con las nalgas, me pongo a hablar, a hablar, a hablar... Me moría por hacerlo. Me moría de ganas, más que nada en el mundo, de compartir con Izaak lo que me ha ocurrido.

Me escucha con atención, a veces me hace preguntas para que especifique algo o, lo que me sorprende, para que le cuente qué siento. Cuando termino el relato de los descubrimientos, Izaak se queda callado un momento antes de decir:

—Bueno, voy a hacer la mochila.

Se marcha de la habitación y sube a la planta de arriba.

«Me acompañará».

Miro cómo se aleja con una sonrisa. Antes de que mi cerebro vuelva a funcionar.

Matthew e Izaak. En el mismo coche. Durante tres horas.

«¡Oh, Dios mío!».

VOLVERSE

Al salir del edificio, veo el coche de Matthew aparcado a unos metros. Corro hacia él con una sonrisa.

—¿Listo para la partida, acólito? —exclamo mientras me acerco a la ventanilla del conductor.

Matt tiene una sonrisa reluciente.

Chocamos los puños.

—¡Por supuesto, Wager!

—Ahora es Wager-Meeka —responde Izaak, detrás de mí.

—Tiene gracia que lo digas —comenta Matt—. Yo también se lo dije a Eliotte, y ella me respondió que la llamara como quisiera. Escogí Wager porque era más corto. Suena mucho mejor.

—¡Voy a meter las mochilas en el maletero! —digo mientras extiendo una mano hacia Izaak para que me dé la suya y no entre en el juego de Matthew.

—No, déjalo, *corazón*. Lo hago yo.

Su énfasis en el apodo cariñoso me arranca una sonrisa desesperada, que él me devuelve, antes de coger mi mochila. Se va a guardarlas en el maletero y vuelve al momento mientras dice:

—Matthew, te pediré que salgas del vehículo.

Me quedo petrificada.

«¿Qué harás, Izaak...?».

—¿Por qué dice eso, señor agente?

Me paso las manos por la cara mientras me preparo para lo peor.

—No pienses que te dejaré conducir durante tres horas cuando vamos mi mujer y yo en el coche.

Matt lo examina con intensidad y se muerde los labios con cara de indignación. O de perdición. Sí, es eso, no entiende con quién está hablando o qué se cree Izaak.

—Eh..., ¿no?

Izaak inspira y se gira hacia mí.

—¿Puedes hacer que tu amigo entre en razón, por favor?

No debería reírme. Realmente, no debería reírme. Pero las muecas que hacen, el tono de Izaak, la tensión en el ambiente... Se me escapa una carcajada. Los dos chicos me miran, abrumados.

—¿No quieres ir detrás conmigo, Izaak? —le pregunto.

Silencio.

—Vale, yo voy en el *jeep* —dice mientras se dirige hacia el garaje.

—¡No, Izaak! —exclamo, y lo agarro del brazo—. ¡Quédate aquí! No llevaremos los dos coches, es ridículo.

—No más que dejarlo conducir.

Matthew mira al cielo y abre la puerta.

—¡Aquí tiene, señor Meeka! —suelta al salir—. ¿Estás contento?

—«Aliviado» sería el término correcto.

Matt se cruza de brazos y apoya la espalda en la puerta de atrás. Baja la cabeza y golpea con el pie. De pronto, me siento muy mal. Lo molesto para que me acompañe tres horas de camino, pronto por la mañana, en plena semana... Y, además, mi «marido» lo humilla.

—Izaak, conduciré yo —resuelvo—. Y los dos iréis detrás.

—¿Perdón?

—Si pasáis el trayecto juntos, acabaréis siendo los mejores amigos del mundo.

Matthew suelta una risa burlona.

—Me encanta esta chica. Es tan ingenua y tiene tan buena voluntad... Está bien que conserves tu alma de niña, Wager.

Después de varias maldiciones y protestas, empezamos nuestro viaje a Seattle conmigo al volante y los mejores enemigos detrás.

Izaak permanece en silencio durante el trayecto, mientras que Matt y yo hablamos de todo y de nada riéndonos, como siempre. Sospecho que Izaak no quiere participar en la conversación por miedo a que se estropee de forma natural; el odio entre ellos sale solo. En el fondo, no puedo negar que me entristece la relación entre Matt e Izaak. Son los dos únicos amigos que tengo, en realidad. Me habría encantado poder pasar tiempo con ellos a la vez sin que ninguno de los dos se juegue la vida.

Pero con el tiempo se arreglará. Sé que Izaak no soporta a Matthew porque no se fía de él. Tarde o temprano, verá que Matthew es una persona de confianza. Un amigo de confianza.

Ahora que lo pienso, recuerdo que me dijo después de la fiesta que sentía celos de nuestra intimidad.

«Sí, me lo dijo».

Pensar en la confesión me sofoca. No puedo evitar desviar la mirada hacia el retrovisor durante unos segundos. Observo a Izaak, en la esquina, hundido en su asiento mientras lee un libro censurado cuya cubierta no consigo ver, aunque apuesto a que es *1984*. Un mechón rebelde le cosquillea la frente, arrugada por la concentración. Su aspecto decidido y altivo me recuerda al que mostró el día que nos conocimos.

«Las cosas han cambiado mucho desde entonces».

—Y ¿sabes qué me respondió Jacob? —continua Matt con un tono alegre.

Dirijo la atención a la carretera y le respondo:

—Dime.

—«No sé nada, soy italiano, colega». ¡Tíííío, no! ¡Esa no es una razón! Lo peor es que...

La sintonía de su móvil lo corta. La apaga y sigue:

—Lo peor fue el tono con el que lo dijo. Ese tío es increíble. Te encantaría conocerlo. Bueno, si decidieras beber al menos un poco. No te acercas a nadie si no tienes al menos 0,6 gramos de alcohol en sangre.

En cuanto voy a responderle, vuelve a sonarle el móvil. Veo por el retrovisor que cuelga sin mirar quién lo llama y me anima a seguir.

—Lo sé... Pero quiero cambiar eso —digo—. No lo del alcohol, sino el hecho de abrirme más a los demás.

—¿En serio? Mientras no te sientas forzada, me sentiré orgulloso de ti, Wager.

Sonrío y miro el GPS en el salpicadero. Llegaremos en diez minutos al destino. Desde que hemos llegado a la ciudad, intento no prestar atención al paisaje: nunca estamos a salvo de que un recuerdo pueda surgir sin previo aviso y me haga perder el control del vehículo.

Pero, cuanto más nos acercamos, más me palpita el corazón. Esta ciudad es el centro vital de todo lo que soy hoy en día. En todas las calles abundan restos míos que abandoné —o que me arrancaron no sé cómo— hace quince años. Volver a estar aquí significa recoger todas las partes y guardarlas en el corazón antes de poder buscarles un hueco en mí cuando todo esté en calma.

Cuando pasamos por el cruce de Pinehurst, no puedo seguir fingiendo indiferencia. Algo me arde en las venas. El barrio de Lake City —mi barrio— está cerca. Ya está. Volver a ver las calles en las que pasé las tardes jugando con mis vecinos, la plaza en la que me rompí un brazo o el supermercado al que mi padre me llevaba para comprar un helado todos los viernes es...

Me noto lágrimas en el rabillo del ojo.

«Menos mal que les dije que se sentaran detrás...».

En unos minutos, veo al fin una calle que hace que me dé una vuelta el estómago, luego el dibujo de un edificio que me es muy familiar... y, por fin, mi casa. La verdadera. Rodeo el volante con las manos mientras una ola de nervios me sacude el cuerpo.

«Mi casa».

Aprieto los labios para aguantarme las lágrimas antes de recuperar la respiración.

—Ya estamos, chicos —digo mientras aparco en la calle desierta.

Salimos los tres y nos quedamos inmóviles delante del edificio, con las mochilas. Miramos fijamente las paredes desteñidas y cubiertas de grafitis, las placas de madera clavadas en las aberturas, las plantas salvajes que trepan por las grietas de los ladrillos. Sabía que mi madre no la había puesto en venta cuando nos fuimos, era incapaz de deshacerse de ella; fue tema de discusión cuando nos costaba llegar a fin de mes. Era evidente que la casa acabaría siendo okupada o en ruinas, pero, al verla ahí, de verdad, se me encoge el corazón.

—Vamos a intentar abrir una de las ventanas tapiadas —propone Izaak, que al hablar suelta una nube de vaho en el aire frío—. Será más fácil que con la puerta de hormigón.

—Te seguimos —dice Matthew, detrás de él en el patio de delante.

Gracias a las herramientas que le aconsejé que cogiera, logramos abrir una entrada lateral. Matthew entra el primero por la ventana y, una vez dentro, me da la mano para ayudarme a saltar dentro de la casa.

El aire polvoriento me hace toser. Entrecierro los ojos para escudriñar el sitio.

«Guau, menuda casa».

De niña, no me daba cuenta de lo bien que vivíamos. Esta casa es inmensa. Estamos en un enorme salón en el que dejamos mobiliario. Ahora lo recuerdo, mi madre no quería llevarse algunos muebles, le traían «demasiados malos recuerdos». No puedo creer que vuelva a estar en el mismo salón en el que me pasaba los días dibujando en el suelo o escuchando a mi padre tocar el pia…

«¿Dónde está el piano?».

Me giro por instinto a la derecha, cerca de los ventanales que están tapiados; donde solía estar. Me relajo en cuanto lo veo. Sigue tapado con una sábana blanca. Lo destapo sin pensarlo. Con el movimiento brusco, unas motas de polvo flotan en el aire, iluminadas por un tímido rayo de sol. Paso los dedos con lentitud por las teclas, que siguen intactas. Casi puedo ver cómo le bailan las manos a toda velocidad sobre el teclado. Están ahí, tocando melodías increíbles que yo canturreaba durante todo el día. Estaba convencida de que mi padre era un mago.

—¡Bueno! —exclamo, y me dirijo a los chicos—. ¿Por dónde empezamos?

Pestañeo para que las jodidas lágrimas se queden tranquilas. Izaak y Matthew están de pie frente a mí, separados entre ellos por una distancia exagerada. Izaak, con su chaleco de cuello vuelto ceñido y los brazos cruzados, Matt, con su chaqueta amarilla de siempre y las manos en los bolsillos.

«Menuda pareja…».

Les estoy muy agradecida por que estén aquí. Son mis segundos puntos de anclaje…, el primero es mi columna vertebral.

«Después de todos estos años, antes que nada, eres tu propia amiga, Eliotte».

—¿Queréis que nos separemos para cubrir más habitaciones? —propone Matt.

—Es buena idea —responde Izaak—. Pero antes quiero darme una vuelta por toda la casa para asegurarme de que no hay nadie.

—La casa estaba tapiada, Izaak. Estamos seguros.

—Prefiero ser prudente.

Lleva con él la palanca que hemos usado para abrir la ventana y se dirige a la escalera central para subir a la planta de arriba.

—¡Oh! ¡Qué biblioteca tan grande! —exclama Matt mientras se acerca a las largas estanterías.

—A mi padre le encantaba leer —le digo mientras lo veo girar sobre sí mismo como un labrador de tres meses.

—Y esto me encanta —exclama mientras se sienta en el taburete del piano—. ¿Puedo tocarlo?

—¡No sabía que eras músico!

—Soy una caja de sorpresas...

Chasquea los dedos de un modo teatral, se endereza en el taburete y se pone a tocar al azar las teclas.

«Bueno, vale. Matthew no tiene ni idea de tocar el piano».

—Es un nuevo género musical —me dice mientras sigue con el teatro—. Me he pasado horas creando este estilo... Lo he llamado Rivera Musical.

—En mi casa, a eso se le llama ruido —comenta Izaak desde las escaleras—. Lo he comprobado: no hay nadie.

Matthew toca con más fuerza todas las teclas del instrumento y suelto una carcajada. Parece yo de pequeña, cuando intentaba imitar a mi padre.

Izaak se me acerca y me coloca una mano en el hombro. Siento mariposas en el estómago. Aun así, no ha hecho nada, es un gesto sencillo, más bien amistoso.

—Empezaré a buscar por aquí —digo—. Uno de vosotros puede subir a la planta de arriba para ver si encuentra algo.

—Voy yo —dice Matt, que deja el piano—. Os llamo antes de tocar cualquier cosa si considero que es muy personal.

—Gracias.

Sube las escaleras de cuatro en cuatro, con su energía habitual, que tanto me gusta. Sobre todo en un sitio que me trae tantos recuerdos en forma de perlas húmedas.

Me giro para empezar a inspeccionar la habitación, pero Izaak me habla.

—¿Estás bien? —pregunta con ternura mientras apoya una mano en mi brazo.

Suspiro.

—Es... intenso. Pero estoy intentando no pensar mucho para no perder de vista mi objetivo.

—Eli..., si quieres que nos sentemos cinco minutos o tres horas para respirar, lo hacemos. ¿Vale?

Giro la cabeza para mirarlo y asiento. Me gustaría apoyar la mano sobre la suya. Pero no me atrevo.

Entonces, empiezo a buscar en el salón, quitando las sábanas de algunos de los muebles que hay aquí. No sé qué busco exactamente, y eso complica la tarea. Un objeto, documentos antiguos, cualquier cosa.

—Eliotte, creo que tengo algo... —dice Izaak sin aliento.

Oigo un gran chirrido que hace que casi vibre el suelo y me giro hacia él. Se me desencaja la mandíbula. Ha abierto literalmente una parte de la biblioteca que es una puerta. Me espera con orgullo mientras apoya un brazo sobre un lado.

—Por tu cara, sospecho que no conocías este pasaje.

—Para nada... No puedo creer que jugara con los cochecitos en los estantes de esta biblioteca casi todos los días sin imaginar lo que se escondía detrás.

—Después de ti, querida —dice, y se inclina ligeramente hacia delante, con una mano extendida hacia la entrada.

—Gracias, querido tarsero —respondo mientras emprendo el camino de un modo teatral.

Nos encontramos unas escaleras de hormigón. Son estrechas y bajan varios metros. Cojo el móvil y enciendo la linterna para que nos guíe en el camino. Se me humedecen las manos a medida que avanzo.

Es increíble. Hay un pasaje secreto en la casa. Un jodido pasaje secreto. Vivía en la casa de Felipe I, por Dios. Seguramente descubriré que hay una mazmorra y un foso secreto en mi habitación.

«¿Qué escondías aquí abajo, papá?».

El aire es frío y los pasos resuenan en los muros. Cuando llegamos a la parte baja de la escalera, descubrimos una pesada puerta de metal al lado de la cual hay pegada una caja. Le doy unos golpecitos por encima para examinarla y se enciende al momento con un color azul vivo. Frunzo el ceño.

—La alimentación eléctrica de esta habitación debe ser independiente. Lo que está detrás de la puerta debe estar siempre encendido, a pesar de las inclemencias.

—Solo nos queda encontrar el código, Eliotte. Y no creo que sea 1-2-3-4.

Golpeo la pantalla y, aunque me esperaba un teclado táctil digital, se ilumina una huella digital.

—Joder...

—Inténtalo de todas formas —sugiere Izaak.

Coloco el índice sobre la pantalla azulada.

—Nunca he venido aquí, no pude registrar mi hue...

Me calla un pitido sordo. Le sigue un traqueteo del mecanismo y una voz robótica anuncia:

—Bienvenida, Eliotte Edison.

DEJADO(S) DETRÁS

—Eh... Yo... Gracias —farfullo, desconcertada.

«Pero ¿qué es esto...?».

Apoyo la espalda contra la puerta y la empujo con suavidad. Entonces, unas luces de neón blancas del techo parpadean durante unos segundos antes de iluminarse por completo. Izaak y yo nos miramos, boquiabiertos, antes de entrar en una gran habitación de color blanco.

El laboratorio personal de mi padre.

Entro lentamente, paso a paso, por completo atónita.

«Quería que estuvieras aquí. Que vieras estas mesas blancas, estas estanterías y estos ordenadores, estas máquinas...».

Barro la habitación de arriba abajo, maravillada. Hay hojas sueltas sobre el escritorio, otras hechas una pelota en una papelera. Pilas de libros y camisas tiradas, esparcidas por todos lados.

«Pero...».

—¿Por qué dejó su laboratorio en este estado antes de irse? —pregunto en voz alta.

—Lo que está claro es que quería que pudieras acceder a su trabajo, Eliotte.

Se me contrae el abdomen al respirar.

Sacudo la cabeza y me seco las manos húmedas sobre los vaqueros. Siento que me explotará el cuerpo. Son muchas emociones en muy poco tiempo.

«Tranquilízate. Todo va bien».

—Voy a mirar el ordenador —digo mientras me dirijo hacia el escritorio blanco al fondo de la habitación.

—Vale, yo revisaré los documentos sueltos y los que están clasificados en las estanterías.

Me siento en la inmensa silla de trabajo de cuero e imagino qué sentía mi padre al sentarse ahí. Ahora recuerdo que a veces desaparecía tardes enteras en sus días libres. Cuando le preguntaba, me decía que estaba durmiendo la siesta... También sé que se acostaba muy tarde. Debía trabajar en sus proyectos personales todas las noches. Eso explica por qué se le veía tan cansado todas las mañanas y, sobre todo, con su taza de café en la mano.

Agarro el ratón, temblando. Mi padre fue seguramente el último que la tocó. Está frío en comparación conmigo, que estoy ardiendo. Me concentro en la pantalla con seguridad. Hay que introducir de nuevo una huella digital. Pruebo con la mía con el corazón a mil...

«¡Sí!».

Cuando se abre la página de inicio, me muero de miedo. Aparece mi cara en el fondo del escritorio. Estoy sentada a hombros de mi padre en la playa. Tengo una gran sonrisa. Siempre que venía a trabajar, me veía a mí en su ordenador. «A mí».

Me muerdo la mejilla por dentro mientras contengo las lágrimas. Respiro lentamente para vaciarme los pulmones y sigo buscando.

Hay varias carpetas en el escritorio. Antes de leer el nombre de cada una de ellas, una me salta a los ojos:

Para Eliotte.

Hago clic en ella de inmediato. Reconozco los nombres de los ficheros que copié en el microchip..., salvo uno. Un vídeo. Lo pongo mientras noto cómo se me sube el corazón a la garganta. La cabeza me da vueltas.

Mi padre está delante de la cámara. Tiene una barba de tres días —aunque se afeitaba todas las mañanas, que yo recuerde— y las ojeras más marcadas que de costumbre.

—A ver..., ¿está grabando? Sí, está grabando. Pensarás que menudo comienzo, querida...

Me río y siento cómo me pican las lágrimas en los ojos. No puedo creerme que esté dirigiéndose a mí.

De pronto, se me encoge el corazón.

«Es un mensaje de despedida. Justo antes de suicidarse».

—No sé qué edad tendrás cuando veas este vídeo. ¿Tendría que hablarte como te hablo hoy en día? ¿O debería expresarme como haría con una adulta? Bueno. No lo sé... Yo...

Se pasa una mano por la cara y suspira.

—Estás nervioso por hablarle a tu hija cuando ni siquiera está delante de ti... ¡Eres increíble, Eric!

Y se ríe.

Me explotará el corazón.

Me cae una lágrima por la mejilla. Nunca habría creído que volvería a oír ese sonido de nuevo. Esa nana para mi corazón.

—Empezaré por el principio; me parece un buen plan. Grabo este vídeo por si me pasa algo, cariño. Pero espero con todo mi corazón que nunca tengas que verlo... Quizás ahora estoy en la cárcel. ¿O desterrado? ¿O en un hospital psiquiátrico?

«¿Qué?».

—Primero, quiero que sepas una cosa: hay un noventa y nueve por ciento de posibilidades de que todos te hayan mentido. Te habrán dicho que era un provocador pervertido o incluso un enfermo mental. Pero todo eso es mentira. Imagino que habrás encontrado el microchip en las novelas que te dejé. Espero que las hayas leído todas, por cierto... Si no, lo que te diré ahora te impresionará. Pero, si eres hija de tu padre, las habrás leído..., y te habrán encantado.

Vuelve a reírse.

—Cariño, tienes que saber que... soy gay. Es decir, me atraen los hombres, y solo puedo enamorarme de ellos. A pesar de ello, quiero con locura a tu madre..., pero no como a todos les gustaría. Es la niña de mis ojos, es mi *familia*. Pero... no puedo. Aunque lo haya intentado.

Suspira antes de seguir:

—Quiero que sepas también que no soy la única persona así. Somos muchos —y gozamos de buena salud—. No nos pasa nada. Me ha costado muchísimo tiempo entenderlo... He llegado a pensar que yo era un error de la naturaleza. Un humano roto y deforme...

Una sombra le pasa por la cara y se contrae de dolor.

—Pero ahora sé quién soy y estoy harto de callarme —dice de pronto, con más confianza—. Mandaré a la prensa mis investigaciones sobre la homosexualidad para contarles a todos que existimos. No sé cómo reaccionará el mundo, hija mía... Y tengo que confesarte que me aterroriza. Me da miedo perder a los que quiero. A ti, a Angela..., *a él.*

Una sonrisa calmada le ilumina la cara. Solo con mencionar a ese hombre, se le ilumina el alma, hasta el punto de que la luz le atraviesa la piel.

—Conocí a mi alma gemela, Eliotte. Fue hace años. Nos queremos muchísimo..., pero en la oscuridad. Nos escondemos para poder vivir nuestro amor. Y nos han obligado a construir nuestras vidas por separado: él está casado con una gran periodista y tiene dos hijos adorables. Es alcalde de Portland y yo soy un científico para Algorithma de día y un científico loco de noche. ¿Entiendes que...?

Un ruido sordo estalla en el aire. Me giro en la silla para mirar a Izaak. Ha tirado las cajas de los archivos que tenía en una mano.

—¿E-ese es tu padre?

Está pálido.

—¿Estás bien, Izaak?

Sin decir nada, se acerca a mí y agarra el ratón que había dejado en un lado.

—Tú...

Se aclara la garganta.

—¿Se le ven las manos en algún momento del vídeo?

—Creo que sí... ¿Por qué? ¿Qué pasa, Izaak?

Veo que el pecho se le levanta con brusquedad ante las largas inspiraciones que intenta controlar. Esta vez, no lo pienso y le cojo de las manos.

—¿Va todo bien?

—Ne-necesito verle las manos, Eli.

Asiento y lo examino por el rabillo del ojo, perpleja.

«Mierda, ¿qué le está pasando?».

No soporto verlo así. Izaak rebobina el vídeo rápido y lo pone en pausa cuando mi padre se seca la cara de sudor por el estrés. Le hace *zoom* en la mano derecha. En esa mano tiene una gran quemadura que se hizo en una hoguera en el campo, de adolescente, cuando...

373

De pronto, Izaak respira muy fuerte, a punto de sofocarse.

—¡Oye! —exclamo—. ¿Qué pasa?

Mira fijamente la pantalla del ordenador y me doy cuenta de que le tiemblan las manos.

«Joder, está teniendo una crisis de ansiedad...».

Me levanto de la silla y lo obligo a sentarse en mi sitio. Tiene los ojos llenos de lágrimas.

—Eliotte...

—¿Sí? Cuéntame.

Intenté canalizar alguna vez las crisis de ansiedad de Ashton cuando estábamos juntos. Pero todas son distintas, y aún más de una persona a otra. Recorro la habitación en busca de algo frío que pueda provocarle un choque de temperatura y así calmarle la crisis.

«¡Mierda, no hay nada!».

Desesperada, le agarro la cara con las manos y lo miro a los ojos. Tengo ganas de llorar con él.

«¿Qué te está pasando?».

—Izaak —murmuro con una voz lo más tranquila posible—, escúchame. Mírame solo a mí, olvídate de la habitación. Estoy aquí, todo va bien. Tienes que inspirar el máximo de aire en uno..., dos..., tres... y cuatro. Ahora, espira en uno..., dos...

Intenta seguir mis movimientos, aunque le tiemblan los labios.

—Inspira de nuevo. Estoy aquí, Izaak. Uno..., dos...

Baja la mirada y, de pronto, rompe a llorar. Se me rompe el corazón.

Se tira sobre mí.

«Izaak...».

Tiene espasmos en todo el cuerpo. Le acaricio la cabeza, luego la espalda y los mechones marrones mientras rezo para que desaparezca ese terror lo más pronto posible.

Apoyo una mejilla en su pelo, susurro, y me esfuerzo por mantener un tono de voz tranquilo e indiferente:

—No sé qué se te pasa por la cabeza, Izaak, pero estoy aquí. Estoy aquí.

Agarra con fuerza mi camiseta de manga larga con los dedos.

—Eliotte, era él…

Sin dejar de acariciarlo, lo acerco más aún a mí.

—Era él… Era tu padre…

«¿Qué?».

Aprieto los dientes y trago.

«¿Mi padre lo dejó así?».

—Era él, joder, Eliotte…

«¿Qué hizo? ¿Qué hizo para hacerle tanto daño?».

Intento concentrarme en Izaak, pero no puedo parar de pensar. ¿Mi padre hizo daño a Izaak? ¿Por qué? ¿Cómo?

Permanecemos ahí, uno en los brazos del otro, hasta que me aseguro de que su respiración es regular y que se le han secado las lágrimas. Cuando se separa de mí, le agarro las mejillas con las manos.

—¿Quieres hablar de ello ahora?

Cierra los ojos y aprieta los labios.

—Tenemos que hablar de ello, Eliotte.

—Si te cuesta demasiado, podemos hablarlo después, cuando te recuperes. Podemos esperar… Cálmate, Izaak.

Esboza una media sonrisa y le aprieto la cara con una mano.

—Siéntate, Eli.

Con esas palabras, se levanta de la silla y se sienta con las piernas cruzadas en el suelo, con la espalda apoyada en un cajón del escritorio. Lo imito con las piernas temblorosas.

—¿Te-te acuerdas de que te conté que vi una cosa que me traumatizó cuando era niño? —empieza con la voz rota por la pena y el miedo.

Aprieto los puños, con la garganta palpitante.

—Claro.

—Esa cosa, era…

Respira y hunde la cabeza entre sus manos, y me imagino, antes de que siga, lo oscuro y duro que es el secreto que guarda.

EL ORDEN DE LAS COSAS

—Casi cada dos meses, mi padre nos llevaba de excursión al Gifford Pinchot National Forest. Decía que era para hacernos unos hombres y recordarnos los verdaderos valores de la vida... Un día, acampamos en un lugar que ni Ashton ni yo conocíamos. Sentía que estaba distinto, mucho más tenso de lo normal. Pasamos la noche sin problema, y luego...

Le brillan los ojos de nuevo. Le cojo de la mano sin pedírselo a mi cuerpo.

—Oí un ruido en medio de la noche. Ashton dormía... Pero la tienda de mi padre estaba vacía. Entonces, seguí el ruido en la oscuridad hasta un pequeño riachuelo a varios metros de allí, y...

Le falla la respiración antes de seguir con una voz entrecortada, que siento como una patada en el estómago:

—Eran llantos, ruidos de asfixia... También el golpear de la tierra. Aún tengo sudores fríos, Eliotte. Esos sonidos me atormentan casi todas las noches. Yo... me escondí detrás de un arbusto, y lo vi. Mi padre estaba iluminado por una linterna que había colocado sobre una roca... bajo la que había cavado un puto agujero. Con lágrimas en los ojos, sostenía en los brazos un cuerpo.

«¿Qué?».

—Mi padre, con la cara cubierta de sangre, lloraba. Tenía la cara cubierta de sangre, Eliotte. Todo era rojo, y... había un charco de sangre bajo sus pies y...

Vuelve a tener espasmos más intensos.

—Estaba aterrorizado y, al mismo tiempo, nunca había visto a mi padre tan desesperado. Parecía una pesadilla. Y, cuando vi la cara del cuerpo inerte..., vomité entre los árboles. Lo veía de lejos y no distinguía bien los rasgos a la luz de la linterna, pero, en cambio..., cuando el loco de mi padre empezó a enterrar el cuerpo, vi un brazo que sobresalía. La luz lo iluminaba a la perfección. Nunca olvidaré la mano que salía de la tierra.

El corazón me late a tal velocidad que me da la sensación de que se me saldrá del pecho. Empiezo a ver borroso. Solo veo manchas de color oscuro.

Porque empiezo a entenderlo.

Izaak me atrae a él mientras se sorbe los mocos.

—Eliotte, era la mano de tu padre —susurra con la voz entrecortada—. Tenía la misma quemadura. Y le he reconocido la cara. Lo conozco de memoria porque lo veo todas las noches en mis pesadillas.

Algo en mí se dobla y se rompe de golpe.

«Es imposible».

Mi cuerpo, que ha ido hinchándose desde que puse un pie en el coche de Matthew, desde que descubrí el microchip, explota.

Explota y arrastra trozos afilados. Las lágrimas salen sin control.

«¿Por qué?».

—Lo siento muchísimo, Eliotte... Lo siento...

«Thomas Meeka mató a mi padre».

Con las últimas fuerzas que me quedan, aprieto los puños. Me araño la palma de las manos con las uñas, que empieza a picarme. Creo que estoy sangrando, no lo sé, no sé nada, me da igual.

«Lo asesinaron».

—No es tu culpa que tu padre sea un monstruo —digo con la voz rota—. Lo siento yo por que hayas tenido que vivir bajo el mismo techo sabiendo eso, después de haber visto todo eso...

Me refugio en los brazos de Izaak, como si el mundo que me rodea hubiera explotado con mi cuerpo. No hay nada alrededor. Es el vacío total. Asesinaron a mi padre. Me zumban los oídos. Cierro los ojos un poco más fuerte. Le quitaron la vida, pero él quería vivir.

«No se merecía eso, joder. ¡Él no!».

De pronto, me viene una imagen a la mente.

«Thomas Meeka estaba llorando».

Me separo de Izaak para mirarlo.

—¿Tu padre fue alcalde de Portland antes de ser gobernador? —le pregunto, asustada.

—Eh... Sí... Sí que lo fue. Sí.

Me tapo la boca con una mano.

«¡Esto no tiene ningún puto sentido!».

—Nuestros padres fueron amantes, Izaak. Almas gemelas, más bien.

—¿Cómo?

—¡Se querían! —exclamo mientras salto sobre mis piernas—. Se querían con locura, según lo que cuenta mi padre.

Vuelvo a poner en marcha el vídeo, en el momento en que habla del famoso «él». Izaak observa el fragmento atónito.

Mi padre sigue con su mensaje, me explica las investigaciones y cómo piensa proceder. Menciona incluso al grupo de los Liberalmas, a los que no se atreve a ver antes de haber publicado de manera oficial sus artículos.

—En fin, cariño, tienes que saber que te quiero con toda mi corazón. Y espero en el fondo de mi corazón que no me odies por lo que soy ni por lo que he hecho. No quería destrozar nuestra familia, pero... no podía seguir así. Era eso o la muerte. Espero que me entiendas. Es la única solución que he encontrado: decirle la verdad al mundo entero, y quizá conseguir cambiarlo todo. Te quiero, bonita. Te quiero. Y deseo en el fondo de mí que algún día estés orgullosa de tu padre.

Su mirada, llena de lágrimas, me atraviesa durante largos segundos. Y veo cómo me sonríe por última vez.

Luego, nada más.

«Yo también te quiero con toda mi alma, papá».

Ojalá supiera cuán orgullosa estoy de él, y que lo entiendo. Y cuánto le quiero.

Me seco los ojos mientras siento un nudo enorme en la garganta.

—¿De cuándo es el vídeo? —pregunta Izaak.

Veo que la cabeza le va a mil.

—Del 28 de julio —respondo después de haber hecho doble clic en el vídeo.

Se pasa una mano por el pelo y empieza a dar vueltas.

—Mi padre nos llevó de campamento el uno de agosto —murmura como para sí mismo—. Nuestros padres se vieron entre esas dos fechas, cuando el tuyo pensaba revelar sus investigaciones a la prensa...

—Se usó a sí mismo como conejillo de Indias para sus experimentos. De modo que también debió usar a tu padre para demostrar su tesis, ¿no? Si la prensa hubiera descubierto que el alcalde de Portland, ferviente defensor de una política conservadora y científica, era un «criminal de amor», se habría despedido de su carrera y, sobre todo, de su libertad.

—Es cierto. Pero, dado que la deontología científica exige el anonimato de los conejillos de Indias, tu padre no habría revelado el nombre de los sujetos en sus artículos. Entonces, ¿por qué mi padre tenía miedo? ¿Por qué mató a un hombre al que se supone que amaba?

—Nos falta una pieza del puzle, Izaak.

Me atraviesa con la mirada. Vuelve a estar a mil. Unas llamas le perfilan el contorno de su iris verde.

—Tenemos que encontrarla lo más rápido posible, Eliotte. Quiero descubrir por qué mi padre es un monstruo. Y, sobre todo, quiero que el mundo entero lo sepa. Porque, de lo único que estoy seguro, es de que he vivido durante veintitrés años con el mayor hipócrita del mundo. Ese tío nos daba la tabarra todos los días con sus jodidas ideas políticas de mierda mientras abandonaba a su familia pseudoperfecta todas las noches para ver a un hombre al que llamaba su «alma gemela». Todo para cumplir objetivos falsos con convicciones que ni siquiera eran suyas. Me da asco. Es un cerdo.

—Haremos que se sepa, Izaak. Y haremos que pague por lo que nos ha hecho.

—A ti y a mí.

—A ti y a mí —repito.

Me mira fijamente durante un momento antes de recoger las hojas sueltas que había juntado en el suelo. Se pone en cuclillas y se pasa los dedos por el pelo. Me acerco y le toco el hombro.

—He encontrado esto en la papelera. Borradores con la misma letra. Tu padre estaba buscando cómo expresarse, o tenía miedo.

Entre algunos garabatos y tachones, consigo entender algunas frases de las cuatro hojas arrugadas:

Mi amor... Si supieras cuánto me cuesta escribir estas palabras... Te quiero muchísimo, Tom... Perdóname, te lo suplico. Tenía que hacerlo... Sabes que no tenía elección. Era eso o la muerte... Tenemos mucho que perder, pero muchísimo que ganar... Todo cambiará... Te quiero pase lo que pase.

—¿Le mandó una carta a mi padre para contarle que publicaría los resultados? —pregunta Izaak.

Mis ojos se desvían a un folleto del Partido Republicano Científico que hay entre dos carpetas.

«Este mundo debe cambiar. De forma drástica. Sus propios dirigentes no lo quieren, en el fondo».

Izaak y yo cambiaremos las cosas, reduciremos a la nada esta sociedad.

—¡Qué fuerte! —exclama una voz detrás de nosotros—. Un laborato... ¡Oye! ¿Estás bien, Wager? ¿Has llorado?

Izaak mira a Matthew, que se queda descompuesto.

—¿Va todo bien? ¿Puedo ayudar en algo?

Su voz abraza mi corazón.

—Nos hemos enterado de que... de que el gobernador Meeka está loco —digo.

—¿Cómo? —pregunta Matthew mientras se acerca a nosotros.

—Creía que mi padre no se había ido, sino que se había suicidado. Pero, en realidad, nunca pensó en matarse. El gobernador lo mató.

—Pero ¿por qué? Es muy fuerte. ¿De qué se conocían?

Miro a Izaak, sin saber qué tengo que responder. Ese secreto no solo me implica a mí. Y no sé si Matthew está preparado para saber la verdad sobre la sexualidad humana. Mi «marido» no dice nada, y finge que lee las hojas que tiene delante de él.

—Te lo contaremos más adelante —le aseguro.

Matt se agacha frente a mí, preocupado.

—¿Queréis que siga buscando en esta habitación? ¿O que vaya a comprar algo para comer? ¿Cómo puedo ser útil?

Sonrío.

—Ya estando aquí haces mucho. Gracias, Matt.

Me despeina mientras se le forman los hoyuelos en una gran sonrisa.

—De todas formas..., he encontrado algo arriba.

Izaak dirige su atención a mi interlocutor.

—¡Esta cosa horrible! —exclama mientras saca del bolsillo de su sudadera un peluche.

—¡Oh, Dios mío! ¡Chanel! —grito, y lo abrazo—. Lo he buscado durante años, ¡creía que lo había perdido!

Miro al caniche de peluche. El pelaje debería ser rosa chicle, pero está gris. Tiene cara de estar molesto y, por los remiendos que le hice, parece que frunce el ceño.

—Es tan gruñón como tú, Wager. ¿Has visto?

Se me escapa una risa.

Necesito sus bromas tontas.

Matthew ha ido a comprarnos algo para comer después de intentar animar la atmósfera con bromas bastante malas. De hecho, creo que hasta ha conseguido que Izaak sonría en un momento dado. Él ha insistido en que compráramos de nuevo *sushi* para cenar. A Matthew le ha parecido bien —aunque no le guste el pescado crudo, como a mí— y hemos acabado comiendo fideos al lado de cajas de *sushi* que se amontonan delante de Izaak.

Decidimos ir a dormir a un motel cercano. Me da miedo irme a dormir. Porque sé que, justo en ese momento, mi cerebro se pondrá a analizar todo lo que me ha pasado hoy. Y volveré a experimentar ese sufrimiento otra vez durante horas.

Y a Izaak le pasará lo mismo. Sus traumas de la infancia han emergido y me da miedo de que el iceberg se muestre por completo esta noche, cuando estemos solos ante nuestros pensamientos.

Sé a la perfección que se controla desde hace un rato. Lo conozco. Pero ojalá supiera cuánto me impacta su estado, como si su cuerpo fuera el mío.

Izaak abre la puerta de nuestra habitación.

—He pedido camas separadas, pero el tipo de recepción me ha dicho que el hotel no ofrece ese tipo de habitación para parejas casadas.

Coloca las mochilas sobre la cómoda y suspira con fuerza.

—Dormiré en el sofá.

—Sinceramente, creo que esta noche no podré dormir —le confieso—. Así que mejor quédate conmigo en la cama.

Se gira hacía mí con brusquedad.

—¿Estás segura de que no te molesta?

—En realidad, creo que me calmaría.

Una sonrisa tierna le separa los labios. Sus iris emanan mucha ternura. Se me comprime el pecho. Siento un hormigueo en el hueco del estómago.

—V-voy a ducharme —balbuceo, confundida, mientras me dirijo al fondo de la habitación.

Cuando separo la mirada de él, me paro en seco delante del tabique que separa la habitación de la ducha. La mitad es de cristal. La rodeo y descubro «el baño», que en realidad está abierto. Aguanto la respiración al ver la alcachofa de la ducha, suspendida cerca del tabique: si me ducho de pie, parte del cuerpo se verá a través del cristal.

Me giro hacia Izaak, que se aguanta la risa.

—No te atrevas a mirarme.

—¿Por qué? Así estaremos en paz.

—¿Qué? ¡Sigues con esa historia! Muy bien. Me ducharé sentada —digo, y desaparezco detrás del tabique.

—No necesitas un candado, sino una puerta, Eliotte. Sería tan sencillo devolvértela… Si doy solo unos pasos, se hará justicia.

Saco la cabeza por el lado para cruzar su mirada astuta. Menudo chaval.

—Si lo haces, iré a dormir con Matthew. Tenga cama individual o no.

—Puedes hacer lo que quieras, pequeña…

—Vale, lo reformulo: si lo haces, tú te irás a dormir con Matthew.

Frunce el ceño y coge una almohada para hundir la cabeza en ella. Mi risa resuena en las paredes de la habitación antes de que me desnude con timidez…

Izaak no ha cedido a la tentación de vengarse y me ha dejado tranquila durante la ducha. Cuando le toca a él, me tiro en la cama después de haberme cambiado. Me quedo inmóvil cuando oigo que se quita el cinturón y que este cae al suelo, y cuando tira la ropa sobre las baldosas húmedas. Su suspiro cuando el agua caliente le toca la piel hace que me estremezca. A pesar del cristal empañado, consigo distinguir su silueta de espaldas, hasta los abdominales. Las gotas de agua en el cristal y..., joder. Apoya su gran mano húmeda contra la pared para estirar un brazo.

«Cierra los ojos, Eliotte. Ciérralos».

Dios mío, los abro.

Desliza la mano sobre el cristal antes de alejarse para, seguramente, coger el champú.

«Cierra. Los. Putos. Ojos. Eliotte».

Me pongo de lado para estar de espaldas a la ducha. Me arde la cara. Pasan unos largos minutos, y entonces me pide que le acerque la mochila que está sobre la cómoda, y que lo haga extendiendo los brazos con cuidado detrás del tabique.

Ya vestido, se desploma sobre el colchón y lanza un largo suspiro. La cama tiembla por su peso. Me giro para mirarlo.

«¡Oh! No se habrá atrevido a ponerse una parte de arriba ceñida sin mangas».

Sí, por supuesto que se ha atrevido. Este tipo de ropa no debería venderse. Es peligrosa. Se coloca en medio del colchón. Tras unos segundos, se desliza y se acerca a mí poco a poco, y apoya la cabeza sobre mi abdomen. Se me contrae el cuerpo debido a la sorpresa y, una fracción de segundo después, me relajo por completo. Sus grandes brazos me rodean la cintura durante unos momentos, con un cariño casi compulsivo, antes de separarse.

—¿Sabes? —dice en voz baja, con una mejilla apoyada en mi tórax—. Me alegro de que hayas querido que duerma aquí. No sabes cuánto me tranquiliza no estar solo en el sofá. Me da miedo volver a ver las imágenes de esa noche.

Después de confesarlo, baja la mirada. Y se me encoge el corazón.

—Si consigues dormirte y te ocurre, tienes que despertarme —le pido mientras lo cojo de la mano—, ¿vale?

Levanta la cabeza para mirarme a los ojos.

—Vale.

Inspiro y parpadeo. Estoy agotada, muerta. Pero me siento bien a su lado. Sí, estoy relajada y del todo despierta. Le toco la cabeza y le acaricio los rizos.

—Sobre lo de esta mañana en la cocina —le digo con los ojos abiertos—. Ya sabes, cuando me dijiste que... nunca te irías y que siempre volverías a buscarme si te esperara en algún lugar del mundo...

Izaak se endereza y se tumba de lado cerca de mí. Se apoya en un codo, que coloca detrás de mi cabeza, y su bíceps contraído la roza.

—Eso... me emocionó mucho. Y no pude responderte, estaba atónita, luego hablamos sobre mi padre, y todo se precipitó.

—No tenías que responder nada, Eli. Lo que te dije es una verdad universal: «Izaak estará ahí para Eliotte. Izaak no se irá». Punto. Porque, antes que cualquier cosa, somos amigos.

Me coloca un mechón de pelo detrás de la oreja con una sonrisa. Siento una ola de calor en las mejillas.

Mierda, le creo. Le creo de verdad.

Suspira.

—La verdad, Eli, es que... he intentado odiarte para asegurarme de que Algorithma la había cagado. He intentado odiar tu carácter, que me mareaba; tus sonrisas sinceras, tu mirada de pillina o la forma en la que me haces reír a pesar de que no quiera siempre que estamos en la misma habitación. He intentado odiarte, pero no lo consigo. No puedo odiarte, Eliotte. Creo que nadie puede.

Baja la mirada.

—Sea como sea, yo no puedo hacer más que lo contrario. Parece que lo llevo en los genes.

Me busca con la mirada. Me roza una mejilla con la mano en una caricia tan íntima que me quedo clavada en las sábanas arrugadas.

—Es la conclusión a la que llegué la otra noche —sigue con una voz dulce—. Después de haberme pasado dos días buscándote entre toda la multitud, a pesar de que sabía que no podías estar conmigo en Grand-Texas. Parezco imbécil, pero... te eché muchísimo de menos. No sabes cuánto.

Sonríe sin apartar la mirada de la mía, como si quisiera decirme muchas cosas más con sus dos esmeraldas. Bajo la luz tenue de la habitación, su color se acerca a un gris que cautiva.

—Pero, cuando una persona hace que te explote el cerebro solo con pensar en ella, no te quedas esperando a que se te pase. Porque no se te pasa. Lo he intentado, créeme. Tenerte cerca de mí no es solo una necesidad. Es seguir el orden de las cosas. Doblegarme a mi instinto, que solo me grita una cosa…: tú.

Traga. Y casi puedo escuchar, en el silencio que sigue: «Ya está, lo he dicho».

—Lo único que sé es que… mi corazón te necesita.

«Su corazón».

Siento cómo late el mío.

Levanto un brazo para pasarle la mano por el pelo, que aún tiene húmedo. En ese momento, se inclina hacia mí y pega su frente a la mía. Está a unos milímetros de mis labios. Percibo el olor su gel de baño de azahar, que se confunde con su olor natural.

—Mi corazón también te necesita, Izaak. Muchísimo.

SU CORAZÓN

Sellamos nuestros labios un momento. Lo atraigo más a mí tirando de su camiseta y siento que todo el peso de su cuerpo cae sobre el mío. Suelta una risa sorprendida que ahoga con otro beso.

Y llega un sofoco caliente, deliciosamente doloroso. No se toma el tiempo de instalarse, no, llega y lo revuelve todo a su paso. Todo. Paseo las manos por su ancha espalda y deja escapar un suspiro ronco. «Dios mío, ese sonido». La onda ardiente se extiende por todo mi cuerpo a una velocidad increíble y crea olas cuando su lengua cosquillea la mía y cuando me agarra la cintura con las manos. Me mordisquea el labio inferior y luego se aparta de mi boca, que está ávida de él. Me examina con una intensidad que no había visto antes.

—Bésame de nuevo, Izaak —le murmuro mientras le agarro la cara—. Bésame por todo el cuerpo.

Mi frase lo deja paralizado un microsegundo antes de besarme en los labios y en la mandíbula. Siento un escalofrío por la espalda cuando se desliza hasta el cuello. Podría oír cómo me crepita la piel allí donde se él se detiene.

—Lo que quieras, Eliotte. Lo que tú quieras.

Le agarro la nuca con las manos y se me cierran los párpados mientras me invaden muchas sensaciones.

De pronto, desliza la lengua por mi cuello y se para detrás de la oreja. Siento su aliento muy cerca de mí.

—Solo tienes que decirme dónde y cómo y lo haré.

Me estremezco cuando me muerde con delicadeza el lóbulo antes de volver a besarme el cuello.

«Dios mío».

—No sabía que fueras tan servicial —bromeo.

—Me gusta preparar el terreno como se debe.

Se me escapa un suspiro entre los labios, que buscan los suyos. La ola caliente en mi vientre se dirige hacia abajo..., mucho más abajo. Aprieto los muslos para canalizarla.

De pronto, desliza las manos bajo mi camiseta y las pasea por mi vientre y mi pecho. De arriba abajo. Me mira fijamente. Arriba... Abajo... Ya no sé cómo respirar.

—¿Puedo ver de cerca ese corazón que me necesita? —pregunta con una sonrisa mientras juega con la parte baja de mi camiseta.

Le sonrío también, totalmente hipnotizada por él.

—No llevo nada debajo —le digo.

—Puedes ponerte un sujetador..., te lo desabrocharé en cinco segundos máximo, si me aguanto y me dejas... —dice mientras se acerca a mis labios—. O bien..., puedes dejarme ver ya ese corazón de más cerca.

Me mira con sus iris verdes.

Como respuesta, me enderezo y me siento sobre las rodillas. Sin pensarlo, me quito la camiseta y la lanzo al otro lado de la habitación. No sé desde cuándo me siento bien con mi cuerpo. Pero, con él, no me da vergüenza.

Tengo las mejillas rojas. Quizá toda la cara. Sí, tengo calor, Dios mío. Estoy en bragas delante de él. Delante de Izaak...

Antes de que me dé tiempo a pensarlo, se abalanza sobre mí.

—Tienes un corazón *muy* bonito.

Me río y pego los labios a los suyos de nuevo.

—Te lo digo en serio. Eres maravillosa, Eli.

—Izaak...

Deslizo las manos por su camiseta, por su piel brillante.

—Tengo muchas ganas de quitártela.

Entonces, en un abrir y cerrar de ojos, se la quita por mí.

—Yo tengo muchas ganas de ti —murmura—. Desde hace mucho tiempo.

Le miro el pecho, iluminado por la débil luz anaranjada de la lámpara de la mesita de noche. Sus músculos esculpidos destacan más bajo el resplandor dorado de su piel.

Se inclina sobre mí y se me para el corazón.

—Hace mucho tiempo... Me hiciste superar todos los putos límites que me puse.

Se suspende el tiempo. Uno, dos, tres segundos... De nuevo, el mundo a nuestro alrededor desaparece en el verde incandescente de sus ojos. Un mechón suyo me cosquillea la frente.

—Si supieras cuánto te deseo, Eliotte... Me muero de ganas —murmura—. Ayer, hoy y mañana.

Sus palabras no solo me hacen sentir algo. Me sacuden por completo.

—Y yo, Izaak.

—¿Tú también qué? Dímelo.

—Te deseo.

Y me besa con un jadeo. Sus manos grandes, pegadas a mi pecho, ocupan todo el espacio y se mueven al ritmo de mi respiración. Me derrito entre sus brazos. Suspiro mientras me agarro a su espalda tensa con los dedos temblorosos.

—Joder, Eliotte...

Con estas palabras, desliza su vientre sobre mí. Sus manos incendian los cables eléctricos de mi cuerpo. Cortocircuito tras cortocircuito.

Sus dedos se pierden entre mis muslos y tiran del elástico de mis bragas y, en un momento, ya no hay nada que me separe de él. De nuevo, su boca sigue el camino de sus manos y... ya no puedo pensar.

«¿Qué, quién, qué cosa, pero, tú, para, de...? ¿Cómo me llamo?».

—Abre un poco más los muslos, morenita —murmura con esa voz cálida que me marea.

La planta fría de mis pies se desliza sobre las sábanas ásperas.

De pronto, me rodea las piernas con los brazos y me agarra con firmeza las caderas. Y sus labios bailan un *ballet* sobre mi piel.

«Joder, maldita sea».

Solo veo la curva de sus hombros fuertes al moverse, cómo algunos de sus rizos me rozan el bajo vientre y su cabeza, que se mueve acompasada. Entre dos suspiros graves, hunde sus dedos más en mi piel. Esa visión me vuelve completamente loca. Me pregunta cómo me siento, pero no soy capaz de responder. De formular una frase inteligible. Todos sus movimientos me llenan de una energía devoradora, que me consume, que me embriaga, que me…

—No pares, Izaak…

Se ríe y dice, pegado a mí:

—Cuenta con ello.

Me hundo en la almohada mientras me agarro a la cama. Siento que despegaré y llegaré al espacio.

—Mírame, Eli… No apartes los ojos de mí.

Sonrío, y hago lo que me pide.

Entonces, lentamente, sus dedos se unen al juego.

Creo que. Me. Desmayaré.

Su pelo me cosquillea la piel. Siento que me he convertido en una bola de nervios incontrolable. Ni siquiera tengo tiempo de respirar cuando la ola sube, sube, sube…

Noto que me explota en el vientre y, luego, por todo el cuerpo. Suelto palabrotas mientras estiro las piernas.

«Guau, guau, guau».

Izaak levanta la cabeza, me mira y se pasa el pulgar por el labio inferior.

—Exquisito.

—Se me ha parado el corazón al menos tres veces. No, en realidad cuatro, con lo que acabas de hacer con el pulgar.

Se ríe y vuelve a ponerse encima de mí. Le encuentro de inmediato la boca.

—El mío, seis veces al menos.

Desliza las piernas sobre mis pantorrillas. Le huelo el cuello mientras cierro los ojos. Cereza. Menta con pimienta. Huele a verano. Aprieta su pelvis contra mis caderas, que ya se mueven. Me muerdo el labio e inspiro por la nariz para calmar la onda poderosa entre nuestros cuerpos. Le acaricio con las manos los músculos de sus brazos tensos, luego sus abdominales, sus pectorales… ¿Cuántas veces he deseado tocarlos cuando estaban aprisionados en la tela de sus jerséis ceñidos de cuello vuelto?

—¿Estás bien? —me pregunta mientras me besa la clavícula.

«Qué tierno es».

—Lo estaré cuando te quites estos pantalones.

Su risa me cosquillea la piel.

—¿Tú estás bien?

—¡Oh! Sí...

Y cede a mis deseos. Miro cómo la tela cae en la moqueta, cerca de la cama, en la oscuridad, antes de volver a concentrarme en él. Totalmente desnudo.

«Bueno, vale».

—Cinco veces —digo—. El corazón se me ha parado cinco veces esta noche.

Vuelve a reírse y se acerca más a mí.

—No puedo esperar más, Eliotte. Un segundo más y me sangrará la nariz.

Nos reímos a la vez antes de que se separe de mí para buscar en un cajón de la mesita de noche.

«Bingo. Han dejado preservativos; es una "habitación de parejas"».

Rasga el embalaje. La funda de látex se despliega.

En un abrir y cerrar de ojos, el universo regresa a su sitio. Nuestros dos mundos, que colisionaron hace semanas, encajan a la perfección. Bajo la luz tamizada del motel, todo ondea con una energía violenta, urgente. Nuestros suspiros se mezclan con el chirrido desenfrenado de la cama, con los golpes suaves y con los crujidos del exterior. El corazón me late a mil por hora.

—Dame la mano, Eli. Agárrate a mí.

Enlazamos los dedos e Izaak se endereza, con un brazo apoyado en la cabecera de la cama. Me mira. Le acaricio una mejilla, perdida en sus ojos tranquilos.

Nos han enseñado que, durante una relación, el hipotálamo secreta oxitocina y dopamina, que permiten que los cuerpos floten en un placer intenso. Quizás es lo que nos sucede ahora. Seguro. Sin embargo, tengo la certeza de sentir algo más que chupitos de hormonas y reacciones químicas. En realidad, no sé exactamente qué hay entre nosotros ahora mismo, pero me pican los ojos, me explota el corazón, el mundo da vueltas. Me siento muy unida a él, de una forma incomprensible, pero a la vez evidente. Por una razón que nos supera al cosmos y a mí, y que está fuera del alcance de cualquier persona. Yo, él. Él, yo.

Vuelve a besarme, y me dejo llevar en sus brazos. Me aferro a él, siento sus manos en mi pelo despeinado, sus suspiros, que me acarician la espalda cuando deja caer la frente en mi clavícula.

«No puedo creerme que realmente esté sucediendo. Él y yo, aquí».

A pesar de que la ventana esté cerrada, oigo los grillos en la tranquilidad de la noche y cómo sopla el viento en las hojas de los árboles del aparcamiento. Cierro los ojos bajo las sensaciones inquietantes que me sacuden el cuerpo. «¿Qué...?».

Su respiración ronca se acelera en pequeñas cadencias. Se me tensan los músculos, me estallará el pecho.

Y, de pronto, se me cae el cielo encima.

Nos ahogamos los dos, agarrados el uno al otro en una ola de calor y de plenitud. Me besa como si mi boca contuviera todo el oxígeno de la habitación y acabo encima de él. Esta vez, soy yo quien lo mira sin aliento.

«Nunca había sentido esto».

Me acaricia la espalda con las manos, luego las lumbares, sin apartar sus ojos de los míos. Su dulzura es delicada y sincera. Por primera vez, me dejo ahogar por completo.

«Nunca».

En el silencio que solo rompen nuestras respiraciones entrecortadas, ahí estamos, el uno contra el otro, mirándonos. Quizá me paso una hora, dos, tres o muchas eternidades abrazada a él... Lo único que sé es que no me veo dejándolo. Ni esta noche ni más adelante.

Izaak me agarra de la cara para acercarme a él y me besa en la frente.

—Buenas noches, Eli —dice antes de echarse de lado mientras me agarra.

Me acerca a él de forma que acabo con la espalda contra él.

—Buenas noches, Izaak.

Aprieta un poco más los brazos a mi alrededor y murmura mi nombre mientras juega con mi pelo y pone la otra mano sobre mi corazón.

A la mañana siguiente

—¿Soy yo o la camarera está ligando contigo? —le pregunto a Matthew antes de darle un mordisco a una de las tortitas de Izaak.

Estamos desayunando en el *diner*[*] de la zona. Izaak casi no ha tocado su comida; peor aún, no ha tocado su taza de té. Me lanza miradas discretas mientras me acaricia una mano por debajo de la mesa, como para decirme que no me toca porque Matt esté aquí y deba fingir, sino porque quiere.

Lo besaría si no estuviera ocupada llenándome el vientre, y si Matthew y el resto de los clientes no estuvieran aquí con nosotros. Creo que ya no estoy interpretando un papel. Cada uno de mis actos es un poco más pesado porque es un poco más verdadero.

—Pero, bueno, imagino que te da igual, dado que tienes a Hanna —añado aludiendo a la chica con la que sale desde su test de pareja—. Por cierto, ¿cómo vais?

Dirige la mirada a sus huevos revueltos.

—La dejé hace poco. A pesar de que teníamos un sesenta y cinco por ciento de compatibilidad, no lo sé, no nos veo casados.

«Mierda».

—¿Y has empezado a salir con otras chicas?

—Ya he salido con todas y nada. Tengo que encontrar a alguien antes de otoño —responde con un suspiro antes de pasarse una mano por la nuca.

Parece cagado de miedo ante esa idea.

Me gustaría que entendiera que todo esto es solo una ilusión, que este sistema es mentira; sin hablar de sus dirigentes.

—¿Y si no lo hicieras? —le pregunto—. ¿Y si nadie consigue robarte el corazón antes de tener edad para casarte...? ¿Tan grave sería?

Apoya la taza de café. Izaak me mira con el ceño fruncido.

—Bueno, en fin, estaría obligado a casarme de todas formas.

Al decir eso, se le oscurece la expresión de la cara. Se pasa los dedos bajo los ojos cansados.

—Ahí es donde quiero llegar... —añado—. Es increíblemente estresante tener que casarte cuando llegas a la mayoría de edad. Es una pena que nos obliguen a ello.

Izaak me da una patada por debajo de la mesa.

—De todas formas, la ciencia me...

[*] Restaurante típico estadounidense.

Matthew se detiene al oír la sintonía de su móvil. Mira de inmediato la pantalla, pero rechaza la llamada y vuelve a concentrarse en mí.

—La ciencia me encontrará a la persona adecuada. Si no está en este estado-distrito, estará en otro; puedo pedir que me trasladen. Tengo fe.

Me aguanto un suspiro. Esperaba que con mis palabras lo entendiera.

—No quería decirte eso para estresarte, Matt. Seguro que todo irá bien.

Le sonrío. Vuelve a sonarle el móvil. Cuelga de nuevo sin mirar quién le llama.

—¿Será urgente? —le pregunto, preocupada.

—No, no te preocupes, no es nada. ¡Bueno! Voy a atacar estos gofres. El chantillí tiene una pinta…

Otra llamada. Matthew suspira.

—¿Por qué no respondes?

Miro a Izaak, que acaba de intervenir, hundido en su silla. Con los brazos cruzados, escudriña a Matthew con desconfianza.

—Me parece una falta de respeto responder delante de vosotros cuando estamos comiendo juntos.

—No importa. Responde.

—No tengo la cabeza para esto, Izaak…

Vuelve a sonarle el móvil.

De pronto, Izaak estira un brazo y coge el teléfono de Matthew, que se queda atónito. Responde sin dudar y se acerca el móvil a la oreja.

Pasa un segundo.

Se le contrae la mandíbula.

Se separa el móvil de la cara y cuelga.

—Matthew —suelta con solemnidad—. Te vas a levantar. Y vamos a salir de aquí, solo tú y yo.

—¿Por qué?

—Te lo repetiré una sola vez: levántate y sal de aquí conmigo. «¿Qué?».

Matt se dispone a responder, pero Izaak se levanta de un salto de la banqueta y lo eleva de su asiento. Lo agarra por el cuello de la chaqueta con los dientes apretados.

—¡Bueno, vale, ya estoy de pie! Suéltame —espeta Matt.

Me incorporo e Izaak lo empuja hacia delante, hacia la salida del *diner*.

—Pero ¿qué pasa, joder? —pregunto.

No consigo que me respondan. Izaak está tan furioso que no debe ni oírme.

Lo sigo y llegamos a una esquina solitaria del aparcamiento. No me da tiempo a preguntar de nuevo, y le da un puñetazo a Matthew. Este se golpea la cabeza contra el poste eléctrico detrás de él y gime de dolor.

—¡Izaak! —exclamo.

—¡Siempre sospeché de él! —grita, y me ignora, como si solo existiera Matthew en la tierra—. Pensé durante un tiempo que era por mi desconfianza natural. Y, luego, me di cuenta de que tenías la manía de jugar con el cuello de tu chaqueta de mierda, a veces incluso con los botones..., aunque pensé que estaba siendo paranoico. Pero ¡acabo de confirmar lo que temía!

La mandíbula de Matthew se desencaja con el puñetazo de Izaak. Agarro a este por detrás e intento sujetarle los brazos para que deje de pegarle.

—¿Qué está pasando? ¡Para!

—¡Ahora mismo me dirás toda la información que has recopilado para el gobernador! —grita Izaak, que forcejea para que lo suelte—. ¡Habla!

«¿Qué?».

Miro a mi amigo fijamente. Me late el corazón a toda velocidad.

—¿De-de qué habla, Matthew?

Se seca la nariz, llena de sangre, y aprieta los dientes sin dejar de mirar a Izaak.

Este se vuelve hacia mí fuera de sí.

—He reconocido la voz del gobernador al responder..., y conozco los métodos de trabajo de mi padre.

—¿A qué te refieres, Izaak?

—El gobernador debe considerarte una amenaza potencial desde el principio, lo más probable es que por tu padre. Ha contratado a Matthew para conseguir el máximo de información sobre ti, Eli... Este cabrón habrá intentado sonsacarte cosas comprometidas que mi padre podría usar contra ti, seguro que para chantajearte si te enterabas de lo que le pasó a tu padre. ¡Matthew ha llevado todo este tiempo un puto micro con él! ¡Seguro que te ha metido un localizador en el móvil y no sé cuántas mierdas más!

Dirijo la mirada lentamente por encima del hombro de Izaak para buscar la cara de Matthew. Su mirada es dura y fría. Nunca lo había visto así.

—¿Dice la verdad? ¿Tú... trabajas para Thomas Meeka?

Me gustaría que no me temblara tanto la voz.

—Sí.

Un zumbido perfora el aire.

«¿He oído bien? ¿Ha respondido que sí?».

La única puta razón por la que se acercó a mí, por la que era tan amable, tan atento, por la que me apoyó tanto... ¿es porque le pagaban para ello?

Quiero llorar. Quiero desplomarme sobre el asfalto.

Pero, en vez de eso, adelanto a Izaak y, con el dorso de la muñeca, abofeteo a Matt.

—Mira que he conocido a capullos en mi vida... —grito mientras lo empujo y le pego donde puedo—. Pero ¡tú, Matthew! ¡Tú...!

No puedo creerme que la persona en la que he confiado tanto, la que me ha hecho pensar que «no estoy sola», a la que defendía cuando Izaak se ponía en guardia... es también la que puede poner en peligro mis planes de revuelta. La que lo joderá todo. La que me joderá *a mí*.

«El microchip que encontró con las investigaciones de papá, todas nuestras conversaciones privadas, el laboratorio subterráneo, las pruebas del crimen del gobernador, todo, todo, todo, joder...».

Con todo lo que le he contado, Matthew puede ser nuestra perdición, la de Izaak y la mía. Y me aterroriza que ya no podamos detenerlo.

Continuará...

AGRADECIMIENTOS

La primera persona a la que quiero darle las gracias con todo mi corazón es a ti. Gracias por haberles dado una oportunidad a Eliotte, a Izaak, a Ashton y a los demás. Sin ti, esta aventura no tendría sentido. No dudes (lo digo en serio) en escribirme en las redes sociales; ya sea para saludarme, para mandarme un meme o para compartir conmigo lo que has pensado durante tu lectura. Además, me gustaría saber una cosa: ¿habrías escuchado a tu corazón o a la ciencia?

Con *No soy tu alma gemela* quiero explorar el amor, sus fronteras, sus formas, sus colores; ya sea fraternal, romántico, amistoso... También quiero mirar de cerca la presión de la sociedad, del deber y de todos los pesos invisibles que cargamos en la espalda sin siquiera ser conscientes de ello. Espero, con sinceridad, haber podido embarcarte en este universo, que podría, quién sabe, ser algún día el nuestro... ¡No sabes cuántas ganas tengo de enseñarte la continuación!

No puedo escribir este agradecimiento sin pensar en mis lectores de Wattpad, ya sea los que me descubrieron en la plataforma al leer el principio de esta historia o los que me conocen desde hace más tiempo, desde *Un visage pour deux,* mi primera saga. Gracias, gracias, gracias por estar ahí. Vuestro apoyo lo es todo. ¡Os quiero mucho!

No he acabado aún, tengo que darles las gracias a mis padres. Es cierto: sin ellos, no estaría delante del ordenador escribiéndoos estas palabras. Gracias por todo, sois mi luz.

También quiero dar las gracias con todo mi corazón a Maya, Amel, Samy, Sherazade, Mehdi, Maria(h), Shaimae y Amande. Estas personas me llenan todos los días y, sin su apoyo y su amor, no habría conseguido nada.

Un agradecimiento inmenso (gigante, en serio) a todas las personas estupendas e inspiradoras de HarperCollins que han trabajado tanto para permitir que *The Perfect Match* exista.

Y para acabar, como es evidente, gracias a Borrys, mi gato, que me ha apoyado tanto en mis días de escritura, ya fuera ignorándome o maullándome para que satisficiera su irrisoria necesidad de croquetas.

Sigue a Wonderbooks
en www.wonderbooks.es
en nuestras redes sociales
y suscríbete a nuestra *newsletter*.

Acerca tu teléfono móvil a los códigos QR y empieza a disfrutar de información anticipada sobre nuestras novedades y contenidos y ofertas exclusivas.